講談社文庫

禁じられたジュリエット

古野まほろ

講談社

◉目次

◉登場人物紹介

カンナギチヅル『反省室長』

ヒョウドウモモカ『教官』

アオヤマハツコ『六〇一番』

アカギフタバ『六〇二番』

シロムラミツコ『六〇三番』

クロダシオリ『六〇四番』

キザキイツキ『六〇五番』

ソラエムツミ『六〇六番』

タダノ　明教館女子高等学校の教頭

トオノ　明教館女子高等学校の三年学年主任

禁じられたジュリエット

第1部

文學(ぶんがく)ト云(い)フ事

神薙千鶴（カンナギチヅル）

どこか物悲しく、どこかノスタルジックなピアノ。

やがて、波の音。

教頭室の窓からは、凪（な）いだ海が見渡せる。

この明教館（めいきょうかん）女子高等学校は、おだやかな海に近い、伝統ある進学校だ。

タダノ教頭は、いま、大きく窓を開いたところ。

カンナギチヅルは、いま、教頭室に入ってきたばかり。

タダノは、音楽室からのピアノを味わうように、しばらく窓のたもとを離れない。

チヅルが、沈黙に耐えかねたように、もう一度、声を掛けようとしたとき——

絶妙なタイミングで、ピアノと海が同時に黙った。

まるでそれを知っていたかのように、優美で荘厳な、黒いロングドレスをひるがえすタダノ教頭。豪奢な黒髪とあいまって、まるで女王を思わせる。

「御苦労様ですカンナギチヅル。どうぞお座りなさい」

「は、はい教頭先生」

戦争以前からこの明教館に勤めていたタダノは、確かにこの学園の女王、女帝であった。政府から送りこまれてくる校長は、二年ごと腰掛け勤務をしてゆくだけの、そして次のポストが気懸かりなだけの、やる気のない役人に過ぎない。

もっといえば、タダノは、チヅルなどが生まれる前からこの学園を支配してきた女だ――

「ほほ。そう硬くならないで。ちょうどお茶を淹れたの。飲みながら話しましょう」

「……ありがとうございます。頂戴します」

応接卓の上には、確かに、整えられた銀の茶器があった。どこまでも優美な笑みを崩さず、手ずから紅茶を注ぐタダノ。見下ろされる形になったチヅルは、微動だにしない――どうしても隠せない、ロングストレートと躯の小さな震えをのぞいて。

「戦後の代用品ではないわ。

あなたほどの育ちなら、味わったこともあるでしょうが」

「は、はい入学前に……父が、好きだったものですから」

まるで罠に掛かるのを恐れるように、チヅルは言葉を選んだ。チヅルは恵まれた家庭の出だ。その父というのは、旧政府の官僚だった。もちろん、チヅルをこの学園に入学させることができたように、今は現政府に忠誠を誓っている。そうでなければ、家族ごと収容所ゆきだったろう。旧時代の『育ちのよさ』は、この時代、むしろ危険なものだ。

タダノはソファに身を委ね、チヅルは紅茶を口に搬ぶ。

チヅルのほろ苦い顔と、再び流れ来るほろ苦いピアノ。

明教館の、美しいモノトーンのセーラー服を、まるで観察するようなタダノの眼。

そこには、人の生殺与奪をほしいままにする者の、ゆとりと傲慢が確かにあった。

事実彼女は、波の音に乗せるように優雅に、有無を言わせぬ冷酷な台詞を紡いだ。

「三年三組、風紀委員長、カンナギチヅル。

この学園の目的と秩序を著しく乱す問題が発生しました。知っていますね？」

「は、はい教頭先生。それはあの校則違反――」

「――むしろ犯罪ね。

学年主任の、トオノ先生の調査が終わりました。関与したのは、三年生六名」

「六人もですか!?」

「私がこの明教館の教頭となって以来、最大級の椿事です。

戦後の我が国を担うべく、あなたのように優秀な女子生徒を英才教育するこの学園で、およそあってはならない不祥事」

「そ、それでは、六人には厳しい処分が」

「本来ならば、直ちに除籍・退学としなければなりません。そのあと政府がどうするかは、想像するまでもない。

国が禁制品と定めたものを隠匿していたばかりか、それを他の生徒に蔓延させようとしていたのですから。こともあろうに『人材再建重点校』であるこの学園でね。それが私達にとって何を意味するか、カンナギチヅル、風紀委員長のあなたになら解るでしょ？」

……チヅルは、プリーツスカートの上で、固く拳をにぎった。そして幾度か、言葉を発しようと顔を上げ、姿勢を改めた。ただ、その試みは何度も失敗した。だからチヅルは、まるで不思議な人形のように、物悲しいピアノに繰られるように、そう痙攣した。

私達にとってという今のフレーズが、いよいよ自分を締め上げるのを感じた様に。

――だがチヅルは、最後にはハッキリ発言した。それは、学年首席でもあり、かつての生徒会長でもあり、請われてまた風紀委員長をやっている彼女の、芯の強さを感じさせた。

「そ、それは何より、風紀委員長である私に、重大な責任があることを意味します。喩えるなら、学内で覚醒剤の蔓延を許したようなもの。私自身、厳重処分を免れないと考えます」

「このまま卒業できれば、間違いなく新東京大学に推薦入学できるあなたが、ね」

「そのようなことは。

いえむしろ、私が重い処分を受けることで、その六人の罪が軽くなるとするのならよろこんで――」

「――ありえないわ。

このタイプの犯罪に対する処分は、確実に労働教化だもの。開墾か瓦礫撤去か、地雷処理か重油除去か、はたまた原発解体か――若い労働力は、あればあるほどよいし。

まして、自分が代わりにだとか、刑の取引だとか、そうあなたが六人を弁護するような真似をすれば、それだけであなたも一緒の運命をたどるでしょう。

もちろん明教館の教頭であるこの私も、ね」

「やっぱり、教頭先生まで……」

「ほほ、それはそうでしょう？

だって、綺麗事からいえば。

この学園は、国家有為の女子国民――国を背負って立つ女性を輩出するための重点校。それが、そしてそれだけがこの学園の目的。その目的を果たすどころか、それに真っ向から挑戦する生徒が出たとなれば、誰かがその破廉恥の責任をとらなければ。そうでしょ？

そして、生臭い話をすれば。

知ってのとおり校長はお飾り、ただのお役人。なら、その責任をとらなければならない『誰か』とは？　当然、私よね。さて公職追放ですめばよいけれど、この歳で労働教化はちょっと、厳しいわねえ……」

タダノが優美に、しかし深くソファに沈むと。

また教頭室は、ピアノと波と、そして茶器の音だけが支配する舞台になった。

もっとも、茶器の音を立てているのはタダノだけだ。タダノはそれに気付いたように、黒いロングドレスをひるがえすと、またソファのチヅルを見下ろしながら――

「せっかくのお茶よ。冷めない内に、頂いてしまいましょう」

「……はい」

タダノは紅茶を注ぎながら、自然と、躯をチヅルに添わせた。どこか悪戯な感じで。どこか秘やかな感じで。そう、そこからの台詞は、まさに密談だと言わんばかりに――

「私ね、このこと、校長に相談してみたの」

「……校長先生は何ておっしゃったんですか？」

「ウッフフフ。聴かなかった事にするって」

「え」

「あれは傑作だったわ。ほんとうに、耳を塞いじゃってね――

『僕は知らない、何も知らない、あーあー聴こえない!!』『僕が文科省に帰れなくなったらどうするんだ!!』『すべてタダノ君の責任で内密に処理したまえ!!』――って。それはもう、滑稽なほど取り乱してたわ。嫌ね、小役人って」

「それじゃあ、六人の犯罪は無かったことに!!」

「そうねえ、そうしたいわねえ、できることなら」

「……というと？」

「まず、大前提。六人を無罪放免にすることはできないわ。そのようなことをすれば、反省の機会を奪うことになるし、再犯の可能性をたかめる事にもなるから――違反には懲罰を。これは学園としても、私としても譲れない。解るわね？」

「……はい、教頭先生」

「けれど、ただ罰を与えるだけでは意味が無い。それは、二重に意味が無い。どうしてか解る、カンナギチヅル？」

「それは――きっと――ま、まず第一に、校長先生の命令に反することになるから」

「あら、さすがね学年首席」

「与える罰が退学にしても停学にしても、それでは命令どおり『内密に処理』したことになりません。いえ、ここは女子校。目立った処分をすれば、必ずその理由が漏れてしまう」

「そうなのよ。思春期の女の子の口に、戸は立てられないものねオホホホ。そしてバレたら、私達が不祥事を隠そうとしたこともバレる。なら関係者は、そうねえ、労働教化どころか最前線に従軍させられること請け合いね。私に御用はないかも知れないけど、あなたたちにはちょっと、残酷すぎる人生――けれど、カンナギチヅル。私は、ただ罰を与えるだけでは『二重に意味が無い』と言った。意味が無いもうひとつの理由。そう、もっともっと重大で本質的な理由。それも解る？」

劇的に、波とピアノが止んだ。

凍てついたタダノの視線に、チヅルの躯が硬直する。チヅルは喘ぐように言った。

「……これが、い、いい、思想犯だから」

「すなわち？」

「は、反省させ、改心させせなければ、どんな罰を与えても、必ずまた罪を犯すから」

「そのとおりです風紀委員長。まさしくあなたが喩(たと)えたとおり、これは覚醒剤、アヘンと一緒。思想犯とはそういうもの。確信犯であり、依存性がある。

正しく反省させ治癒(ちゆ)しなければ、必ず再犯に及ぶ——これこそがこの問題の本質。

どれだけ罰を与えても、その本質に踏みこんだ解決を図らなければ、誤(あやま)ちは永遠に繰り返される。そしていつかは政府に露見し、六名も、あなたも私も破滅するしかない——

だから。

必要なのは、正しく反省させ、治癒してやること。

覚醒剤を、アヘンを、その思想を忌(い)み嫌(きら)い、憎悪するように導いてやること。

しかも、さっき確認したとおり内密にね。

——これらが六名に必要な処分であり教育であり、無論、私達が救われる道です」

光の悪戯か、凪いだ海を優しく照らしていたような光が、タダノとチヅルに収斂(しゅうれん)する。

反省させる。治癒してやる。導いてやる……

その言葉の強さ硬さが、まるで光に反映されたように、ふたりを鋭く浮かび上がらせる。

——チヅルは目眩(めまい)を抑えるように、あるいは最後の決意をするように、ゆっくりと首をふった。そして、いつしかキスできるほど近くにいるタダノの顔に、ゆっくりと言葉を紡いだ。

「解りました、教頭先生——それで、私のすることは。私をお呼びになった理由は」

「ここに記してあります」

タダノは、舞台の台本のような、製本された資料を採り出した。

チヅルがそれを受けとり、確認するように標題を指でなぞる。

「……『反省室・更生プログラム実施要領』」

「カンナギチヅル。あなたは風紀委員長として、このプログラムを成功させるのです。

期間は二週間。あなたは、その反省室におけるあらゆる権限を持つ。

その権限をもって、このプログラムを確実に遵守し、六名すべてを完全に改心させること。それがあなたの義務」

「もし失敗したら。ひとりでも、改心しなかったら」

「私もあなたも、遠くない将来、収容所で改心する事になるでしょう、オホホ——もっとも私の経験上、このプログラムが失敗するのを見たことがないけれど」

「すると、これは過去にも」

「この明教館は、それなりに歴史のある学校。まさか、思想犯が出るのが初めてだとでも？」

「そ、そうだったんですか……」

「その経験からするとね、カンナギチヅル。

むしろ、あなたのいう失敗の方に興味がなくもないわ、すごく個人的には。

どのようにこれが失敗するのか。これが失敗したとき生徒はどうなっているのか。

だから、私はその個人的興味に、残りの人生を懸けても別にどうということはないけれど――まだまだ人生これからのあなたはさて、どうかしらね」

「……精一杯、努力します。

し、質問をしても、よろしいでしょうか教頭先生？」

「なんなりと」

「……教頭先生が、あるいは他の先生がこのプログラムを実施しないのは何故ですか？」

「理由はシンプル。

十八歳の娘を説得するには、そう仲間を改心させるには、十八歳の仲間をもってするのが最善だからよ。例えば私。こんなお婆ちゃんの説得なんてかえって逆効果だと思わない？『体制が押さえつけた』なんてスタイルじゃ、思想犯を盛り上がらせるだけ――

私、実はそのこと、過去に学んでいるの。だからよ」

チヅルは教頭室に入って初めて、不承不承（ふしょうぶしょう）、というかたちで頷（うなず）いた。

つまり、同意の返事はしなかった。それはあきらかな不信であり、訝（いぶか）しみだった。

ただ教頭は、もはやチヅルの感情などに興味のない様子で、そっと訊（き）いた――

「ああ、カンナギチヅル。いちばん大事な確認を忘れていたわ。嫌ね、歳って」

「というと？」

「あなたはミステリ――あら失礼、『退廃（たいはい）文学』についてどう思う？」

「政府によって禁じられているものだと思います」

「そういうことではない。私はあなた自身の価値判断を訊いている」

「……社会に不要で、不謹慎（ふきんしん）な、人殺しパズルだと思います」

「読んだことは？」

「もちろんありません」

「でしょうね、そうそう手には入らないものね――

結構。プログラムの準備に入りなさい。退（さ）がってよろしい」

兵藤百花（ヒョウドウモモカ）

ヒョウドウモモカは、三年三組の教室で、激しく机を叩いた。

モモカはチヅルの親友で、クラスメイトで、三年の学級委員長でもある。

放課後。教室には誰もいない——そのモモカと、チヅル以外には。

ほとんどの生徒は、寮に帰ってしまったようだ。明教館は、全寮制の学園である。

教頭室では真昼のように強かった光が、もう、燃えるような夕日のオレンジに変わっている。それが、親友のふたりを不穏に染めている。

「——それでチヅルは、こんなこと教頭から請け負ってきたの!?」

「請け負ったというか、私達がどうにかしないと、例の六人だってただじゃすまないのよ」

「百歩譲って、チヅルがこんなことするのは——してほしくないけど——それはチヅルが決めたんだから仕方ないよ。けど私は嫌。絶対に嫌。誰か代わりの娘、選んで」

「気持ちは解るわ。確かに胡散臭い話でもある。

けれど、明教館でタダノに叛らってどうなるの？　一緒に新東京に進学するんじゃなかったの？　一緒にここで積み上げてきたものを捨てるの？」

「そ、それはそうだけど……」

モモカは、細かいことにはこだわらない、おおらかな娘だ。まさか感情を激発させるタイプではない。むしろ、頼まれ事やまとめ役を断れない、思いやりのある娘。

それが、ここまで興奮して親友に食って掛かる。それは彼女が、自分の誇りを傷つけられたときの現象だ。モモカのおおらかさは、そうした、価値観のしっかりしたおおらかさ。だから価値観を侵害されると、意地になる。その意味でなら、彼女は勝ち気な娘といえた。

「……六人を監獄に閉じこめて洗脳するだなんて!!」

「監獄じゃないよ。反省室」

「あんま変わらないよ。あんなの独房の群れじゃん。地下にあって陰気だし、恐いし」

「それに洗脳でもない。いってみれば、薬物を抜くの」

「うーん……」

確かに、よりにもよってミステリだなんて、勇気がありすぎっていうか、狂気の沙汰だと思うけど……ハツコもフタバも、どうしてあんな恐いものに手を出したんだろう？」

「そこよ。考えてみてモモカ。これが学園の中だからまだ反省室入り程度ですむの。街中で警察や憲兵に捕まっていたら？　これ犯罪だよ？　禁制品だよ？」

「それはまあ、絶対、労働キャンプとか収容所とかだけど。

ああ、ちょっとヤバすぎるよこれ。『退廃文学』の所持は、それだけで家族にも迷惑、かかっちゃうんだもん――」

「だからよ、だから、これはむしろチャンスなの。ハツコたちを救うチャンス。もちろん私自身のためでもあるわ。それは認める。というか私のために、お願い」

「けど二週間も……せっかくの休み期間なのに……私だって帰省、したいのに」

モモカとチヅルは親友だ。モモカは当然、カンナギチヅルが風紀委員長であることを知っている。学園でミステリが摘発されたとなれば、チヅルの責任問題になることも――

そこは、モモカ本人も学級委員長という、面倒くさいボランティアをやっている身。生徒のうちでは、責任感とか段取りとか調整とか、そういったことに気が回るタイプだ。

そしてもともと、モモカはおおらかな性格をしている。落ち着いていること――そう普通であることが好きだ。ただそれは、規則とか体制に叛(さか)らわない、ということも意味する。

だからだろうか。モモカはチヅルの懇願(こんがん)に負けそうにもなっているし、そもそも、校則違反のミステリ所持には、あまり同情をしていないようだ。ゆえに、モモカの怒りというか反感は、教頭の『シナリオ』によって自分に与えられた『役割』そのものへとむけられた。

「ていうか、看守だなんて私ムリ。性格的にムリ」

「だから看守じゃなくって、教官だよ。私は反省室長で、モモカは教官。そう書いてある」

「何でもいいよ、やらないから」

「黙って聴いて。

私、このプログラム読んだけど、モモカが考えているような、監獄だとか看守だとか洗脳だとか、全然そんなものじゃないの。

いってみれば、寮生活とほとんど変わらないよ。やってもらうのは、反省文とか書いてもらって、面接とか、グループ討議とかしてもらって、もうこんな超危険なブツに手を出さない気持ちになってもらうの。私達は、そのアシストをするだけ」

「そこがまた胡散臭いっていうか。どう言い繕ったところで、校則違反の懲罰じゃない？

だったら先生でも教頭でもいいけど、大人がやればいいじゃん。正直、私、フタバとは部活の仲間だから、ううんあとの五人だってクラスメイトだったことあるから、罰を与えるとか閉じこめるとか、かなり嫌なんだけど」

「そこはね——確かにね。

タダノはもっともらしい理屈、つけていたけど、ちょっと怪しい。何か、生徒どうしでやらせることに、意味がありそうな気がする。それも、タダノらしい残酷な意味が」

「わざと生徒どうしにさせて、失敗したり政府にバレたりしたら、ぜんぶ生徒のせいにする——とか？　教師も学園も全然知りませんでした、みんなまとめて処分します——とか？」

「うーん。そこまで単純な人じゃないとは思うけど、可能性はあるわね」

「だったらなおさら」

「でも裏から言えば、『成功』すればいい——と思わない？」

「ていうと？」

「ここだけの話よ。

　そもそもヒトの心なんて読みようが無いし、証明のしようが無いじゃない。しかも、教師がいっさい介入しないっていうのなら、極論、主犯のハツコたちと適当に口裏を合わせて、改心してもらったことにすればいいじゃない。

　私、ミステリなんて人殺しパズル、読む人の気持ちが解らないけど、どうしても読みたいっていうならそれは仕方ないよ。ヒトの趣味とか思想なんて変えられない。ただ、同級生に迷惑がかかるようなことは、駄目だと思う。みんな、こんな国で、せっかく明教館への切符、手に入れることができたんだもの。そう、将来ある娘たちなんだもの」

「まあそうかな。事実、ハツコたち『布教』しようとしてるし、それは確実に犯罪者への道だし、こうして風紀委員長のチヅルにも危険が及んでるしね……ミステリ読むなら読むでいいけど、卒業してから、どこか遠いところでやってほしいな」

「でしょ？

これってそこを正直に説得できる機会だと思うの。頼むから卒業まで派手なことしないでほしいって。

それが上手くまとまれば、こんな監獄ごっこ、どうにか五日くらいで終われるんじゃないかな。さすがに二、三日で『成功』したら嘘くさいけど、どっちみち出来レースだし」

「……うーん、なるほどね。囚人と看守の利害は、実は一致してると」

「ピタリとね。

だから同級生を処罰するとか、監禁するとかじゃないんだよ。仮にそういう感じになっても、所詮はお芝居。だからトラブルもないし、怨まれることもない」

「だから失敗してチヅルが退学になることもない、か——

うん解った。しょうがない。一緒にやるよ、チヅル」

「ありがとうモモカ。

じゃあこの『反省室・更生プログラム実施要領』、面倒だけど読んでおいて」

「うわあ、ボリュームあるわね……」

青山初子

生徒指導室。

紺のオフィススーツを着た女教師が、ひとり。

いかにも全寮制女子校の若手先生、といった風情。すなわち年齢にかかわらず、どこかお嬢様のよう。押しが強くなりきれない優しさが、染み出ている――事実、彼女は明教館のなかでは若手だったし、新国語という比較的『おだやかな』科目の教師だったし、何より、生徒たちから嘘偽りのない人気があった。

明教館の上品なモノトーンのセーラー服に、とても似つかわしい雰囲気の教師――そして事実、自分自身もここの卒業生。それが三年学年主任の、トオノであった。

そのトオノ教諭は、もう一度、今回の調書を読んでいる。

教頭のタダノに命ぜられ、六名の校則違反者を取り調べた結果だ。

――禁制品である、ミステリの所持!!

政府からすれば、猥褻物どころか、覚醒剤の所持以上に破廉恥な罪。

事が露見すれば、教師の処分も免れない。すなわち教師の職を失うどころか、社会的には『存在しなくなる』ことにもなりかねないのだ。警察・憲兵はもちろん恐ろしい。だが、仮に権力のお目零しがあったところで――たぶん無いが――愛国メディアによる糾弾でも始まれば、家族もろともこの国に居場所はない。

すべての領土を奪還するため、あらゆる国民が、総動員体制に組みこまれている今。『人材再建重点校』で、なんとミステリが読まれていた――それはもう、大炎上のネタでしかない。メディアは点数を稼ごうと、あらゆる揚げ足取りや言葉狩りで、苛烈な明教館叩きを始めるだろう。いわゆる『愛国者』たちも、嬉々としてその祭りに加わるだろう……今のこの国では、魔女狩りは美徳である。

「はあ。あの娘たち、いったいどうしてこんな大胆なことを……

しかも、あんな分かりにくく隠された、図書館の書庫の奥から、よくもまあ引っぱり出してこれたものよ。隠した誰かさんこそが、いちばんビックリするほどの情熱よね……

確か、タダノ教頭がいつか、『絶対に学園内に隠されているミステリがあるはずだ』という確信をもって、徹底的にミステリ狩りを――学園中の捜索をやったことがあったけれど。そのときだって、あのタダノ教頭でさえ、摘発できなかったくらいだもの。あれはそう、もう何年前になるかしら。いずれにせよ、私が明教館に赴任する前のこと。やっぱりミステリを読んだ生徒が出て、それは厳しい処分を受けた。タダノ教頭は、その生徒が隠してしまった本が、だから押収を免れた本が、絶対にどこかにあると確信して……

……そして遥かな歳月をへて、そのミステリは見事、隠し手から後継者に渡った。タダノ教頭でなく、鋸鋼入りのアオヤマハツコに。隠し手からすれば、こうなるとビックリっていうより、神の見事な差配に、してやったりと笑うところでしょうね……はあ」

トオノは思わず、といった感じで独りごちながら、大きく肩を落とし、また嘆息を吐いた。

そしてデスクのパソコンに、校則違反をした六名の生徒のデータを出す――

最初に画面に映ったのは、やわらかで大人しいナチュラルボブの、いかにも本が好きそうな生徒だ。しっとりと肩に掛かる栗色の髪が、少女らしくもあり、それでいてどこか決然としている。

【三年一組　アオヤマハツコ】
文系。図書委員長。文芸部。総合成績九／二四〇。性格は温厚で、やや内気なるも、一度決意したことを曲げない静かな強さを持つ。よって、本人の気持ちにかかわらず、いつしか輪の中心にいることが多い。これまでに校則違反はなし。むしろ学園と教師には素直であった。なお、祖父が戦前における大学教授（旧東大文学部）であり、レジスタンスへの関与を疑われたことがある。このことが、性格形成にインパクトを与えた可能性あり。

【一問一答】（主要部分のみ）
――ミステリを隠匿(いんとく)していたのは事実か？
『はい、間違いありません』
――発見したのはアオヤマさんか？
『そうです。他の五人に貸したのも、隠そうって言ったのもあたしです』
――何冊、隠匿していたのか？
『八冊です』
――それが校則違反であり、犯罪であることは知っているか？

『……知ってました。知っています』

――その八冊は、殺人を扱うものか？

『はい、あの、よくいわれる人殺しパズルです。戦前は、本格ミステリと呼ばれてたもの』

――せっかく人材再建重点校に入れたのに、何故、そのようなことをしたのか？

『きっかけは、図書館の書庫の奥に、隠されてた一冊を見つけたことでした。それで、いけないこととは思ったのですが、つい読み始めてしまったら、ページを繰る手が止まらなくて……』

――おもしろかったということか？

『……はい』

――どこが、おもしろかったのか？

『ええと……

上手く説明できてるか解りませんが、とても不思議な殺人事件が、探偵の論理のちからで、その、美しく解き明かされてゆくのが、ほんとうに魅力的で……魅力的な謎（なぞ）が解けて、そうです、魅力的に正義がはたされる。そのカタルシスというか』

――それは、この国とその社会に役立つと思うか？

『役立たない、といわれています』

――言われている、とはどういうことか？　自分自身は、どう思うか？

『あの、その……

例えば、外国からの侵略と戦ったり、奪われた領土を取りもどしたり、あと、戦争で荒廃してしまったこの国を再建したりする上では、たぶん……直接には、役に立たない』

――直接には、というのはどういうことか？

『……おもしろい本を読むことで、感動したり、スッキリしたり、あと、新しい物の見方を手に入れたり……それは、国のために働く上で、マイナスにはならない気もします』

――殺人事件の物語を、不謹慎とは思わないのか？

『た、確かに不謹慎です。ただそれは、ゲームというか、パズルというか』

――殺人をゲームやパズルにして、前線で死んでゆく兵士たちが、あるいは外国やレジスタンスのテロ行為で殺された人々が、よろこぶと思うか？

『そ、それは、人によると思います。ただ、不愉快に思う人の気持ちは、解ります』

――隠匿していた八冊のミステリでは、誰が殺人事件を解決するのか？

『探偵です。素人の、アマチュアの探偵です』

——我が国には優秀な警察と憲兵隊があるのに、何故、素人探偵が勝手に犯罪捜査をする必要があるのか？

『それは、現実には、おっしゃるとおりです。現実の殺人事件で、素人探偵が活躍するなんてこと、ありえないと思います。

ただ、殺人が起こったとき、それを許せないと思うリアクションとか、不可解な謎を解きたいというモチベーションそのものは、今の時代でも、きっと大事だと思いました』

——何故、そんなものが大事なのか？　すべて警察と憲兵隊に委ねれば、国民が無駄なことを考える必要はないのではないか？

『……正義の問題を考えるのは、私達の誰にとっても、無駄ではないと思いました』

トオノ学年主任は、顳顬（こめかみ）を強く押さえた。また、深い嘆息（ためいき）を零（こぼ）す。

むろん、自分自身、新人気分のぬけないトオノのことだ。タダノ教頭からは『生徒時代の気分も抜けていない』と叱責（しっせき）されるほどに。だからアオヤマハツコの取調べは、実際には、もっとフランクな感じで行われた。そう、友達同士のような感じで。よってこんな詰問調（きつもんちょう）ではなかったし、デハナイカだのジブンジシンだの、堅苦しい言葉は遣っていない。

ただ、いざ報告書としてまとめてみれば。

どこまでも深刻で、どこまでも乾いた事実しか残りはしない……トオノは再び独りごちた。

「正義の問題、かあ。さすがはリーダー格、確信犯ね……

そして、アオヤマさんの言っていること、あながち間違ってはいない」

——実は、トオノ自身は、ミステリを読んだことがある。

トオノが、まだ中学生だった頃。そのころは、もちろん新政府の時代だったけれど、まだ退廃文学規制が、そんなに厳しくはなかったのだ。さらにいえば、トオノは、押収された八冊のミステリをすべて読んでいた。それは当然だ。あれは、名作と呼べるものばかりだったから……いや耽溺していた、といってもいい。そして、まだそれは許されていた。だが戦局の悪化にともない、トオノが明教館に入学したときにはもう、規制がますます苛烈に、ますます厳格になってきた。

だから、カンナギチヅルの世代、アオヤマハツコの世代は、物心ついたときから、ミステリに触れることすらできていない。

そしてトオノの世代はといえば、密告と吊し上げと社会的抹殺を避けるため、自ら進んで——少なくともその外観を演じて——ミステリを火に焼べてきた。トオノ自身、我と自ら、ミステリを焼いたことがある。そうしなければ、何の誇張もなく、ヒトとして生きてはゆけなかったのだ。

それは、トオノ自身の、じくじくとした、生涯癒えないトラウマになっている。まさか、自分があれだけ読み耽ったミステリを、足蹴にすることになろうとは……いや、い、い、い、い、い、それができようとは。転向する前の自分に聴かせたら、一笑に付す物語だ。

そう、『退廃文学』は、今や焚かれるべきもの。焚かなければ、自分が焚かれる。退廃文学は、今やポルノ以下なのだ。何故ならポルノには立派な『実用性』があるから……

そして、そうアオヤマハツコのように、かなり情熱的な文学少女だったトオノも、今やすっかり、新国語の伝道者になっていた。ならざるをえなかった。それはそうだ。タダノ教頭が、経歴・思想に問題のある自分を、せっかく拾い上げ、救い上げてくれたのだから。

だから――

かつて『退廃文学』に耽っていたトオノゆえ、よりいっそう、より真剣に、退廃文学の否定と新国語の普及に、邁進しなければならなかったのだ。

「その裏切りに忸怩たるものがない、なんていったら、大嘘も大嘘、嘘そのものだけど――」

――だが大人にとって最も重要なのは、生きてゆくことだ。生活してゆくこと。命と人生。給与と衣食住。それが懸かっているのなら、ミステリという趣味嗜好はキッパリ捨てる。それがトオノの最終的な判断だったし、今のこの国の、マジョリティの選択でもある。

誰だって、やっと与えられたささやかな国営アパートから、忽然と消失したくはないのだ。

「――高校生、だからかなあ。

確かにこんな叛逆は、社会と実生活を知らないうちにしかできはしない。

そして実際、間違ったことは、ほとんどしていないのだから」

……トオノの性格と経歴から、トオノが六名の校則違反者に同情的であることは、疑いない。それは、トオノのひとつひとつの挙動、ひとつひとつの口調からも明らかだった。

けれど、そのトオノが、どうしても『間違いだ』と指摘しなければならないことはある。

それは――

「間違ったことをしないことが、結果として、身の破滅をまねくことがある。

とりわけ、みんなが我と自ら、間違おうと熱狂しているときは……

だとしたら、アオヤマさん。

間違ったことをしないことが、そもそも、恐ろしい間違いになってしまうのよ」

赤木双葉

次に、トオノ教諭のパソコンには、アカギフタバの身上書と調書が映し出された。胸元や背にかかるワッフルパーマ的なロングが、とても甘やかで、悪戯な感じだ。お洒落にこだわりがあることを感じさせる。もちろんパーマは校則違反だし、校則違反で明教館を追い出されることは、十八歳でその後の人生を、確定的に決めてしまうこと。そしてアカギフタバは、そこまで軽率ではない。むしろ、世知に長けた、実生活力あるタイプである。

【三年一組　アカギフタバ】

理系。文化祭実行委員長。テニス部。総合成績一六〇／二四〇。性格はハキハキ、チャキチャキしていて極めて社交的。ただし、いわゆる姉御肌ゆえか、いったん激昂すると止まらない。大雑把にみえて、同級生・下級生の信望が大きいなど、実は対人関係にデリケートな側面も。これまでに複数の校則違反あり（頭髪、服装等）。ただ学園に対する反抗心はなく、年齢相応の稚気によるもの。反射的な口答え・不満も口にするが、これも思想的背景に基づくものではない。父親は大手金融機関の役員で、家庭環境は裕福。よって、レジスタンス等とは無縁。

【一問一答】（主要部分のみ・重複を割愛）

――隠匿していたミステリは、すべて読んだのか？

『はい、読みました!!』

――校則違反と犯罪を犯すつもりで読んだのか？

『ええと、私、法律っていうか、政府の命令って、よく解らなくて。だから、何が『退廃文学』なのか、自分で判断できなくて。だって本って、読んでみなくちゃ内容、解らないじゃないですか？』

――八冊のミステリは、誰が発見したのか？

『それはハツコ……じゃない、あたしです。あたしが見つけて、他の娘に貸したんです』

――殺人をゲームにしている文学を、何故読もうと思ったのか？

『殺人っていっても、本のなかのお話ですから』

――猟奇的な、残酷な、あるいは変態的な殺人が描かれているが？

『あっ、だからって、人を殺したくなるほどあたし、暇じゃありません』

——最初の一冊を読んだ時点で、学園に報告したり、仲間を諫めようとは思わなかったか？

『まさかそんなに悪い事だなんて思わなかったもの。それに、友達を密告するなんて無理』

——このような殺人パズルを読んだ感想は？

『ちょっと気取った感じで、正直、言ってること解らない部分、多かったけど——それでも、推理が二転三転したり、最後に犯人が論理で追い詰められたりするのは、そうですね、気持ちいいって感じがしました。書いてる人のクイズに上手く騙されるの、なんか、味わったことがない快感っていうか』

——なら、また読むということか？

『うーん。駄目だってことなら、どうしても読みたいわけじゃないです。ただ、学園の図書館にある新国語の文学よりよっぽどハラハラ、ドキドキして——あっトオノ先生ゴメンなさい、国語の先生のまえで』

——他の校則違反者五名が、また読むといったら制止するか？

『やめときなよ、怒られるから、って言うとは思いますけど……ハツコとかイツキは、あたしなんかより意志固いから、言うこと聴かないです、きっと。

それに正直、本を読むことで、誰かに迷惑がかかるなんて、ちょっと考えにくくて。変なクスリじゃないんだから、そこまで神経質に取り締まったり、わざわざ焼いちゃったりするのって、あんまり』

――政府の方針に叛らうということか？

『違います違います!! もう、今日のトオノ先生ちょっと恐いよ。あたし、反権力とかレジスタンスとか、そんなの全然興味ないですから。駄目だっていうなら、あたしは読みませんし、ハツコたちにも、うーん、できるだけ注意はしてみますけど』

――実際に読んでみて、ミステリが禁じられている理由は解ったか？

『ハイ!! 〈不謹慎で、猟奇的で、人の死を冒瀆し、国民を犯罪に駆り立て〉、ええと、それから何だっけ……そうだ、〈警察と憲兵隊の権威と信頼性を損なうから〉です!!』

白村美津子

三人目は、シロムラミツコ。

いかにもなお嬢様である。明教館にはこのタイプが多いが、シロムラミツコは格段に家柄がいい。実家は、茶道の家元一家である。戦後も、伝統芸能には大きな役割が与えられた——新しい国の文化的優位を示す、プロパガンダの手段として。だが既に、ミツコの世代では、政府に再監修され尽くした新茶道しか、教わる機会はなかったはずだ。

それでも、なのか。だからこそ、なのか。

ミツコの外見は、いわゆる大和撫子(やまとなでしこ)そのものだった。腰にかかるしとやかなロングに、艶(つや)やかに流した自然な前髪。瞳(ひとみ)はいつもやわらかく微笑(ほほえ)んでいる。さすがは家元一家の後継者、跡継(あとつ)ぎ娘といえよう。政府も利用価値を認めるその立場から、指先等にダメージを負う可能性のある軍事教練、体育科目は免除されている。

【三年二組　シロムラミツコ】

文系。美化委員。茶道部。総合成績二六／二四〇。大人しい性格で、目立つ行動はとらない。だが容貌(ようぼう)と挙措(きょそ)とに華があり、自然、同級生に一目置かれている。茶道の修練(しゅうれん)のゆえか、ここぞという時の集中力・突破力には定評あり。校則違反は皆無。むしろ、規則・ルールといったものへの敬意と愛着が感じられる。ルール違反に対しては、おっとり、おずおずとではあるが、異議申し立てをする傾向。卒業後の進路が保証されているため、レジスタンス等と関係する動機はなく、またその兆候もなし。

【一問一答】（主要部分のみ・重複を割愛（かつあい））

——校則違反と犯罪を犯すことに、抵抗感はなかったか？

『……あたし、いけないことだとは思いました。読み進めてゆくうちに、あの八冊が、『退廃文学』の定義に当てはまってしまうと気付いたので。

だから、はい、自分のなかで、罪の意識はありました』

——では何故八冊も隠匿し、しかも読了したのか？　学園に相談しようとは思わなかったか？

『正直、何度か、トオノ先生に相談しようと思いました。先生は文芸部の顧問ですから。

ただ……家族から、政府に叛（さか）らうことの恐ろしさ、いえ違います、罪深さを言い聴かされてますので……こんなこと相談したら、ハツコたち破滅ですし、相談を受けたトオノ先生にも、御迷惑をかけてしまう。だから、とても悩みました』

——それは、アオヤマさんを告発するのをためらった、ということか？

『いえ違います。というか、ハツコたちはあたしの共犯ですから。

あの八冊の退廃文学を見つけたの、そして読み回させたの、あたしなんです。あたしが、自分が主犯として処分されるの、恐かったんです。卑怯でした』

――何故、殺人小説などに興味を持ったのか？

『ハツコは……いえあたしは、その、あの……いえ何気なく、暇つぶしのために手に採っただけです。最初から殺人小説だと分かってれば、絶対に手を出さなかったはずです』

――読んだ前と後で、いろいろな物の考え方に変化はあったか？

『あたしはありません……ほとんどありません。あえていえば、こんなものが読まれてた時代があったことに、ビックリしましたけど』

――具体的に、どう吃驚したのか？

『国と社会にまったく利益がない――そう、実用性ゼロという点にビックリしました。新しい世界の建設にも、そのための人材育成にも役立たない。新国語文学では考えられない』

――何故、そのような無駄な文学が許されていたと考えるか？

『戦前の、行き過ぎた自由と放埓が、その、嫌な言葉ですけど、あの……エログロナンセンスを、好んでたからだと思います。そして、旧茶道もそうだったと聴きますが、伝統とか、様式美とか、スノッブな感じ……そう退廃的な感じに、染まりきってたからだと。

だって、殺人をゲームやパズルにするなんて、国や社会が危機にあるとき、ふつうの人間だったらできません。そんなもの、楽しめるはずありません』

——おもしろいと思った部分はあったか?

『おもしろく思ってしまったのは、そもそも不謹慎ですが……

正直に言えば、論理のちからで、殺人者が解明されるのには、満足を感じました。その部分だけは、正義といえば正義ですから。とりわけワクワクしてしまった本も、実は、ありました。それが六人で全然違うのも、実は、おもしろく思ってしまいました』

——自分でも、そうした退廃文学の探偵をやってみたいと思ったか?

『悪い人がいれば、罰を受けてほしいと思います。けれど、この国では、それは警察と憲兵隊の人の仕事です。素人が手を出していいものではないと思います』

——今回の校則違反について、率直にどう考えているか?

『すごく反省してます。主犯のあたしは、厳しい処分を受けないといけない、と思います。

ただトオノ先生、お願いします……ハツコたち、絶対に、東京に進学しなきゃいけないんです。お家の期待も大きいんです。どうか他の五人には、寛大な処分をお願いします』

黒田詩織（クロダシオリ）

楚々（そそ）としたお下げのクロダシオリ。

校則違反者の、四人目だ。

しかしトオノにとって、これほど意外な犯人はいなかった。

いつも三つ編みを下げているか、精一杯お洒落をしても、それをギブソンタックにまとめている、そう目立たない娘。平々凡々とした、努力型の生徒。あえていうなら『少女趣味』『思春期のゆれ』というものを体現している。つまり、どこか儚（はかな）く、夢見がちで、不安定な少女だ。まさかこの娘が、覚醒剤の使用にひとしい、ミステリの所持に手を出すとは……

【三年四組　クロダシオリ】
文系。図書委員。文芸部。総合成績一三九／二四〇。全般的に内気で、積極性に難がある。ただ優しさと親切心にとむ。ゆえに、少数の親友からは絶大な信頼をえているほか、同級生の誰からも敵視されない。よくいえば善良であり、厳しくいえば無害。校則違反はもちろん皆無。決まり事を破ることについて、本能的な恐怖心が認められる。ただし、その内向性から、他の生徒の行動に口を出すことはない。また、自己表現をすることに躊躇する傾向あり。実家は青果店経営。『中学校における成績優秀』により明教館に推薦入学するも、高校では他の生徒に圧倒され、本来の能力が活かせていない。もとより、レジスタンス等と関係する背景事情なし。

【一問一答】（主要部分のみ・重複を割愛）

――どうしてこのようなことを？　誰かに唆されたのか？

『そ、そんなことはありません』

――他の生徒はもう認めているが、八冊のミステリを発見したのは、アオヤマさんか？

『みんなが……はい、そうです』

――クロダさんは文芸部でも、図書委員でもアオヤマさんと一緒だから、クロダさんも主犯ということか？

『そんな。あたしはただ、ハツコと一緒にあれを見つけて、それで』

――読んだ上、隠し、他の生徒に貸したのか？

『……そうです』

——校則違反であり、犯罪であることは解っていたか？

『カバーがなくって、表紙もボロボロだったので、小説のなかで殺人が起こるまでは、その……まさか退廃文学だとは』

——しかし、途中で理解したのか？

『は、はい』

——どうして読むのを止め、学園に申し出なかったのか？

『あたし、あたし……とても恐くて。ほんとうに、恐くて。どうしていいか解らなくって。ハツコにも相談したんですけど、ぜんぶ自分が責任をとるからって……ううん、違う。あたしのせいです。ハツコを止められなかった、あたしが悪いんです』

——何がそんなに恐かったのか？

『処分を受けること。学園を追い出されること。労働キャンプとかに行かされてしまうこと……そんなの、家族の期待を裏切ってしまう。いいえ、その家族だってひどいことに』

——つまり、罰を受けることが恐かったのか？

『あっ、いえ、もちろん小説自体も、とても恐かったです。

人殺しがあったのに、それを悲しんだり悼んだりせず、謎解きパズルに熱中するなんて。確かに禁制品です。人の死をおもちゃにするなんて、ふつうの人のやることじゃないです』

――しかし、結局は八冊も読んだ。すべて読了した。それは何故か？

『……解りません……解らない……何か、麻薬みたいな。すごく不謹慎で、モラルがないのに、殺人事件の謎と犯人が、なぜか気懸かりで気懸かりで仕方なくって。ページを繰る手が、どうしても止まらなくって』

――おもしろかったということか？

『ち、違います!! そういうことではなくって。途中で止めると、すごくモヤモヤして。数学のキレイな証明を、最後まで読み終えないような、そんなモヤモヤが残ってしまって』

――だから殺人パズルに参加し、それを解こうとしたのか？

『……殺人は嫌ですけど、よくないですけど、パズルということなら……はい』

――犯人は当てられたか？

『は、はい。ハツコとあたしは、八冊のほとんどで当てました』

――それは、よいことだと思うか？

『もちろん思いません!! 犯罪の捜査をするのは、警察官のひと、憲兵のひとのお仕事です。素人がそれを邪魔したり、警察をバカにした態度をとったりするのは、よくないことだと思います』

――もし政府が認めれば、退廃文学をまた読みたいか？

『読みたくありません。あたし、新国語の文学の研究者になりたいんです。家族のためにも、この国の役に立てる、真面目な文学の研究者になりたい――退廃文学なんて、もう嫌』

――もし退廃文学を読みたいという生徒がいたら、どうするか？

『今度は止めます。どうにか頑晴って、絶対に止めます。犯罪はいけないことです。それが、あたしの反省で、ほんとの、正直な気持ちです。更生した、っていうか。だからトオノ先生、その……処分は仕方ありませんが、どうか退学だけは……』

木崎イツキ

校則違反者の五人目、キザキイツキ。

いわゆる優等生だ。勉学・運動ともに、トップクラスの成績を誇る。すなわち、つねに学年首席のカンナギチヅルと、その座をめぐって戦うライバル。あえていうなら、チヅルを学園の女王とすれば、イツキは生徒の誇りで、現実的なあこがれだ。

怜悧なシャギーボブが、挑むような熱い瞳と、不思議に調和している。

その男性的な性格といさぎよさは、例えば図書委員長で文芸部の、アオヤマハツコとは対極にあった。だが、それぞれに無いものを認め合ったか、このキザキイツキとアオヤマハツコは、異色な親友として知られてもいた。

【三年六組　キザキイツキ】

理系。体育委員。バスケ部。総合成績二／二四〇。ストイックな秀才であり、自他ともに厳しく律するタイプ。才能に甘んじず努力をする姿勢は、どの教師からも評価されているところ。かつて生徒会長を務めるなど、学園内で絶大な人気を有する。文化祭では、カンナギチヅルとともに道具係。カリスマ的、といってもよいが、本人は人気・取り巻き・賞賛といったものに興味がない。もとより校則違反歴なし。

　このように、誰もがあおぎみるリーダー、という役割を担っているが、それは、家庭環境によるところ大である。すなわちキザキ家は戦前、総理大臣まで輩出した政治家の血胤（ちすじ）であり、イツキの父は戦後、レジスタンスの象徴にまで担がれた、という事情がある。ゆえに、イツキ本人が明教館への入学を許されたのは、政府がキザキ家を牽制（けんせい）すべく、いわば人質をとっているため。このあたり、やはりカンナギチヅルを正統派とすれば、キザキイツキは異端児である。ただしイツキには、反権力・反体制の言動がまったくみられない。


【一問一答】（主要部分のみ・重複を割愛）

――退廃文学を発見したのは誰か？

『あたしです』

――アオヤマさんだという証言があるが？

『誤りです』

――何故、退廃文学を読み、さらには隠匿しようと思ったのか？

『いわゆる退廃文学が何故退廃なのか、理解したいと思ったからです』

――では八冊を読み終えて、どのように理解したか？

『率直に言えば、子供の遊びです。

政府が血眼になって禁圧している理由が解りません』

――それは、校則違反と犯罪を犯してまで、理解する価値があったことか？

『はい、その価値はありました。

明教館の生徒は、将来、国家有為の人材となることを求められています。そのためには、対立する思想、禁圧すべき思想をふくめ、充分な見識を涵養しなければならないと考えます』

――覚醒剤を禁圧するのに、覚醒剤を打ってみる必要はないのではないか?

『喩えが適切ではありません。ミステリごときに、そんな危険性も重大性もありません』

――なら退廃文学の規制は誤りか?

『それは政府が判断することです。国民はそれに遵う。それだけです』

――退廃文学のどこを、子供の遊びと思ったのか?

『あらゆる要素をです』

――具体的には?

『吹雪の山荘、絶海の孤島、奇妙な館、隔絶された空間、ケレンのための死体いじり、科学捜査への無理解、暇そうな登場人物、名探偵。舞台設定からして非現実的ですが、登場人物も、リアリティを著しく欠くクイズの駒。そもそも社会に――とりわけ戦後の我が国社会に存在しないタイプの、高等遊民ばかり。


それが、クイズとパズルのためだけに存在し、御都合主義的な言動を繰り返す。愚かで非合理な選択をし、次々と殺し、殺されてゆく。人を殺したいのなら暗がりで通り魔をするのがベストなのに、わざわざ針と糸を使って――これは比喩ですが――迂遠で、無駄に大がかりで、もってまわったトリックを捏ね回す。だから、科学捜査のための証拠を無数に残す。

そしてクイズの解決編となると、素人探偵の大時代的な演説が始まり、聴衆はいきなり飼い馴らされた羊のように大人しくなる。自己満足のスノッブな証明ごっこで解明された犯人は、しかしあっけなく罪を認め、時にしなくてもいい自白を、滔々と語り始める。

……なるほど退廃です。人間のリアルを全く無視しているという意味で、退廃。

そもそも殺人事件が起こったなら、真っ先に警察か憲兵隊に通報すべきです。それが最も合理的ですし、万が一それができないというのなら――無駄で余計なことをせず、孤島なり館なりで、逃げ隠れすればいいだけ。

しかも。

この時代において、論理だの証明だの証拠だのは、犯罪を摘発する上で、もはや最優先の価値を持たない。誰が犯人かを知りたいのなら、『警察か憲兵隊に犯人候補全員を委ねればいい』だけですから――

我が国の捜査機関は、とりわけ戦後においては、世界で最も先進的で合理的な組織だと教わっています。すなわち四十八時間を要せず、必ず真犯人の自白を獲得する――特段の職業的情熱と職業的技能をもって、必ず。ゆえに正義は、必ず実現される。

以上を要するに。

ミステリなどというものは、二度とつながることのない公衆電話。

歴史的役割を終えている以上に、社会にとって無益で、邪魔です』

――極めて理路整然とした話しぶりだが、それは本心か？

『……御質問の意味が解りません。

そして、今お話しした以外の回答は、先生と私にとって無意味です』

――何故、他の五人が、退廃文学を読むのを止めなかったのか？

『他の生徒にも、それが無益で邪魔であることを、自分で判断する権利があるからです』

――もし、他の生徒が、それを有益で有意義だと判断したらどうするか？

『思想は変えられません。あたしはそれぞれの判断を尊重します』

――事実として、有益で有意義だと判断した生徒はいたのか？

『それぞれが、それぞれに、八冊のどれかをおもしろいと判断しました。それは事実です』

――それによって、他の生徒が、処罰されたらどう思うか？

『……それも、御質問の意味が解りません。

ヒトは、自分の決断と行動に責任をとる。それがヒトの自由で、倫理です。

政府が規制しているモノに手を出す。よって処罰される。ならそれが自由で、責任です』

――他の生徒を見捨てるということか？　道を誤らないように、導くことはしないのか？

『それが真実の決断で覚悟なら、介入することが侮辱。あたしは友人を侮辱したくない』

――では自分自身の決断と行動について、今はどう考えるか？

『後悔はしていませんし、もし時がもどったとすれば必ずおなじ決断をするでしょうが、もちろん、それに対する処分を受けるつもりです』

空枝(ソラエ)陸美(ムツミ)

最後の校則違反者、ソラエムツミ。

三年生の異端児(いたんじ)だ。いや、明教館高校の変わり種。

光の加減によっては強い銀にも強い灰色にも映える不思議なミディアムは、そのまま彼女の性格を象徴している。その絹のようなストレートを、悪戯に、潮風になびかせているのが、ソラエムツミの常態(じょうたい)といっていい。

自由で、こだわりがなくて、飄々（ひょうひょう）としている。明教館にずっと住む妖精（ようせい）、などと真面目にいわれることもあるほどだ。普段は、教師はおろか同級生にすら、何をやっているのか分からない娘。それでいて、イザというときに物事を締める。あきらかに天才肌の少女だ。カッチリとしていて規律を重んじるキザキイツキ、ストイックな秀才肌のイツキとは、まるで違った大人び方である。しかし、このふたりは、その達観（たっかん）した性格から、いずれも三年生で『特にやりにくい生徒』とされてきた。奇（く）しくも、おなじクラスである。


【三年六組　ソラエムツミ】

理系。放送委員。吹奏楽部。総合成績一二〇／二四〇。とらえどころのない性格である。言動の端々（はしばし）からは、かなりの育ちのよさと教養を感じさせるが、自分自身がそれに興味を欠いている印象あり。そのように、不思議な達観をそなえた少女。それゆえ、同級生に理解されることはないが、理解されないがゆえ畏怖（いふ）され、あるいは尊敬までされている。遅刻、欠席、出席日数などに関連した校則違反多数。ただ、深刻な処分にならないよう調整している気配あり。文化祭では、ヒョウドウモモカとともに音響係。

この少女の、ある種の恐いものなさは、家庭環境に起因する可能性が大きい。

すなわち、ソラエムツミは現内閣の公安委員長のひとり娘であり、ゆえに、学園側が特別視する生徒である。ただし、本人がこのことを悪用することも吹聴することもなく、よって彼女の出自を知るのは、学園側と、口の堅い友人少数のみ。

【一問一答】（主要部分のみ・重複を割愛）

――元々、ミステリに興味があったのか？

『はい』

――その理由は？

『禁じられているから』

――政府や御父上のすることに、疑問があるということか？

『まさか。そんな大袈裟な意味はありません。まして疑問もありません』

――退廃文学規制に、賛成しているのか？

『したければすればいいとしか。賛成するというより、理解できる、といった感じかな』

――どのように理解しているのか？

『生きてゆくために、不可避だと。そういう意味で、理解はできます』

――より具体的には。

『そうですね……

　戦争も、レジスタンスも、ますます激しくなってる。ということは、政府のいう〈裏切り者〉〈売国奴〉〈非国民〉もまた、どんどん生産されてゆく。

　すなわち、犯罪者が。

　そんな犯罪者は、処罰しなくちゃいけない。国が危機的であればあるほど、見せしめは苛烈(かれつ)な方がいい。しかも、即断即決(そくだんそっけつ)が求められる——まさか戦前みたいに、何度も何度も裁判したり、証拠をしっかり集めたり、捜査機関の手足を縛ったりするわけにはゆかない。

　はやく、効率的に、分かりやすく——これが今の時代の、犯罪者の処罰。

　だとしたら。

　いちばん邪魔になるのは、フェア・プレイの精神。

　ルールと手続きを守って、論理と証拠によって、真実を確定するというその精神。

　これは、厄介(やっかい)です。

　その正義にこだわっていては、この時代、国がもたない。戦争か内乱で崩れ去る。

　すなわち、親愛なる父上もふくめ、政府の要人は生きてゆけない。むろん僕も。

　それなのに、論理とか証拠とか、伝統と型がはぐくんできたルールとかが大事だと——そうフェア・プレイが大事だと、大衆を啓蒙(けいもう)されでもしたら大変です。また戦前のように、人権がどうだの、憲法がどうだの、手続き的正義がどうだの、身勝手なことを騒ぎ出すから——あっ、身勝手っていうのは、父の主観というか、政府の主観ですけど。

いずれにしても。

本格ミステリ、本格推理小説、本格探偵小説——どう呼んでもいいですが、論理と証拠に基づいて、そうそれだけに基づいて、作者と読者が、フェア・プレイの精神で、謎解きパズルを戦う小説。そして真実を必死で考え、正義が実現される様（さま）を味わう小説……

そんな文学が、この国で許されるはずもない。

それは政府の信じる正義と、真正面から対立するものだから。

だから、いいました。そこに疑問はないし、それは不可避だと。

あっ、ちなみに、またそうしたケシカランものが認められる時代になれば、僕と父は吊（つる）されちゃいますね』

——そこまで明確な考えがあるのは、今回以前に、ミステリを読んだことがあるからか？

『いえ、それはほんとうにありません。今回初めて読んでみたら、普段なんとなく考えてたことが、いよいよハッキリ解った。こんな感じかな』

――またミステリを読んでみたいと思うか？

『思わない、というと嘘になります。確かに暇（ひま）つぶし、頭の体操としては悪くないですし。

ただ、それはハツコやシオリみたいに、切実な希望じゃありません。

ハツコやシオリは、文芸部だから――ああトオノ先生顧問でしたね――父が熱を入れてる新国語文学には、ウンザリしてるみたいですけど。だから戦前の、とりわけミステリにあこがれがあるみたいですけど……僕は新国語の人工的なうさんくささ、あれはあれで好きですし。だから暇つぶしなら、あれで充分ですし。

それに、僕はどうしても体制側でしかありえませんから、ハツコみたいに急いで読む必要、まったくありません。将来、文化検閲官にでもなったとき、嫌というほど読めます』

――自分の処分は、どうなると思うか？

『ちょっと卑怯（ひきょう）ですけど――この犯罪は、絶対に公にできないはずです。教頭先生が、死んでも隠しとおすでしょう。ということは……まあ、以下省略で。そして僕の反省文なら、もう幾つか用意してあります。イッキほど、理路整然と嘘は吐けませんでしたけど』

――他の生徒の処分に関して、思うところは？

『穏便に、穏当に終わらせてほしい。そうしなければ、関係者みんなが不幸なことになる。

　どのみち、ハツコたちのような確信犯は、どんな罰を与えても変わりません。それに、無理矢理に服従させるのって、実は、支配する側の負けかな――って思ったりもしますし』

　――というと？

『暴力でヒトを屈服させたとしても、そんなヒトは、暴力が無くなれば裏切りますから。やるだけ無駄というか、お互い損じゃないでしょうか。

　父に言ったら怒られますけど、ヒトの心は、戦前も戦後も自由です。いえ思想信条は、自由とか権利とかっていうより、そもそも外から測定できないし、上書きできないですよね？　その意味で不可侵（ふかしん）というか、どうしようもない。物理的にいじれない。

　だったら、自分自身でリスクに気付くまで何もできないし、どのみち卒業すれば、きっと恐ろしいリスクに気付くと思いますし――

　そう、卒業すれば。学園の外に出れば。十八歳で強制収容所や最前線に送られるようなリスク、自然と避けるようになりますよ。いまムキになって禁じて、油を注ぐことはない』

——同級生をミステリから遠ざける努力はしない、ということか？

『思春期のちょっとした逸脱(いつだつ)行動として、サラッと流すのがいいのかなあと』

観客席から——Ⅰ

大きなドアを開けて、タダノ教頭が入室してきた。

いつもどおりの、女王だ。荘厳(そうごん)な黒いロングドレスに、豪奢(ごうしゃ)な黒い髪。

先に入室していたトオノ教諭は、その背で扉の音を聴いた刹那(せつな)、もう立ち上がっていた。あたかも自分が、まだ学園の生徒であるかのように——あるいはこれから監視される側となる、六名の生徒であるかのように。

「はやいわねトオノ先生。どうぞお掛けなさいな。あなたが監督よ」

「あっ、はい、それは承知しております」

「私はよほどの事がなければ、いっさい口出しはしません、オホホホ。

まさに観客——とでも思って頂戴」

そういって、どこまでも優雅な挙措(きょそ)で、タダノが着席する。

そのタイミングを確実に見定めて、ようやくトオノは座り直した。

ふたりの瞳は、眼前に展開される、反省室の様子をリアルタイムでとらえられる。

ただ、今はまだ誰もいない。

反省室に入るべき六名も、更生プログラムを実施する二名も、まだ現地入りしてはいなかった。

――だから、ふたりの眼前に示される、反省室の情景。

まさに監獄のような房(ぼう)が、みっつ。

房ひとつの大きさは、六畳もない。

それぞれが、ささやかに過ぎる二段ベッドと洗顔台、そして手洗いを備えている。

もちろんその扉は鉄格子で、刑務所同様、厳(いか)めしい錠と鍵(かぎ)とで閉ざせるようになっていた。

そして、やはり刑務所同様、薄暗い。

女子校の反省室とあって、清潔で小綺麗ではあるが、黒と灰色を基調色とした、陰(いん)鬱(うつ)で寂(さび)しい施設だ――

少しだけ房より明るいのは、房とは別個に設けられた、運動用のスペース。運動室とも、娯楽室とも、会議室ともいえるスペースだ。学園の、ホームルームよりわずかに狭いが、房と競(くら)べれば、まるでグラウンドのように広く感じる。

――そして、タダノとトオノが視点を切り換えれば。

それら『生徒指導用』の施設とは切り離された、いわばバックヤードが、すぐ確認できるようになっていた。それは、ここを監獄とするなら、『看守たちが使う事務室』である。そこにはスチールデスクとロッカー、そしてモニタ多数がある。非常ベル、警報ランプといったものも。ちなみにこのバックヤードは、『反省室長の事務室』なので、『室長室』と呼ぶこととされていた。

これらを要するに――

観客のタダノと監督のトオノからは、室長室も反省室も監視できる。いずれも同様に見透せる。

その意味において、教師たちは、神の視点を確保していた。また、タダノとトオノの席からは、その操作できるあらゆる機器で、反省室の照明、音響、あるいは緞帳までもが自由になる。もちろんふたりは、しかるべきタイミングで、操作と介入を躊躇しないだろう。

――いま、タダノ教頭は。

すべての準備に満足したか、意味のとりにくい微笑を浮かべながら、悠然と反省室を眺めている。その顔色をうかがっていたトオノは、しかし、自分があまりに上司を見詰めていたことに気付いたか、あわてて手元の資料に視線を落とした。

手元の、ボリュームある資料。

そう、かつてタダノが、風紀委員長のカンナギチヅルに与えた、あの『反省室・更生プログラム実施要領』である。
トオノは、もう幾度も確認して熟知しているその資料を、いま一度見遣った。
すぐに、プログラムに参加する生徒の名簿が瞳に入る――

【生徒名簿】
反省室長　カンナギチヅル（3-3、風紀委員長、バスケ部）
教官　ヒョウドウモモカ（3-3、学級委員長、テニス部）
六〇一番　アオヤマハツコ（3-1、図書委員長、文芸部）
六〇二番　アカギフタバ（3-1、文化祭実行委員長、テニス部）
六〇三番　シロムラミツコ（3-2、美化委員、茶道部）
六〇四番　クロダシオリ（3-4、図書委員、文芸部）
六〇五番　キザキイツキ（3-6、体育委員、バスケ部）
六〇六番　ソラエムツミ（3-6、放送委員、吹奏楽部）
以上、総員八名

このとき、プログラム開始をつげる、最初のブザーが響き渡った。

もちろん、タダノ教頭の指示どおりである。

そして一〇秒——二〇秒——

トオノは眼前の反省室に視線をむけた。隣ではタダノが、またあの不思議な微笑を浮かべている——ただし、今度は自分に対して。そう、部下であるトオノ教諭に対して。

「ほほ。どうやらまだ不安な様ですね、トオノ先生……いえトオノレイコ」

「不安……」

はい、確かに不安が無いといえば、嘘になります。

無論これは文科省にとって、いえ政府にとって重要な試みとなるでしょう。ですが生徒達だけで、ほんとうにこのシナリオを耐えぬけるかどうか。十八歳の、八人だけで……」

「といって、私はあなたに出演を強いるほど、残酷ではなくてよ」

「……過去のプログラムを再検証しているうち、今更ながら動揺してしまいました。失礼しました」

「再検証しているうち、またあなたはトオノレイコ時代にもどってしまいましたか？」

「いえそれは。そういうわけでは。私はもう、先生に教えを受けた女子生徒では」

「冗談ですよ、オホホホ」

「……いずれにしても。十八歳の八名だけには、重すぎる。過酷すぎる」

「不測の事態が起きると？」

「その可能性は捨て切れません。

例えば、シロムラミツコは必修科目の、軍事教練を受けていません。そのことが、あの小道具と化学反応すれば、まさに不測の、著しく不穏（ふおん）な事態が起きかねません」

「ほほ、実は私も軍事教練を受けてはいないのだけどね。ほら、あなたと違って、私は旧政府の教育を受けた世代。この国の解放は、私が旧東京大学を出て、成人してからだった——まさかあんなもの、触れたこともなければ使ったこともないわ。

だから、まさにここ明教館で、軍事教練をキチンと受けたあなた、このプログラムを熟知したあなたの指導を期待したのですが。それとも自分の指導内容に自信がないと？」

「それが新世代の私の、あるいは教頭先生の御指導を受けた私の役割だということは、認識しています。ですから、できるかぎりのことは、繰り返し繰り返し注意し、徹底しました。そして機会があれば、プログラム実施中でも注意喚起（かんき）をするつもりです。ですが……

不測の事態というのは、起こるもの。だから不測なのでは？」

「そうならないことを祈りますが、著しい逸脱(いつだつ)・脱線がみられたときは、直ちにプログラムを中止します。そのために観客の私がいるし、あなたも監督者として、それは必死に、何度も何度もシミュレイションとリハーサルを重ねてきた。そうでしょう?」

「それはそうですが」

「なら最後に。ここの施設の封鎖は完璧ですね?」

「完璧です。反省室。反省室長室。そして私達の、ここ。すべて外部に対して施錠・封鎖してあります。第三者が侵入することは、ありえません……ありえたら剣呑(けんのん)すぎます」

「重畳(ちょうじょう)」

最後のブザーは今、鳴り終わった。

そして、これもタダノ教頭の好みどおり――

いつかカンナギチヅルが教頭室で聴いたのと似た、短調の、だがもっと不思議で物悲しいピアノが、荘厳に響き始める。

すなわち、更生プログラム開始だ。

このとき、不安を隠しきれない様子のトオノが、思わず独りごちた。

言葉となったそれを、タダノは聴いていたか、いなかったか……

「誰かは分からない。
けれどこのプログラム、荒れるわ……誰かが、何かを謀んでいるもの……」

第2部

ひからびた胎児　第2曲

入獄

乾いたブザーが鳴り終えて。

しばらくすると、どこか残酷な悪戯(いたずら)さのあるピアノが響いてきた。あたしはビクッとした。

もう少し厳(いか)めしければ、まるで弔鐘(ちょうしょう)みたい。ううん、そこまではゆかないけど、なにか、避けられない悲しみの行進曲のよう。ひとつひとつの和音が、沈鬱(ちんうつ)だ。

実際、あたしたちは行進してた。

明教館の、モノトーンの黒いセーラー服姿が、八人。

正確に言えば、行進をしてるのが六人。行進をさせてるのが、二人だ――

「なに、この曲」あたしのあとを歩いているフタバがぼやく。「お葬式じゃないんだから!!」

「二週間の監獄暮らしには、ぴったりだねえ」

おそらく六人目、いちばん後ろのムツミがいった。

「なにせ、僕らは囚人、ということらしいから」

「ムツミ、無駄口は利かない方がいい」凛(りん)としたイツキの声。「どうせタダノ教頭が聴いている。いや監視している」

ふう、とどこか優雅な嘆息(ためいき)。これは三人目の、ミツコだ。

「お風呂(ふろ)とかは、入らせてくれるんでしょうか……」

――あたしたちは、六人で一列縦隊(いちれつじゅうたい)をつくって、反省室の施設に入ってきた。

その、先頭は。

名簿順からいっても、クラス順からいっても、そして罪の重さからいっても、当然あたし――アオヤマハツコだ。縦隊とか行進とか、ひさしぶり。確かに、高校の授業には軍事教練もあるけど、明教館は進学校だし、女子校だし、いちおう指導者を養成する重点校だから、そんなにコマ数はおおくない。

……あたしは、他の娘(こ)の愚痴(ぐち)を聴きながら、シオリの声がしないことに気付いた。

クロダシオリは、繊細な子だ。おなじ図書委員で文芸部だから、よく知ってる。

きっと、もうこの暗い反省室の雰囲気に、圧倒されてしまってるんだろう。あたしはその様子が気になって、縦隊の先頭からうしろを——四人目のシオリを確認しようとした。すると。

「ごめん、ハツコ。行進をしているときは、後ろを見ないで」

「あっごめんチヅル」

「……細かいこと言って、ゴメンね」

「ううん、チヅルも仕事っていうか、それが役目だから」

カンナギチヅルとヒョウドウモモカは、あたしたちの世話係だ。

あたしはむしろ、ふたりに申し訳なかった。

学園は、休み期間に入ってる。校則違反をしたあたしたちが罰を受けるのは、仕方の無いことだけど、チヅルとモモカは、何も悪いことをしてない。それが二週間も、帰省もできずに、こんな陰鬱(いんうつ)な施設で仕事をしなければいけないのだ——

気の強いイツキや、飄々(ひょうひょう)としたムツミがどう考えてるかは解らないけど。

あたしは、自分がミステリに手を出したことで、無関係のチヅルたちに迷惑をかけたことが、つらかった。

そしてお嬢様のシロムラミツコも、お洒落(しゃれ)好きのアカギフタバも、他人の気持ちが解らない方じゃない。やっぱり、ミステリを読んでもいないチヅルたちを巻きこんだことを、多かれ少なかれ、後ろめたく思ってるに違いない。

そうでなければ、とりわけ我が儘な――かなり演技入ってるけど――フタバも、そしてとりわけ身嗜みに気を遣うミツコも、こんな刑務所みたいなところへ、素直に行進しながら入ってくるはずがない……

「イチ、ニ、イチ、ニ」ムツミはどこか調戯うように。「左、右、左、右っと。ああ懐かしいね、こんな軍事教練」

「ムツミ」学級委員長をしてるモモカが、もう、といった感じで窘める。「さっきイツキもいったでしょ。どうせタダノ……教頭先生が見てる。あんまりふざけてると、二週間じゃ終わらないよ」

しかもそのモモカは、すっとソラエムツミに近付くと、そのサクッとした悪戯なミディアムに、そっと囁いた――

(ちゃんと打ち合わせしたじゃん。カッチリやるふりをすれば、二週間もかからないって。あんまチヅルとあたしを困らせないでよね)

(おっと、了解、了解です看守殿)

(だからやめてってば～!!)

――あたしたちは地下への階段を下りきり、そのまま反省室の房のまえに着いた。チヅルの号令で、行進が止まる。確かにムツミがいうとおり、ひさしぶりに聴く号令だ。

「全体、止まれ。そのまま右向け、右」

三つ列んだ房のまえ、いわば廊下のスペースで、一列縦隊が一列横隊になる。そのあたしたちの正面に、そう、黒いセーラー服の六人を見渡すかたちで──チヅルが中央に、そしてモモカがその隣に立った。

「みんなお疲れ様……じゃなかった、ラクにしていいわ、休め」

チヅルはどこか演技的にいった。観客を、気にしてるようだ。

「これからみんなの……諸君の、じゃなかったええと、校則違反者諸君の更生プログラムを開始する。私は反省室長のカンナギチヅルだ」

ぷっ、とフタバとムツミが吹き出す。

それはそうだ。おたがい、三年近くを全寮制の学園で過ごしてきた腐れ縁。しかもあたしたち八人は、程度の差はあるけど、誰もが友達で、仲がいい。誰もが単なる同級生以上の、近い関係にある。

だから、フタバは素直にいった。

「似合わないよ、チヅル」

「わ、解っているわよ……」

ここで補佐役のモモカが、反省室のあちこち、とりわけ目線から上の天井のあちこちを、指でさした。ササッと。パパッと。

その意味は、もちろんチヅルにも、他の六人にもすぐに解った――監視カメラだ。

だからチヅルは、また演技的に、気合を入れ直すように口調を強めた――

「とにかく、更生プログラムを開始する!!

これから、反省室への入室手続きを行う。呼ばれた娘……呼ばれた者は、一歩前へ」

最初の儀式

「アオヤマハツコ」

「はい」

「こちらへ」

「………？」

あたしが途惑ってると、補佐役のモモカが、房の反対側にある大きなスペースの錠前を開けた。あたしたちのホームルームより、ちょっと狭いスペース。だけど、房が小さいのと、そこに何も無いのとで、イメージとしては大きく感じる。

「ハツコ」モモカがさらにうながした。「こっちへ入って」

「う、うん」

あたしはそのスペースに入った。

すると、責任者のチヅルが、モモカごとあたしをそこへ閉じこめる。

モモカを顧ると、彼女は奥の暗がりから、大きな鉄のトランクを採り出した——

ここで。

あの沈鬱な、葬送行進曲すら連想させるピアノが、急に転調して長調になる。今度は、ショパンのようにしっとりした優しい調べ。でも、なんだろう、どこか不安で、人を不安にさせる音。ピエロが弾いてるような、ブラックユーモアのような。やすらぎと清澄さの裏に、意地悪な隠し事があるような……

すると。

あたしと一緒に閉じこもったモモカではなく、外で残り五人を見渡しているカンナギチヅルが、意識して大きな声を出した。そう、あらかじめの台詞っぽく。

「諸君は、ミステリという禁制品を所持した、思想犯である。

これから二週間、その罪を充分に反省し、真人間に立ち直ってもらう必要がある。

その二週間は、この反省室で、謹慎生活を送ってもらう。

謹慎生活において、不必要なものは、これから没収する——モモカ」

チヅルは鉄格子ごしにモモカを見た。

モモカはあたしを見、そして、あっさりと告げる。

「ハツコ、それじゃあ始めるわ」

「う、うん」

「着てるもの、ぜんぶ脱いで。所持品検査をするから」

「ぜ、ぜんぶ？」

「うん」

あたしは思わず、鉄格子ごしに、廊下に列んだ五人とチヅルを見た。

「だ、だけど……ここで裸に？」

「お願いハツコ。これも必要な手続きなの。こうするよう、指示されてるの」

「た、タダノ教頭先生から？」

「うん……」

じゃなかった、それがここの手続きで、チヅルと私の命令。だからお願い」

——明教館は、女子校だ。

だから、同級生のまえで裸になることは、きっと、共学の娘より抵抗はないけど、
でも。

「ハツコ急いで。手続きが遅くなれば、プログラムが遅れるわ。そうすれば、六人みんなに影響がある——もちろん、チヅルと私にも」

モモカはもう一度、今度は目線だけで、監視カメラがありそうな位置を見遣(みや)った。

あたしは。

あたしは結局、その状況と、いろんな視線に押されるように、おずおずと、モノトーンのセーラー服を落としてゆく。一列横隊の五人が、ざわめきだす。

「モモカ、その、下着も？」

「着てるもの」モモカは断言した。「ぜんぶよ」

——あたしが服をぜんぶ脱ぐと。

モモカはあたしと瞳を合わさず、そしてどこか申し訳なさそうに、でもハッキリ言った。

「隠さないで。きちんと立って。

まず口を開けて——そう。あと脚をひらいて、前屈(まえかが)みに、こう、手をゆかに着けて」

「ええっ」

「……所持品検査、ということになってるの。まさか何も隠してないとは思うけど」

五人のざわめきは、次第に、ハッキリとした抗議に変わってた。

なにそれ。信じられない。そこまでやるの。てか何を隠すのよ——

あたしはギャラリーの声援に元気づけられ、モモカに抵抗を試みた、少しだけ。

「でもモモカ、そんな格好って、ちょっとひどい、ような」

「終われば、すぐに服をあげられる。終わらなければ、ずっとそのままよ。どっちが嫌？」

（そんな、どっちも嫌だよモモカ!!）

（堪忍してよハツコ、あたしがやりたくてやってると思う!?）

なんてこと……

あたしが思いきりショックを受けてるあいだに、モモカはまるで囚人にするように、裸のあたしを調べた。といっても、やっぱり儀式のようだ。モモカは眼で確認するだけで、あまり手では触れてこなかったから……

「いいわハツコ。隠匿物なし。じゃあ、これを着て」

「これって」

それは、筒のような白衣だった。白いけど真っ白じゃない。どこかクリームがかってる。

喩えるなら、病院の検査着みたい、といえばいいだろうか。襟もボタンもなければ、ポケットひとつない。首からストンと着て、短い半袖に手をとおすだけのワンピース。麻みたいな感触で、見るからに粗末だ。すごくごわしてて、とても着心地がよさそうとはいえない。

そして、左胸のところに、不気味な黒い数字が染めぬかれてる――６０１。

「はやくして――あっ、下着は駄目。それをそのまま着るの」

「ええっ」

「大丈夫、透けないし厚手だから」

「そ、そういう問題じゃなくって」

抗議っぽいことを言ってるうちに、モモカは、あたしが身に着けようとした下着を奪ってしまった。そしてタンクトップとかソックスとかと一緒に、セーラー服でくるんでしまう。それは『６０１』というタグをつけられ、また違う鉄のトランクにガッチリ押しこめられた。

あたしたちは、そもそも、私物の持ちこみを許されてない。反省室入りに必要なものはぜんぶ現地にあるから――ということで、スクールボストンひとつ、携行してはこなかった。というかこれなかった。

そして今、いってみれば、唯一の私物だった制服というか衣類まで、まるごと没収されてしまったのだ。所持品検査。というか身体検査。そして、この検査着みたいなの……

あたしは、確実に、嫌な予感に襲われた。

ううん、嫌な予感どころじゃない。嫌悪感、というか……

もちろん、チヅルもモモカも友達だ。そして、教頭先生に命ぜられたことを真面目にやろうとしている。それだけだ。

けれど……

いきなり下着まで脱がされて、言うをはばかる変な格好をさせられて、しかも、言うをはばかるところを、同級生っていうか人にじろじろ見られて。これで動揺するな、っていう方が無理だよ。

「いいわハツコ、外に出て」モモカは鉄格子の錠前を開けた。「次はフタバよ。要領は解ったわね？」

――私はモモカに押され、チヅルに手を引かれるまま、大きな檻を出た。

きっとあたしの姿を見てた、他のみんなの顔が見られない。

ぽん、とフタバがあたしの背を叩いてくれた。ミツコがあたしの手を、そっとにぎる。

もっともそのフタバはふて腐れてたからか、あたしより執拗に検査されてしまったし、だからモモカと一触即発な感じになってしまったし、お嬢様のミツコなんて、あまりの格好と粗末なワンピースに、涙までにじませてたけど……

あたしは、頭がぼうっとして、もう既に、考えが上手くまとまらなくなってた。

怜悧で寂しい蛍光灯の白。

鉄格子の銀にコンクリの灰色。

時間の感覚も、空間の感覚も狂わせる。

あかるい色彩がない以上、そう、精神状態さえも……

「ハツコ」チヅルが困ったように言った。「きちんと直立して。横隊を乱さないで」

「……うん」

虚脱（きょだつ）したようなシオリ。

恥ずかしさなど見せないイッキ。

どこか遊んでるようなムツミ——

後半三人は、きっとそれぞれの理由から、抵抗しなかった。

けどあたしには、もう、それを心にとどめたり分析したりする余裕が、なかった。

規則説明

所持品検査が終わり。

反省室の八人は、もう一度、入ってきたときの位置にもどった。

つまり、あたしたち校則違反者六人は、廊下に一列横隊。

それを監督するチヅルが、六人の真正面に立つ。その隣に、補佐役のモモカ。

「では、これからこの反省室における、規則の説明をする」

ここで補佐役のモモカが、チヅルに何かを手渡した。

この暗い世界に映える、恐ろしいほど真紅の何か——

チヅルがそれを腕に着けたとき、誰もがその役割を理解した。

腕章だ。

——あたしたち六人は、ごわごわした白いワンピース。

チヅルとモモカは、罰される側じゃないから、明教館の、お洒落なセーラー服のまだ。雪のような襟とスカーフに、ピアノのような上着とプリーツスカート。さっきまで、あたしもあれと一緒の姿だったとは、とても思えない。

そのシックなセーラー服の左腕に、血のように赤い腕章がまかれる。

チヅルの腕章には、墨書のような白い字で『反省室長』とあった。

気が付くと、モモカも腕章をまいてる。そちらには『教官』とある——

みんなの視線が真紅の腕章に集まったとき、チヅルが硬い声でいった。それは、もはや堂々たる台詞回しといえた。

「諸君は、思想犯である。これは、その更生プログラムである。

よって、諸君の自由は、必要な範囲において、制限される。これは、当然のことである。

——その制限は、この反省室の規則に象徴される。

この規則を守ることが、諸君の更生をはやめることであり、さかしまに、この規則を破ることは、諸君の更生を遅らせることになるのだ。

何故ならば。

規則からの逸脱は、諸君がいまだ誤った自由に染まっていることを意味し、したがって、諸君がいまだ更生していないことを意味するからである。ここまでは理解したか」

……誰も返事をしない。

あたしは、こそこそと横隊の五人を隠れ見た。隣のフタバはふて腐れてるし、ミツコは心ここにあらず。シオリはずっと俯いてて、イツキはチヅルたちを見詰め——というか睨んでる。ムツミは空ゆく雲を眺めるように、そう、どこ吹く風だ……

すると、『教官』のモモカがいきなり怒鳴った。

「室長殿に、返事は!?」

誰もがガン無視……

……と思いきや、視線をモモカの手に、指に集めた。

それは、バッテンをつくったり、監視カメラを指さしたり、『お願い』のサインになったりしてる。だから、少なくともあたしは理解した——モモカは本気じゃないと。だからもちろん、チヅルも台本どおりのことを、やってるだけだと。
するると。

「……はい」

ずっと項垂(うなだ)れてた、あの大人しいシオリが、蚊の鳴くような声で返事をした。

そして、わずかに言葉を続けた。

「よ、よく解りました、チヅル」

「あっあの」あたしも続いた。「あたしも解った」

へいへい、とフタバ。はーい、とミツコ。

「よろしい」赤い腕章のチヅルは、横隊をじろりと睨みながら。「もう一度確認する。規則の重要性は理解したな？」

はい。

「声が小さい!!」

……っはい。

「では規則の内容を説明する」

ここでモモカが、大きなボードをかかえた。そこには何条かのルールが、ポイントの大きなゴシック体で書き記されてる。チヅルはそれを読み始める。

「反省室における規則は、次の八箇条だ。

第1条　反省室長と教官の命令に従うこと。
第2条　反省室長と教官に暴力を用いず、施設の損壊（そんかい）をしないこと。
第3条　脱走をしないこと。
第4条　外部と連絡をとらないこと。
第5条　私語をしないこと。発言があるときは、挙手（きょしゅ）をしてその許可を求め、
許可をえてから発言すること。
第6条　反省室長の定めたスケジュールを守ること。
第7条　反省室長を『室長殿』、教官を『教官殿』と呼び、校則違反者どうし
は、必ず違反者番号のみで呼ぶこと。
第8条　規則違反をした場合は、抵抗せずに懲罰（ちょうばつ）を受けること。

以上、第1条から大きな声で確認だ。第1条!!」
あたしとシオリが、もごもごとモモカのボードを読み始める……
するとたちまちチヅルが怒鳴った。
「さっそく理解していないようだな!!
いま、私は第1条から大きな声で確認しろと命令した。そう、命令した!!
……ハツコ、じゃなかったええと、六〇一号!!」
「はっはい」

「規則第1条を読んでみろすぐに!!」

「反省室長と教官の命令に従うことっ」

「規則第8条!!」

「規則違反をした場合は抵抗せずに懲罰を受けること!!」

「……よろしい。そういうことだ。

そして校則違反者諸君、諸君はさっそく、規則第1条に違反したことになるな」

「バッカみたい」

(ちょ、ちょっとフタバ!!)

あたしは隣のフタバをあわてて止めた。フタバのさばさばした性格からして仕方ないけど、いくらなんでもバカ正直すぎる。もちろんチヅルたちの立場もあるし、何より教頭先生が監視してるのだ。あたしだって、こんなのやりすぎっていうかお芝居が過ぎると思うけど、いきなり反抗、いきなり『バッカみたい』はないよ……ケンカ売りすぎ……

「ほう」チヅルの顎(あご)が、演技的に上がった。「誰だ、いま不規則発言をしたのは?」

「あたしに決まってんでしょ、眼(め)の前で聴いてんじゃん」

「……六〇二号、それは私語か?」

「ええっ!?

てかチヅルが訊いたから答えたのよ!!　あんたあたしに訊いたじゃん!!」

「チヅル……？

六〇四号、規則第7条を読め」

「は、はいチヅル……いえ室長殿。

反省室長を室長殿と教官を教官殿と呼び――」

「――と、いうわけだ」

いつしかシオリの眼の前にいたチヅルは、かなり嗜虐的に、指でシオリの顔を上げた。

シオリの三つ編みが、びくんと震える。

「では六〇四号。たった今フタバ、ああ違う、もうホント面倒だわ……六〇二号が犯した規則違反を、すべて列挙して。じゃなかった、しろ」

「はい、室長殿。

私語が二回。室長殿と呼ばなかったのが一回。総計三回の規則違反です」

「そのとおりだ六〇四号。お前はなかなか見所がある……

よって規則第8条により、六〇二号には抵抗せずに懲罰を受ける義務がある」

「懲罰ですってぇ!?」

「規則違反一回につき腕立て伏せ一〇回、総計三〇回だ」

「じょ、冗談キツいわよチヅル」

「今の発言でまた規則違反二回だな。総計五〇回、始めっ」

「……室長殿」ここでフタバは、いきなり素直に手を挙げた。「発言、よろしいですか？」

「なんだ」

「死・ん・で・も・イ・ヤ」

――チヅルは、勘弁してよ、といわんばかりに瞳をつぶってしまう。

ムキになってるフタバには解ったかどうか解らないけど、あたしには解った。冷静なイツキにも、超然としたムツミにもきっと解ったはずだ――ゴネればゴネるだけ損だと。それは六人にとっても損だけど、実は監督役の、チヅルとモモカにとっても大損なのだ。

だってここへ入る前、ふたりとも言ってたし、ふたりとは打ち合わせしてある。

タダノ教頭先生のシナリオに叛らわなければ、とっとと終われるし、校則違反もなかったことになるし、帰省だってできるかも知れないと。チヅルとモモカも、学園での評価を下げずにすむと。だから、多少の理不尽はおたがい我慢しようと……

だから。

チヅルは『室長殿』の仮面を剝がしかけた。そしていつもの理知的な瞳で――生徒会長のときいろんな調整をするときよく見せた瞳で、あたしたちを見遣った。そしていった。

「ねえ、規則を守ってくれないと、これ、終われないのよ。

あたしたちちゃんと話し合ったじゃないフタ――」

「――ようし解った六〇二号!!」

けれどそこで教官役のモモカが、厳しい顔で、チヅルの言葉を制した。

それはきっと、チヅル自身による規則違反を避けさせるためだったろう――

「六〇二号。お前が腕立て伏せをしないというのなら、総員の連帯責任だ。

校則違反者六名、腕立て伏せ五〇回、始めっ!!」

「ちょ、ちょっとモモカ!!」フタバがあわてていう。「みんなには関係ないじゃない!! もう、やるわよ、やります、あたしが腕立て伏せすれば気が済むんでしょ!?」

「そうはいかない。

おまえたちは思想犯だ。思想犯の陰謀結社だ。ひとりの反抗は、総員の犯罪だ――

室長殿、そうですよね!?」

「モモカ……そうだけど……」

「プログラムはこれからです、室長殿。

最初からこれでは、満足のゆく結果は到底、出せません」

「……そ、そうだな。では改めて命令しよう。もちろん命令違反を重ねれば重ねるほど、懲罰がふえてゆくことを忘れるな。

六〇二号の規則違反により、総員、腕立て伏せ五〇回、始めっ」

仕方がないね、と最初にゆかへ伏せたのは、そよ風のようなムツミだった。

・

看守たち

「それでは次のプログラムだ。

総員で運動場を行進。壁にそって、左回りに進め。我々がもどるまで休んではならない――縦隊前へ、進め!!」

『室長』の私は、あの教室ほどの檻に入れた六人にそう命じた。そのまま鉄格子に鍵をかけ、モモカと一緒に反省室をあとにする。反省室のエリアをぬければ、実はすぐ、私達の事務室だ。『反省室長室』というプレートのある、私達のバックヤード。

もちろん、タダノ教頭と、トオノ先生に監視されていることに疑いのない室だが。

(……想像した以上に、嫌な役割だわ)

それだけタダノのシナリオが、よくできているということだろう。

そのシナリオが、監獄のイメージそのままの反省室とあいまって、既に劇的な舞台効果を生んでいる。私自身、どこかジトジトとした、イライラした気持ちを切り換えられないのだ――まして直情的なフタバなど癇癪（かんしゃく）を隠さないし、よいライバル関係にあるイツキは、私を蔑（さげす）んだ瞳で見る。大人しいシオリに至っては、雰囲気に飲まれてしまったか、虐待でもされたかというほどビクビクしていた――

私は、スチールデスクの硬そうなイスに、どっかり座りこんでしまって。

「ああ、まだ二時間もたっていないのに、もうグッタリしちゃったわ」

「それは私もよチヅル」モモカが眼の前のデスクに座る。「正直、気分のいい役割じゃないしね。ううん、ぶっちゃけ胸が悪くなる」

「しっかり説得していなかったら、裸にした時点で、もう暴動だったかもね」

「たぶんね」モモカは元気そうなポニーテイルを跳ね上げた。「だけどチヅル、忘れないで。これは六人の更生って意味もあるけど――」

「――私達ふたりの、試験でもある」

「そう。だってタダノいってたじゃん。明教館は、将来のエリート女子国民を輩出する学園だって。そう、大衆を支配する側を――それが、不良六人すら更生できないとなったら」

「タダノは私達への評価を、大きく下げるでしょうね……

せっかくこのデリケートな問題を、上手く処理してくれると期待していたのにねえ、オホホホ――といった感じで」

「とりわけチヅルは、今んとこイツキを抑えて学年首席なんだからさ。このままいけば、ううん、このプログラムを成功させたら、間違いなく新東京大学に推薦してもらえるよ」

「そのときはモモカ、あなたも一緒にって頼むわ」

「ありがと。素直に嬉しい。けど、あたしはどっちかっていえば、はやくこんなの終わらせて、三日でも四日でも実家に帰りたいよ」

「……そっか。モモカのお兄さん、もうじき入営だったわね」

「この休みで帰省できないと、兄貴、もう出征しちゃうんだ……今度いつ会えるか」

「戦争、厳しいみたいだもんね。連合軍が上陸してくる、なんてデマもいっぱい飛んでいる」

「だから、とりわけフタバとか、ちゃんと大人しくしてくれないと困るんだよね～」

「私からも、よく言って聴かせるわ」

「お願い。

さて、と。とりあえず難癖つけて腕立て伏せさせるのはクリア。初期段階でもう二度、命令しないといけないみたいだけど。そしてこの、ぶっちゃけ無意味な行進が二時間でしょ」

「二時間歩くのって、けっこう大変よね。シオリとか躯、強くないから大丈夫かしら。ハツコも腕立て伏せとか、ちょっとムリなのよね」

「駄目だよチヅル。ちゃんとプログラムどおりにやらないと。だってここにも書いてある——

　思想犯は確信犯ゆえ、政府や権威を意に介してはいない。これを再教育する上で重要なのは、まず物理的・肉体的に消耗させ、思考停止の状態に持ちこむこと。そのため、あらゆる不合理な運動をさせるとともに、些細な違反をことさらに摘発し、執拗に懲罰を重ねること

　このことにより、有害な思想をかえりみる余力を奪いつつ、権威に反抗すれば苦しみを味わうという、脳内回路を形成すること。思想犯の更生において、この初期段階での極限状態と、反射的な罰の学習は、とりわけ重要である

——云々かんぬん。まあ、道徳の教科書に書いてあること、ちょっと小難しくしただけだけど」

「ああ、確かに道徳の授業でやったわね、『収容所運営法』。でもまさか、生徒のとき、実地にやってみることになるなんて」

「チヅル、不安なの？」

「私……私……

正直、人殺しパズルなんて読むハツコたちの気が知れない。いやらしい、けがらわ

しいって思うし、なんだか犯罪を引き起こす気もするし……

ただねモモカ。これやっぱり絶対に、絶対に内緒にしてほしいんだけど」

「なに？」

「ヒトの好み……ううん、思想なら思想、信条なら信条でいいけど、そんなの変わるのかな？　変えられるのかな？」

「ちょっとヤバい話になってるけど、それはつまり、思想犯は更生できないってこと？」

「うん、更生させられない、っていうか……

どれだけ肉体的に追い詰めても。どれだけ罰を学習させても。例えばハツコなんて意外と頑固だから、絶対に、心の底ではミステリ、捨てないと思うんだよね」

「でもチヅル、これも道徳の授業でやったじゃん。政府がどれだけの思想犯を、そう転向させてるかって数字。

あれ確か千人単位だったたし、ほら、二年のとき講演会もあったよね？　レジスタンスから無事に更生して、今は政府の軍需工場で働けるほど立派になった人。明教館に話しに来てたじゃん？　だから実際にいるし、できるんだよ」

「でもそれが、ほんとうに転向しているのかなんて――

ううん。それはいいわ。それこそ出口のない議論だもの。だけどモモカ、思想犯を転向させることがホントにできるとして、今、生徒の私達にその能力も技術もないわ。

　だから、いってみれば八百長の約束を、ハツコたちとした」

「けどさ、生徒に練習させるってことは、授業でやるってことは、それは、実技としてできるんだよ。物理的に、実現可能っていうか」

「仮にそうだとして、素人にキチンとできるかどうか……

あと。

　私自身、どこか、腰が引けちゃうのはね。

　さっき言ったみたいに、私、人殺しパズルなんて気持ち悪いけど、それが、それを読むことが、そこまで国や社会にとって悪いことなのかなって、ちょっと、疑うことも――」

「――それは駄目。それ以上いったら駄目。

　それに、そのことがそんなに疑問だとしたら、むしろこの機会に解決できるかもよ？」

「この更生プログラムで？　またどうして？」

「ミステリが悪影響を及ぼさないのなら、それを読んだハツコたち六人は、いってみれば『反社会的じゃない』『叛逆者じゃない』ってことだよね？」

「そうなるわね」

「だったら。

ミステリを読んだハツコたちがプログラムに抵抗して、揉め事や騒動を起こすとしたら。それはミステリから悪影響を受けたってことだし、『反社会的になった』ってことだよ。

だってこれまで、全寮制で三年近いつきあいだけど、私達、学年のなかではみんな友達じゃん？　そりゃケンカは幾らでもしたけど、深刻なトラブルなんて全然なかった。

けれどもし……」

「……けれどもし、ハツコたちが人殺しパズルに書いてありそうな悪い事をするのなら」

「まさにミステリの毒が回った、って証明になる」

「理屈では、解らないこともないけど――

そんなこと、まさか、ありえないわよ」

フタバとモモカ

あたしたちは、檻のなかを歩き続けた。

平然としてるのは、いつも凛としたイツキくらいのもの。飄々としたムツミも、トレードマークの微笑みが苦しそうだ。茶道で鍛えてるミツコは、精神的には問題なさそうだけど、さすがに脚どりが重い。ムードメイカーのフタバは、それだけに感情が激しすぎるから、尖らせた口から始終、不満たらたら。

でもいちばん心配なのは、シオリだ。

このメンバーだと、あたしとシオリがいちばん運動音痴で体力がない。そしてシオリは、あの腕立て伏せのころから、まったく口を利かなくなってた。例えば好きな本のことだったら、意外なほどおしゃべりになる娘だから、この無口さはかなり心配だ。

――ここには、時計がない。

だからあたしは、セーラー服姿の、あの腕章のチヅルとモモカが帰ってきたとき、ようやく命令された『二時間』が過ぎたことを知った。

（実際キツい。二時間も歩いたら、ちょっとした山登りができてしまう……）

ガチャリ。

大きな檻の錠が外され、まずチヅルが、次にモモカが入ってきた。

ぱっつん黒髪のチヅルが、思い切ったように号令をかける。

「全体——止まれっ」

行進が終わった。フタバを筆頭に——そしてイツキ以外は、誰もが檻のコンクリにしゃがみこむ。そのイツキの呼吸も、もちろん乱れてた。

「もう、どういうつもりよ～」

さっそくフタバが私語をして、すぐに腕立て伏せ一〇回を命ぜられる。フタバは反射的にキッ、とチヅルを睨んだ。ところがそれを待ってたかのように、モモカが悠然とポニーテイルを揺らせた。そしていった。

「六〇二号。まだ解らないのね。おまえが反抗すればするほど、六人総員が腕立て伏せをたのしむことになるのよ——

さあ立って!! そしてすぐ総員で腕立て伏せ!!

ちなみに『すぐ』っていうのも命令よ、この意味解るでしょ?」

いきりたつフタバを、お嬢様のミツコが必死に制止する。憔悴した感じのミツコは、これ以上変な罰を加えられてはたまらない、と思ったようだ。というのも、あたし自身がそう思ったから——

足が棒みたいになってるのに、また腕立て伏せを五〇回だの一〇〇回だのやらされたら敵わない。ううん、また二時間、黙って檻のなかを歩き続けろなんて言われたら。

――みんなが渋々、うんざりした感じで、それでも素直に腕立て伏せを終える。

フタバが肩で息をしながら、腕をさすりながらチヅルを『眺めた』とき、チヅルは言った。満足そうに言った。

「規則が理解できたようだな、いい心掛けだ。

それでは房に入れ。自分の寝具等を確認しろ。これからおまえたちが二週間を過ごす、大事な房だ――」

部屋割りを言い渡す。左端の房に六〇一号、六〇二号。中央の房に六〇三号、六〇四号。右端の房に、六〇五号、六〇六号だ。すみやかに入室だ。しかるのち食事だ」

「室長殿。質問、いいですかぁ？」

「いいわよフタバ――じゃなかった、六〇二号」

「今の規則違反だと思うけどな。

ていうかひょっとして、まさかして、トイレってあの、剝き出しの奴？」

「あれが花瓶にでも見えるか？　それともウォシュレット希望か？」

「そういう事じゃないでしょ!!　あれじゃあ一緒の部屋のハツコにも、ううん、もう廊下から丸見えじゃない!!　それに、音とか、あといろいろ」

「六〇二号」モモカが押し殺したようにいった。「それのどこが質問だ？」

「だからモモカ!!　ちょっとひどすぎるわよ、あんたあんなところでできるの……

これなら質問になってるわよね？」

「なら回答するが。

私には無理だな。おまえは思想犯だから、我慢しろ。嫌ならするな」

「なっ――」

「おっといけない。いまモモカ、とか言ったな。規則違反で腕立て伏せだ」

――フタバは。

裸の足でコンクリの壁を思いっ切り蹴った。そしてすさまじいスピードで腕立て伏せ一〇回を終える。ところがモモカは。

「何を休んでいる。懲罰は腕立て伏せ二〇回だぞ？」

「二〇回だあ？　どうしてよっ？」

「反省室の施設を損壊したからだ」

「ま、まさか今の足蹴りを」

「文句があるならたっぷりどうぞ。その分、連帯責任の怨みを買うだけだぞ、六〇二号？」

……マイペースの、イツキとムツミにリアクションはない。

あえていえば、イツキはチヅルたちを哀れんだ様な、蔑んだような瞳をしてるだけ。ムツミは汗の雫こそ落としてるけど、今はハミングでもしそうに涼やかな顔だ。

ただ、私以外に残るふたり——ミツコとシオリは、違った。

ミツコは拝むそぶりすら見せながら、必死で反抗するフタバを宥めようとしてるし、シオリは精根尽き果てた瞳を、悲しそうに、あるいは怨めしそうにフタバへむけてる。

——無理もない。

わびしいワンピース姿六人のうち、イツキとムツミは体育会系だけど（バスケ部と吹奏楽部）、ミツコとシオリは文化部だ（茶道部と文芸部）。基礎体力も違えば、そもそも腕立て伏せなんてモノに対する耐性が違う。やっぱり文芸部のあたしにはそれがよく解る。

しかも。

これまでのところ、命令違反はすべてフタバが（ちなみにテニス部）引き起こしてるというか、フタバの言動が原因になってる。難癖みたいなのもあるけど、フタバがとりわけ反抗的で、チヅルとモモカを刺激してるのは確実だ。だから本来、罰を受けるのはフタバだけのはずなのに、恐怖の『連帯責任』で、みんなが酷いお仕置きをされてる——

となると。

（とりわけチヅルたちに叛らう気なんてない、大人しいシオリにとっては天災みたい

なもの)

だからシオリの、フタバに対する抗議めいた瞳には理由がある。あたしにはその考え方がよく解る——だって、あたしもほとんど一緒のこと、考えてたから。そう、『フタバ、お願いだからチヅルたちを刺激しないで、巻きこまないで』って。

——その、何とも言えないムードに気付いたか。

フタバはガバッとゆかに臥せるや、嫌味なほど元気潑剌とした掛け声をかけながら、命令された追加一〇回の腕立て伏せを終わらせた。あっという暇に終わらせたと思ったら、なんとすぐさまもう一〇回、また一〇回……

「ハイ教官殿、室長殿、六〇二号、懲罰を終えましたっ、貯金もしましたっ、以上」

「……よい心掛けだが六〇二号」

あたしはこのとき、そうモモカの凍てついた声を聴いたとき、ふたつのことを思い出した。

ひとつ。いまポニーテイルと顳を震わせてるモモカとフタバは、実はおなじテニス部の仲間だ。そして、もうひとつ。実はふたりとも勝ち気で意地っぱりなので、いったん関係をこじらせるとかなり厄介……

そして、あたしがそんなことを思ってる最中。

冷静なイツキがめずらしく舌拍ちをし、フタバに対して、そっと首をふった。そのままモモカにも。そう、クールでストイックなイツキには、フタバの挑発も、モモカの苛立ちも、子供じみてると映ったに違いない。

　ところが――

　それは、教官役のモモカのフラストレーションに油を注いでしまったようだ。

　モモカはキッとイツキを睨むと、けれど最初の目的を思い出したかのように、先ずはにこりとフタバを見詰める。そしていう。

「とてもよい心掛けだが六〇二号。私の命令を、しっかり聴いていなかったようだな？」

「はあ？」

「私は『教官殿』といわなかった規則違反で一〇回、壁蹴りをした規則違反で一〇回、総計二〇回の腕立て伏せを命じたんだぞ？　ところがフタバ、じゃなかった六〇二号。おまえは勝手に、そう二〇回も余計に腕立て伏せをした。貯金だとか言って。

　そこでイツキ」

「え」

「規則第1条は？」

「……命令に従うことだ」

「結構。第8条は？」

「規則違反をした場合、懲罰を受けることだ――だが、なあモモカ、その口調は」

「なんだって？」

「いや何でもない。それより、更生プログラムとやらを――」

「――まあいいわ。イツキに何度腕立て伏せをさせたって、おもしろくもないし。けれどイツキ、じゃなかった六〇五号が指摘したとおりだ。反省室では、室長と教官に服従してもらう。服従しなかった場合、懲罰を受けてもらう。

さて、私が命令していないことを勝手にやった六〇二号!! おまえはそうだな、今度は腹筋をやってもらおうか。キッチリ三〇回、ひとつ欠けても増えても違反だ。さあ開始!!」

「モモカあんたねえ!!」

「やめろフタバ」イツキが鋭く制した。「あたしもやる。一緒にやろう。はやく終わらせよう」

「六〇五号、勝手な私語も規則違反だぞ」モモカの声の棘も鋭くなる。「それに私は六〇二号に命令したんだ。イツキ、いやおまえに用は無い。勝手な真似は――」

そのとき。

どこかつらそうな顔でフタバたちのイザコザを見遣ってた室長役のチヅルが、そっと割って入った。フタバとモモカのあいだに立ち、手でふたりを制する。

そのあいだにイツキは、腹筋三〇回を始めてて。

そしてイツキの強い瞳にうながされたフタバが、隣に寝て、お腹を起こし始める。

……そのフタバに絡みそこなったモモカが、また脚を踏みだそうとすると、チヅルが彼女の肩をそっと押さえた。チヅルのロングストレートが、微妙に震える。

「どうしたのチヅル。規則違反よ。それに初期段階は、なるべく懲罰を」

「モモカ。これは更生のための教育よ。いじめじゃない」

「いじめだなんて」

「解っている。モモカの気持ちは解っている。けれど、進んでトラブルを大きくすることはないわ。それからフタバ。あなたとモモカが時折カチあっているのは知っているけど、ここにそれを持ちこむのは止めて頂戴。私達もできるかぎり合理的にふるまうわ。だから、モモカを挑発したり、積極的に規則違反をするのはよして。

これは処分なのよ。処分を受ける者らしく、言動は慎んで」

……もともと、フタバはからっとした性格で、しつこい方じゃない。

だから、チヅルの懇願ともいえる口調もあって、はーい、と生返事を返した。

そのうち、フタバとイツキの腹筋三〇回が終わる。さすがにはやい。

それを確認したチヅルが、また口調を反省室長のそれに改め、けれどそっと言った。

ミツコとチヅル

「よし、校則違反者は整列。房に入る。縦隊前へ進め」

あたしたちは、それぞれの房に入った。

房は三つ。

むかって左端があたしとフタバ。真ん中がミツコとシオリ。右端がイッキとムツミだ。

といっても、刑務所みたいなところ。自分の房に入ってしまえば、他のふたつの様子なんて分からない。

房の半分弱は、とても硬そうな二段ベッド。鉄製で、がっちり固定されてる。質素な枕と毛布、そしてシーツが、あまりにもささやかに置かれてた。

房の家具といえば、それだけ。反省室といいながら、勉強机もない。机のひとつくらい入りそうなスペースはあるから、わざわざ外に出してしまったのかも知れない。

あとは、小さな陶器の洗面台と、噂のトイレ。ほんとうに剝き出しだ。もちろん、蓋なんてお洒落なものはない。しかも、いいにくいけど、廊下を見ながら座るように設置されてる……これはちょっと、かなりひどい……

「ねえハツコ、あたし下で寝るね、ハツコ上でいいよ」

「ははーん、フタバ、ちょっと気にしてるんでしょ」

「な、何を？」

「モモカをいっぱい怒らせて、みんなの腕、ガクガクにしちゃったから。あたしだってもう、ほら、腕ぷるぷるだよ」

「……ごめん、ハツコ」

「うそうそ冗談。気にしないで。フタバが怒る気持ち、ちょっと解るし」

「ていうか今日のモモカ、ちょっとおかしくない？　モモカがあんなサディストだったなんて思わなかった。でもまあアイツ、確かにねちっこいテニス、するのよね」

「あっダメだよフタバ、あんまり大きな声で私語しちゃ。しかもモモカの悪口なんて。さっきイツキに窘められたばっかりじゃん。また腕立てだの腹筋だのになっちゃうし。しかもここ、絶対、監視カメラがあるから」

「あっいけない。またサディストに難癖の口実、くれてやるところだった」

「もう。そういうのがダメなの」

「はーい」

「あっ、足音だ。チヅルとモモカが来る」

「ハツコこそ気を付けなきゃ。室長殿と教官殿がお越しになる、でしょ？」

あたしたちが思わず失笑してると、チヅルとモモカが、まるで給食当番のように、大きな食缶を幾つか、どっこいせと搬んできた。あたしたちの房の前で止まり、プレートへの盛りつけを始める。

それはまさに、小学校の給食のようなメニューだった。

どこか質朴で、どこかオモチャのようで、でも温かい。なんと瓶の牛乳まである。囚人生活なのに、上げ膳据え膳ってのも、ヘンテコね——なんて思ってると、職務熱心なのか、いつも急いでるような感じのモモカが、ガチャリと鉄格子の錠を開け、あたしたちにいった。

（そういえば、ここだとモモカいつも、どこか焦ってるような。何か事情があるんだろうか？）

「六〇一号、六〇二号、食事だ」

「へーい」

「……六〇二号、返事は『はい』だぞ」

「はーい」

「食べ終わったら、食器は洗面台で洗って返却するように」チヅルが命じた。「詰まるから食べ物は流さないで。処理できないから、食べ残しをつくらないように」

「はーい」

モモカはあからさまにイラッとしてたけど、はやく仕事を終わらせたい欲求に負けたようだ。そっぽをむいたフタバを鋭く睨むと、チヅルにうながされつつ、隣の房へと食缶を搬んでゆく。そして、チヅルとモモカがここでいそがしいって事は、房を監視する人がいないって事——まあ、タダノ教頭先生とトオノ先生がどうかは分からないけど。

食事姿をモニターで監視されてるってのも、居心地が悪い——

フタバも一緒のことに思い至ったんだろう。チラリと天井とか壁のたかいところとかを眺めると、そそくさと『いただきまーす』といって、給食を食べ始めた。

「うーん、悔しいけど美味しいわね〜」

「運動して、お腹が空いてるからね」

明教館の学食より遥かに質素だけど、監獄みたいな雰囲気のわりには、普通の食事だ。そしてここ、監獄みたいにジトッとしてるわりに薄ら寒いから、温かい食事はとても落ち着く。どうにか、人間扱いはしてくれるみたい……

……そして、概ね三〇分後。

ううん、きっと配膳が終わってから、キッチリ三〇分後だろう。ここには時計なんてないけど、そしてあたしたちはスカスカのワンピース以外何も持ってないけど、チヅルの性格からして、分単位でプログラムを守ってるに違いないから。むしろ、チヅルの動きが時計みたいなものだ。そのチヅルがいった。

「モモカ、房の鍵を開けて。食器を回収して。お箸の類いは、特に注意して」

「解った、チヅル」

ガチャリ。ガチャリ。ガチャリ。

三つの房が解錠され、食器が一気に回収されてゆく。まずはあたしたちの房から。言われたとおり、食べ終えたあと、アルミのプレートとお椀を水洗いしてある。

「ねえモモカ、じゃなかった教官殿、デザートは？」

「まったくもう」

フタバの軽口に、しかしモモカは怒らなかった。厳密に言うと規則違反だけど（許可のない発言＋『モモカ』と呼んだこと）、さっきみたいに難癖をつけたり、イライラと絡んだりしない。チヅルと何か話し合ったのか、それとも食事のあとで気持ちが落ち着いたのか。だからあたしも思わず、モモカに食器を返しながら、私語をしてしまった。

「モモカ、これからのプログラムは？」

「ああ、食休みしてから体育よ。体育のあとは、反省文ね」

「えっ体育。あたし体育苦手なんだけどな……反省室でもやるんだ、体育」

「ううん遊びよ、遊び。

ここ陰鬱（いんうつ）だし、ジメジメしてるし。躯（からだ）、動かした方がいいよ」

「それもそっか。何をやるの？」

「ソフトバレー」

「あっそれなら楽しそう」

「でしょ、でしょ？」

もともと、モモカは勝ち気で明るい娘（こ）だ。ノホホンとしながら、ハッキリ物を言うけど、悪気はない。曲がったことも嫌いな方。陰湿ないじめとかとは、縁遠い。今みたいにポンポンと、カラッとしてるのが、モモカ本来の姿だ。もっとも、フタバは部活でそれを知り抜いてるからこそ、さっきみたいな『サディスト』ぶりに、そうその落差に、憤（いきどお）ったのかも知れないけど。

いずれにしても、モモカは機嫌よく去った。

もちろんチヅルは、最初から大人の対応をしてる。

（……やっぱり、さっきのは、この反省室の変な空気や、小うるさい規則のせいなんだ）

あたしは今の会話にホッとして、同室のフタバにいった。

「モモカ、もう怒ってないみたいだね。フタバもあとで、謝っておいた方がいいよ」

「教官殿、そういえば燃費、悪かったなあ。アイツお腹が空くと歴然とイライラするのよね〜」

「モモカだって、こんなこと、きっとやりたくないんだよ」

「あっそれはそうよ。あたし最初からそれは解ってる。だってモモカって、自分自身が、誇りとか、なんていうのかなあ、尊厳とか傷つけられるの大っ嫌いだもん。最初から看守なんてガラじゃないのよ」

「ナチのサディストとかいってた癖に」

「部活の腐れ縁どうしよ？　お互いの性格なんて、嫌っていうほど知り抜いてるわよ」

——ところが。

牧歌的な会話のさなか、それは起こった。

最初は、種火だった。ほんとうにささやかな、種火だった。

そしてその火を起こしたのは——

ミツコだった。茶道部のミツコ。お嬢様のミツコ。

ミツコがいるのは隣の房だ。だからあたしたちは、まずその声を聴いた。

「だって……駄目なものは駄目なんですもの……!!」

「ミツコ、そういうわけにはゆかない」次いで、モモカの声。「規則は規則よ、伝えたでしょう」

「でもあたし、ほんとうに、トマトだけは……あとはぜんぶ」

――トマト。

あたしはミツコの好みを、記憶からたぐった。

確かに、ミツコはトマトが駄目だ。何故か赤いものが駄目なのだ。イチゴも駄目。

そしてさっきの給食には、サラダがあった。

何の運命の悪戯(いたずら)か、ザクザク切られたとても大きなトマトが、四切れも……

……聴こえてくるモモカの声は、あたしの最悪の予想を、ガッチリ裏書きした。

「もう一度いうわ。食べなさい。ぜんぶ」

「……ごめんモモカ。それだけは無理」

「へえ、そうなの……」

シオリ？」

「はい、モモカ……ううん、教官殿」

「チヅルは食事を配るとき何て言った？」

「はい、室長殿は、処理できないから、食べ残しをつくらない様にとおっしゃいました」

「あなたはキチンと食べ切ってるわね？」

「はい、教官殿」

——あたしは反射的に思った。

いけない。

シオリは……シオリは心の優しい娘だ。文芸部でも、とても繊細な、ひとのこころの襞が解る詩を、書いている。痛々しいほど、そう時にビシビシと、ひとのこころが解る詩を。

それはつまり。

いろんな人格に、いろんな心情に、するりと同化できてしまうってことだ。

悪く言えば、どんな人格にも、どんな心情にも、するりと同調してしまう。

実際、シオリは極端に自己主張が少ない上、自分をたくさん殺してまでも、他の人に寄り添おうとする。他の人の気分を傷つけまいとして。他の人の気分が解りすぎるから。

けれど、それは……

今この状況では、いけない。

自分の役割にも、他人の役割にも、そんなにすんなり、同調してしまっては……

何故なら。

シオリが『六〇四号』として『教官殿』に接すれば接するほど、モモカも『教官殿』としての自分を、強く意識してしまうから——そして事実、さっきまで平素の自分にもどりかけてたモモカは、シオリと会話するその都度、テンションとボルテージを上げてる。

あたしは思わず、まだ開きっぱなしだった房から廊下へ出た。すぐにフタバが続く。反対側からイッキとムツミも。そしてモモカの詰問もまた、続く。

「ミツコ、この食器の上に残っているのは何？」

「それは、トマト……」

「違うでしょ。ならシオリ、これは何？」

「はい教官殿。それは、食べ残しです」

「食べ残しは許されるの？」

「はい教官殿。食べ残しは、許されません。それは、室長殿の命令に、違反します」

「ちょっとシオリ、シオリも知ってるでしょ……あたしホントにトマト駄目なの!!」

「食べ残しは、許されません」

ここでフタバがあたしに囁いた。きっと、傍にいるチヅルにも聴こえただろう。

ううん、聴かせたのかも知れない。

（ちょっと、ハツコ気付いてる？　シオリなんかおかしいよ、かなりおかしい）

（シオリは、あたしたちより繊細だから。こんな監獄みたいなところ、無理なのよ）

「シオリ——いや六〇四号。室長殿の命令に違反するとどうなる？」

「はい教官殿、懲罰です」

「すると、同室の六〇三号は、懲罰だな？」

「懲罰です、教官殿」

「しかし、おまえも懲罰だ」

ここでシオリは、あからさまに顔を蒼白にした。

血の気が引く、なんて言葉がなまやさしく思えるほど。

それは、生の恐怖で、生の絶望だった——

「そんな!! モモカいえ教官殿そんな!! あたしは何も……

ミツコが、六〇三号が、その、悪いんです!! あたしは規則を守ってます!!」

「駄目だ六〇三号。六〇四号がトマトを食べないのなら、おまえも懲罰だ——

学習しただろう？　これは連帯責任なんだよ」

……その『連帯責任なんだよ』の口調。その冷たさ。睨め上げるような意地悪さ。

演技だろう。演技のはずだ。モモカ本来の性格は、こんな感じじゃない。ううん、
全然違う。だからちゃんと解ってて、そう自分を第三者として見てて、役割を果たそ
うと、役割を演じようとしてる——それだけだ。

（それだけの、はずなのに）

……あたしは、恐かった。

演技であれば、その迫真さに。そしてもし演技でないのなら、モモカとシオリが。

ここが。

「六〇四号、腕立て伏せ五〇回」

「あ、あたしが。あたしだけが五〇回……？　だってミツコが。六〇三号は？」

「それは私語か？」

シオリにとって腕立て伏せ五〇回なんて、物理的に無理だ……

もともとぷるぷる震えてる腕をさらに、ううん躯ごとガクガクさせながら、シオリはそれでもビシリと挙手した。そう、発言の許可を求めて。

あまりにあわてて。

まるで規則違反をすることが、ヒトとして許されないかのように。

「教官殿。は、発言をしてもよろしいですかっ」

「許可する、六〇四号」

「あの、その……あたしは、規則違反をしてません。したくもありません。教官殿たちに、叛らうつもりもありません。ミステリを読んだことも、ほんとうに、心の底から反省してます。あたしは愚かだったと思います。

ですから、その、懲罰だけは、腕立て伏せだけは!!　だって規則違反をして悪いのは!!」

「教官殿」ミツコがたまらず挙手した。けれど許可は求めなかった。「発言します。そうです。悪いのはあたしです。トマトが食べられないあたしです。シオリは関係ありません。あたしが……腕立て伏せを、そう五〇回しますから、シオリを巻きこまないで」

「巻きこむ？　巻きこむだって？」モモカは何と笑った。演技ならすごい。「小洒落(こじゃれ)たことを言ってくれるじゃないか。ハッ、もともと思想犯の、一蓮托生(いちれんたくしょう)の犯罪結社のくせして。六人でミステリなんて猥褻物(わいせつぶつ)を、えへらえへら回し読みしていた非国民のくせして。
どの口下げて巻きこむだの無茶だのサディストだの——一億年はやいんだよ!!」

「ちょっとモモカあたしそんなこと言ってない!!」

「そもそもおまえが食べ残しをするから六〇四号がこんなにも苦しむんだろう!!　この売国奴!!」

ここでとうとう、チヅルが割って入った。物理的に、モモカとミツコに割って入った。

「モモカ、ちょっと落ち着いて。あのプログラムの指示を守ろうとするのは解——」

じゃなかった、とチヅル。

「――急ぎたいのは解るけど、まだ初日よ。段階があるわ。課してゆくべきプレッシャーのレベルは」

（駄目だよチヅル、そんなんじゃ駄目。全然ダメ）

（だってモモカ、なんだか激昂しているみたいだから）

（……しなきゃ駄目でしょ？）

（そ、それは）

（チヅルは甘いよ。チヅルがそうやって優しいから、みんなヌルく考えてるんだよ。舐めてるんだよ。そんなんじゃ『五日くらいで終われる』どころか、五週間かけても無理だよ）

（けれど、食べ物の好き嫌いは仕方ないわよ。だって私、ミツコがほんとうにトマト駄目なの知っているもの）

（トマトは躯にいい。ミステリは躯に悪い。トマトは食べない。ミステリは読む――これ、実は一緒の問題なんだよチヅル）

（そ、そうかな？　ちょっと、よく解らないけれど）

（そういう自分本位の我が儘をとおすから思想犯なんだよ。

それに、前線の兵隊さんはトマトどころか、御飯、食べたくても食べられないんだよ？）

(前線の、兵隊さん……モモカあなた。解るけど。でも、その事はミツコとは)

──ふたりの囁きは、終わった。

ロングストレートのチヅルは、なおも口を動かそうとしたけれど……

でも、悲しい瞳でポニーテイルのモモカを見、黙ってしまう。

まるでモモカに、負い目があるように。

すると、いよいよにっこり笑ったモモカが、まるで幼稚園児をあやすように、クッキリといった。

「規則は規則、命令は命令。思想犯は思想犯、懲罰は懲罰よ──

だから、選びなさい？

六〇三号がトマトを食べ終えるか。六〇四号が一〇〇回腕立て伏せをするか」

……トマトひとつで、無茶苦茶になってきた。

シオリは膝をそろえて房にしゃがみこみ、嗚咽を始めてしまう。

ミツコはアルミの給食プレートを持たされたまま、屈みこみながら、シオリ、シオリと呼びかけるけど──

なんてこと。

そのミツコをキッと見上げたシオリの、その瞳の色。

怨み。反感。侮蔑。そして拒絶。

二週間を一緒に暮らすミツコとシオリの絆は、たちまちズタズタにされてる……

あまりに陰鬱(いんうつ)な監獄に、あまりにどんよりとした沈黙が貯(た)まりきったとき。

——まず動いたのは、あたしと房がおなじフタバだった。

フタバはツカツカと、給食をかかえたままのミツコ、この異様なトマトドラマで大粒の涙を浮かべてるミツコに近付く。どうするんだろう、とハラハラ見てると——なんと、四切れまるまる残った大きなトマトをぜんぶ鷲摑(わしづか)みにすると、あっ、と制止する暇(ま)もなく、それをモモカの顔面めがけて叩きつけた。

べちゃっ。

……また運の悪いことに、皮の方じゃなく、中身の方から当たってしまったか、モモカの顔に赤い果肉がベタリと貼りつく。

その、モモカは。

まさかこんな大胆な反抗は、想像もしてなかったに違いない。

何が起こったか解らないという顔のまま、ちょっと唇を開いたまま、そう啞然(あぜん)としながらフタバを見詰める。正確には、フタバの顔に視点を合わせてる。こころ、ここにない。

そして。

べちゃりと当たった大きなトマトたちは。

まるで奇妙な涙のように、モモカの顔からずるりと落ちて、そのセーラー服を汚した。明教館のモノトーンのセーラー服の、雪のような白襟と白スカーフに、赤、緑、黄色の、どろっとした染みが落ちる。そして、もう取り返せない何かのように、染み入る。

……凍りついた、反省室。

どれくらいの休符があったろう。時間感覚もない。精神状態も、おかしい。あたしがただ成り行きを見守ってた時間は、実際には数秒、なかったかも知れない。

いずれにせよあたしは、モモカの大声で飛び上がった。それで舞台は動いた。

「フタバあんた!! いい加減にしなさいよっ!! 私に怨みでもあるの!?」

「大ありよモモカ!! あんたやっぱりナチのサディストだよ!! ミツコ食べられないって言ってんじゃん!! 規則だか命令だかプログラムだか知らないけど、食べられないもの無理矢理食べさせようなんて、そんなの読みたい本を読むなってのと一緒でしょ!! できないことはできないし、読みたいものは読みたいの!! そもそもあたしたち、こんな監獄ごっこやる前に話し合ったじゃない。あんた五日で終わらせたいから適当にって」

「うるさい!! うるさい!! うるさいっ!!」

モモカは最後のくだりでいよいよ激怒した。そしていっそうボルテージを上げた。

「ほぉら思想犯の本音が出たじゃない。フタバあんた国の法律を犯しておきながら、そう犯罪までやらかして明教館の同級生に大々々々迷惑かけておきながら、これっぽっちも反省する気なんかないじゃないの」

「そうよ、無いわよ。この際ハッキリ言わせてもらいますけどねモモカ、あたしが鰯の頭を食べようがトマトを食べようがミステリ読もうがあたしの勝手でしょ。そのどこが同級生だのあんただのに迷惑かけるっていうのよ。トマトとミステリでどこが違うっての。そんなくっだらないことで、室長殿だの教官殿だののママゴトめいた収容所ごっこして踏ん反り返って。挙げ句の果てには腕立て一〇〇回だあ？　そんなに腕立て伏せが好きならあんたが連帯責任で二週間ずっとやってりゃいいのよトマト食べながら見ててあげるわよ」

「よしなさい、モモカ、フタバ!!」

チヅルが劇的に叫ぶ。あたしはその姿に、鋭いスポットライトを見た。それだけチヅルは決然としてた。そしていった。

「……フタバ。私、あなたの言っていること、よく解る」

「チヅル!?」

「モモカも聴いて。確かにそうよ。ミツコがトマトを食べない。ハツコがミステリを読む。それはどのみち、私達の人生に関係ないわ。私は最初からそう思っている。そして実は、モモカもそう思っている……そうよフタバ、それは解って頂戴。

事前に言ったでしょう、打ち合わせたでしょう。私達は、結局のところ、あなたたちを更生させるだの、ミステリを諦めさせるだの、そんなこと正直どうでもいいと思っている」

「チヅルマズいよそれ」

「いいのモモカ、すぐ終わるわ。

でも六人のみんな、よく考えて――

あなたたちがミステリを読むのは勝手。それはつまり、レジスタンスになるのも勝手ってことよ。でもね、あなたたちの決断を尊重したいと同時に、私は嫌なの。私はミステリにもレジスタンスにも興味がないし、おたがい不干渉で、おたがい知らないでいたい。

何故かって？

連帯責任があるからよ。家族から、学校からレジスタンスを出せば、ほんとうに罪があるかどうかにかかわらず、多くの逮捕者が出るわ……つまり、多くの犠牲が。そしてほとんどの場合、公営アパートにも、学校の寮にも帰らない。ううん、社会からいなくなる。それに競べたら腕立て伏せなんて、なまぬるく、なまやさしすぎるわ。

……私が、この機会に、ここで学んでほしいのはそういうことよ。思想は人に迷惑をかけない。嗜好は人に迷惑をかけない。それは事実、だと思う。けれどそれが国によって――このプログラムなら私によって、タダノによって、あるいは規則によって禁じられたとき。犯罪とされてしまったとき。

バレたら誰も助からないのよ？

さあ、話がここまできて、どうして私達が規則だのトマトだのに執拗るか解らない？」

ここで、あの大人びた秀才、バスケ部のイッキが、そっといった。

「バレないようにやる練習をしろ。バレたら根刮ぎ摘発されるリスクを知れ――そういうことだな、チヅル？」

「さすがにタダノの監視があるから、断言はしないわ。ただ、こうまとめる――私達の真意を、解って頂戴」

「室長殿」イツキはここで挙手した。「遅くなったが、発言、いいだろうか」

「……何、イツキ」

「六〇五号は、六〇四号の腕立て伏せをもらう。それで連帯責任を果たす。

あとは真実の私語だが、みんな、規則違反にならないよう、房の同居人どうしで救け合おう。

チヅルの考え方はよく解ったし——モモカには切実な事情があるからな。

ある意味、八人で救け合って、どうにかプログラムを五日で終わらせよう。いいな」

イツキはそう言うがはやいか、即座に腕立て伏せを始めた。さすがにキレがいい。

すると風のようなムツミが、スッと自然にゆかへ臥せ、これまた腕立てを始める。

「イツキ、シオリの一〇〇回だけど、僕が半分もらうよ、いいだろ？」

「正直」イツキはすてきに微笑んだ。「救かるな」

イツキとチヅル

監獄の雰囲気。質素なワンピース。真紅の腕章。規則に懲罰。敬称に番号——

そうしたものが、さっそく初日に、あたしたちの精神を蝕んでた。

不思議なものだ。実際、あれだけ事前に打ち合わせたのに。さっきチヅルが、教頭

先生に聴かれるリスクまで冒して喋ったこと。あれだけ事前に、確認しておいたの

に。ぶっちゃけ、おたがい二週間も我慢できないから、出来レースでとっとと終わら

せようって決めてたのに——

モモカもフタバも、シオリも。そしてもちろんあたしも、それを憶えてる。

けれど。

モモカはほんとうの看守みたいにふるまい、フタバはまるで思想犯の囚人みたいに叛らい、そしてシオリは、そう、屈服した奴隷みたいに無気力になり。

あたし自身だって、状況と雰囲気に、動かされるままとなってた。

今、あたしは恐くない。チヅルとモモカなら恐くない。

でも……

初めて思った。そして、やっぱり恐かった。とても、恐かった。

友情とか思いやりとか、同級生の絆とか——もっといえば、ヒトのこころというものが、こうもカンタンに、状況と雰囲気で激変してしまうなんて。

それも、女子校の反省室なんて、オモチャの監獄みたいな、舞台セットによって。

（……あたしたちは、脆いんだ）

ひょっとしたら、ヒト、というものが。

ヒトそのものが、そんなに、強くない。

だとしたら……

あたしがミステリを好きだっていうその『思想』も、実は、あっさり変わってしまうんだろうか？

そう考えてるうちに、何故かシオリの、あの絶望した服従を思い出す……

「ねえ!!　ほらハツコ!!　ボール行ったわよ〜!!」

「きゃっ危ない!!」

ぽーん。

ぽーん。

——大きな柔らかいボールが、カンタンなネットを越えてはラリーになる。

そう、食事と食休みのあとは、体育だ。ソフトバレー。これは、モモカが教えてくれたとおり。

だからあたしたちは、あの二時間行進をした大きな檻で、三対三で、ソフトバレーに勤しんでた。チーム割りは、奇数番号と偶数番号——『あたし・ミツコ・イツキ』対『フタバ・シオリ・ムツミ』である。イツキとムツミを一緒にしたら、勝負にならない。

あたしは本の虫みたいな人間なので、体育っていうとそれだけで嫌になるけど、ソフトバレーだったらあまり恥を掻かなくてすむ。しかも、こんな陰鬱な空間にいるのだ。躯を動かしてた方が、よっぽど楽しい。あの質朴なワンピース一枚しか着せてもらえないので、これでポンポン動き回るのは、違う意味で恥ずかしかったけど……

でも、どうやら、塞ぎこんでたシオリをふくめ、誰もがストレス解消をしてるみたい。しかもシオリのチームは、フタバにムツミと、シオリを楽しませることのできる運動達者がそろってる。

　そして機嫌を直したか、ひょっとして大人げなさを恥じたか――

　そのフタバが、檻の中であたしたちを監視してたチヅルに、学園内そのもののノリで声を掛けた。

「ねえチヅル、じゃなかった室長殿、一緒にやろうよ!!」

「六〇二号さん」苦笑するチヅル。「これでも私は仕事中なの。それに、あなたは命令される方。命令するのは私よ？」

「そんなこと言ってないで、ほらっ、こっち来て!!」

　有無を言わせず、大きなボールを鉄格子際のチヅルへパスするフタバ。フタバはテニス部だから（？）、ボールの扱いはお手のものだ。大きなパスが、しかしキレイな曲線を描きながら、キッチリとチヅル目掛けて落ちてゆく。

「まったくもう……あとで懲罰だからねっ。

　モモカ、ちょっとここ頼むわ」

「あは、ほどほどにね、チヅル」

　チヅル自身はバスケ部だ。だからきっと、フタバよりバレーは上手いだろう。しかも文武両道の学年首席――確かに、あたしたち校則違反者の体育を『監視』しながら、いかにも躯を動かしたそうに、ウズウズ、ウズウズしてるのが見てとれた。

つまり。

チヅルはどちらかといえば嬉々として、鉄格子際で臨戦態勢をとると、フタバが無理矢理に送ったパスをあっさり打ち上げた。そのまま、フタバの『偶数番号さんチーム』に合流する。チヅルが合流してるうちにも、ボールは、いつも涼しげなムツミをへて、絶妙な角度で奇数番号チームに返ってきた。もっといえば、あたしの手元を襲った。

……運動音痴という、人種は。

あまりに絶妙なパスなりトスなりがくると、滅茶苦茶あせる。誰も期待してないのに、上手くやらなきゃ、迷惑かけないようにしなきゃ——なんて一端のことを考えるから。

だから。

あたしはドギマギしながら、あわあわとへっぴり腰で、あらぬ方へとボールを打ち上げてしまった。意味もなく、相手側のネットよりへ、ふらふらと——まさに、叩きこむか叩きこまれるかの水際へ——

もちろん、それをみすみす見逃すイツキじゃない。マヌケなあたしのフォローって意味もある。

「もらった!!」

ネット際で、いきなりのスパイクを打つイッキ。それはほとんど、咄嗟の反射だった。

その咄嗟の反射で、思いっ切りブチこまれたボールは――

神様の意地悪か。

なんと合流したばかりの、チヅルの顔面を直撃した。

顔面だ。しかも渾身のスパイク。

柔らかいけど大きなボールが、マンガみたいに、ぼこん、とチヅルを殴って。

どん。

衝撃からか、驚愕からか。あるいはいきなりの暗転からか。

チヅルはまさに卒倒した。

ううん、気を失ったかどうかは分からないけど、あざやかに頭からぶっ倒れた。したたかに、ごん、とコンクリのゆかに打ちつけられるチヅル。

「チヅル!!」

「チヅル!!」

誰もが規則を忘れ、『室長殿』の下へ駆けよった。なかんずくイッキは、真っ先にチヅルを抱き起こした。

「すまん、大丈夫か!?」

チヅルのリアクションはない。ぐったりとして動かない。質素なワンピース姿のあたしたちは、モノトーンのセーラー服姿のチヅルを取り巻き、呆然としてしまう。

——真っ先に我に返ったのは、当事者のイツキをのぞけば、やっぱり飄々としたムツミだった。

　ムツミはすぐイツキに合流し、彼女と応急措置を始める。急いでそっと寝かせ、呼吸や脈を確かめ、瞳や口を開いては異変をチェックしてる。このあたりのスキルは、あたしにはない。

「意識がないな」イツキは心配そうに。「脳震盪かも知れない」

「ボールもだけど、倒れて頭を打ったからね」ムツミの声も翳る。「アイシングしたいな」

「と、とりあえず」フタバがワンピースの裾を持ち上げた。「鼻血、拭いてあげよう」

「う、うう……ん……」

「あっチヅル——」イツキが小さく、しかしハッキリといった。「——大丈夫か？」

「……だ、大丈夫よ」

「倒れたときのこと、憶えているか？」

「……ええ。そう、みんなとソフトバレーをしていて、それで」

「うん、呂律は回っているな。できれば校医に診せた方がいいが。

モモカ、外に連絡をとってくれるか。チヅルの容態、ちょっと気になる……

モモカ？」

けれど、声を掛けられたモモカは――

蒼白な顔で、立ち尽くしてる。まるで、イツキを恐がるように。

「おいモモカどうした。チヅルを医者に」

「動かないで」

「……なんだって？」

「校則違反者総員、うしろの壁まで下がって!!　壁にそって列ぶの、はやく!!」

「何を言っている。今はプログラムとかそんな」

「い、い、いい、わざとでしょう」

「え」

「イツキ。

あんた、わざとチヅルにボールを当てたんでしょう」

「おい冗談はよせっ」

「私達を怨んでるんでしょう!!

こんなところに閉じこめられて、私達の言うことを聴かされて。そうよね、あんたチヅルのライバルだもんね。いつも学年次席だけど。そうよ。だからずっとチヅルのこと怨んでたのよ。さっきだってそうよ。自分がシオリの代わりに腕立て伏せさせられて、五〇回もさせられて、屈辱に思ってたのよそうでしょ？」

ここでムツミがそっといった。飄々といった。けれどそれは逆効果だった。

「ねえモモカ、冷静になろうよ。

チヅルとイツキはずっといいライバルだったし、お互いを認め合ってる。しかもイツキは大人だ。そもそも同級生を怨むなんてない。さっきだって、チヅルと一緒に場を収めようと——」

「誰が私語をしていいって許可したの!!　ムツミ、六〇六号!!　あんた私の命令が聴こえなかったの!?　他の五人も雁首そろえて何やってるの!!　壁際に整列するの、しないの!?」

仕方ないね、とムツミがそっと肩を竦め、率先して檻の奥へとむかう。そこで直立する。

あたしたち残りの五人も——そうチヅルが心配そうなイツキも、渋々それに倣う。

「油断してたわ」モモカの凍てついた声。「そして、チヅルは間違ってた」

「……何をだい？」

モモカはムツミの言葉をガン無視した。そして戦慄するような響きで、台詞回しを続けた。

それもなんと。

　整列させたあたしたちを、もう一度、ここに入ったときと一緒の、あの身体検査で順番に辱めながら……

「なんて汚らわしい――やっぱり、人殺しなのよ」

「人殺し、とは？」

「人殺しパズルをキャッキャキャッキャ読んでる非国民は、人の命なんて何とも思ってないのよ!!　そうだわ、やっぱり政府は正しいのよ。ミステリが大好きな変態は、平気でこうやって、同級生を殺そうとするんだわ。不感症よ。殺人不感症。人間のクズそのもの。ようやく実感できた。私も間違ってた。甘過ぎた……

　あんたたちは社会のガンよ。国家のアヘンよ。人殺し中毒者なのよ!!」

「それはちょっと、飛躍してるんじゃないかな？」

「やめろムツミ」イツキが鋭く制した。「モモカを刺激するな。あたしが悪いんだ」

「ちょっとそこぉ!!

　な・ん・べ・ん言ったら理解するのよこの売国奴!!　勝手に喋るな!!

　おまえたちができるのは、黙って命令に従うことだけだ。そう、直ちに腹筋五〇回!!」

　――ここでチヅルが、顳を押さえながら、けれどしっかりと立ち上がった。それは、モモカの激昂を抑えるためだったかも知れない。自分は大丈夫だと。こんなの、大したトラブルじゃないと。ううん、トラブルですらない遊びだと。

「……モモカ。もういいわ。脳震盪とかじゃない。自分で解る。こんなの、バスケではよくあるわ」

「それってやっぱりイツキにぶつけられたの!?」

「それもあるけど」しまった、と口を押さえるチヅル。「誰とでもあるわよ。日常茶飯事」

「いずれにせよ、罰を与えないと」

反省室長に暴力をふるうのは、規則第1条に反する」

「事故と暴力は違うわ。それは解釈の問題……」

「いや、いいんだチヅル」壁際に直立したままイツキがいった。「さっきのは、許されない事故だ。その鼻血といい、ひどい結果になっていても不思議じゃなかった」

そしてイツキは、淡々と、けれど我先に腹筋を始める――

自分が引き起こしたトラブル。意識を失ってしまったチヅル。

それに対する罪悪感がそうさせたんだろう。

けれどそれは、いちばんクールで、いちばん合理的なイツキが、率先して非合理な命令に屈服することを意味した。あたしたちは、もうそれに倣うしかない。

ソフトバレーのボールが、当たった――

言葉にすれば、それだけのこと。

だけど。

それでイツキが、いってみれば折れてしまったことは、あたしたちにとって、取り返しのつかないことなんじゃないか。あたしはこのとき、言い様のない恐怖に襲われた。

「さあ、チンタラやってるんじゃないわよ!!　そこ!!　脚を持ち上げたら誰だってできるんだよ!!　撚(ひね)りも入れてみるか、ああ？」

（モモカ、そんなに気合を入れなくても）

（チヅル、甘いわ、この変態たちはそんななまやさしいもんじゃないのよ。

それに、腹筋なんてどうでもいいわ）

（え？）

（とりあえず、無茶苦茶やらせて思考停止にする。プログラムを加速する。何故かって？

さっきチヅルがやられたでしょ？　こいつら組んで反抗するからよ!!

そう考えると、フタバもハツコも怪しいわね……最初から、こういうシナリオだったんじゃないかしら、更生プログラムを中止させるために）

(そんなまさか。あれは偶然だし、フタバが私を誘ったのだって……だって誘いに乗ったのは私よ？　そんなこと予想も計画もできないわよ)

(いずれにしても。

徒党を組まれて叛逆されたら厄介なのよ。敵は六人、こっちは二人きり――チヅル。私ここで気合入れまくってるから、へばってきた頃合いで、ハツコから一人ずつ房に連行して。一人ずつ閉じこめるの。充分注意してよ――変な気を起こさせないように。もちろん、私達が劣勢に気付いたの、気付かれないように)

――チヅルとモモカの囁きが終わった頃。

その言葉どおり、まずあたしが、腹筋の終わらないうちに、左端の房に連れてゆかれた。

チヅルは律儀に、まだ同室のフタバを入れなきゃいけないのに、とりあえずあたしを閉じこめる。鉄格子に錠を掛ける。

そのとき、チヅルがそっといった。あるいはそのために、錠を掛けるって動作を入れたのかも知れない。

「ハツコ」

「え」

「……あれ、わざとじゃないよね、あそこにボール、上げたの」

「も、もちろんだよ、ホントだよ、あたしの運動神経じゃ、狙ってなんてできないよ」

「そうよね……けど」

「け、けど？」

「私、部活で、イツキに言われたことあるんだ……『どう頑晴っても、チヅルには勝てないな』って。『勉強でも運動でも、バスケでも』って」

「でもそれは。でもそれは尊敬っていうか、褒め言葉」

「違うの」

あたしはこれまで、こんな風に暗く笑うチヅルを、見たことがなかった――

「やっぱり、家柄が違うからかなって。自分は所詮、レジスタンスの家系だからって。

そんなこと言われたら」

「言われたら」

「……ちょっと、悔しいよね」

小道具たち

——反省室長室。

すなわち、チヅルとモモカの執務室。

ある意味、校則違反者たちより精神にダメージのあるふたりは、セーラー服姿のまま、スチールデスクに突っ伏している。

初日のプログラムは、先刻、どうにか終了した。

モモカが恐れた叛乱（はんらん）は、もちろん起きていない。反省室は、完全消灯で暗転している。すなわち反省室長と教官は、オフの時間。それでも、二人がふたりとも真紅の腕章を解いていないのは、その気力も無いからか、当たり前のものとして馴染（なじ）んでしまったか……

ぐったりとしているモモカに、チヅルがいった。

「ごめんねモモカ」

「え？　何が？」

「モモカにばっかり、嫌な役割を押しつけて。

モモカは指定された役割を演じようとしているだけなのに。それにテンポを上げないと、モモカが望んでいる『五日間』なんてきっと無理……

出征（しゅっせい）するお兄さんに会えないってこと、きっと、ホントにつらいなって」

「それ伝わる？」

「それはもう、ガンガンに」

「ならよかった。まだ人間っぽいから。

それが伝わらなかったら私、ただのサディストじゃん？」

「そうじゃないことは、アタリマエだけど、これやっている誰もが解っているわよ。

誰だってホントのモモカのこと、よく知っているもの」

「そう期待したいわ～。これで私、本気で怨（うら）まれたり、それこそ殺されたりしちゃったら、洒落（しゃれ）にならない以上に、プライドが傷つくもん」

「ああ、まさに、女優としてのプライドね」

「そうそう。これ役割なんだから。みんな、解ってくれてると信じたいよ」

「けれど、そうすると、よ――

私達、女優のプライドに懸けても、この監獄舞台、成功させないといけないわね」

「それも、五日の内に、ってことでね」

「……ねえモモカ。このままの調子で大丈夫かしら？」

「正直に言うね。ソフトバレーのときも言ったけど、ちょっとチヅルは、甘いよ。

こう、何て言うか、追い詰め方がヌルいっていうか。まあチヅルはほんとに人格者だから、こういうの厳しいとは思うけど……でも舐められたら終わりっていうか。こっちの真剣さっていうか、危機感っていうか、『マジやばくない？』みたいな、そう鬼気迫るところがないと……」

「六人も、本気になってはくれない、か」

「どうせチヅルにはできない、どうせチヅルならここまでだ——って甘えが、みんなの顔に出てるよね。

だから、あからさまに規則を守らないし、しかも、なんていうのかなあ——思想犯のくせしてナチュラルに、漫然と規則違反してるんだよね。そう、ナチュラルに役割、忘れてるっていうか。それはやっぱり、六人総員に伝染しちゃうし……」

「観ている側にも」チヅルは顔と視線を上げた。「バレバレってことか」

「今にまたガツーンって怒られるよ。

そんなことで、ヒトを変えることができますかって」

「タダノはガツーンとは怒らないよ。微笑で殺すだけだよ。トオノ先生がここの生徒だった頃も、タダノの微笑ほど恐いものは無かったって——」

そのとき。

ぱん、ぱん。

柏手(かしわで)のような拍手が、二度。

そして、反省室長室に入ってきたのは――

「タダノ先生!!」

「きょ、教頭先生……」

反省室長室の袖(そで)から登場した、それはまさにタダノ教頭であった。

ぐったりしているのも忘れ、あわてて立ち上がるチヅルとモモカ。

トレードマークどおりの、豪奢(ごうしゃ)な黒髪と荘厳(そうごん)なロングドレスのタダノが、そう微笑みながら、悠然(ゆうぜん)とふたりを制する。そして、ストンと座らせる。

「きょ、教頭先生みずから」驚愕を隠さないチヅル。「こんなところに」

「ほほ、お疲れ様ですカンナギチヅル。お疲れ様、ヒョウドウモモカ。知ってのとおり、あちらから反省室の様子、観させてもらったわ。ねえトオノ先生？」

はい教頭、と生徒のように返事をしたのは、やはり室長室の袖から現れたトオノ教諭であった。タダノと列(なら)ぶと、どう見ても教師というよりは、チヅルたちの仲間である。

「あまり時間がないわねえ」それでもタダノは優雅にいった。「翌日のプログラムもあることだし」

「教頭先生」チヅルが決然といった。「至らない点は、どんどん御指摘ください」

「そんな偉そうなことも、大そうなことも無いけれど——

まさに、ヒョウドウモモカが感じていたこと、そのままよ」

「と、おっしゃいますと」

「演技だということが、バレバレなのよね。

あなたたち言っていたじゃない。真剣さ、危機感、鬼気迫るところ——そうしたものが、あなたたち二人からも、だからもちろんアオヤマハツコたち六人からも、伝わってこないのよ」

「……申し訳ありません」

「よく思い出して頂戴な。

六人は思想犯。それも、殺人パズルの隠匿などを働いた、凶悪極まりない思想犯よ。絡鋼入りの国家のクズ——ということでいいでしょ？」

「そういうことになります」

「あなたたちは、その更生と改悛を請け負った。そう、絡鋼入りの思想犯の矯正・思想改造を請け負った我が国のエリート——そうでしょ？」

「そういうことに、なります」

「観客の私に見えるのは」タダノはあっさりいった。「ただの同級生、ただの女子高生八人だわ。しかも、ベタベタと仲良し」

「……申し訳ありません」

「カンナギチヅル、ヒョウドウモモカ。

ここであなたたちの役割を確認したのはね。

あなたたちがまだ、このプログラムの本質を理解していないからよ」

「プログラムの、本質……」

「この更生プログラムで最も重要なこと——

それは、『思想に自由などありえるか』ということ。そして、『思想を支配することはできるか』ということ。これすなわち、『ヒトはヒトを支配することができるか？』という問い掛けであり、テーマなのよ。

もちろん、暴力は論外。

いつか誰かが言っていたわね。暴力で屈服させた者は、暴力でたやすく裏切ると。

それはそのとおりよ。強制して踏み絵をさせ自白をさせ服従を誓わせる——

ナンセンスだわ。

ヒトを支配するということは、支配と服従というのは、そんなななまやさしいものではない。

自発的に、心の底から、よろこんで靴を舐めさせるようにする。

それどころか、その舐めている顔をブーツで足蹴にされても、当然だと納得させる。

そのことに何の疑問もいだかせないようにする。

それが支配と服従であり、この場合、ミステリからの更生なの。そこで」

タダノはトオノに携行させていた、幾つかの装備品をデスクに置いた。

「そろそろ、これらの出番でしょうね」タダノはわずかに口調を変えた。「とりわけこれ。あらかじめ、持ち出し許可と使用許可については、私の方で手続きをしておきました。打ち合わせてあったとおりにね。だから、どうぞ遠慮なくお使いなさいな、せっかくだもの」

「御言葉ですが、教頭先生」

チヅルは軍事教練で習ったとおり、それを操作しながらいった。操作しながら、思わず嘆息を零すチヅル。それは、あきらかに安堵の嘆息だった。隣のモモカが心配そうに、その嘆息と、チヅルの視線を追う。そのモモカも、それを確認し、やはり安堵の表情をした。自然、わずかに見詰めあうモモカとチヅル――

「直ちには、というか、まさかこのままでは使用できないので、安心しましたが……時が来たら六発すべて装塡しろ、使用できるようにしろ、ということでしょうか？

ですが教頭先生。

できればこれらは使わないことにしよう、というのが事前の……」

「ヒョウドウモモカ、あなたはどう思います？」

「……私は、むしろ不可避だと思います。今こそそのタイミングだと思います」

「モモカ!!」

「国家のクズと、国家のエリート。恥ずべき思想犯と、更生させる官憲（かんけん）。私達の魅（み）せ方がたりないというのなら、こうしたものも、使ってゆく必要があります。いえ、それ以上に――」

「何か考えがあるのね？」

「――私達が甘過ぎました。最初の目的を、忘れていました。もっと徹底的に。もっと、真剣に。これが将来の範（はん）になるように……この国の未来のために。そうだよねチヅル？」

「……そうね」チヅルはおずおずと頷（うなず）いた。「この国の、未来のために」

「ああ、そうそう、忘れるところだったわ」

――ここでタダノは、どこか演技的に、荷を採り出した。これは、タダノ自身が携えていた荷だった。

「ちょうど決意を確乎（かっこ）たるものにしてくれたところで、これの処分をお願いするわ。さすがに学園内というかこの外では、誰が見ているか分からないしね」

「これは」チヅルは荷を解いた。そして、唖然とした。「押収品の、ミステリ小説――では？」

「まさしく。アオヤマハツコの自白どおり、八冊そろっています」

「けれど、まさにホンモノ、ですね……」

「カンナギチヅル、何か不都合でも？」

「いえちょっとビックリしただけです。そうですか、これが……処分ということは、焼却処分でよろしいですか？」

「シュレッダーでもよいけれど、どのみち燃えるゴミですものね。それとも嫌？」

「いえ、そういうわけでは」

「書を焚く者は、いずれヒトを焚く。どこかで聴いたことはありませんか？」

「……いいえ」チヅルは蚊弱く首をふった。「ありません」

「あらそう。あなたたちなら、聴いていると思ったけれど」

「誰から、でしょうか」

「そう恐い顔をしないで頂戴な。私はアオヤマハツコだなんて、一言もいっていませんよ。

だってこれ、私が私の師から聴いた言葉だもの」

「先生の、先生ですか？」

「ええ、大学時代のね――しかも、師にして愛人だといったら？」

「えっ」

「オホホホ、冗談ですよ、カンナギチヅル。

あなたがあんまり恐い顔をするから、いちばん私に似つかわしくない言葉を遣ってみた。それだけのこと。国策学校の教頭などを務めている私には、よもや、そんなまやさしい物語が許されるはずもない……禁じられた物語……

では、笑いのとれなかったところで。

あなたたちを信頼して、これらの処分を命じます。ここで、極秘の内に、すべて灰にしなさい。くれぐれも身を滅ぼす興味をいだかないように――オホホホ」

もちろんチヅルとモモカは、その意味を理解した。だから、チヅルはいった。

「教頭先生の御期待を裏切らないよう、万全を尽くします。

むろん、今後の進行についても」

「カンナギさん、ヒョウドウさん」トオノが初めて発言する。「くれぐれも、無理はしないで」

「大丈夫です」チヅルは言葉を強めた。「六人のみんなも、解ってくれるはず」

「いつでも中止できるという事は」トオノはちらりとタダノを見遣った。「忘れないでね」

「それは、私達の決意を——八人の決意を、無駄にすることになります」
ぱん!!
チヅルのその言葉の余韻冷めやらぬうち、タダノ教頭が、また大きく手を拍った。
それは合図だった。自分が観客にもどる、そんな合図だった。
「それでは再び、プログラムを動かすことにしましょう。
期待していますよカンナギチヅル、ヒョウドウモモカ」

空爆の夜

どどん。
どどん、どん。
どおん——
どん。
アオヤマハツコたち六人が入っている反省室は、引き続き消灯され、暗転している。
——唯一、不夜城のように浮かび上がっているのは、チヅルたちの室長室だけだ。
しかしその室長室も、今の遠雷のような響きと衝撃で、微かに、しかし確実に震動した。鋭い蛍光灯の光が、舞台効果のように瞬いては途切れ、灯りそのものが動揺する。そして時に、反省室のように暗転してしまう。

室長室が暗転したのは、数秒のことだったが——

先刻、タダノに命ぜられた装備品を着け終えたチヅルとモモカは、不安げな顔で天井を見上げた。モモカがその不安を、口にする。

「……空爆、だね」

「うん」チヅルは努めて冷静に。「めずらしい事じゃないわ」

「でも最近、とても回数が多くなってる。あれ、ほんとうかも」

「あれって？」

「ムツミがいってたわ。ほらムツミ、大臣の娘じゃない。だから」

「ムツミは何て？」

「……ここだけの話だよ、チヅル？

連合軍の上陸作戦が、せまってるって。それも、とても大規模な。だけど」

「だけど？」

「政府に、それを撃退する力は無いって。だからこの国は、いよいよ解放されるかも知れないって——だから、私達が生まれる前の生活が、もどってくるかも知れないって」

「……この学園は、おだやかな海辺に近いわ。ひょっとしたら明教館は、真っ先に解放される拠点かもね。軍事拠点としても兵舎としても使える──おんなも、いる」

「だとしたら、チヅル」

「やっぱり、急がなくちゃいけないわ。

レジスタンスのいう解放なんてものが、一朝一夕に実現するとは思えないけど──それに乗じて、学園の秩序と風紀を乱そうって試みが、なされないともかぎらないもの。それに、外国の軍隊がどれだけ情け容赦ない悪魔かは、さんざん授業でやったでしょう？」

「そうだね。明教館の生徒として、軍事教練も受けてきたしね」

「まさに、ラジオ体操のように元気よくいってみましょう、か。

モモカ、準備はできた？」

「ガッチリと」

「……じゃあ、ゆきましょう」

「チヅル……これからすること、気が乗らないんだね」

「個人的な感情は、捨てたわ。けれど」

「けれど？」

「この八冊」チヅルは本を見遣った。「とても燃やせそうにないわ、読み終わるまで」

「しいっ」モモカは天井を指した。「私達は、敵性思想の勉強をしてるだけだよ」

襲撃

――反省室は、ほぼ、真っ暗だ。

あまりにもささやかな常夜灯が、かえって監獄のわびしさを醸し出してる。

(あれ?)

寝付けなかったあたしが、房の鉄格子ごしに廊下を見てたとき、それは起こった。

廊下の蛍光灯だけが、パッ、とあざやかに点いたのだ。

ここには時計がない。そして、それぞれの房はまだ真っ暗。

何時か分からない真夜中。房の通路だけが、どこか不気味なかたちで浮かび上がる。

……あたしは奇妙な予感を憶えて、同室のフタバを起こそうとした。

「フタバ、フタバ」

「んん……ん……」

「変だよ、何か始まるみたい」

「勘弁してよ……昼間の、教練だの運動だので……もうクタクタ」

「まだ朝には全然はやいと思うけど、でも」

――あたしたちの房は、左端にある。

すなわち、チヅルたちがいる、室長室にいちばん近い。

だから、そのチヅルとモモカを目撃したのは――監視してるはずのタダノ教頭とトオノ先生をのぞけば――あたしたちが最初、ってことになるだろう。

まず聴こえてきたのは、足音。

それも、昼間さんざん聴いた、ふたりのローファーの足音じゃない。

あと、その足音と連動して鳴る、カチャリ、カチャリという鋭い金属音。

そして、何か重たいものを搬んでくる、台車のような車輪の響き。

暇を置かず、チヅルとモモカが現れたとき――

どうしてそんな音がしたのかは、すぐ分かった。

けれど、ふたりがどうしてそんな姿をしてるのかは、全然解らなかった……

「ち、チヅル？　モモカ？　そうだよね？」

……まずビックリさせられたのは、だからあたしが思わず確認したのは、ふたりの顔。

ふたりとも、軍用のガスマスクをぴったり装着してる。だから顔が分からない。うん、顔が分からない以上に、もっと異形の……もっと残酷な何かをひしひしと感じさせる。それは、どんな冷厳な顔より雄弁に、ふたりの決意を表してるようだった。

しかも。

昼間と変わってるのは、ガスマスクだけじゃない。

明教館のお洒落なセーラー服に不思議なほどよく似合う、純黒のブーツ。

（だから、昼間と足音が違う）

そして、ブーツの足音と連動してた金属音。カチャリ、カチャリというあの鋭い金属音。

――それは、装備品だった。

これまで、チヅルとモモカの装備品といえば、不気味な色調の、あの真紅の腕章だけ。

それだけでも、『みんなを番号で呼ぶ』『チヅルたちを職名で呼ぶ』ってルールとあいまって、不思議なほど強圧的な、威嚇の効果を生んでたけど。

（けど今は、それだけじゃない）

チヅルとモモカの、セーラー服の腰元には、まさに看守としての装備品が幾つか、着装されてた。左腰に純黒の警棒。背には純銀の手錠。そして右腰には……なんと純黒の拳銃まで（!!）。それは、明教館の軍事教練で使われる、だからあたしたちには馴染みのあるリボルバーだった。あの、弾倉がレンコンになってる、実戦的で壊れにくい拳銃。

——あたしは、ふたりの腰の動きで直感した。

装備品は、ぜんぶホンモノだ……もちろん拳銃も。

あたしたちには、それが分かる。

そして、あたしたちにそれが分かるということを、チヅルとモモカは知ってる……

(ホンモノの恐さが分からないのは、そう、ミツコだけだ)

ミツコは、茶道の家元一家の跡継ぎ。軍事教練は免除されてる。友達みんなに、いいなあミツコは、なんて羨(うらや)ましがられながら。

(けれどそれは、事ここに至って、ほんとによかったのだろうか……)

お嬢様のミツコが、だからホンモノの拳銃だなんて思いもしないミツコが、何の拍子でチヅルとモモカを刺激してしまうか分からない。

「ち、チヅル？」だからあたしは、あえて、いま確認した。「それは……そのホンモノの銃は。どうしてそんな危険なものを」

「……ハツコ」チヅルはどこか苦しそうだ。「規則第2条。復唱して」

「き、規則」

「急いで。これは命令よ」

「き、規則第2条。反省室長と教官に暴力を用いず——」

「そこまででいいわ。それからフタバ」

「……何よ。こんな真夜中に叩き起こしておいて。不気味なコスプレなんかして」

「あなたも復唱するの、規則第2条」

「あたしあんたたちの監獄ごっこに」

「警告するわ、フタバ」チヅルは悲しいほど真剣だった。「規則第1条。反省室長と教官の命令に従うこと。ここにいるかぎり、そしてあなたたちが思想犯であるかぎり、私の命令には遵(したが)ってもらう――それくらい憶えているわよね？」

　隣の房と、そしておそらく右端(みぎはし)の房に動きがあった。隣はミツコとシオリ。その奥はイツキとムツミ。こんなところで熟睡できるはずもない。まして、コンクリにチヅルたちの命令が響いてるとあらば。

　つまり六人の誰もが、警戒態勢で、あたしたちの房の成り行きに聴き耳(ききみみ)を立て、チヅルたちの動静をうかがってる。そしてもちろん、凛然(りんぜん)と響くチヅルの命令。

「だからフタバ、これが最後の機会よ。さあ、規則第2条は？」

「イカレた看守の虐待にそなえて、朝までゆっくり眠ることよ」

「……ありがとうフタバ」

「なんですって？」

「よく解ったの。やっぱり私は甘かった。そのせいで、モモカにまで迷惑を掛けた

——私は間違っていた。

だからモモカ、始めて頂戴」

——モモカはガスマスクごとチヅルを見遣ったけど、それは一瞬のことだった。

それで解った。

ふたりはもう散々、これから起こる事について議論を終えてると。

だから、モモカは。

今夜、最後に登場した装備品——いかにも軍用な鉄の台車・鉄の匣に収められた幾本ものボンベをわずかに引きよせると、そこからホースのようなものを延ばし、かまえた。しかも、花壇に水をやるような、そんななまやさしいやり方ではない。トイレ掃除で思いっ切り水を撒くような、放水車がデモの人々を薙ぎ払ってゆくような、そんな無慈悲なかたちで——

「ちょ、ちょっと何よそれ、モモカあんた何を」

——ぶしゅう!!

それ以降のことは、言葉にするのが難しい。

あえていえば。

廊下のモモカが、鉄格子ごしに、あたしたちにその、、煙を燻し掛けたとき。

あたしの脳はまともに言葉を紡げなくなった。

「あっ――熱い!!　痛い!!」

トウガラシ。コショウ。タマネギ。ワサビ。マスタード。

そのどれでもあり、そのどれでもない強烈な刺激が、まず粘膜をいたぶる。眼なんか痛くて開けてられないし、息を吸うたび鼻と喉は焼けるよう。もちろん涙は止まらない。涙……これはまさか、催涙ガス!?

どうやら七転八倒してるらしい、あたしとフタバ。

こんな小さな房だ。どこにも逃げ場はない。しかもモモカは楽しむように、ガスが満遍なく行き渡るようホースを動かしてる。

そして、ガスがそんなに充満しないうちに、粘膜どころか、躯じゅうがヒリヒリ、ビリビリと悲鳴を上げてきた。もともとあたしたちは、着るものといえば、粗末なワンピース一枚しか与えられてない。だから催涙ガスは、ほとんど直接、あたしたちの肌に突き刺さってゆく。突き刺さったその瞬間、爛れるような激痛と、燃えるような熱さに襲われる。瞳をこすればこするほど、息をすればするほど苦しい。ただ逃げ回ってるだけでも躯は痺れ、服の摩擦が我慢できないほど痒い。というか掻きむしり続けないと耐えられないほど、皮膚そのものにすごい刺激がある――

「モモカあんたっ――なんてこと――絶っ対に許さないわよ!!」

フタバの抗議は、もちろんネズミを駆除するような、最後の一撃を招いた。

思いっ切り顔に催涙ガスを噴射され悶絶(もんぜつ)するフタバ。もう抵抗する気力さえない。

それはもちろん、あたしもだ。というか、あたしには言葉を発することさえできなかった。あとはただ房のコンクリで蠢(うごめ)き、のたうちまわるだけのフタバとあたし……無論、一緒のことが、隣の房、そしてその隣の房で行われたのは言うまでもない。

……どれくらい、コンクリのゆかで、蟲(むし)みたいに七転八倒していたろう。

あまりの激痛に、涙すら零(こぼ)れなくなったころ。

ガチャリ、ガチャリと錠の外される音が、反省室に響き渡った。キレイに三度、響き渡った。

そして三度目のとき、あたしはその意味を理解した。

何故なら、三度目の音とは、悶絶するフタバとあたしの眼の前で、房の鍵が外された音だったから。そして錠を外したモモカは、ガスマスクのまま、そう装備品とブーツの音もたからかに、あたしたちに命じた。

「ほら思想犯。グズグズしないで房の外で整列!! 一列横隊!! そして身体検査を受ける!!」

「で、でも眼が見えないわ……ていうか息も」

そのとき、あたしの喉元に冷たい金属が突きつけられた。

零れる涙と乾いた涙で、ぐずぐずの瞳(ひとみ)がとらえたのは——

冷たく太い、警棒。

その警棒が、思いっ切りあたしの顎を上げさせる。モモカの方へ上げさせる。

「これは、命令だ——それともまた懲罰されたいか？

毎晩毎晩、催涙ガスで叩き起こされたいか？」

——あたしはもう恐くて、ただ悲しくて、房の外へ駆け出した。

にじんだ視界のなか、校則違反者の六人が——あたし、フタバ、ミツコ、シオリ、イツキ、ムツミが——どうにか一列横隊になるのが分かる。

ミツコが泣きながら瞳をこすろうとすると、たちまちモモカの怒声が飛んだ。

「整列中は直立不動だ!!　もう忘れたのか!!」

「で、でも……このガス、すごくヒリヒリして……」

「黙れ!!

これから反省室長殿の訓示がある。直立不動で聴け。これも命令だぞ!!」

自治班長

「おはよう、思想犯の諸君」

昼間と声音がまるで違うチヅルの声。さっそくフタバが嚙みついた。

「おはようじゃないわよチヅルっ、いま何時(なんじ)だと……何時かは分からないけど、とにかく非道(ひど)いじゃない!!」

「きっと、午前三時ちょっと過ぎ、じゃないかな?」

飄々(ひょうひょう)と答えたのは、ムツミだ。ただ さすがに、催涙ガスの洗礼には閉口したみたい。泰然自若(たいぜんじじゃく)としたムツミにしては、声も躯(からだ)も、髪も乱れてる。

「……モモカ」

「了解」

チヅルはあざやかにフタバとムツミを無視すると、モモカに視線で何かを命じた。もう、万事打ち合わせずみらしい。そのモモカは、なんと大きな警棒でフタバの背を突くと、眠さとガスとでふらふらのフタバをコンクリのゆかに転がした。そのまま馬乗りになり、なんとフタバに猿轡(さるぐつわ)のような器具を嚙ませてしまう。

〈んー!! んんー!!〉

「シオリ」

「は、はいチヅル……室長殿」

「規則第5条は?」

「しっ私語をしないことと発言があるときは挙手をしてその許可を求め許可をえてから発言すること!!」

「よろしい。おまえはなかなか模範的だ」

「ありがとうございます!!」

「室長殿」モモカが依然ガスに苦しむフタバを足蹴にしながらいった。「六〇六号の方はどうしますか？」

「腕立て伏せ三〇回」

「ほら!!　反省室長の命令だ!!」

「……やれやれ。仕方ないね」

ムツミがさっきした私語の懲罰をされるそのあいだに、フタバがまた直立不動にさせられる――

――あたしは唖然とした。

この催涙ガスってもの。染びてみなければ分からない。躯じゅうがビリビリ、ヒリヒリして、立ってるのもやっとなのだ。顔は涙と洟と涎だらけ。それはそうだ。レジスタンスの人とかを、無理矢理鎮圧するためのガスだから……喩えようもないけど、躯じゅうを蜂に刺されて、そこに熱湯と唐辛子をすりこまれてるようなもの。一列で立ってるのだけでも拷問だ。

そのうえ、フタバは猿轡をされてしまったし、ムツミはなんと腕立て伏せまでさせられてる。

あたしは恐かった。自分がおなじこと、させられるの。

そしてきっと、それは、あたしだけの恐怖じゃないはずだ。

「では改めておはよう、親愛なる思想犯の諸君」

無言。わずかな閊き。

「私は誤解していた。この反省室の責任者として、その責務を大きく誤解していた。すなわち。

これまで私は、友情をもって、諸君の改心を獲ようとしていたのだ。

しかしそれは、あざやかに裏切られた。

しかも、著しく我々を侮辱するかたちでだ。

すなわち――

六〇二号は教官にトマトを放擲する暴挙に出。

六〇五号は反省室長にバレーボールを直撃させるテロ行為に出た」

んん、んん、と反論を試みるフタバの声は、もちろん言葉にならない。

そしてもうひとり名指しされたイツキは、何かを言おうとして――そしてやめた。

「もちろんトマト事件については、トマトを食べることを拒否した本人、そう六〇三号との謀議が強く疑われる。また、それをことさらに擁い立てした六〇六号も、被疑者の内といわなければならない。

　これに加うるに。

　バレーボール事件については、前後の経緯から、少なくとも六〇一号・六〇二号の共犯事件であると、強く疑われるところである。またここにおいても、六〇六号が、それをことさらに弁護しようとした事実は、ここにいる誰もが記憶するところだ。

　したがって。

　校則違反者・思想犯六名、いずれもがこの更生プログラムの意義を理解せず、かつ、これに対して反抗的態度をとっている。我々プログラム実施者としては、現時点、そのように解さざるをえない。

　これは真実、遺憾な事態であるといわなければならない」

「し、室長殿……!!」

「どうした六〇四号」

「は、発言の許可を求めます」

「言ってみろ」

　チヅルから許可をえたシオリは、泣き腫らした瞳のまま、六人の横隊を見遣った。

　そしてそれを眺めるモモカの瞳を見たとき、あたしは、確実に嫌な予感を憶えた。

　とりわけ、シオリがミツコにむけた鋭い瞳……あのトマト事件のときと一緒の、なんともいえない恐い瞳。

あたしが思わずシオリから顔をそらせた瞬間、シオリは、あたしの絶望を裏書きする言葉を紡いでいった。紡いでいってしまった。だから時折、モモカが不敵に笑う。

「あ、あたしは……いえ六〇四号は、これまで室長殿にも教官殿にも、いっさい反抗してはいません」

「ふむ、それで？」

「はい室長殿。私、六〇四号は、更生プログラムに積極的に参加し、ミステリを読むなどという思想犯罪から、すっかり立ち直りたいと考えてます」

「口先だけなら何とでも言える」

「違います!! あたしは……あたしは元々、ミステリなんか読むの大反対だったんです!! それをハツコが……絶対におもしろいし、絶対にバレないからって……どのみち連合軍が上陸してくれれば、こんなバカげた思想統制はなくなるとか言って。あたしはそんな恐いこと、ホントに嫌だったんです!!」

「すると六〇四号は、この更生プログラムを無事終えたいと考えているのだな？」

「も、もちろんです室長殿」

「ミステリを焚けといったら？」

「よろこんで焚きます。そもそも禁制品です。明教館にも、我が国にも不要なものです」

「……他の五人が、どうしても焚かないと言ったら？」

「それは……」

「他の五人の、思想の自由か？」

「い、いえ室長殿。その誤った考えを反省させ、改悛させなければなりません」

「そのために協力したいというのか？」

「あっはい!!　そうなんです!!　それはもちろん!!　あたしにできることだったら、室長殿と教官殿のため、どんなことでも」

「ならばその決意を、態度で示してもらおうか――モモカ」

「了解よ、チヅル」

まるでシナリオどおりのように、モモカが大きな鋏を採り出した。そしていった。

「六〇四号。我々のため、どんなことでもしてくれるそうだな？」

「は、はい教官殿」

「ではまず、その三つ編みをどちらも、切り落としてもらおうか」

「……え」シオリは絶句した。そして、どうにか言葉を継いだ。「髪を」

「態度で示してくれるんじゃなかったのか？」

「あっはい教官殿!!　今すぐに――」

あたしは思わず瞳を背けた。こんなところで、キレイに編んだ髪をバッサリと切れなんて……

うぅん、切るなんて、、、。

そう。シオリは囚人らしいいさぎよさで、両の三つ編みをあざやかに切断した。彼女の髪が、たちまちスカスカのベリーベリーショートになる。もう何も隠すことはないって気持ちを、物理的に、見た目で証明するかのように。それだけスカスカで、だから虚ろに酷かった。

「これでよろしいですか、教官殿!?」

「うむ。さすがは模範囚だな」

そのときのモモカの瞳には、あきらかな侮蔑があった。

チヅルのそれには、嫌悪があった。

それらが、誰にむけられたものなのかは……

そんなことを考えてたあたしと、チヅルの瞳が合ってしまった。そのときチヅルは鋭く言った。

「よろしい六〇四号。おまえが模範囚であることは、これまでの言動からも、たった今の姿勢からも証明された。よって」

チヅルは真紅の腕章を採り出した。そのままシオリの前に立ち、その左腕に留める。

それはチヅル自身が着けてる腕章と、まったくおなじつくりのものだった。

ただひとつ、違うこと。

チヅルの腕章には白い墨書（ぼくしょ）で『反省室長』。

シオリの新たな腕章には白い墨書で『自治班長』――

そしてもちろん、明教館の黒いシックなセーラー服と、あたしたちの白い粗末なワンピースとでは、腕章の映え方が違う感じだ。シオリの腕章は、あきらかにワンピースからもシオリからも浮いてる。

けれど――でも――

シオリは今の儀式で、六人の仲間じゃなくなった。

同時に、今の儀式で、チヅルたちの仲間になれたわけでもない。

支配する側と、される側の、不思議なキメラ……

もちろん、そんなことをしたチヅルとモモカには、特別の意図があるだろう。

そしてチヅルは、それを隠すつもりもないようにいった。

「クロダシオリ」

「はい室長殿!!」

「おまえを、現時点をもって六〇四号ではなく『自治班長』とする」

「自治、班長……」

「おまえたち思想犯六名の、自治責任者だ。模範囚たるおまえは、六名の自治班長として、六名のなかで、総員の更生に協力することになる。より具体的には――

反省室長と教官に与えられた権限の行使を、一部、おまえに認めることとする」

「と、というと」

「反省室の規則を守らせる点において、おまえは、我々と同様の権限を有するということだ。したがって、よく五名を監視し、監督し、規則違反があればすかさず懲罰を加えるように。また残りの五名にあっては、六〇四号のことを必ず『班長殿』と呼ばなければならない。このことを新たな命令、新たな規則とする――

どうした自治班長、不満か？」

「いえ室長殿、名誉です、しっかりやります!!」

「素直でよろしい。そして素直な者には特典がある。それがこの国の常だ――

モモカ」

「了解」

モモカはもうガスマスクを外してた。催涙ガスが、そろそろ引いたからだ。だからモモカは、まったくふつうの表情。それを見てると、躯じゅう、顔じゅうのビリビリひりひりした苦痛が、いっそう強く感じられる。

「自治班長。おまえはこのバケツで、顔の催涙ガスを洗い流してよし」

「あ、ありがとうございます!!」

「こちらにホースがある。これで躯も洗い流してよし」

……シオリがどれだけ嬉しいか。それは他の五人にも死ぬほど解った。

水が、水がほしいのだ。

飲み水じゃない。顔と躯を洗い流す水がほしいのだ。

ガスを染(あ)びてからのあたしたちは、まるで日焼け跡にずっとずっと塩を擦(す)りこまれてるようなもの。じっとしてるだけで、痛くて辛くて痒(かゆ)くて熱くて。とにかくその熱源を洗い落とさないことには、どうにもならない拷問を受けてる。ううん、たとえ洗い流せなくても、せめてちょっと冷やせれば……

そんななか。

モモカは『自治班長』になったシオリに、悠々(ゆうゆう)とホースとバケツを使わせてる。清潔なタオルまで。

もちろん、わざとだろう。

そして喜色満面のシオリは、三つ編みを自分で落として、髪が残酷なことになってるのも忘れて、そして粗末なワンピースが時折はだけるのも忘れて、催涙ガスを洗い落とすのに熱中してる。

けど、無理もない。これほどの肌と粘膜への熱と痛みは、あらゆる合理的な思考を吹き飛ばす。

——やがてシオリが満足ゆくまで水を使い、ひと息ついたとき。

つまり五人の誰もが、知らず知らず嫉ましげな視線を集めてたとき。

舞台映えする女優。そんな感じで、チヅルがガスマスクをとった。そして、自然にいった。

「他に、水を使いたい者はいるか？」

あたしは手を挙げながらパッとみた。手は三本。あたし、フタバ、ミツコ。

イツキはどこか警戒をした瞳で、ムツミはどこ吹く風で、直立不動を続けてる。

あたしは、イツキとムツミの我慢強さに、感動すら憶えたけど……

……まず第一に、それはチヅルたちを刺激しただけだった。

そして第二に、きっとそのことが、手を挙げたあたしたち三人の取り扱いも、エスカレートさせていった。

「先に言及したとおりだが」

凍てついたチヅルの声が、反省室の監獄に響いてゆく。

「自治班長以外のおまえたち五名は、この有り難い更生プログラムの意義を理解しないばかりか、つねに反抗的態度を維持している。にもかかわらず、自治班長のように素直で模範的な者と、同様の処遇が受けられるものと考えている。

このような甘えた態度が許されるか、自治班長？」

「は、はい室長殿、絶対に許されません」

「しかし、この者たちが甘えて反抗的な態度を採り続けるのは、おまえの責任でもあるな」

「えっそんな」

「疑問があるのか？　おまえはこの五名の監視と監督と規則違反とに責任を負うのだろう？

それとも六〇四号として、こいつらの仲間に復帰するか？」

「イヤ!!」

……それはシオリの、心の底からの叫びで、だから本音だった。

無理もない。この反省室に入れられてから、いちばん苦痛を感じ、いちばん精神的に動揺してたのは、シオリだ。まして、真夜中の催涙ガス攻撃。あたしだって、自分がミステリを読み回した主犯だっていう責任感とプライドがなかったら、シオリとおなじ態度をとるし、シオリとおなじように服従するだろう。そもそも、ここの雰囲気が異様なのだ――

「絶対にイヤ!!」

「ほう」チヅルはまた、自然にホースを採った。「ならどうする」

「お、思い知らせます」

「何を」

「思想犯である、立場を。そして室長殿と教官殿の、やさしい恩情を」

シオリは震える手でホースを受けとり、バケツを自分の傍(そば)に置いた。

そして、ずっと挙手したままのあたしに近付くと——

精一杯の強い口調で、こういった。

「は、ハツコ、じゃない六〇一号。

思想犯のあなたに水を使わせて下さるのよ。室長殿たちに、感謝するの」

「感謝って……」

「いいから!! またあたしまで巻き添えにする気!? 感謝しなさいよっ」

「……ありがとうございます、室長殿、教官殿」

「おや?」モモカがしれっといった。「肝心の、自治班長さまへの感謝がないぞ? どうした自治班長、さっそく思想犯に舐(な)められてるぞ!!」

「六〇一号」シオリはもう迷わなかった。「水を使わせていただいて、ありがとうございます、室長殿、教官殿、班長殿——だよね?」

あたしは疲れてた。叩き起こされて眠い上、どうしても眠れない姿勢と痛み。

だから、もうどうでもいい感じで、シオリの言葉を繰り返した。

すると——

バシャリ。

まず水浸しになった自分に気付く。次に、髪から滴り落ちる水に。そして次に、バケツの水をあたしにぶち撒けたシオリに。

「だからハッコは駄目なんだよ!!　いつもボーッとして!!　そのくせ大事なこと全然聴いてなくて!!　だから法律に叛らってミステリなんか読むんだよ!!　兵隊さんが一所懸命この国を守ってくれるからあたしたち勉強できるのに、その自由を勘違いして、政府を批判するような本を読んで!!　そもそもマジメじゃないんだよ!!　今だって、室長殿たちがハッコのこと懸命に立ち直らせようとしてくれてるのに、それぜんぶ自分のせいなのに、ボーッとして他人事みたいに——

お水まで使っていいっておっしゃってるのよ!?」

……あたしには反論する気力がなかった。正直、水を染びた部分が、スッと痛みが引くようで気持ちよくて、もっと水がほしくて、シオリの言葉をよく聴いてなかったこともある。するとシオリは、ホースの口を思いっ切り細めて、鋭い水流をあたしの顔に、次いで胸元とお腹に直撃させた。とりわけ顔が嬲られる。何度も何度も繰り返して――

「水を使わせていただいてありがとうございます、は!?」

「み、みずを、つかわせていただいて、ありがとう、ございます」

「誰に感謝してるの!?」

「し、しつちょうどの、きょうかんどの、はんちょうどの」

「返事が遅い。罰よ六〇一号。あなたはそこでスクワット連続五〇回、始め!! 次は六〇二号ね。さっきの感謝の言葉。まさか忘れてないでしょ? 言って御覧なさい」

「――――」

フタバは、猿轡を噛まされたまま、さっきあたしが復唱させられた言葉を口にした。ほんとに復唱してることは、そのイントネーションとながさで分かった。もちろんチヅルにもモモカにも、そして言わせたシオリにも分かっただろう。だけど――

「よく聴きとれないわ、もう一回」

「――――」

「もう一回よ六〇二号。

だってあなたいつもあたしに教えてくれたじゃない。人と話すときはしっかり瞳を見て、ハッキリ喋らなきゃ駄目だって――シオリは内気すぎるって。

自分が言ったことは、ねえフタバ、キチンと遵らないと駄目なんじゃない？」

シオリの難癖に、フタバが激昂しかかったその刹那。

真紅の腕章をふりかざしたシオリが、いきなりその機先を制した。

ふらふらになってるフタバを組み伏せ、俯せにさせる。

もちろん普段のフタバとシオリじゃ、勝負にもならない。けれど眼ひとつ洗わせてもらってないフタバは、まだ顔を涙と洟と涎でべとべとにしてる状態なのだ。しかも、状況を楽しみ始めたセーラー服姿ふたりが、たちまちシオリに加勢する。

——フタバへ馬乗りになったシオリは、どこまでもナチュラルにいった。

「室長殿、教官殿。

六〇二号はよほど顔と躯を洗いたいようです。あたしが、コイツに水浴びをさせてやっていいでしょうか？」

「ふふん」モモカが不敵に笑った。「許可する」

するとシオリは、なんとフタバのワンピースをずり上げてしまい——

あたしたちはワンピース一枚の着用しか許されてないから、それはつまり、首元を残して裸にしてしまったことを意味する。もちろん猿轡ごしの声と全身とで激しく抵抗するフタバ。それはそうだ、こんな屈辱的な格好はない……

そしてシオリは、モモカからホースを受けとると、裸のフタバに満遍なく冷水を注いでゆく——やがてフタバから離れたときも、彼女のつむじから、しつこく、どくどくとホースの水を注いだ。そしていった。

「どうしたの六〇二号。お望みの水よ。まだ足りないの？」

悔しさと惨めさで首をふるフタバに、シオリは追い討ちをかけた。

「直立不動よ——誰が服を直せといったの!?」

躯にべったりとくっついたワンピースを、必死で直そうとするフタバ。目聡くそれを見つけ、また難癖のネタにするシオリ。

——とうとうフタバは、とても直視できない姿のまま、直立不動を強いられた。

「挙手した最後の思想犯は、ああ六〇三号、トマトのあなたね」

「し、シオリ、おかしいよ。こんなのいつものシオリじゃない」

「……教官殿。今のは規則違反ですね？」

「ああ」モモカは冷厳に。「規則第7条違反だ。ここに『シオリ』などという者はいない」

「ミツコ、ねえミツコぉ、解ってるの……」

そのシオリの、恐ろしい口調。確かに、シオリはおかしかった。

ううん、こうなる以前から、どこか精神的に危うかった。

けれど今、規則云々っていってる傍から、ミツコの名前を呼んでしまうほど、状況に動かされるままになってる。矛盾とか、不合理とかを、自分からシャットアウトしてしまってる。

あたしはシオリの激変より、優しく内気なシオリをこうまでさせる、そんな状況のちからを恐れた。けれど、あたしには何もできない。ううん、何か喋って、フタバみたいに裸より恥ずかしい姿にさせられることが、とても嫌だった——

そう、罰を受けることが、それほど恐かった。

そしてシオリは、やっぱり、恐ろしい口調で続ける。

「……室長殿と教官殿がこれほど困っていらっしゃるのも、そう、あなたがトマトを食べ残したりするからなのよ。

室長殿が用意してくださった食事を拒否する。政府が禁じてくださった悪書を隠し読む。

そう、これがあ、な、た、たちの自由、はき違えた自由の成れの果てなのよ!!

あたしたちは、正しく導かれなければならない、脆い存在なの。

だから政府も室長殿も、厳しいルールを定めてあたしたちを守ってくださるの。

だのにミツコときたら!!　たかがトマトで!!　政府と室長殿に恥を!!　しかもあたしまで巻き添えに——この思想犯、非国民っ!!」

シオリはやっぱり。

トマト事件のとき、連帯責任を問われたあのことを、ずっと怨んでたんだ……

「脱ぐのよ」

「え」

「思想犯にそんな御立派な衣装はふさわしくないっていってるの!! 脱ぐの、すぐに!!」

「ちょっとまってシオリ!!」

ばちん。

口答えをしようとした、ミツコは。

たちまちシオリの手にしたホースで鞭打たれた。それも、思いっ切り。

「脱ぐのよ」

「で、でも」

「フタバは我慢してるのよっ」ばちん。「いつまでもお嬢様ぶって、思想犯のくせにっ」

ばちん。

ばちん。

さすがに隣のイツキが口を挟もうとした瞬間、チヅルがシオリの手を押さえた。

「自治班長。思想犯どうしでも暴力は禁じられている。この反省室において、あらゆる暴力の行使は規則違反となる。次からは許さない、いいな？」

「は、はい室長殿、し、しかしあたしは」

「そうだな――」モモカが演技的に指をふった。「――おまえが激昂したのは、『自治班長の命令に叛らう』という、重大な規則違反が繰り返されたからだ。そうだろう？」

「そ、そのとおりです教官殿!! 御理解いただけて嬉しいです!!」

「ならば、まずその命令を実行させろ。六〇三号、お前は命令を実行するんだ――自治班長。もし六〇三号が命令を実行しなければ、どんな懲罰がふさわしいと思うか？」

「ハイ、連帯責任ですから、そして暴力は厳禁ですから、総員朝まで腕立て伏せを」

「わ、解りました……」ミツコが屈服した。「脱ぎます……脱ぎますから……」

「自治班長」モモカが追い討ちをかけた。「ただ脱いだだけでは、六〇二号と変わらんぞ？」

「そうですね教官殿!!

ミツコ、いえ六〇三号、犬のように四つん這いになるのよ」

「――――――――――!!!!」

「あらどうしたの。自治班長の命令が聴こえなかった？」

シオリは一度だけ、鋭い水流でミツコを威嚇した。今のミツコには、もうそれで充分だった。

裸にされたどころか、言うをはばかる格好をさせられ、それを嘲られるミツコ。茶道の家元のお嬢様として、どれだけの屈辱を感じてることか……

「それで？」モモカが訊いた。「水は要らないのか？」

「……ください」

「犬のように水浴びがしたいのか？　はしたないお嬢様だな」

「もう、顔が、躯が、焼けて……熱くて……お願いです」

「犬のように水浴びをするんだな？　ハッキリいってみろ」

「……犬のように水浴びを……ううっ……させてください、教官殿、班長殿」

「くれてやれ、自治班長」

物理的にも、精神的にも見おろしながら、ミツコにちょぼちょぼとホースの水を注いでゆくシオリ。そのあいだも、さんざん嘲られるミツコ。それでようやく、ミツコを屈服させる儀式は終わった。

——また直立不動にさせられた、校則違反者五人。

セーラー服姿のチヅルとモモカは、ブーツの音もたからかに、最後のふたりの眼前に立った。腕章だけおそろいのシオリが、そそくさとふたりに続く。

最後のふたり。

まだ儀式を終えてないふたり――

すなわち催涙ガスのあと水も求めなかった、武闘派のイツキとムツミだ。
水と涙

めずらしく、チヅルが真っ先に言葉を発した。

「六〇五号、六〇六号。

催涙ガスで、叫びたくなるほど苦しいと思うけど、私達の水は要らないの？」

――ガン無視するイツキとムツミ。

もっとも、イツキからは怒りの波動がビシビシと伝わってくる。

ムツミは――怒るというより、達観(たっかん)してるというか、どこかチヅルたちをバカにしてた。でもこんな状況で、虐待者たちをバカにできるというのも、すごい精神力。

「水は、要らないのね？」

チヅルは確認した。だがその確認は、そう、次のシナリオを熟知してる者の確認だった。つまり全然本気でもなかったし、水にこだわってもいなかった……自分たちの水には。

「思想犯自身から希望がないなら、仕方ないわね……

　そうはいっても。

　健康状態に支障が出れば、プログラムが続行できなくなる。すなわち、あなたたちクズが真人間にもどれる可能性が、零になる。それは私の本意ではないわ。

　だから、自治班長」

「はい室長殿!!」

「違う水を、汲んできてあげて頂戴」

「……違う、水ですか室長殿？」

「ええ」

「ですが室長殿、この反省室には、他に水は……あっ洗顔台の水ですね」

「違うでしょう。それぞれの個室に、キレイな水が貯まっているでしょ、水洗のが」

「えっ」

　思想犯から看守側に昇進したシオリも、だからそのポジションをフル活用し始めたシオリも、さすがにあっけにとられてる。

　チヅルの言葉と視線は、それだけ……ナチュラルだった。

「悪いけど、このコップで、汲んできて頂戴」

「こ、コップに、水洗の……ああ、タンクからですね」

「何を寝惚けているの。タンクでなくとも水はあるでしょ。もっとふさわしいのが。それとも嫌？　嫌ならモモカに」

「いえ室長殿、あたしが汲んできます!!」

——律儀にも、コップはふたつ、用意されてた。

そう、チヅルには最初から解ってたのだ。真打ちを使うべき筋鋼入りは、何人なのか、誰なのか。

そしてシオリは、律儀にも、素手でふたつのコップを満たしてきた。

「ねえ六〇五号、六〇六号。

学園ではキザキイツキ、ソラエムツミと呼ばれていた思想犯ふたり——

よく聴いて頂戴。

学年次席だとか、閣僚令嬢だとか、ここではそんなこと、何の意味も持たないわ。

そう、あなたたちの名前同様にね。

あなたたちは、ミステリを読んだ思想犯。つまり病気よ、可哀想にね……

でも安心なさい。私達がきっと治療してあげる。これから一緒に暮らして、その間違った思想を、きっと矯正してあげる。真人間にもどしてあげる。ミステリなんて嫌だ、すぐに焚いてしまいたいって、自分から、心底そう思えるようにしてあげる。

——その入院治療が、終わるまでは。

あなたたちには、一切の権利がないわ。ミステリを読む権利は当然、好きな本を読む権利も、好きな音楽を聴く権利も、外出する権利も。ううん、ただ歩く権利、息をする権利だってありはしない。

どうしてかって？

あなたたちを、まず真っ新にするためよ。その紊乱した思想と生活態度を、徹底的にアンインストールするためよ。裏から言えば、私達が厳しい規則を定め、それをあなたたちに強いるのは、それがあなたたちのためだから。それが、あなたたちの退廃文化をアンインストールする、最も合理的な治療法だから……

そして、御覧のとおり。

今夜の課外学習で、ハツコ・フタバ・ミツコは、その合理性を理解してくれたわ。ちなみにシオリは元々模範囚――よってこの四人は、もはや反省室の秩序と規則を乱すことはない。

最後に残ったのは、あなたたち二人よ、六〇五号・六〇六号。

だから私も、最後に訊く。

今後いっさい、私の命令に叛らわないで。それが誓える？」

……イツキとムツミは、無言のままだ。

「どうなの六〇五号？」

「質問をしていいか？」

「許すわ」

「催涙ガスを使うというのは、既に暴力だ。

仮にあたしたちが思想犯だとして、いや思想犯だからこそ、暴力は許されない。いま反省室の秩序を乱しているのはチヅル、おまえだと思わないか？」

「……今の些細な規則違反は見逃すわ六〇五号。

そして質問に答えると、六〇五号の指摘にも一理ある。よってあなたが先の誓いをするかぎり、そしてそれを遵るかぎり、私達も事態がエスカレートしないよう最善を尽くす。そしてもし私達に行き過ぎがあるようならば、これを監視している教頭先生・トオノ先生が黙っているはずもない――説明と状況は理解できた？」

「確認する。非合理な懲罰は慎む。これを約束してくれるか？」

「……いいわ。あなたのライバル、いいえかつてのライバルとして約束する。

さああなたは？」

「解った。誓おう。今後いっさい、おまえの……反省室長の命令には叛らわない」

「よくできたわね。

じゃあ次の言葉を復唱して頂戴――『そのコップの水を下さい』さあどうぞ」

「それは‼」

「それは？　これは暴力でも非合理でもないけれど？」

「非合理そのものだろう‼　こんな屈辱を与える事のどこが治療なんだ‼」

「それを決めるのは私と、教頭先生たちよ――

そして今あなた誓ったばかりよね？　私の命令には叛らわないんじゃなかったの？

その誓いを破るのなら、私にもそれなりの考えがあるわよ――あなたはともかく、
他の五人がとても困るほどのね」

無言。

無言のまま五秒が過ぎ、一〇秒が過ぎ――

震える拳でイツキがチヅルに組みつこうとしたとき、そう、そのワンピースからの手がチヅルのセーラー服を鷲摑みにしようとしたとき、なんと。

チヅルは右腰から拳銃を採り出した。

黒く光る拳銃を躊躇なく採り出し、躊躇なく真正面にかまえ、躊躇なくイツキの額にむける。イツキの方は、さすがに躊躇した。空をつかんだ手が、見えない何かに感電したようにビクンと跳ね、そのまま固着する。それはそうだ。まさか校則違反の反省のため、拳銃までがほんとうに採り出されるとは――あたしももちろん――誰も思ってなかったから。あたしたちは、その現実的な恐ろしさをよく知ってるから。軍事教練の授業では、誰もが拳銃を取り扱ったことも、発射したこともあるから……

……舞台が、凝縮（ぎょうしゅく）する。

チヅルとイツキに。

支配する者とされる者に。

ふたりの瞳に。銃口に。

——チヅルの瞳は、恐ろしいほどの虚無だった。

そこには、軽蔑と自嘲（じちょう）と後悔と満足と優越感と敗北感とが、確実にあったけど……

そのすべての輝きは混ぜた絵の具のようになり、つまり、恐ろしいほどの虚無となった。

その虚無は、銃口を一瞬だけ震えさせ——

ばあん!!

次の瞬間、チヅルは撃った。一発だけ撃った。

遠目にも分かるほど、誰にでも分かるほどハッキリと、そう断乎（だんこ）として引き金を引いた。

ぎりぎりで。

銃口のその先を、天井に変えて……

……すさまじい銃声から、どれくらいの時間が過ぎたろう。

この監獄では、時を知る術（すべ）がない。

けれど仮にあったとして、イツキとチヅル以外には意味がなかったろう。

この監獄のなかも学園の諸々もひっくるめて、いま、ここに凝縮された問題と時間を動かせるのは、当のイツキとチヅル以外になかった。いま、ふたり以外はギャラリーとなり、ぐっと強く浮かび上がった白ワンピースと黒セーラー服を、ただハラハラと見詰めてる。そう、チヅルの仲間であるモモカと、チヅルの手足となったシオリすらも――

そして。

ギャラリーが舌を巻くほどのタイミングで。

チヅルはひと粒、涙を零した。

どう考えても、それは熱演だった。けれど、どう観てもそれは生の絶望だった――

「解るでしょ……イツキ。

私、あなたを見ていると悔しくて……どうしても、どうしてもあなたには勝てないって……おかしくなるのよあなたがいると!! 自分がとても酷めに思えて!!」

「……やめるんだ、もういい、チヅル」

「そう、一年生のときから、ずっと嫌だった。そんな自分と……それに気付かせるあなたが。もしあなたがレジスタンスの家系じゃなかったら。私、絶対にあなたになんて勝てはしない。そうよ。学園だって、同級生だって下の娘だってみんな知っている。レジスタンスの娘に学年首席を獲(と)らせない。ただそのために、私に下駄(げた)をはかせているって事。

だから私、自信が無いわ、だって私、あなたの嚙(か)ませ犬だもの……犬だもの。こんな絶好の機会を与えられて、自分を抑え続ける自信が……他の娘にだって何をするか。解るでしょう、解っているんでしょうイツキ？」

「やめるんだ」

「だから、最後にお願いするわ、私の可愛(かわい)い、大好きなイツキ……

　きっと、聴いてくれるわよね？

　そこに跪(ひざまず)いて、お願いするの。お願いして頂戴……『そのコップの水を下さい』」

——イツキは、心底おどろいたように、チヅルの瞳を見た。

あたしにも解った。そこにいるのは、圧倒的な弱者。

まるで、雨に濡(ぬ)れそぼった仔犬(こいぬ)のような。

けれど、あたしには解った。おそらく、イツキにも解ったろう。

チヅルが、こころからの本音を、武器として使ってるということが——

けれど。

どんな使われ方を、しようと。

それは本音だからこそ、強くイツキの魂を打った。

――ふたりは、ライバルだ。お互いのことは、元々、解りすぎるほど解ってる。

そして、学年首席のチヅルが涙を零しながら自分の敗北を語ったとき。だから哀れみを請うたとき。

この異様な舞台で緊張の極限にあったイツキの魂は、折れてしまった。

い、い、い、い、チヅルに共感して。

もともと自分のなかにあった、罪悪感と勝利感と反骨心を、ぜんぶ料理されて……

……そのイツキが、もちろんチヅルの真意を知ってるはずのイツキが今、両膝を突いて。

「その、コップの水を、下さい」

「誰にお願いしているの」

「室長殿。そのコップの水を下さい」

「結構」チヅルは瞳を潤ませたまま、艶然と微笑んだ。「シオリ、グラスを貸して」

「は、はい、し、室長殿」

チヅルはシオリから、房のトイレの水が入ったコップを受けとった。

あたしは。

次にくる命令を心底、恐怖した。

(まさかチヅル、その水をイツキに飲ませるつもりじゃ……)

けれど。

まるであたしが、ううん、あたしたちがその恐怖を感じる時間を置くように。

あたしたちが次の儀式の恐怖を、だからチヅルの命令の恐怖を、さんざん味わったのを確認するように。

チヅルは悠然と翳していたコップを、イツキのつむじから、とくとくと傾けた。

粗末なワンピースに染みこまなかった水が、涙みたいに、イツキの裾から垂れる。

「どう、六〇五号？　催涙ガスの痛みが、少しは楽になったでしょう？」

「……はい、室長殿」

「私達の友情。私達の誓い。あなたが約束したこと、忘れないわよね？」

「……はい」

あたしたちは理解した。

イツキは汚されたと。もちろんトイレの水ではない、何かに。

そして、もう戦えない。

そうだ。

一度泣いた闘犬は、二度と牙を剝くことがないのだ。

特権階級

「さて、最後に残ったのはあなたよ」

「そうみたいだね、室長殿」

ブーツの音もたからかに、チヅルはムツミと対峙した。そしていった。

「随分と余裕があるみたいね？」

「そうみえるかい？　もうギリギリなんだけどな」

「さすがに特権階級は違うわね」

「特権階級？」

「あなた、現職閣僚の娘じゃない」

「……放蕩娘でね。こんな国策学園に入れられてしまった。まあ、花嫁修業みたいなものかな。僕はどうも、新国語とか総動員体制とか、生まれつき肌に合わないんで」

「だから、ミステリなんて読んでみたの？」

「かも、知れないね」

「……あなたをここへ入れたタダノの真意は解らないわ。だってあなたは支配する側、弾圧する側だもの。そして古今東西の歴史がしめすとおり、犯罪だろうと退廃だろうと、支配する側の罪科なんて問えはしない。

それにあなたは遠からず、文化検閲官くらいにはなってしまう。退廃文学を検閲し禁圧する側にね。そしてあなたの飄々とした性格からして、そうね――自分がミステリ好きかどうかにかかわらず、平然とそれを焚いてみせるでしょう」

「あっは、そのとおりだよ。僕の人格を正確に分析してくれて、嬉しいね」

「だからまず、あなたは思想犯ではない」

「そうだね」ムツミは真剣に考えていた。「うん、愉快犯かな」

「さらに、あなたを更生させることに意味は無い」

「それはどうして？」

「解りきったことよ。

そもそもあなたは、ハツコみたいな絡鋼入りの主義者じゃないわ。主義者じゃない者をどうやって更生させるのよ。信者でない者に棄教させるなんて、言葉の定義からしておかしいわ。これがひとつ」

「なるほど」

「最後に、あなたに更生プログラムを適用するのはリスクが大きい」

「リスク、とは？」

「言ったでしょ。あなたは遠からず文科省の官僚になるわ。新東京大学をスルリと出てね」

ここで若干、チヅルの口調が澱んだ。それはそうだ。エリート養成機関、明教館女子高等学校の生徒といえど、新東京大学への道は激しく険しい。だから例えばチヅルとイツキは、学年首席の座をめぐって、熾烈なライバル関係にあるのだ。それはもちろん、自分の将来のためでもあるけど、この国ではすなわち、自分の家族親族のためでもある。家族親族の行く末というか、最低限の安全のためだ。少なくとも、国営アパートからいきなり蒸発しない程度の……

ところが、その家族親族がもともと政府関係者であれば、話は全然違ってくる。チヅルの台詞が濁ったのには、もちろん、こうした感情のもつれがあった。

そのチヅルは、あえてだろう、淡々とした言葉を続ける――

「すなわち、私達凡人に復讐する機会を、遠からず獲るということよ」

「ふ、復讐」それはほんとにムツミの思考回路になかったみたい。「僕がチヅルたちに？　それはまさか――」

「――そう。その頃であれば、教頭のタダノごと一緒に、でしょうけど。

変な監獄に入れられて、一般市民に過ぎない私達に虐待された。特権階級のあなたがよ。公安委員長の娘のあなたがよ。その復讐を恐れない方がどうかしているわ」

「……てことは、やっぱ、虐待はしていると認めるのかい？」

「私はあなたの主観の話をしているの。続けるわ——

——だから、あなたは違うのよ。この思想犯たちの中で、異質なの。

そもそも矯正(きょうせい)すべき思想をいだいてはいない。だから同志でもない。

そもそも復讐できる手段を確保している。だから恐怖もない。

そう、ムツミ、あなただけが『六〇六号』になりきらずにすむし、事実、六〇六号ではない。あなたはソラエムツミであり、ソラエムツミで在り続ける——

この反省室でも、青空の下でも。

私達のなかで、だから思想犯の中で、あなただけが特別。だから特権階級といった。

——もう一度いうわ」

ここでチヅルは、舞台の総員を見渡した——とりわけ、思想犯たちを。

「あなただけが同志でもないし、恐怖もないし、特別なの。特権階級なのよ。ミステリが自由に読める。ミステリが自由に焚ける。この閉ざされた世界の中で、この閉ざされた国の中で、独占した自由を謳歌(おうか)できるのよ。

だから、それだけ余裕がある。それはそうよね。こんなの、あなたにとっては茶番ですもの」

……あたしは、隣で立たされてるフタバと視線をかわした。

フタバが頷く。

あたしも頷きながら訝しんだ。というのも——

チヅルの心理作戦にしては、あまりにも『見え透いてる』からだ。

——チヅルの作戦は、ここまで王道をいってる。タダノ教頭先生の人選は、さすがだ。

チヅルはまず、いちばん脆かったシオリを屈服させた。権力側につかせ、その末端として権限を使わせることで……その地位を奪う・奪わないをコントロールすることで……屈服する以外の思考を奪った。はやすぎる、とは思ったけど、シオリの大人しく内気な性格を考えれば、この展開は自然で、王道だ。

次に、いわば平凡組を——強くも弱くもない、付和雷同分子を——屈服させる。様々な屈辱を味わわせることによって。デタラメな懲罰。催涙ガス。水責め。身体検査。恥ずかしい姿勢。あるいは、実は見下してた……かも知れないシオリの下に置かれる理不尽。仲間の転向による絶望。ひょっとしたら、自分もシオリみたいになれるかもって、ありえない希望。これであたし、フタバ、ミツコも、もはや抵抗の気概を奪われた。

そして、徹底抗戦するであろうイツキには、徹底して心理的なゆさぶりをかける。どんな手を使ってもいい。イツキが自分自身で、自発的に、服従を誓い、服従の言葉を発するようにする。この手法の萌芽は、そう、ソフトバレーのとき既に現れてたけど、とりわけイツキには効果的だ。だって、イツキは規律と責任を重んじるから。自分の言葉も。もちろん友達も——なら強制だの屈辱だのより、人質をとった上で、異常心理に追いこんだ上で、自分自身に約束させることが最善の（最悪の）鎖になる。

そしてイツキも罠に掛かった。

　ところが——

チヅルの対ムツミ戦略は、あからさまに、その、幼稚だ。

だって、疲労と動揺で意識が変になってるあたしにも、すぐ解ってしまったから。

これは、確かに大臣の娘であるムツミを、あたしたちから『切り離す』作戦だと。

ムツミの地位を、口に出して、ハッキリ確認することで、あたしたちの嫉妬と怨嗟をかきたてる作戦だと。

そう、『あなたたちの仲間じゃない』『あなたたちの同志じゃない』——

——そしてそれは、確かに事実だ。

けれどそんなこと、三年近い学園生活で、ここの仲間の誰もが知ってる。

まして、ムツミとミステリを読み合うあたしたちだ。そもそもムツミが危険人物だと思ったら、ムツミがここにいるはずない。そしてムツミも、あたしたちと感情的なつながりが無かったなら、それこそチヅルのいう『茶番』につきあって、囚人をやってるはずもない。そう。あたしがムツミで、最初からミステリなんかに興味ないなら、そしてあたしたちの事だってどうでもいいなら、学園側にバレた時点で、自分が密告者になるだけ。そして徹底的に学園側に協力して、それこそ、将来のための実績づくりをするだろう。

ところが。

この反省室に入ってから、ムツミはイツキと列(なら)んで、あたしたちの希望だった。あたしたちの元気のみなもとだった。ムツミが陰に陽に、独特のユーモアで、あたしたちを慰(なぐさ)め、励(はげ)まし、時にチヅルたちに抵抗してくれたことは、ここの誰もが知ってる。

だから――

今更チヅルがムツミの地位を強調したところで、あたしたちをこれ以上、動揺させることはできない。まして、イツキとおなじくらいタフなムツミが、あたしたちから切り離されると考えるはずもないし、仮に考えたとして、あんまり動揺はしないだろう。ムツミは、ひとりで生きてゆける娘(こ)。たまたま、ほんとうにたまたま特権階級に生まれてしまった異端児(いたんじ)だから――

だからあたしは、チヅルの作戦を幼稚だと思った。

けれどあたしは、まさか、その思考がチヅルに読まれてるとは思わなかった。

そう、そんな考えを繞らせてた、まさにそのとき――

まさに、チヅルはあたしの瞳を見詰めた。そして、また艶然と微笑んだ。

「……この反省室ごっこは、ムツミ、あなたにとっては茶番。あなたという要素は、役者は、プログラム上のバグだわ」

「せめてウイルスになりたかったね」

「むしろワクチンになってみては？」

「え」

「モモカ、例のものを」

「了解、チヅル」

……モモカはいつしか、金属の、一斗缶のようなものを携えてた。

ブーツの音もたからかに、チヅルの隣に立ったモモカは、その金属缶から、まずあるものを採り出した。それは――

「――チヅルは趣味がいいなあ」

「気に入ってもらえて嬉しいわ」

――それは、真紅の腕章だった。

チヅルとモモカが、そして今やシオリが、左腕に巻いてるのと一緒の腕章。血のような色の腕章。明教館の純黒のセーラー服に恐いほど映える、この反省室での権力の象徴。

チヅルはそれを、演技的にひろげた。白い墨書の書体で、『教官』と記されてる。

「ムツミ、あなたは、この娘たちでも私達でもない。

だからシステムエラーを起こす。だってこの権力の舞台では、『支配する者』と

『支配される者』以外の登場が予定されてはいないんだもの——

だったら会員になってもらえばいい。シンプルなことよ」

「それを腕に巻くだけでいいのかい？」

「もちろん否よ。

模範囚のシオリ同様、思想犯の更生に最大限、尽力してもらうわ。その報奨とし

て、この反省室におけるあらゆる懲罰、あらゆる苦役からの自由を約束する。誰もが

嫌がるであろう事を、あなただけは、する必要が無い——

これが選択肢の一よ。どう？」

「遠慮しておくよ。

たとえこれが茶番だとしても、一緒になって踊るのは趣味が悪すぎる」

「将来の文部官僚として、ちょうどいい訓練になるかもよ？」

「僕はむしろ、チヅルを国に推薦したくなったよ」

「なら第二の選択肢にして、最後の選択肢を——モモカ」

モモカは鋭く頷くと、今度は、手元の金属缶を一気にさかしまにした。

ドサドサッ、と中身が零れ落ちる。

それが何かを脳が処理した瞬間、あたしは叫んでた。反射的に叫んでた——

「それは!!」

「そうよ六〇一号」チヅルは睨め上げるように。「八冊のミステリ」

それはまさに、思想犯のあたしたちが回し読みしてた、八冊のミステリだった。

タダノ教頭に押収されたあと、もう焚かれてしまったと諦めてたけど。

まだ、眼の前にある。

何も恐れずに駆け出せば、手に採ることすらできる場所に——

そして、それは紛れもなくホンモノだった。まさかチヅルやモモカが擦り換えてくれるはずもない。その焼けて擦れた表紙、縒れた頁、それぞれの大きさにそれぞれの装丁。

……あたしは思わず皆の顔を見渡した。急いで見渡した。監視カメラも。だから、監視者も。

そして、結論を出した。

(間違いない、ホンモノ。疑いようがない。間違いなく、押収されてしまったあの八冊のミステリ)

そしてそれは、この監獄舞台を観てる全ての者が、理解した真実。

(ここまで、やるんだ)

あたしはその決意の意味を、もう一度噛み締める……

……そんなあたしの動揺と恐怖を軽蔑しながら、チヅルはいった。あたしを嘲いながらムツミにいった。

「こんなモノの何がおもしろいのか、全然解らないけれど」

「何がおもしろいかは、人それぞれさ」

「覚醒剤を満喫するのも、人それぞれでいいの?」

「ミステリを読んだからって、社会に害悪があるのかい?」

「私達、未熟な未成年者が何を読むべきか。何を読んではならないか。何が社会にとって害悪で、何が有益なのか。そんなこと、私達がいま考えるべき事じゃない」

「誰が考えてくれるのさ?」

「国よ。政府よ」

「それが間違ってるとしたら?」

「公民の時間で学ばなかった?

まずは法令を遵守する。その上で政府に請願する。議員に立候補することもできる。法改正を試みることもできる――それが真実、間違っているというのなら、多数派を獲ることができるでしょう？」

「そのまえに蒸発し、労働キャンプか収容所で孫子の代まで暮らすことにならなければね。ねえチヅル、オチが分かってる冗談は言うもんじゃない」

「さすがは特権階級。言論の自由を謳歌しているってわけね。けれどムツミ、もうじき朝よ。あなたと人権談義をしている時間は、もうない。そして確か、私が調書で確認したところによれば。あなた、トオノ先生の取調べに対して、こんな自白をしているわね――」

チヅルはセーラー服から、ささやかな書類の綴りを採り出した。そして、読み上げた。

〈フェア・プレイが大事だと、大衆を啓蒙されでもしたら大変です。また戦前のように、人権がどうだの、憲法がどうだの、手続き的正義がどうだの、身勝手なことを騒ぎ出す……論理と証拠に基づいて、作者と読者が、フェア・プレイの精神で、謎解きパズルを戦う小説。そして真実を必死で考え、正義が実現される様を味わう小説……そんな文学が、この国で許されるはずもない。それは政府の信じる正義と、真正面から対立するものだから……そこに疑問はないし、それは不可避……またそうしたケシカランものが認められる時代になれば、僕と父は吊されちゃいますね〉

「――どう？　記憶にある？」

「まあね。かなり便利に編集してあるなあ、という記憶もいま生まれたけどね」

「あなたの言葉かと訊いているの」

「ああ、僕の言葉だ、間違いない」

……あたしは、ムツミならそういうだろうな、と思った。

だから、ムツミに対する反感とか不信とか、まさか怒りとか絶望とかも、わかなかった。それはホントだ。

けれど……

チヅルはここで成功した。

だって、あたしは認識したから。ムツミは仲間じゃないと。あちら側の人間だと。

「そして、あなたはこうも言っている――退廃文学は暇つぶしだし、退廃文学規制は、私達が生きてゆくために不可避だと。理解できると。これは嘘？」

「いいや」ムツミはきっと、本音をいった。「嘘を吐く理由はないよ」

「ミステリ規制は、私達の社会にとって不可避。これでいいわね？」

「そうなるね」

「なら、ここで改めて問うわ。

この腕章を着けて、その思想を証明する。そう、それが選択肢の第一。

さもなくば――

この八冊のミステリを燃やして、その思想を証明する。これが選択肢の第二よ」

チヅルは八冊を、もう一度、金属缶へと投げ落とした。まとめて投げ捨てた。そしてゆかに落ちていた最後の物件――マッチ箱を拾うと、グッとムツミに押しつける。

そうか。だから。だから金属缶だったんだ……

「そんなっ!!」

あたしはどんな懲罰も忘れて、そう、真夜中の催涙ガスの恐怖すら忘れて大声を上げた。恐怖に屈服しなかった、とかそんな格好いいもんじゃない。恐怖することすら思いつかず、あまりの残酷さに、そう脊髄反射した。まさにそんな感じだった。

「ち、チヅル、ううん室長殿、お願いよく聴いて。

戦後の退廃文学狩りで、じゃなかったええと、新国語運動で、論理と証拠で謎を解くタイプのミステリは、徹底的に押収され、処分されてしまったの……とりわけ、殺人事件を扱うミステリは。たとえ新東京でも、ううん、この国のどこでだって、もう二度と手に入らない……こうして、どこかの学校とか、そう人里離れた、政府の監視も厳しくないところで、ひょっとしたら一冊二冊、埋もれているかどうか……

それだけミステリは貴重なの!!

しかもこの八冊は、戦前から、旧国語時代から名作といわれてたものなの!!

そんなものが残ってるのは、もう奇跡に近い……

それが退廃文学なら退廃文学でいい。人殺しパズルなんて不謹慎よ。社会に害があるのならそれも認める。読むのを止めろというなら止めるわ。ううん、あたしにできることならどんなことだってする。

だから室長殿、チヅルお願い、どうか本を焚かないで!!

そんなことをすれば、あなたの魂も……

だって旧国語文学にあったの、書を焚く者は、いつかヒトを焚くって!!

あたしはチヅルのこと友達だと。だからチヅルに、ううっ、そんなこと……教頭先生に頼んで、永遠に金庫にでも封印しておいてくれればそれで!! だからチヅル、ううっ、チヅルお願いよ……どうか……」

……けれどあたしは、自分から哀訴をやめた。

諦めたわけじゃない。諦めたわけじゃない、けど……

チヅルは、あたしの言葉を、まったく聴いてはいなかったから。

あたしが蠅なら、まだリアクションしてくれたろう。けれどチヅルは、もうあたしのことを、壁とも空気とも思ってはいなかった。

これが会話なら、ボールは必ずどこかへ行く。跳ね返ろうと、受け止められようと。けれどあたしが懸命に投げたボールは、まるで底のない奈落、どこまでも続く虚無へと、永遠に落ち続けてるようだった。そして虚無の側では、ボールが運動してることすら知らない。知る必要がない。

——チヅルはあたしの声が響いてるその最中に、冷厳に、ムツミに命じた。

「何を黙っているの、六〇六号。

この腕章を着けるか。このミステリを焚くか。ふたつにひとつよ」

「どちらも拒否する……という選択肢は残るね、理論的には」

「言うと思ったわ——

自治班長」

「はい!!」シオリは飛び上がった。「室長殿!!」

「あなたは私に任命された、思想犯の自治班長ね？」

「はい、室長殿」

「思想犯の行動には当然、責任がある」

「は、はい室長殿」

「六〇六号の命令違反と、反抗的態度にもね」

「おい待ってくれないか」ムツミの口調が変わった。「シオリは関係ないだろ？」

「あら、あなたシオリって人？」

「……いえ違います、あたしは六〇四号で」シオリはムツミを睨(にら)んだ。「自治班長です」

「だからあなたには、六〇六号について責任がある。

あなた自身がそう思うでしょ？」

「そのとおりです。あたし自身が責任を痛感します。あたしが恥ずかしく思います。

あたしの教育が至らなかったんです。申し訳ありません。

さっそく六〇六号には厳しい懲罰を」

「いえ懲罰は私が決めるわ。六〇六号への懲罰は――」

あたしはこのときほどチヅルを恐れたことはない。この反省室入りが始まった時から、これほどチヅルに戦慄（せんりつ）したことはなかった。

あたしはチヅルのことが解ってた。今も解ってるつもりだ。もちろんだ。これは状況が限定された、タダノ教頭に監督されたプログラム……

けれど。

あたしは恐怖に震えた。チヅルのこと、ぜんぶ知ってるのに震えた。

だって。

チヅルの瞳はほんとうに平静で、チヅルの顔は優美で、チヅルの微笑は優しかったから……

「――六〇六号がどちらの選択肢も拒否したときは、そうね、そのグラスの水を飲んでもらうことにするわ。

あなたにょ自治班長」

「いいいいいいいええっ」

「そしてあなたから自治班長の地位を剥奪し、トイレ係にしてあげる」

「と、トイレ係って」

「反省室のトイレを掃除する係でしょ、これからずっと、舐めるように――舐められるように。

私とモモカがよいというその日まで」

「そ、そんな!!」

「それを避けるには自治班長、あなたが責任を全うするしかないわね」

「そ、それはつまり」

「カンタンなことよ。六〇六号に、命令を実行してもらうの。ここの規則でしょう。規則違反には懲罰がある。規則を守れば懲罰はない。六〇六号がキチンと選択をすれば、もちろん懲罰はない……

それどころか。

六〇六号を改心させた自治班長には、報奨が与えられるでしょうね」

「報奨」

「トイレ係を任命する権利を、あなたにあげるわ」

――あたしにも解った。

だから、物事が解りすぎるムツミには、もうあからさまだったろう。

これ以上の負荷をかけたらシオリは保たない。二週間どころか二〇分も保たない。

下げて上げる。上げて下げる。また上げる――

チヅルの言ってることは、無茶苦茶だ。けれど、ここは無茶苦茶なところ。ここの規則だって、チヅルの思いのまま。規則の解釈も、違反の認定も、何もかも。

そして。

あたしには解った気がした。ムツミには解ったかどうか。ううん、ムツミのことだ。解るどころか、きっと、ここに入る前から知ってたのかも知れない――

権力の本質は。

だから、服従の本質は――

踏み絵だ。

しかも、踏み絵を用意するだけではダメなのだ。

踏み絵を踏ませるとき、いちばん大事なことは。

『踏むか踏まないか、そのどちらかしかない』という、状況をつくりだすこと。

そう。

チヅルは天才的に、その状況を生んだ。これがチヅルの本質であり正体なら、彼女はムツミなんかより遥かに政府に役立つだろう。権力の申し子といえるほどに。何故ならば。

チヅルはムツミに強制した――権力側となるか、書を焚くか。

しかし、現実にムツミがしたように、これだけでは何の意味もない。

ムツミは拒否することができる。逃げ続けることも。要するに、意志を曲げないことができる。

無理矢理、ムツミの脚をかかえて、絵の上に足を置かせても何の意味もない。

意味があるのは。そうさっき、イッキが屈服したように――

ムツミが自発的に、自分の意志で、脚を搬んで足を置く。これに意味があるのだ。

これが烙印なのだ。

だからチヅルは『踏むか踏まないか、そのどちらかしかない』なる状況を生んだ。

そう、シオリを人質に獲って……

ムツミが絵を踏まなければ、シオリがトイレの水を飲まされ、トイレ係にされる。

この時点で、ムツミの勝ちはなくなった。ムツミのあらゆる選択肢も、なくなった。

二者択一に、追いこまれたのだ。

——これは、シオリについてもいえる。ここがまた、天才的な状況づくりだ。シオリがトイレの水を飲んだり、トイレ係になりたくなければ、ムツミが絵を踏まなければならない。シオリもまた、この不条理な演劇に、いきなり出演をせまられた挙げ句、やはりいきなり、二者択一に追いこまれた。

『踏むか踏まないか、そのどちらかしかない』

AかAでないかの、二者択一しかない。

これが服従の本質で、だから、権力の本質なのだ。

……論理的に考えてみれば、選択肢は幾らでもある。事実、ここは監獄でも何でもないから。ううん、たとえホントの監獄だったところで、選択肢を考えることはできるはず。だのに。

ムツミが『腕章を着けるか、書を焚くか』しかないこと。

シオリが『トイレの水を飲むか、ムツミを服従させるか』しかないこと——

こんなの全然論理的じゃないし、こんな状況を論理的に仕立てることや、論理的につくりだすことの方が、よっぽど難しいだろう。相手を、ううん自分すら、無理矢理の思考停止に追いこまないかぎりは……

そう、論理的な人間であれば。

もちろん論理的に反駁(はんばく)することもできるけど、それ以前に、自信をもって断言できる。

『あなたのいっていることは、おかしい』と。

そして、それだけでいい。

それは可能性の、だから自由の、だからきっと正義の問題なんだから――

　あっ

　だから、ミステリは禁じられたんだ

　論理的に考えれば、可能性は、選択肢は幾らでもあるから

　この世界は、ＡかＡでないかの二者択一じゃ、ないから

　人々がそれに気付いちゃったら、状況は崩れ去るから

――あたしが舞台女優だったなら。

この声を、独白を、気付きを。

きっと大勢のひとに、とどけることができるのに……

……あたしは、あらぬ方向から、チヅルとムツミに赴き直った。

そして、まだあたしの存在を認めてくれてる、ムツミにいった。

「お願いムツミ。その八冊を焼かないで。

いつかきっと、あたしたちはそれを悔いることになる、きっと。だからお願い」

「すまない、ハツコ」

……ムツミは決断してた。その瞳にも指先にも、迷いはなかった。

ムツミは、自分だけが理不尽をされないポジションに就くなんて、絶対に拒絶する。あたしたちは、風のようなムツミの性格をよく知ってた。すずやかな、おだやかな態度を維持してるけど、チヅルとモモカの下僕になんて、絶対になるはずない。

そして。

あたしにとっては、激しく残念だけど……

ムツミのあの自白。さっきの、チヅルが読み上げた調書。半分以上は、ホントだ。すなわち、ムツミはあたしほどミステリに興味ない。たとえ、それが禁じられる意味を、だからそれが果たせる役割を、ずっと知ってたとしても。ムツミにミステリを貸したあたしには、そのこともまた、よく解ってた。

しかも――ううん、それよりも何よりも。

ムツミがシオリを見捨てるようなこと、するはずもない……

「ハツコ、僕はどのみち、こっち側の人間だ。遅かれ早かれ、こうする人間だ。だから、すまない」

――ムツミが金属缶に投じたマッチは。

ゆっくりと、ゆっくりと炎の舌となり。

オレンジと黒の焚き火となり。

やがて紅蓮の火蜥蜴となり。

終に、八冊のミステリを、禁じられた書物を、ぼろぼろの灰にしてしまった……

何の演技でもなく。絶対の真実として。

八冊の、あのホンモノのミステリは、今この世界から消えた。跡形もなく消えた。

「ところでさ、室長殿」

「……何」

「ちょっと気になっちゃってさ」

「何が」

「さっき室長殿はいったよね、〈こんなモノの何がおもしろいのか、全然解らないけれど〉って。ということはさ――

実はこれ読んだんだろ、チヅルもモモカも？」

チヅルはそれには答えなかった。答えられなかった、ようにも見えた。とまれ、チヅルが言葉を紡いだ先はシオリだった。

「……シオリ、いえ自治班長」

「はっはい室長殿」

「あなたは責任を全うした。六〇六号は改心し、ミステリを焚いた。よってあなたには、さっき約束した報奨をあげるわ。さあ、誰をトイレ係にする？」

――シオリの決断は、啞然とするほど迅かった。

あたしの顔にぴしゃり、とぬるい水が掛かる。

あのコップの水だ。

シオリは激しい感情をこめて、あたしに水を投げ掛けた。その震える瞳に浮かぶ怒り、憎しみ、蔑み、怨み、優越感……

「この女ですっ」

「あら意外ね。おなじ図書委員で、おなじ文芸部なのに。おなじミステリ信者じゃなかったの？」

「この女のせいで、こんな、酷い目に……あたしたちをこんな状況に追いこんで‼」

シオリそれは違う、真逆よ、という言葉をあたしは飲みこんだ。

もう、意味が無い。

「そればかりか、さっきから平気で、規則違反ばかりして……この期に及んでミステリを焚くなとか、どんな殉教者きどりよ。反吐が出るわ」

観客席から——Ⅱ

「遅くなりました、教頭先生」

「どうでした、これまでのところ。カメラと、そう動画の具合は？」

「確認したかぎりでは、とてもよく撮影できています」

「あの二人がミステリを読んだところも？」

「カメラが捕らえています」

「それは重畳（ちょうじょう）——」

あら、ちょうど四日目の朝が始まるところよ。そろそろ佳境（かきょう）ね」

「実質的には、初日の真夜中……二日目の払暁（ふつぎょう）で、勝負はついていましたが」

——八名の生徒たちを自由にさせている、それは教頭と教師であった。

教頭は依然、黒髪もロングドレスも優雅なまま、身動（みじろ）ぎひとつしない。

若手らしいスーツに身をつつんだ教師は、しかしどこか不安げだ。

確かに彼女は、かつて、教頭の生徒だった。そして今は、教頭の部下。まして教頭は、このプログラムの監督者である……部下である彼女の立ち位置は、視点が違うほか、教頭が命ずるままプログラムをこなしてゆく生徒たちと、大きくは変わらない。

だが。

彼女の挙動と所作は、著しく落ち着かなかった。それは、上司なりかつての教師なりの傍にいる、それもかなりの長時間いる——というだけでは、説明がつかないほどだった。いや、もう動揺していると、狼狽しているといっていいだろう。

そして教頭は教頭で、彼女の動揺を、とっくに察知している……

眼前に展開される、プログラム。

五名の校則違反者たちは、あの房のなか。まだ就寝中だ。

反省室長・教官・自治班長の三名は、室長室で起床したところ。

すなわち、絵が動き始めるタイミング。場が動こうとするタイミング。

その微妙な空漠と緊張を狙ったように、教頭は囁いた。悪戯な生徒へするように。

「不安？」

「え」

「顔に書いてありますよ。

あなたは昔からそうでした。あの制服を着ている頃もね、オホホホ」

「……逆に、質問をしてよろしいですか？」

「なんなりと」

「教頭先生は、このプログラムに、何の不安も感じてはおられないと？」

「微塵も」

「そんな」

「そんな、とは？」

私は……自分の瞳が信じられなくなりました。

私達の眼の前で展開されるモノが、まさか、私の知るあの娘たちがやっている事だなんて」

「それはむしろ絶讃ね。あの娘たちは、確実に成功している。

少なくともあなたをそこまで錯乱させるほど――感動を与えるほど」

「感動!!

確かに感動を生んでいますね、あの娘たちは!!

反省室に入ったときはヒトとヒト、同級生どうしだったのに。

それが、こんなわずかな期間で、そう看守と囚人に。

言葉を選ばなければ、主人と奴隷……人間と家畜だわ」

「落ち着きなさいな。この更生プログラムの監督は、あなた自身でしょ？

これから起こるであろう大団円まで、プログラムを組み上げたのはあなた。

調書その他から生徒の性格を分析し、ふさわしい役割を与えたのもあなた。

何度も何度も機会をつくって、シミュレイションを重ねてきたのもあなた。

　これが政府と文科省にとって、格別の意義をもつと知っているのもあなた……

……自分自身が神として練り上げ、微に入り細を穿って与えたシナリオ。そこに何故、それほどの不安を憶えるのかしら？」

「確認ですが」彼女は教頭を見据えた。「中止の権限は、私には無いのですよね？」

「そのとおり」教頭は教え子を眺めた。「この更生プログラムには、八人の人生の浮沈が懸かっています……もちろん沈めばそれこそ家畜かもね、この国では。

　そして、それに競べれば些末なことですが、明教館女子高等学校の浮沈もまた、このプログラムの成否に懸かっている……もちろん具体的に沈むのは私とあなた。何を今更だけど」

「プログラムの成否以前に、生徒の人格は。尊厳は」

「あら。あなたまで眼の前のお芝居を、現実と錯覚し始めたの？」

「お芝居!!」

「これは、反省室の物語。生徒指導の物語。生徒はそれに必要なかぎりにおいて、それぞれの役割を演じている。それが現実――

　まさか、あなたの考えている現実とは違う？」

「現実……お芝居……プログラム……

　ああ、確かに私は混乱している、のかも知れません。でも、私のいう現実と、教頭先生のおっしゃる現実と、どこか言葉の意味が食い違っている。そんな気がしてならない」

「旧国語のような物言いは、官僚として致命的ですよ。発言は具体的かつ明瞭に」

「ならば申し上げます。

そう、教頭先生のおっしゃる『現実』と、私の言いたい『現実』は違います。

教頭先生は飽くまで、これはお芝居という現実。そうおっしゃる。

けれど私には、もうそれが信じられない……」

「なら、あなたのいう『現実』とは？」

「生徒達は『お芝居という現実』をやっているつもりが、『お芝居』の部分を忘れてしまった……だからこれは『お芝居のつもりだった現実』です。

具体的かつ明瞭に言い換えれば、『現実であり現実』、すなわち現実、、、、そのもの、、」

「あなたの認識だと」タダノは何故か微笑んだ。「これはもうお芝居ではないと」

「はい。

あれでは更生プログラムどころか、集団いじめです。生徒たちは暴走しています」

「あらそう？　どこが？」

「クロダシオリは完全な鬱状態です!!

彼女は最初から不安定でしたが、異様な舞台装置において、身が縮むほどの肉体的なプレッシャーを与えられることで、それに脅えるあまり……室長と教官の命ずることなら何でもする、そうロボットに成り果てている」

「ある意味において、それはこの監獄舞台の目的でもあるはずよ」

「行き過ぎです。

政府が求めるのは、飽くまで自発的に総動員される、躍動的な——」

「例えば、キザキイツキのような？」

「彼女もおかしいわ。

彼女は理不尽や不合理を、何よりも忌み嫌う子なのに……

そう、カンナギチヅルがあの『誓い』をさせた後、キザキイツキもまた奴隷になってしまった——カンナギチヅルの命令を守らないこと、反省室の規則を守らないことが理不尽で不合理なんだと、そう考えることがこの世界の正義なんだと洗脳されてしまったみたいに」

「合理と論理と正義にこだわる者が、ちょっとしたきっかけで、その思考のベクトルをガラリと変えてしまう。そして元々正義感が強いゆえ、元々意志が強いゆえ、規則と自律の自縄自縛におちいってゆく……

あら。結果的には、これも思想犯の抑制と更生につながっているじゃない？」

「私が想定していたプロセスとは、全然——」

「——全然違うとは言わせないわよ。

反省室長役と教官役に、思想犯たちをどう導くべきか、ガイドラインを与えたのはあなたなのだから。そして両者は、プロセスがどうあれ——そう、フェアかどうかはともあれ、監獄舞台が求める目的を、達成しつつあるのだから」

「確かに、『実施要領』のなかで、かなりの指示は出しています。それはもちろん、各人の性格に適応した指導が必要となってくるからです。

だから先刻、教頭先生が指摘したとおり、私は徹底して八名のパーソナリティ分析を行いました。私は、八名の人格特性を、かなり立ち入った部分まで、理解しました
……いえ、理解したつもりでいました。

けれどその実、何も解ってはいなかった。

花も実もある、文字どおりの優等生、カンナギチヅル。

世話好きで、サッパリしていて、何より友達のことが好きなヒョウドウモモカ。

それが……それが……」

「同級生に、あんなサディスティックなことをするなんて思わなかった？」

「そのとおりです!!

教頭先生、ハッキリ申し上げますが、カンナギチヅルとヒョウドウモモカの様子だけから言っても、このプログラムは異常です。それを書いたのが私だとおっしゃるの

なら、その責任と資格においてそう言えます。

そう、これには致命的なバグがあった。そしてそれは、致命的なエラーを生じさせている、現に。生徒の生命身体にかかわるほど、致命的なエラーを。

その全責任はもちろん私にあります。そして……そして……」

「どうしたの？　時間が無いわ。言いたいことがあったら、どうぞ吐き出してしまいなさいな」

「……教頭先生。

教頭先生はこのプログラムで、いえこのプログラムを暴走させて、いったい何を謀んでいるんです？　それは、生徒達をここまで追い詰めてでも獲るべき何かなのですか？」

「とりあえずお座りなさい。これは命令です」

「この監獄舞台を中止して下さい、いますぐに」

「それはできないわ。ほら、もう始まるもの――

それに、あなたは誤解している」

「誤解？」

「成程、私がこのプログラムを暴走させているというのなら、それはあながち間違いではない、表現として。

けれど。

私が生徒を追い詰めて、何かを謀んでいるというのなら、それは絶対に誤解だし

――表現としても、客観的にも誤りよ。何故なら」

「何故なら？」

「謀んでいるのは、私ではないもの。

そして、追い詰められているのも生徒ではないわ」

第3部

ハンガリー舞曲　第5番（連弾）

家畜の群れ

大きなブザーが鳴って、反省室の一日が始まる。

暗転してた房たちが、カッと、まぶしいほどの照明に浮かび上がる。

――チヅルたちは、律儀だ。

キッチリ時間どおり、ブーツの音もたからかに、囚人たちの視察にやってくる。

ぺた、ぺたという裸足の足音は、すっかりあちら側に染まってしまった――でも粗末なワンピース姿は変えてもらえない、シオリのものだ。

そのシオリが、もうどこか楽しそうに、三つの房の錠を開ける。ガシャン、ガシャンと大きな音を響かせながら、反省室の鉄格子を開いてゆく。あたしはその恐ろしい金属音にびくっとしながら、急いで鉄製のベッドから跳ね起きた。

もちろん、こんなところで熟睡なんてできない。うつらうつらと、仮眠を摂ってるだけ。ただ、『起床時間よりはやく起きていること』も、命令違反にされてしまってる。だから、たとえ眠っていなくても、たとえ目が冴えてたとしても、シオリが鉄格子の目覚ましを響かせるまでは、規則どおり、眠ってるふりをしなくちゃいけない。さもなくば、もちろん命令違反で懲罰だ。

起床したら、ベッドメイク。

粗末な枕、毛布、シーツを、命ぜられたとおりに整える。まるで、軍隊みたいに。

それを三分以内に終わらせて、すぐさま、房の前の廊下に整列しなくちゃいけない。

整列して、最初ここに入ったときみたいな、恥ずかしい、徹底した身体検査を受けなきゃいけない。毎朝、毎朝。もちろんチヅルたちの気分ひとつで、抜き打ち検査もどんどんされる。それは身体検査だけど、目的は、検査というより儀式だ。屈服と、辱めの儀式。真剣で、執拗で、そしてなによりサディスティックで……とりわけモカの熱意はすさまじい。あたしたちを見てる人がいたら、確実に、あまりの仕打ちに眉をひそめるだろうほどに……

裸足のままの足先が、ぞくっと冷たいコンクリートを感じる。

そう、陰鬱な朝のはじまり——

――一列横隊に整列を終えた五人へ、シオリが語りかけた。

白いワンピースに、真紅の腕章をつけた『自治班長』のシオリが。

「おはよう、思想犯のみんな。よく眠れた？」

はい班長殿、と五人が声を合わせる。もちろん快活さなんてない。でも、誰もが声を出してたし、その声はよくそろってた。それはそうだ。そうでなければ、朝イチからウンザリするほどの懲罰が科せられるから。反省室……監獄四日目の朝ともなれば、とても柔順とはいえないフタバさえ、そのことを思い知らされてる。

「結構。まだまだ更生プログラムは残ってるわ。睡眠不足で躯を壊しても、まさか釈放なんてされないから、健康管理には気を付けてね、ふふっ……

どうしたの返事は!?　まだ自分たちの立場が解らないの!?」

はい班長殿、すみません班長殿、気を付けます班長殿。

ほとんど反射的に、虚ろな返事が反省室のコンクリにこだました。

「よろしい。では点呼をとる。番号!!」

――こうやって『自治班長』のシオリが朝の点呼をとってるあいだ、『反省室長』のチヅルと『教官』のモモカが、房の点検をする。といって、まさかあたしたちが危険物を持ちこめたはずもない。最初にここへ入れられるとき、私物はぜんぶ取り上げられたし、着てるものといえば、白いワンピース一枚だけだから。もちろん、食事のときに使う食器、反省文を書くときに使う筆記具なんて、徹底的に数をカウントされ、隠匿(いんとく)してないか、房に持ち帰ろうとしてないかチェックされてる。

要するに。

あたしたちが服一枚しか持ってないことなんて、チヅルたちがいちばん知ってる。

じゃあ、チヅルとモモカは——明教館のセーラー服姿でいられるふたりが——何を点検してるのかっていえば……

ばさり。

……たちまち二人分の寝具が、鉄製のベッドから剝(は)ぎとられ、コンクリのゆかに叩きつけられる音がした。今朝の難癖の対象は、だから、ふたり。

六〇一、六〇二、六〇三、六〇五、六〇六。

六〇一、六〇二、六〇三、六〇五、六〇六。

六〇一、六〇二、六〇三、六〇五、六〇六……

かつて六〇四だったシオリの命令で、えんえん朝の点呼をループさせられてる五人は、その音で、チヅルたちが朝の儀式を終えたことを知るのだ——

やがて彼女たちは、ブーツの音もたからかに、あたしたちを嬉々(きき)として監督してるシオリに近付いた。そしていった。

「六〇二号と六〇三号……」室長役のチヅルが難癖を始める。「……またベッドメイクがデタラメよ」

「朝の都度、これだけ指導されているのに」モモカが畳み掛ける。「まだ整理整頓ひとつできんようだな。おい自治班長。お前これをどう考える？」

「はい教官殿!!」この舞台でいちばん快活なのは、今やシオリかも知れない。「服装の乱れは心の乱れ。寝具の乱れも心の乱れ――」

もちろんこのあいだも、あたしたちの点呼は続いてる。やめていいって許可がないから。それを伴奏に、シオリが嬉々として言葉を続ける。

「――整理整頓が満足にできないということは、第一に、いまだ規則や命令を遵守する心がまえに欠ける証拠。第二に、いまだ反省室長殿と教官殿を侮辱している証拠。そして第三に、いまだミステリなどという退廃文学の毒が脱けきっていない証拠です」

「ふふん」モモカの侮蔑を、シオリは感じてるのかどうか……「さすがは模範囚、自治班長だ。よく解っているじゃないか」

「ありがとうございます!!」

「ではどうする？」

「罰を与えなければなりません、教官殿!!」

「よろしい。自治班長、お前に任せる」

「ありがとうございます。さあ囚人ども、点呼は止め!! 規則違反者がふたりだから、今朝は四〇回のジャンプよ。さあ始め!! さあ急いで!!」

……チヅルたちは、様々な懲罰を考えてくる。

例えば、このジャンプだ。

まずしゃがんで、腕立て伏せの格好になって、また脚をもどして、そこからジャンプする。ジャンプして頭の上で手を叩く。手を叩くときに、掛け声を掛けさせられることもある……言葉にすると単純だけど、日頃から運動をしないあたしなんかには、もう拷問に近い。リズムがずれたり、ジャンプがもつれたりすると、連帯責任で回数がふえるから、プレッシャーもハンパじゃない。武闘派のムツミとイッキが上手くリードしてくれるから、脱落しないでいられるけど、一定のリズムで拷問を受けてると、もう何も考えられなくなる。そして何より、あたしたちは質素なワンピース一枚しか着てない……こんな服で延々ジャンプをさせられるのは、ほんとうに恥ずかしい。

——そして、朝の日課はまだ続く。

朝御飯の前は、体力づくりだ。

健康的な生活を送らず、体力を健全に使ってないから、ミステリなんかにハマる。だから、健全な肉体に健全な精神が宿るよう、朝から体力づくりをする――ということらしい。そんなこといわれても、点呼のときのジャンプだけで、あたしなんか、もうふらふらになってしまってるけど……

「さあ、もう解ってるでしょ、もたもたしない!!　アヒルさんの時間よ、このクズアヒルども!!　さあ歩け、歩け!!」

もちろん命令をするシオリは、囚人なのに、体力づくりに参加する必要がない。腕章を着けたワンピース姿のまま、少しでも休憩をとろうとするあたしたちを、冷たく見下ろしてる。ううん、冷たく見下ろしてるだけならまだいい……

「ほら六〇一号、トイレ係さん!!」シオリは躊躇せず、あたしのお尻を蹴った。「何度命令されたら解るの、アヒルさんの時間だっての!!　そうね、今朝はお前が先頭よ」

……これまで、何時間もの行進で、あたしたちを痛めつけたチヅルたちは。

もう行進なんて、そんななまやさしいものじゃ満足できなくなったようだ。だから新たに『アヒル歩き』を導入した。すなわち――

あたしはジャンプではだけたワンピース、もう汗でじっとりしてるワンピースを整える暇もなくしゃがんだ。残りの囚人四人も当然そうしてる。というか、あたしを待ってた。そして号令のように、あのソフトバレーをした大きな檻の鉄格子が開けられる。かしゃあん。あたしは追い立てられるように、太腿を突き出しながら。

「い、イッチ、ニ……」

「声が小さぁい!!」

「イッチ、ニ!!　イッチ、ニ!!」

「ほらとっとと歩く!!　まずは運動場、二〇周!!」

……しゃがんで、手を後ろに組み、脚と膝だけで前進してゆく。よたよたと。お尻をふりながら。脚をはだけながら。アヒルの群れのように。

地味にキツい。というか無茶苦茶キツい。このアヒル歩きのまま、廊下から大きな檻に入り、そこを何周も何周もする。させられる。しかも今朝は、あたしが先頭だ。あたしが転んだり崩れたりしたら、みんなが止まってしまう。あたしがリズムを乱しただけでも、難癖の口実になる。あたしはそのプレッシャーだけで、正直、ミステリのことなんて考えられなくなってた。

そして大きな檻に入り、なんとか三周目に突入したとき――

裸足の足をもつれさせたあたしは、自分のワンピースの裾を踏み、あざやかに顔面から大きく転んだ。一瞬、眼の前が真っ白になる。額と鼻に激痛がはしる。その鼻から、どろり、としたものが流れる感覚……

すると、真後ろから声がした。

「ハッコ」

「フタバ」

「……もっと、ちゃ、ちゃんとし、し、してよ。先頭がおかしいと、みんながおかしくなるんだよ」

あたしは。

おそらく、みっともなく鼻血を流してるだろうあたしは。

思わずフタバの顔に見入ってしまった。

当然、顧るふりかえることになる。

だから、残り三人の顔も、見えた。

だからつまり、みんなの感情も、よく解った。とてもよく。

フタバは怒ってる。その後ろのミツコも。まるであたしの鼻血なんて、どうでもいいってほどに。まだあと一八周もあるのに、何をやってるの――って感じで怒ってる。

イツキは無表情だ。ムツミも。だから怒ってはいない。けれど、微かに漏れた嘆息ためいきとか、あきれたように天を仰あおぐその仕草から、やっぱりあたしの怪我けがなんて、大したことは考えてない。

（みんな、疲れてるんだ。もうここにウンザリして、イライラして。だから）

あたしは顔も拭かず、また手を後ろに組んで、膝を酷使（こくし）しながらアヒル歩きを始めた。イチ、ニ、イチ、ニ……掛け声を掛ける口に、鉄錆（てつさび）のような味と匂いの血が、どろりと落ちる。やがて、塩の味がする涙も。そのあたしを時折のぞきこむシオリは、ほんとうに嬉しそうだ。チヅルとモモカは、そのシオリもふくめて、あたしたちに冷笑を染（あ）びせてる。

シオリの嬉しそうな顔。

チヅルたちの残酷な顔。

あたしはやっぱり、認めざるをえなかった……

(もう誰も、他の人のことなんて考えられない。三日も四日も拷問みたいなことされて、心も躯もくたくたなのはホントだけど、でも……)

もっと本質的なところで、あたしたちは変わってしまった。

あたしが怪我をして、鼻血を出してることよりも、この監獄のルールに遵（したが）うことが——チヅルたちの支配に服することが最優先だと、躾（しつ）けられてしまった。

ふだんのフタバなら。ううん、ミツコだってイッキだってムツミだって。あたしがこんなことになってたら、まず駆けつけて心配してくれる。手当てしようとしてくれる。それは絶対に間違いない。おなじ高校で、時にクラスメイトとして、時に部活仲間として、一緒の時間を、友達として過ごしてきたんだから。もう一度確認すると、あたしたちは禁書を読み回すほどの、そう仲間だったんだから。

それが。

フタバの今の、『もっと、ちゃんとしてよ』……

そこには仲間意識とか、友達の絆は、もうなかった。

……あたしだって、人のことは言えない。フタバを責められない。もう自分のことだけで、精一杯だから。そして、そんなフタバにもミツコにも、イツキにもムツミにも何も言えず、こうしてアヒルとして脚を搬んでるだけだから。

けれど。

（まだ四日目の朝なのに、あたしたちは、通りすがりの他人よりもずっと遠くなってしまった）

ううん。

ひょっとしたら、それ以下に。

（お互いを怨み、とりわけ、こんな監獄に入る原因をつくったあたしを怨む。そんな関係になってしまった、のかも知れない……）

いずれにしても。

あたしたちは、フタバの台詞が象徴してるように、仲間でも何でもなくなり。

自分たちのアヒル歩きが象徴してるように、柔順な家畜になってしまってた。

繰り返すけれど、まだ四日目の朝なのに、だ。

歌の洗脳

起きてすぐイジメぬかれたあたしたちは、行進でそれぞれの房にもどされる。

プログラムによれば、朝食の時間だから。

ところが今朝から、その帰りの行進にも、新しい趣向が加わったみたいだ……

「オイ自治班長」

「はい、教官殿」

「この囚人ども、どうにも陰気でよろしくない。女子高生らしからぬ不健全さだ」

「御指摘のとおりです、教官殿」

「歌でも歌わせれば、気が晴れるんじゃないか？」

「う、歌ですか？」

「そうだ。せっかくの行進だからな。愉快な行進曲でも歌わせてやれ」

「愉快な行進曲……」

「自治班長」チヅルが介入する。脚本どおり、といった感じ。「お前の即興でいいのよ。歌いながら気が晴れて、そうね、更生プログラムにも活きるような感じで」

「即興で……はい、解りました室長殿!!」

……そのあいだも、あたしたちは房の前の廊下を行進してる。全体止まれ、が掛からないからだ。房の前を右に進んではもどり、左に進んではまたもどり。

「おい囚人ども、よく聴け!!」

シオリが、いいことを思いついた、という顔で叫ぶ。

「これから行進のときは、総員で歌を歌うこととする。これは命令だ。解ったか!!」

はい、班長殿。歩きながら答えるあたしたち。

「よぉし。まずはあたしが歌ってやる。一度で憶えろ。歌い終わったら、総員で合唱だ。歌詞を憶えられなかった奴、大きな声で歌えなかった奴は懲罰だ。解ったな!!」

はい、班長殿。歩きながら答えるあたしたち。

そして、シオリが歌い始めたその歌――

　ハツコさんの仲間が　ミステリ読んだ
　ハツコさんの仲間が　ミステリ読んだ
　ハツコさんの仲間が　ミステリ読んだ
　バレて　たちまち　おしおきだ
「さあ歌え」シオリの声と瞳は、あたしへの冷笑だった。「愉快に、快活にだぞ!!」

「ハツコさんの仲間がミステリ読んだ――」

「声が小さい!!」

「ハツコさんの仲間がミステリ読んだ――」

「もっとだ、この思想犯のブタども!!」

「ハツコさんの仲間がミステリ読んだっ!!」

バレてたちまちお仕置きだ……

今朝の行進は意外に短く、三〇分ほどだったけど。

この、あたしへの辱(はずかし)めの歌は。あたしへの烙印(らくいん)の歌は。

そして、あたしへの怨みの歌は。

音もなく、私語も禁じられたこの監獄に、無限に感じられるほどの間、響き渡った。

シンプルな歩調のリズム。皆無に近い、視覚的な刺激。機械的に動く躯。

そうした舞台装置がすべて、この怨みの歌のすりこみに、力を貸してる。

もう何の懲罰もなくたって、誰も、この歌詞を忘れないだろう。

それはつまり、この歌詞の中身が、事実として、五人の頭に灼(や)きつけられた――そういうことだ。

そのことは。

行進のあと、一緒に房に入ったフタバの瞳を盗み見ただけで、死ぬほど解った。

グループ討議

――房での朝食が終わり。

あたしたち五人の囚人は、またあの大きな檻へと行進させられた。

もちろん、ハツコさんの歌つきだ。

さっきアヒル歩きをさせられた大きな檻には、冷たくて硬そうな、丸椅子が五つ列べられてる。当然、囚人用のだ。あたしたちは、円弧を描くようにして置かれた丸椅子へ、囚人番号どおりに座る――あたし、フタバ、ミツコ、イツキ、ムツミ。

そして丸椅子の列の前に、チヅルとモモカが立った。一歩下がって、シオリが続く。

「では午前中の更生プログラムを始める」教官役のモモカがいった。「午前中は、グループ討議だ。おまえたち思想犯に、自分の罪を告白させ、どれだけ反省をしたか、測定することとする。

ではまず六〇三号、起立しろ」

「えっあたしからですか」

「命令が聴こえないのか!!」

「あっはいゴメンなさい教官殿!!」

「六〇三号」モモカは警棒を伸ばした。それは鞭のように見えた。「ミステリについてどう考えるか」

「あっ、はい、退廃文学だと思います」

「そんなことは法令で定まっている!! おまえ自身がどう考えるかを訊いているんだ!!」

「く、くだらない、子供の遊びだと思います!!」

「何故くだらない」

「何故って……それは……」

「どうした。まだミステリの毒が脱けきっていないのか? まだミステリにラリってるのか?」

「ち、違います!! その、あまりにくだらないので、どう説明していいか……あっ、探偵がくだらないと思います。素人探偵が、バカバカしくて悪いと考えます」

「ほう、それはどうしてだ」

「ハツコが、いえ六〇一号があたしに読ませた本では、すべて、素人探偵が、名探偵とかいって、論理の力とかいって、トリックを解いたり真犯人を指摘したりしてました。けれど、そんなことはありえないし、そんなことすべきじゃない。それは、我が国の国民なら誰もが知っています。知っていなければなりません」

「では何故、素人探偵なり名探偵なりが活躍してはならないのだ？」

「公権力でもない、純然たる国民が、正義を実現しようだなんて、国家への叛逆です」

「我が国において正義を実現するのは誰だ？」

「国家です。あたしたちの政府です。具体的には、警察であり、憲兵隊です」

「ならば、それを邪魔したり、出し抜こうとしたり、嘲笑ったりするのは」

「不正義です。

そんな、子供でも知ってることを文学にするなんて、文学への冒瀆です」

「なかなかよくなってきたな六〇三号。

すると、素人探偵なり名探偵なりが冒瀆的なのは、国家の権利を侵すから。それが不正義だから——こういうことだな？」

「はい教官殿、まさしく……

いいえ、失礼しました。まだ理由はあります」

「言ってみろ」

「はい教官殿。

素人探偵なり名探偵なりが冒瀆的なのは、正義そのものを勘違いしてるからです」

「ほう」

「六〇一号があたしに読ませた本では——

論理が大事とか、証拠が大事とか、フェアであることが大事とか、書かれてました。だから、論理や証拠や手続きのために、無意味で無駄な死人が何人も出てました。そうまでして、論理や証拠や手続きを大事にすることが正義で、それに基づいて犯人を解明することが重要だと、そういわんばかりでした。

でも、あたしは、それは根本的に間違ってると考えます。というか狂ってます」

「どのように狂っている？」

「いちばん重要なことは、犯人を捕まえることです。論理とか証拠とか手続きとかは、犯人が自白すれば後からついてきます。つまり、だから、そうです、正義の考え方がまるで逆立ちしてるんです。

例えば……

容疑者が、ここにいる囚人五人だとします。

このとき、いちばん重要なことは、犯人を捕まえること。

だとしたら。

素人探偵がしゃしゃり出て、ああでもないこうでもないと質問をしたり、いろいろ嗅ぎ回ったりする必要はありません。そんなこと、むしろ有害で、不正義です。だって」

「だって？」

「五人すべてを逮捕して、厳しく取り調べれば、犯人はすぐ分かるから」

「誰も自白しなかったとしたら？」

「我が国の警察と憲兵隊の優秀さを考えると、そんなことはありえないし、そんな話、あたしが生まれてから、聴いたこともありません。

これが、いちばんはやく、いちばん確実に正義を実現する方法です。

だから、論理とか証拠とか手続きとかを盲信する名探偵は、カルトみたいなもの。トリックとかの謎解きにこだわるのも、カルト的な不合理です。呪術信仰、っていうか……

容疑者を確保して、厳しく取り調べ、一刻もはやく真実を国民に明らかにする。

その絶対の正義の前に、自分勝手なカルト的・趣味的正義をひけらかして、警察とか憲兵隊とかを妨害するのは、不正義そのもので、だから、狂ってます」

「なるほど。

すると六〇三号。お前の考えをまとめると、だ――

一、ミステリが不正義なのは、名探偵が不正義だから

二、そして名探偵が不正義なのは、

①第一に、公権力による捜査を嘲笑（あざわら）い妨害するから

②第二に、論理・証拠・手続きを最優先するカルト的不合理に染まっているから

——こういうことだな？」

「はい教官殿!! ほんとにそうです、そのとおりです!!

まとめていただいてありがとうございます」

「そうするとだ、次に六〇六号」

教官役のモモカは、ムツミに視線を転じ、ゆっくりと彼女に近付いた。そしていった。

「囚人のなかで、最も詳しそうなお前に訊こうか」

「何をだい、教官殿？」

「何故、名探偵は……なんならミステリでもいいが……論理なり証拠なり、フェア・プレイにこだわる？」

「逆に質問していいかな？」

「許可する」

「どうして僕にその質問をするんだい？」

「決まってるでしょ」モモカは一瞬、素にもどった。「あんたが旧政府と現政府について、ここにいる誰よりも詳しいからよ。それで答えは？」

「旧政府の警察は、少なからぬ誤認捜査を——冤罪を生んだらしいからね。すなわち、捜査において論理の組み立てを誤ったか、証拠固めあるいは証拠評価にミスがあったか、はたまた法令で禁じられてる卑怯な手段を使ったか……いずれにしろ、そう『論理』『証拠』『フェアネス』のすべてについて、ミスをすることが少なくなかった。それが冤罪というかたちで、無実のヒトを犯人に仕立て上げてしまうことにつながった。無実のヒトを罰することは、もちろん不正義だ——たぶん旧政府でも現政府でも、ね。

と、すれば。

それを正そうとする者が出て来ても、あながち不正義とはいえない。

そうした者を描く文学が存在しても、あながち不正義とはいえない。

論理・証拠・フェアプレイこそが大事なんだと説く文学がよろこばれても、そこに大きな不思議はない……

こんなところでどうかな？」

「冤罪という不正義へのアンチテーゼとして、ミステリと名探偵がウケたと？」

「少なくとも、論理と証拠とフェア・プレイをコアとする〈本格ミステリ〉についてはね。

そう、たとえ読者が、公権力による不正義なるものを意識してなかったとしても、漠然と感じてはいたはずだ、きっとね……〈犯罪と犯人を証明するのは、正しい論理でなければならない〉〈犯罪と犯人を証明するのは、正しい証拠でなければならない〉〈犯罪と犯人を証明するとき、アンフェアな手段を用いてはならない〉ということを。

それが、コアだ。

ミステリとは、なかんずく本格ミステリとは、そうした意味における〈正義の文学〉だったんだよ、きっとね。

しかも、だよ。

日本人はケガレを嫌う。すなわち嘘をキタナイと感じ、ルール違反をミニクイと感じる。裏から言えば――罪を摘発する側が嘘を吐かないこと。犯人を指摘する側が反則をしないこと。これがキレイでウツクシイ。こうした、日本人のケガレ意識に由来するフェア・プレイ尊重精神。こうした精神的土壌も、ミステリと名探偵がよろこばれる原因のひとつだったろうね」

「なら六〇六号。

その〈本格ミステリ〉〈正義の文学〉に今、どのような意味がある？」

……あたしは列の反対側の端にいるムツミを見た。

ムツミが今、語ったこと。

それはあたしが、そうまさに『漠然と』感じてたことそのものだったから。それを、あざやかに言葉にしてくれたから――

だからあたしはムツミを見た。おそらく、食い入るように。

唇を開きかけてたムツミも、あたしの視線に気付く。

……けれどムツミは、感情を読ませないかたちで、そっと瞳を伏せた。そしていった。

「今のこの国では、意味は無いね」

「へえ。それは何故？」

「おや、決まってるだろ？　警察でも憲兵隊でもいいけど、我が国の公権力が誤ちを犯すことなどありえないからさ。

だからさっき、ミツコが、おっと失礼、六〇三号が指摘した結論になる」

「すなわち？」

「容疑者が五人いたとしたら、とっとと総員、警察に引き渡すのが最善で最速の正義。そこにいっさいの疑いはないってことさ。

冤罪が起こりえない以上、そして公権力が最もフェアで合理的である以上、それこそが正義そのもの。それへのアンチテーゼは、だから、不正義になる。シンプルなロジックだ」

「すなわち今や、ミステリは不正義」

「そうなるね」

「ならお前はどうだ？」モモカがターゲットを変える。「寝惚けた顔した六〇二号？」

「あたしにはそんな難しいこと、全然解らないわ……」フタバが心底、疲れた顔でいった。「……正義とか、フェア・プレイとか、アンチテーゼとか、正直よく解らない。そんなこと考えたこともない。小説って、おもしろいか、おもしろくないか、それだけよ。そしてそんな小難しいお説教をされる小説なんて、そう頭から入る小説なんて、おもしろいはずない」

「でもお前は、六〇一号から八冊もミステリを借りた。おもしろくなければ、一冊も読み終わらないはずだ」

「……そ、それは好奇心とつきあいです。今では、飛んだとばっちりだと思ってます」

「とばっちり、ということは、悪いことだと認識している訳だな？」

「もちろん!!」

「では、何故悪い？　そこが説明できなければ、更生したとは言えんし、よってこの更生プログラムを終えることもできんぞ？」

「せ、政府が決めたこと、政府が退廃文学だと決めたことに叛(さか)らうのは、それだけで悪いことです。それ以上の理由は、高校生には……

少なくともあたしにはいらないわ」

「結構。

これについて次に六〇五号、どうだ？　おまえは自分の犯した罪についてどう考える？　あるいは、それが何故、犯罪であり悪であると考える？」

「……あたしにも、六〇六号が説明してくれたような、思索的なことは解らない」イツキが淡々といった。「解らない以上、今の法令で禁止されていることは、すべきじゃない。それがあたしの悪で、罪だ。あたしがいえるのはそれだけだ」

「おまえらしい明瞭な答えだな。

さて、そうすると」

ブーツの音もたからかに、教官役のモモカは、あたしのイスに接近してきた。

ぱしん、ぱしん。

まるで教鞭(きょうべん)のように、その手に拍(う)ちつけられる警棒。

ぱしん、ぱしん、ぱしん。

それは、最後に残った家畜をどういたぶろうかと思案する、そんな音だ……

「五人の囚人のうち、四人は自分の罪を認め、それを悪だと感じている。

それを前提に六〇一号。首魁であり主犯であるお前に訊こう——

六〇一号。お前にとってミステリとは何だ？　それを読むことは罪か？　悪か？」

あたしは。

この監獄装置のなかで。この監獄舞台のうえで。

すべての視線が、あたしに集束するのを確実に感じた。

ほの暗い、陰鬱な鉄格子のなかで、強い光があたしを照らし出すような、そんな感じも。

あたしの言葉を。

あたしの次の言葉を、誰もが待ってる。

ここにいる誰もが。

そして……

ひょっとしたら、ここにはいない、やがてこのことを知る、誰かが。

そんな誰かがほんとにいるのか。

あたしの言葉が誰かに届くのか。

こんなときなのに、ううん、まさにこんなときだから、あたしは絶望的な恍惚感に襲われた。異端者が、魔女が、狂ってるとされた側が、最期の弁明のために言葉を紡ぐのだ。狂ってるのはどっちなのか。世界に叛うのか、膝を折るのか……あたしが世界最後のひとりなのか。それとも、そうたとえ時を越えたとしても、あたしはひとりじゃないのか……

あまりの間に、ここにいる誰もが心配そうな顔になったころ。

あたしはようやく、モモカに答えた。だから皆に、世界に喋った。

「……正義って」

「なに？」

「正義って、自由と手続きだと思います」

「……狂ったか？」

「自分は犯人じゃないって訴える自由。犯人としていきなり捕まらない自由。犯人として監獄に閉じ込められない自由。犯人として……拷問とかされて、無理矢理の自白をさせられない自由。犯人として、やってもいない罪の罰を受けない自由――

――あたしたちは誰もが、登場人物。

あたしたちの誰も、神の視点をもたない。

だから、あたしたちには、科学的な、客観的な、絶対の真実は、とうとう最後まで解らない。

そんなあたしたちが、けれど、罪と悪とは戦わなければならない。

例えばヒトがヒトを殺すのは、どんな理由があれ、罪だから。

それを許さないのが、どんな社会でも、いちばん最初の約束だから――

この最初の約束を真正面から扱う。あたしはそれだけで、ミステリには価値があると思います。

でも、ミステリの価値はそれだけじゃない。

許せない罪が、例えば殺人があるとして。

神の視点をもたないあたしたちが、それとどう対峙するか。

さっき、ひとつの例が出ました――

容疑者が五人いるとき、そしてそのなかに犯人がいるとき、あたしたちはどうすべきか？

そして、その答えも出ました。

五人すべてを、警察に引き渡せばいいと。我が国の優秀な警察ならば、確実に犯人に自白をさせ、真実を解明し、悪を罰することができると……

でも。

どうして警察だけが、政府だけが、神の視点をもてるのでしょうか？」

「ちょっとハツコ、じゃなかった六〇一号……」狼狽するモモカ。「……あ、あんた自分の喋ってること解ってるの？　それに、そこまでのことは。それは違」

「続けます。

　それだけ優秀な政府であれば、ひょっとしたら、政府が思うような自白、政府が望むような自白を、誰からでも引き出すことができるのではないでしょうか？

　そして、政府が優秀だと、国民が信じ続けるかぎり――

　その自白は、科学的な、客観的な、絶対の真実とされてしまう。一〇〇％の、神の真実とされてしまう」

「せ、政府が冤罪をつくるって、ハツコそれはヤバい――」

「――もちろん冤罪かどうかさえ、これも、神様じゃないあたしたちには解りません。きっと、政府自身にも解らないでしょう。

　けれど、だから。

　確実に言えることは。

　あたしたちは今、政府にあるいは警察に、神の視点と役割を委ねてる、ということです。

　それは何より、政府を信頼してるからだし、ひょっとしたら、もしかしたら、『悪い奴をはやく処罰してほしい』『悪い奴ははやく改心させてほしい』という、さっきムツミがいったケガレ意識に基づく本能的な欲求がある……からかも知れません。つまり、悪い奴が、人殺しがいたとき、あたしたち国民自身がとっとと安心したい。実は細かい真実なんてどうでもいい。そうした本能的な欲求がある……からかも知れません。

　でも。

　だからといって。

　五人のうち最初に自白した者が犯人だと決めつけてしまってよいのでしょうか？

　五人のうち、政府が最も怪しいと感じた者が犯人だと決めつけてしまってよいのでしょうか？

　――言い換えれば。

　あたしたちは、誰かを罰するのに、誰かを神としてよいのか――ということです。

　さらに、言い換えれば。

　こうした犯人の決め方、処罰の仕方は、誰かを神とする、そんな国や社会にとても根付きやすい――ということです。

　もっと言い換えれば。

　自分たちの自由を、神とする誰かに委ねてしまう国や社会。そういうところでこそ、『五人のうち最初に自白した奴が犯人』『五人のうちいちばん怪しい奴が犯人』『それがいったん特定されれば、一〇〇％の真実として永遠に確定する』といった物語が、まったく自然に根付き、紡がれ続けるということ。その最初に自白した誰かを、いちばん怪しい誰かを、永遠の生贄として……

あたしは。

それこそ呪術信仰だし、それこそカルトだし、何よりそれを集団リンチだと思う。絶対の神を設定し、圧倒的多数がそれを盲信し、誰かひとりを罰する。

それが正義といえるでしょうか？」

「ハツコあなた!!」

「モモカありがとう、あたしはもういい。どうなってもいい。いま、言いたいの。どうか最後まで言わせて。不思議なの。自分でも、外れてるって解ってるのに、言葉がとまらないの……

……そう、殺人という、社会との究極の約束違反があったとき。

それをどう解明し、裁き、罰するかという究極の問題があったとき。

あたしたちは、まず、思い出すべきです――

あたしたちは登場人物に過ぎないと。あたしたちの誰も、神の視点をもたないと。

けれど。

この究極の問題は、解決しなければならない。ヒトがヒトを殺すのは、絶対に許されないことだから。それは、被害者のすべての将来を、すべての可能性を奪うという意味で、被害者を永遠の奴隷にすることだから。ヒトがヒトを奴隷にすることは、人間が絶対に、やっちゃいけないことだから。それは最悪の奴隷主義、最悪の家畜主義だよ」

「ハツコ、だからこそ」

ぽつりと、けれど自然なタイミングを狙ってチヅルが介入した。その狼狽の消し方は、さすがだった。チヅルも、あたしのイレギュラーな言葉をさえぎらず、受け止める覚悟をしたようだ。

「絶対にやっちゃいけない事をした殺人者は、迅速に、厳しく処罰される必要がある。だってそうでしょう？　ヒトを奴隷に堕とした者は、やはり奴隷にならなければならない。人を殺したら殺される。それがこの社会の、いちばんシンプルで、いちばん原始的な約束でしょう？」

「そうだよ。それは正義だよ。

だけどそこに、とても難しい問題がある。

——人を殺したら、殺される。

けれどそれは、集団リンチでも復讐でもみせしめでもない。そうであってはならない。ううん、そんなものにしてしまったとき、正義も約束も、たちまち意味の無いものになってしまう」

「何故」

「今度はあたしたちが、ヒトを奴隷にすることになってしまうから。

誰かがヒトを殺した。だから問答無用で、その誰かを殺す。それは正義のようにみえて、実は、おなじ誤ち（あやま）を繰り返すってこと、だと思う。殺したから殺す。それだけだったら、あたしたちは動物と変わらない。

上手く言えないけど、あたしたちが社会をつくるっていうのは、ヒトがヒトを奴隷にしない約束をするっていうのは、たとえ約束が破られたとしても、ただ機械的に、合理的に、それに復讐することじゃないはずだよ。だってそれじゃあ、繰り返すけど、今度は復讐をしたあたしたちが、ほしいままに、ヒトを奴隷にしてしまうことになる。

たとえそんなことで、あたしたちの社会が平和をとりもどしたとしても、それは、ヒトを奴隷にした平和、悪魔の平和、墓場の平和……だと思うんだ」

「ハツコ、あなたの言っていること、まるで解らないわ。

人を殺したら殺される。それは絶対の正義で、約束だという。

けれど殺人者を殺せば、それは奴隷主義で、悪魔の平和しか生まないという――

つまり、ハツコによれば、殺人者を殺すのも不正義だというのね。

だったら詰まる所、ヒトを奴隷にした殺人者を罰する方法がないじゃない」

「チヅル、それは違うわ。あたしの説明が悪いけど、それはよく解ってるけど、あたしがいいたいのは——

奴隷主義者を、奴隷にしちゃいけないってこと。ヒトを家畜にしたヒトでも、家畜にしてはいけないってこと。

——殺人者は、自分の都合で、自分勝手に、ほしいままに、ヒトの未来すべてを奪う。これは絶対の悪だよ。それは間違いない。けど、絶対の悪と対峙するとき、じゃああたしたちが一緒の方法をとっていいかっていうと、それだけはダメだと思うの」

「……一緒の方法、っていうのは？」

「殺人者の、あるいは殺人者だと疑われてる人の未来を、社会の都合で、社会の勝手で、ほしいままにすべて奪う——って方法」

「ならどうすればいいの」

「考えるの。みんなで。必死に。懸命に」

「……ひとりひとりが考えてゆかなければなりません——ってそれ、入試の小論文で結論が上手く書けないときの、頭悪いテンプレじゃない。実は何も考えていません、って自白」

「それは違うわチヅル。この場合は違う。あたしがいいたいことは、違う。

繰り返すけど、あたしたちは登場人物。誰も、神の視点をもたない。だから、考えるの。誰かを神様にして全部おまかせにしたりしないで。誰かが絶対の正義を判断してくれるなんて甘えないで。ここは自分の社会で、だからヒトを奴隷に、家畜にしてしまったヒトを裁くのも自分の責任だってこと、キチンと自覚して。とことん、考えるの。

殺人者と疑われてる人が、いるとしたら。

ほんとうに、そのひとが殺人者なのか。どうして、そう断言できるのか。そのひとに有利な証拠はないか。そのひとの罪を証明する証拠はそろってるか。その証拠から浮かび上がる物語が——それを論理、といってもいいけれど——あたしたちの常識に照らして、ほんとうに納得のゆくものかどうか。

そう。

神でないあたしたちが、絶対に、永遠に真実なんて知りえないあたしたちが。それでもなお、力のかぎりを尽くして九九・九九％、たぶんこれが真実に違いない、これが真実に最も近い物語に違いない——ってそのレベルまで、殺人の物語を編み上げる。それが望みなら、そう、殺人パズルを解くといってもいい。

言い換えれば。

その殺人パズルにおいて、あらゆる可能性を否定しない。あらゆる可能性を考える。自分勝手に状況を限定しないで、すべての可能性に開かれる。編み上げられてゆくあらゆる論理、積み重ねられてゆくあらゆる証拠に開かれる。自分勝手に、その意味を限定しないで。

もっと言い換えれば。

あらゆる可能性に対して開かれてる、ってことは、自由だってことだよ。

これは、さっきの神様の話ともつながってくる。

だって全能の神様に裁きを委ねるってことは、可能性を、自由を投げ捨てるってことだから。自分で考える自由から、責任から逃げるってことだから。

そう。

殺人パズルを解くあたしたちは、自由でなければならない。

そしてもちろん、殺人パズルにおいて、容疑者とされてる人にも、自由を、可能性を認めなければならない。弁解する自由を。自白を強制されない自由を。拷問を受けない自由を。理由もなく監禁されない自由を。上手く言えてるかまだ解らないけど、それもまた、『可能性に対して開かれてる』ってことだと思う――仮にその人が犯人でないなら、冤罪から逃れ、正義がとりもどされる可能性に。仮にその人が真犯人なら、殺人パズルにおけるいろんな、ほんとにいろんな事情をひろく踏まえた、適切な処罰が実現される可能性に。

可能性と、自由。

それに裏打ちされた、証拠と論理。

それを、自分の頭で考える。

そして、自分は神様じゃないけど、自分の責任で、九九・九九%真実といえる結論を出す——

そこで初めて、ヒトは、ヒトを犯人と指摘できるし、ヒトを裁けるんだと思う。

可能性に開かれて、自由に、自由から逃げずに、殺人パズルを解く。

それが、人殺しを殺すとき、殺すあたしたちが奴隷主義者にならずにすむ、たったひとつの方法で、たったひとつの倫理だと思うの。そしてそのときにしか、九九・九九%の真実は、編み上げられはしない。そう思うの。

——可能性と自由が、正義の中身を決める。

あたしはそれを、あの八冊の、本格ミステリから学んだ」

「ハツコ」ムツミがやはり、イレギュラーな発言をした。「そのことを、旧国語では〈実質的正義〉といっていたよ」

「実質的、正義」

「難しく考えることはない。正義の中身のこと。いまハツコが教えてくれたとおりだ。

僕なりに言い換えれば、正義のクオリティの問題、それがホントに正義かどうかの問題——ってところかな。うん、まさに中身だ。殺人パズルでいえば、『ホントに犯人なのか？』『充分な証拠があるのか？』『その論理は納得できるものか？』ってところだね。

けれどハツコ。

ハツコはこの〈実質的正義〉以外の正義にも触れている。

そう、もうひとつの大事な正義に。

「えっ、ていうと？」

「自分で言ってたじゃないか。チヅルに。

正義って、自由と手続きだと思います——ってさ」

「ああ、うん、確かに」

「その手続きって何？」

「……これも、上手く説明できるか解らないんだけど」

「僕らは、難しいことを取り扱ってる。

難しいことを取り扱うのに大切なのは、真剣で、真摯であることとさ。何度も噛み締めることとさ。

カンタンなことを小難しく喋るのは俗だけど、難しいことをスカスカに喋るのは媚だからね」

「……証拠と論理で、九九・九九％、真実だといえる物語を編み上げる。それが正義の中身の問題。ムツミのいう〈実質的正義〉の問題だった。

けれど。

それだけだったら、車の一方の輪でしかない」

「なら、車のもう一方の輪って？」

「ちょっと喩(たと)えがズレるかも知れないけど、数学の証明問題があるよね。ううん、ミステリの犯人当てでもいい。よく似てる。

結論が正しい——つまり、証明すべき結果の真偽が正しい。あるいは、真犯人が特定できた。このとき、確かに正解なり正義なりは獲(え)られる。そしてその結果を、社会で使うこともできる。数学の発展とか、犯人の処罰とか。

けれど。

数学の証明問題で、途中の式が書いてなかったら、点はもらえないよね。

真犯人が特定できても、それが当てずっぽうによるものだったら、バクチの結果でしかない。

証明問題とか殺人パズルで求められるのは、どうしてその結果が導かれたか、そのプロセスの正しさだよ。もっといえば、そこにインチキ、やまかん、カンニング、飛躍に勘違い……そうしたものが無いかどうかだよ。

とりわけ、インチキ。

結論が正しければ、結果オーライならすべてよし、っていう社会だったら、むしろインチキは奨励されるよ。頭をひねってコツコツとプロセスを積み上げてゆくよりは、結果から逆算して、いちばんカンタンなルートをさぐった方が、どう考えても合理的だから。そんな社会で必要なのは、結論だけなんだから。

そう。

結論の正しさ――そう正義の中身だけを求める社会は、必ず、途中の式を誤魔化し始める。殺人パズルでいえば、コイツが真犯人だと解ってて、『どうにか捕まえたい』『捕まえて自白させたい』っていうとき、インチキをし始める」

「例えば？」

「いちばんシンプルなのは、深夜に拉致して拷問すること。これに類して、恋人や家族を人質に獲ること。細工の手間を惜しまないなら、偽の証拠をでっち上げること。偽の証人を用意すること。そう、パターンは幾らでもあるけど――

その本質は、〈フェア・プレイをしない〉ってことだと思う」

「その〈フェア・プレイ〉っていうのが、ハツコのいう手続き？」

「うん、ムツミ。

サッカーにだって野球にだって、クリケットにだってルールがある。それはそうだよね。勝てばいいっていうんなら、そもそもゲームにもスポーツにもならないから。殺人パズルで、殺人者を特定するのも、一緒のはず。おまえは人を殺した奴隷主義者なんだから、どんな汚い手段を使われても文句は言えないんだ、おまえにはルールの保護がないんだ――ってことになったら、結局は、そうだね、物理的に力の強い方が勝つよ。社会的に権力をもってる方、っていってもいいけど。

勝てばいい。

自白させればいい。

真犯人であることが事実であればいい……

そうしたルール無視の考え方は、どうしたって、殺人パズルを解く側を、だんだん腐らせてゆく。だって証拠と論理は、さっきいったとおり、可能性と自由の問題なんだもの。とてもひろく、無限に開かれた問題なんだもの。

つまり面倒くさいもの。頭を使わされるもの。

でも。

もし安いロープウェイと厄介な登山道があったとき、どっちもゴールは一緒で、どっちを使うのも勝手となったら、誰だってロープウェイに乗る。あたしだってそうする」

「それのどこが悪いんだい？」

「奴隷主義者にはどんな手段を使ってもいい……

それを認めた時点で、やっぱり、殺人パズルを解く側も奴隷主義者だよ。そうなると、論理も証拠ももう関係ない。だからやっぱり、正義に反する。

ミステリによればね、旧政府の時代には。

警察はこういうことをやってはいけない、警察はこういうルールを守らなければならない――ってことが、憲法とか法律で、決まってたみたいなんだ。そして、警察がそれを破れば、たとえ真犯人が解ってても、その人を捕まえてても、もう罰することはできなかったんだって。それを刑事手続きとか、捜査手続きとか呼んでたらしいんだけど。

そう、手続き。プロセス。ルール。フェア・プレイ。

――人を犯人と指摘し、罰しようとするからこそ。

そうしようとする側が、嬉々として手を汚すことがあってはならない。たとえそれが、正しい結果を、そう〈実質的正義〉を導くことができたとしても――

ムツミのいう〈実質的正義〉。それはあたしのいう〈正義の中身〉〈可能性と自由〉。

でもそれ以外にもうひとつ、違った正義の種類がある。

『手続きそのものに関する正義』がある。

――あたしはそれも、あの八冊のミステリで、学ぶことができたの」

「それが、正義の両輪のもうひとつ」

「うん、そう思った。そう読めた」

「ハツコ、それもね。

旧国語では〈手続き的正義〉といっていた。〈デュー・プロセス〉ともいう。いずれにしても、ハツコのいう〈フェア・プレイ〉と一緒だよ。結果とおなじくらい、ルール厳守が大事だってこと。そしてルール厳守のないところに、実は、結果の正義もないってことさ。まさに車の両輪」

「ムツミは、やっぱり知ってたんだね」

「僕はそれを、狩る側になるらしいけどね……」

――ムツミの寂しそうな顔。あたしはそれで、我に返った。

この監獄装置にいる自分、監獄舞台にいる自分を思い出す。

まさか、こんな状況で。そう、あたしがいうべきこと、いってはならないことを知り尽くした状況で。

こんなに熱く、自分の言葉で語ってしまうなんて。

……あたしがやっと、自分の頬（ほお）の紅潮に気づいたとき。

唖然としたようにあたしを見詰めるみんなの視線を、感じた。そしてまばゆいほどに思われた監獄のライトが、また陰鬱になってゆくのも、感じた。

あたしとチヅルの視線が、さぐるようなかたちで、不思議に交錯する。

チヅルは思わず顔をそむけ、列んだ房たちの反対側を見遣った。それにつられ、誰もが。

ただもちろん、何の声も、何の音もない。

……あってはならない無言が続き。

やがて、どうにか役割を思い出したのは、教官役のモモカだった。そしていった。

「ご、御立派な御高説をたまわり、感謝に堪えないな、六〇一号」

「思ったままを喋ってしまいました。ここからは、どのようにでも。教官殿、室長殿が思うようになさってください。ここからはもう」

「と、とにかく、まとめるとだ。

五人の囚人のうち、四人は、ミステリを読むことの罪を認め、それを悪だと感じている」

この言葉は、もう聴いた。もうモモカが、明言したことだ。

モモカはそのラインまで、あたしの脱線を引きもどしてる――

「ところが、だ六〇一号。

首魁であり主犯であるお前は、ただいまの御高説を聴くに、ミステリを読むことを罪とも悪とも思ってはいないようだな？」

「……はい、思ってません」

「もう一度訊く。これが最後のチャンスだ。それはお前の本心だな？」

「はい、あたしの本心です」

「破廉恥な思想犯のブタが」

「それならそれでいい。

ミステリは、なかんずく本格ミステリは、正義の文学です。

中身と正解の問題である〈実質的正義〉と、ルールとフェアプレイの問題である〈手続き的正義〉の文学です。

本格ミステリは、殺人パズルを通じて、あたしたちに、こうした正義の在り方を教えてくれます。それは、ヒトがヒトを奴隷にしないための、ヒトがヒトを家畜にしないための、正義の在り方だと思います」

奈落

あたしが断言すると。

モモカはチヅルを見遣った。チヅルは頷(うなず)いた。

それを確認したモモカが、あたしたちのいる大きな檻(おり)から出、やがて何かをごろごろと引き入れてくる。キャスターのついた何か。

(ふたりには、ふたりの脚本がもうある)

――それは、ディスプレイだった。映像をうつしだすモニタ。

モモカは配線をつないでるけど、まさか、TV番組は映さないだろう。もっとも、こんなに大きくて立派なTVは、それこそムツミの実家くらいにしか無いだろうけど。あたしたち一般市民がもてるのは、旧政府の時代から大事にメンテしている骨董品か、せいぜいラジオだ。

その薄いディスプレイに、モモカは何かを挿(さ)し入れる。

そして幾つかのキーを押す――

するとたちまち、モニタに電源が入り、とてもクリアな映像が流れ始めた。

(録画の再生……しかもこれは、ここの動画)

それはまさしく、この監獄舞台の映像だった。ここにいる誰もが一瞬で分かったろう。なにせ、もう何日ものつきあいだから……

(それに、ちょっと視線を上げさえすれば、あたしたちを無数の監視カメラがチェックしてるのだって分かる)

問題は、チヅルとモモカが何を映すつもりなのか、ということだ。

どう考えても、娯楽の時間にはなりそうにない。

「さて、六〇一号」

「は、はい教官殿」

「本格ミステリと正義についての丁寧な講義をありがとう」モモカはすっかり教官役にもどってた。「我々も洗脳されたくなるほど、そう、感動的だったよ。

そこでだ。その感動を、もう一度味わうことにしようと思う」

「…………？」

「六〇一号。お前は教えてくれたな。本格ミステリは〈実質的正義〉と〈手続き的正義〉の文学だと——論理と証拠に基づく、フェアプレイの文学だと。

それは、あらゆる可能性を検討しなければならない、責任と自由の文学だと」

「はい、そういいました。そう考えてます」

「つまりだ。

客観的証拠を集め、九九・九九％真実であろうと納得できる論理を編み上げ、しかもそれがアンフェアなやり方でなければ——

犯人を指摘し、裁くことができるわけだ。そうだな？」

「……じ、実際に誰が裁判をして、誰が処罰をするのか、そうしたことを抜きにすれば。本質的には、はい、そうだと考えます」
「では、この映像をよく視てもらおうか――もうじき動きがあるからな。
ちなみに、五人の囚人のうち、誰かさんはもう分かっているが。
これは、その誰かさんの房を映したものだ」
――ここで、大きく息を呑む音。それほどまでに愕然とした囚人は。
「そうだ六〇三号。シロムラミツコ。
これはお前の使っている中央の房。日時は昨晩、夕食時。同室の六〇四号が、そう
自治班長が、我々の執務室で温かい食事をとっているその時間帯。だからおまえが、
房にひとりでいることとなった時間帯だ――
そう、我々はちゃんと視ているんだよ。
囚人が規則違反をしでかさないかどうか。とりわけ夕食時は、お前が命令されたと
おり『食べ残しをつくらない』かどうか、確認しているんだよ」
――あたしは思わずミツコの顔を見た。
蒼白を通り越して、もう真っ白になってる。
だから。
あたしは、そして間違いなく誰もが、ミツコが何をやってしまったか理解した。
そう、どうしてもトマトが食べられないミツコが、何をやってしまったか……

……ミツコの房。ミツコがひとりでいる房全体を、ぼんやり映していた映像は。

次第に、配膳された夕食を前に途方に暮れる、ミツコの躯をクローズ・アップした。

配膳された、夕食。

（トマトだけ……それも、アルミプレートとお椀に山盛り……）

あたしたちは、ううん、あたしとフタバはふつうの食事だった。粗末で、ちょっと冷えた給食だったけど。そして房は二人一組だから、あたしは、自分とフタバ以外の食事がどうなのか、この眼で見ることはできない。

（……隣の房のミツコには、もうトマトしか出されてない）

そしてもちろん、ミツコは、トマトを食べることができない。実際、動画のなかのミツコは、お箸でトマトの山を突いては崩し、集めては解し、とにかく苦悶のきわみにある。三分が過ぎ、五分が過ぎても、ひとつも食べることができてない。

でも。

この監獄は上げ膳据え膳。配膳してくれるということは、回収にも来るということ。そして『食べ残しをつくらない』というのは、この監獄では絶対の規則。規則違反にどんなデタラメな懲罰が科されるかは、言うのも可哀想だけど、裸にまでされて辱められたミツコ自身、骨身に染みてることだ。

食べることはできない。

食べなければ辱められる。

しかも、急いでどうにかしないと、チヅルたちに——ううん、とりわけサディスティックに変貌してしまったシオリに、発見されてしまう。

こんな状況に追い詰められたとき……

(そうだ。あたしでもそうする)

動画のなかのミツコは、想像どおりの行動をとった。

ベッド周りは、寝具のチェックのとき見られる。

だから、ベッド周りには隠せない。洗面台は、論外だ。

そして房には他に家具がない——

剝き出しの、蓋もないトイレ以外は。

そして幸か不幸か、そう、『トイレの水』でイジメができるのだから、水洗だ。流せる。

——動画越しにも恐れとためらいが分かるミツコは、けれど決意したように、ざっくり切られた大盛りのトマトを、トイレに捨て始めた。恐怖がそうさせたのか、詰まらないように、幾度かに分けて、その都度水を流して……水が貯まるのを待つあいだの、ミツコの可哀想な顔……!!

（そしてそれをクローズ・アップする、チヅルたちの、残酷なほどの芸の細かさ）

顔も、手元も、トマトもトイレも。

絶妙のアングルで、誰がどう見ても、ミツコが何をしてるか分かるように、ヴィヴィッドに。

（この動画には、何より匂いがあるわ……

邪悪さっていう匂い、残酷さっていう匂いが）

――やがて動画は。

すべてをどうにか流しきったミツコの安堵した顔と、キレイに洗われた食器をじっくり映し出して、いきなり暗転した。

「さて、と」モモカが残酷に微笑む。「六〇一号。我々にまた、熱の入った御講義をお願いできるか？」

「……ど、どういうことでしょうか？」

「本格ミステリでは、客観的証拠を集め、九九・九九％真実であろうと納得できる論理を編み上げ、しかもそれがアンフェアなやり方でなければ、犯人を指摘し、裁くことができる。そうだったな？」

「……はい」

「では第一の質問。

この動画は、六〇三号が規則違反の罪を犯したことの、客観的証拠になるか？」

「それは、でも」

「イエス・ノー・クエスチョンだ六〇一号!!」

ミツコの絶望した顔があたしに赴けられる。あたしはミツコの顔を……見られなかった。とても無理だった。

「……イエスです」

「客観的証拠になる、んだな？　では第二の質問。それは何故だ？」

「こ、このような動画を捏造することは、ふつう、できないから」

「よろしい。そのとおりだ。では第三の質問。

この動画は、真実を映している。この動画では、六〇三号がトマトを捨てている。よって、六〇三号がトマトを捨てていることは、真実である。これは納得のできる論理か？」

「……はい」

「よろしい。シンプルな数学的操作だからな。では第四の質問。

この動画で規則違反を証明することは、アンフェアか？」

「……けれど、でもモモカ。

それはあなたたちがミツコを追いこんで。ミツコがそうせざるをえない状況を作り出して」

「質問に答えろ!!　イエス・ノー・クエスチョンだぞ!!　今度は鉄格子で懸垂でもしてみるか!?　この動画で規則違反を証明することはアンフェアかどうかだ!!」

「……ノーです」

「つまり？」

「アンフェアでは、ありません」

「それはそうだろうな。だが第五の質問。何故アンフェアではない？」

「き、規則も、規則違反がどうなるかも、説明されてますし、囚人が監視カメラで撮影されてることも、たくさんあるカメラを見るだけで分かりますから」

「そのとおりだ。我々は一切、卑怯な手段を用いていない。すべて事前に説明してあるし、六〇三号がトマトを捨てたのは、そうお前の大好きな、自由と責任によるものだ――

　よって第六、最後の質問。

　本格ミステリの理想論によって、我々も、おまえも、六〇三号を犯人と指摘し、これを裁くことができる。そうだな？」

……あたしには、とても返事ができなかった。

けれど、あたしは頷いてしまった。

なんてこと。

あたしがあれだけ熱くなった本格ミステリの正義。それをこんなかたちで逆手にとってくるなんて。あたしはその、度を超しすぎてる執念、怨念みたいな粘着的な執念に、脱帽するしかない。

(このプログラムは、あたしみたいなのを『更生』するプログラム。そしてそれは、あのタダノ教頭の肝煎りで練られたプログラム)

そうだ。あたしは甘かった。

(高校生が八冊のミステリから学んだことなんて、カンタンに手玉にとることができる……)

あたしが顔を伏せ、苦悶してるのをのぞきこむモモカ。

「いやあ、ありがとう六〇一号。

我々はおまえの理想論のおかげで、そう思想犯すら納得のゆくかたちで、六〇三号を懲罰することができるよ。

なあ六〇三号、おまえ、アオヤマハツコさんに売られたぞ？　いい仲間をもてて、ほんとうによかったなあ」

ミツコはもう嗚咽してた。けれどその嗚咽は、大きな肩のうねりとともに、すぐに号泣へと変わった。

「さて、と。

盛り上がってきたところで、六〇三号、規則違反の懲罰を決めようか。それが〈実質的正義〉だからな？」

「いやっ!!」

「おい、自治班長」

「はい、教官殿!!」

「お前が房を外しているのをよいことに、事もあろうに食べ物をトイレに流すという不道徳極まる罪を犯したこの女だが……どのような懲罰がふさわしいと思う？」

「そうですね!!

まず、六〇三号は昨晩の夕食を食べていないのですから、そのプログラムを消化してもらう必要があると考えます!!」

「ふふっ……お前もなかなか解ってきたじゃないか。いいだろう。

まずは執務室からトマトをとってこい」

「了解しました、教官殿!!」

——大きな檻から駆け出したシオリは、あっというまに、ざっくり切られたトマトが山盛りになったアルミプレートをもってくる。いくら反省室長室が近いからといって、これは早過ぎだ。もちろん、最初から脚本どおり、用意してあったに違いない。

そのシオリは、満面の笑みを浮かべながら、丸椅子の上で泣き崩れるミツコの前に立った。立ち塞がった、といえるかたちで。真紅の腕章が、ひときわ残酷に、照明に映える。そしてあたしが気付いたときには、チヅルとモモカが、ブーツの音も威圧的に、ミツコの背の方に回ってた。

セーラー服姿のふたりは、どこまでも自然に、だから何のためらいもなく、顔を押さえてたミツコの手を引き剝がす。そしてそれぞれが一本ずつ、ミツコの腕を拘束してしまう……

「いや、やめて、やめてチヅルお願い!!」

「どなたにむかって口を利いてるんだ、この思想犯の雌ブタが!!」

哀願されたチヅルではなく、真正面に立ったシオリが、泣き続けるミツコを蹴った。脚を蹴り、お腹を蹴り、なんと丸椅子を脚で薙ぎ払ってしまう。コンクリのゆかに崩れるミツコ——

けれど彼女の両の腕は、チヅルとモモカに押さえられてる。ゆかに泣き伏せることも許されず、そして座り直すことも認められず、ミツコは無理矢理、胸と顔とを反らせるかたちで立ち上がらされた。すぐさまシオリが罵声を浴びせる。

「チヅルさまじゃないだろう、『室長殿』だろう!! それに思想犯が勝手に口を開いていいと思ってんのか。どれだけ規則違反をしたら気がすむんだよ!!」

「シオ――班長殿!!」イツキがたまらず立ち上がる。「暴力は許されないはずだ。それはあのとき――あたしと室長殿が約束したはずだ!!　暴力を使うのも規則違反だと!!」

「確かにそうね」チヅルは冷静だった。「自治班長、おまえの規則違反に対し懲罰を科す。歌を歌いなさい。おまえの作った愉快な行進曲を。もちろん連帯責任だから、囚人総員で歌うの。懸命に歌わなければ、また懲罰よ。しっかり反省することね」

「はい!!」一瞬だけ途惑ったシオリの顔が、喜色満面になる。「自治班長、懲罰を受けます!!

ほら思想犯ども、あんたも一緒よイツキ、六〇五号、あんたがお望みの、暴力行為の贖(つぐな)いなんだからね、あはは、さあみんな立つの、立ち上がって歌う、サン・シ!!」

――もう考えるのをやめたように、ふらふらと、だけど率先して立ち上がったのはフタバだった。あたしの隣に座ってたフタバは、抵抗は無意味よと、これ以上迷惑をかけないでといわんばかりの瞳で、イツキとムツミを見遣る……そしてあたしを、見遣るどころか睨(にら)んだ。

睨んだことで、またどす黒い何かが掻(か)き立てられたのかも知れない。だって、フタバは残りの囚人が立ち上がるのを待たず、なんと自分から、大きな声で歌い出したから。そう、あの行進曲を。ハツコさんの歌を。

「あっははは、あは、いいよフタバ、六〇二号」シオリは手を叩いてよろこんだ。「素直な模範囚ってことで、おまえも自治班長になれるよう、あたしから室長殿たちにお願いしてあげる――

さあどうしたの、残りの雌犬たちは!? ほら、自分で歌って自分で盛り上げる!!

六〇三号が楽しくトマトを食べられるようにね、あっははは、あっは」

「あら、どうしたの六〇五号」チヅルがイッキに囁いた。「言ったじゃない……約束したじゃない……私達が非合理な懲罰を慎むかぎり、あなた私の命令に絶対に叛らわないって、約束したじゃない……あなた、ハッキリ誓ってくれたじゃない……

歌を歌うのは非合理なの？

一緒にこんなこと、はやく終わらせるんじゃなかったの……？」

「六〇三号に暴力をふるうのは、やめてくれ」

「もちろん約束するわ。ねえ自治班長？」

「はい室長殿。六〇三号に暴力はふるいません」

そのあいだも、フタバの歌は続いてる。それに便乗するように、シオリがみずから大きな声で行進曲を歌い始めたとき、イッキは折れた。丸椅子から立ち上がり、ムツミにもそれをうながす。

……あたしは。

抵抗するつもりはなかったけど、そんな気力はもうなかったけど、その歌があまりにつらくて、残酷で、ミツコとトマトを見てるのも悲しすぎて、丸椅子から動けなかった。

それすらシオリの、あるいはチヅルとモモカの脚本のうち——

そう確信できるかたちで、監獄の権力者たちはあたしを無視して、合唱が整うのを楽しんでる。あたしを辱める、その合唱……

　ハツコさんの仲間が　ミステリ読んだ
　ハツコさんの仲間が　ミステリ読んだ
　ハツコさんの仲間が　ミステリ読んだ
　バレて　たちまち　おしおきだ

声を出してるうちに。

歌詞が響いてるうちに。

あたしは、自分の理性がぐらぐら震動するのを感じた。合唱してるみんなも、異常で、機械的で、ひょっとしたら催眠的な心理状態に、追いこまれていくようだった。音楽に、こんな嫌なちからがあるなんて……

「さあもっと元気に‼」シオリはずっと、まともじゃない。「歌詞を変えていくわよ、憶えられなかったら懲罰だからな‼」
ハツコさんの仲間が　トマト捨てた
ハツコさんの仲間が　トマト捨てた
ハツコさんの仲間が　トマト捨てた
バレて　おかわり　いっぱいだ
「い、嫌ぁ――――――‼」
「黙れブタ野郎‼」
新しい歌詞に、本能的な恐怖を感じたミツコ。
新しい歌詞に、本能的な興奮を感じたシオリ。
そのシオリは、脚本どおり、片手でトマトのプレートを持つと、もう片手でミツコの頬を思いっ切り挟んだ。彼女の両頬を、ぎゅっと挟んで締める。腕を押さえられてるミツコは、もちろん抵抗できない。だからミツコの口は、縦長に、無理矢理開かされる。
「ひゃ、ひゃめて、ほねがい……」
「しっかり味わって食べるんだぞ」
シオリは何のためらいもなく、こじ開けたミツコの口に、山盛りのトマトを流しこみ始めた。ミツコの口はたちまちトマトでいっぱいにされ、もう、息をするのも苦しそうだ。冗談のように、演劇的に、頬がふくらんでる。それだけ詰めこまれてる。

「んん、んん――――――――――!!」

「あっ!!」

お嬢様のミツコの、どこにこんな力があったのか。

ミツコは渾身（こんしん）のちからで頭をふり、肩をふり、躯（からだ）でシオリを弾き飛ばすと、なんとチヅルとモモカの拘束からも逃れ、たちまちコンクリのゆかに崩れ墜（お）ちた。そして――渾身のちからで、無理矢理に詰めこまれたトマトを吐き出した。ゆかだけでなく、ミツコの白いワンピースが、とても直視できない、無残な染みでいっぱいになり。

ところが。

もちろんそれは、サディストたちの情熱を掻（か）き立てただけだった……

チヅル、モモカ、シオリは、もうイモムシのように痙攣（けいれん）するだけのミツコを組み伏せ、あるいは彼女に馬乗りになり、また口を開かせてトマトを叩き入れ始める。

そして、どこからか採り出したガムテープをびりびりと伸ばしては千切り、それでミツコの膨（ふく）らんだ口をべったり塞いでしまったうえ、両腕を後ろに回させた状態で、手首と足首をぐるぐる巻きにして固定してしまった。こんな姿勢では、ほんとうに、可哀想なイモムシだ。それも、残酷なほど演劇的に口を膨らませた――膨らまされたイモムシ。

(喉に詰まらせたら死んでしまう!!)

けれど。

合唱してるみんなは、命令の魔力と勢いの魔力で、何も言葉にすることができない。座りつくしたままのあたしは、あまりのシーンにただ口をぱくぱくさせるだけ。

そんな自分が卑怯に思えて、情けなくて。

とうとう、両手で顔を押さえて、あたしは啜り泣いた。ハツコさんの歌2が響く、そのなかで。

(あたしがミステリを読んだから。あたしが本格ミステリを語ったから。ミツコはあんなことに。

あたしは正義を語ったつもりだった。

ただその正義は、あきらかに何かを欠いてた)

――そうだ。

いつか、お祖父ちゃんから聴いたことがある。大学教授だったお祖父ちゃん。文学を教えてたお祖父ちゃん。そのお祖父ちゃんは言ってた。自由とは、『2+2は4になる』と言えることだって。それさえ言えるなら、あとの自由はみんな着いてくるって。お祖父ちゃんはそれを、本で学んだんだって――

けれどそのとき。そうその話を聴いたとき。正直、あたしにはその意味が解らなかった。あまりにも当たり前のことに思えたから。だけど、今ならちょっと解る、気がする。

(自由に可能性を考えて、論理と証拠で——

２＋２は４だ。ルール違反もしていない)

だから、本格ミステリ的にいっても、それは正義だ。

けれど……

まさに、ここで起こってること。

ひょっとしたら、あたしは、２＋２が４だと考える、世界最後の人間かも知れないってこと。

しかも、今ミツコが虐待されてるように、あたしも、すぐに人間扱いされなくなるだろう。

(そうしたら、この世界に、２＋２が４だと考える人間は、いなくなる。

そんな世界で。

本格ミステリを読むことに、しかもその正義を信じることに、いったい何の意味があるだろう？)

圧倒的多数が、ううん、あたし以外の誰もが、あたしの考える正義は狂ってると本い、い、い、いなくなってしまうとき。本格ミステリとか、その正義に、いったいどんな役割があるんだろう？

　これは、ほんとに深く、難しい問題。そんな気がした。

　あまりに難しくて、ひょっとして政府がミステリを禁制品にしてるのが、結果としては正しいんじゃないかと思えるほどに。

（けれど、あたし、何かを解りかけてる、ような……

　圧倒的多数と……世界最後の、人間。自分が死んで。そして、正義。本、小説……

　ああ、やっぱり解らない。何が残るっていうの。この現実を前にして、殺人パズルに何ができるっていうの？）

　解らない……解らない……

　そこへ響く、凍てついた声。

「おまたせ、ハツコ」

「チヅル」

「どうして合唱しないの」

「解らない……解らない。もういいわ。もういいの。何も考えられない」

「よい返事だわ。それが、解りかけている証拠。素直になり始めている証拠。

　さあ立つの。そして、世界のルールを学ぶの。

命令違反には懲罰がある。法令に違反したら罰せられる。禁じられたものには、手を出してはならない。そこにしあわせがあるの。そこにこそ、安心がある。

　正解はいつも、シンプルよ――

　モモカ、お願い」

「了解。おい自治班長、コイツを房に連れてゆけ」

「解りました、教官殿!!」

「他の囚人どもは、合唱したまま行進だ。ハツコさんの門出を祝う行進だ」

――すると歌を歌いながらも、ムツミが手を挙げた。その視線から、発言の許可を求めてると分かる。それを察したモモカが訊いた。

「……どうした、六〇六号？」

「発言してもいいかな？」

「許可する」

「ミツコの、六〇三号の顔色がおかしい。本当に苦しそうだ。悪くすれば、トマトか吐瀉物で窒息してしまうかも知れないよ」

「それで？」

「難しい事はいってないんだが……

少なくとも、口のガムテープは剝がしてやってくれないかな。いえ剝がして下さい。そしてできれば、トオノ先生に連絡を。お医者先生にも診せた方がいいよ」

「要望は却下だ。更生プログラムにそんな予定はない。そもそもハツコの、じゃなかった六〇一号の御立派な演説のせいで、進行が大きく乱れている。押してるんだよ」

「教官殿がプログラムの進行を焦るのも、まあ解るけどさ。
ただ死んじゃったら進行も何も」

ムツミの、まだ飄々（ひょうひょう）とした調子を残した説得に、けれどモモカは激昂（げっこう）した。痛いところを突かれた、といった感じで。

そう、確かにモモカは、いつもプログラムの進行を焦ってる。それはモモカの、やりきれなさそうなイライラした感じで、とてもよく分かる。だからムツミは、そこを突くべきじゃなかった……けれど、もう遅い。

「私が何を焦ってるっていうの!! 仮にそうだとして、それは全部あなたたちの所為（せい）じゃない!! 反省してる反省してるっていうばっかで、私達のやる事なす事にいちいち難癖（なんくせ）つけて、抵抗して、懲罰の時間をくわせて。

こっちがこんな芝居、好きでやってると思ってんの!? 冗談じゃないわよ!!」

「モモカ!!」チヅルが素（す）に帰って制する。「タイムキープを考えるなら、そんな口論こそ無意味よ。冷静になって。
最後に残っているのは、そう——どうしても本格ミステリを棄教（ききょう）しないって粘っているのは、もうハツコだけなのよ。そしてそのハツコも、聴いたでしょ、憑きものが落ち始めている。心理的なステージを変えつつある。真っ新になりつつある。仕上げをこそ急ぎましょう。さあ、役割を思い出して頂戴」

――モモカは、大きな嘆息とともに肩を落とした。

いつしか、ハツコさんの歌の合唱も止まってる。

肩を落としたモモカが顔を伏せ、もうやりきれないといった感じで躯を震わせて五秒、一〇秒……

しかしふたたび顔を上げたモモカは、また教官の、サディストの仮面を被ってた。

「……六〇六号」

「モモカ」ムツミがモモカを見詰めた。「ミツコを、医者に、どうか――」

「お前は更生プログラムの進行を妨害した」それがモモカの回答だった。「またお前の発言には何度も何度も規則違反が認められる。したがってお前には懲罰と再教育が必要だ――

オイ自治班長」

はい、と答えたシオリを随えて、モモカはムツミに対峙した。

「この雌犬の服を脱がせろ。犬に衣装はいらない」

「了解です、教官殿」

「……そんなことで」

ムツミは抵抗しなかった。むしろ堂々と、あっさりとワンピースを脱いで裸になった。

「僕は屈辱を感じないよ」

「よく知っている。お前はそんななまやさしいタマじゃない。だからお前に必要なのは屈辱じゃない。純然たる苦痛だよ」

モモカは教官役の装備品である、純銀の手錠を採り出した。

その片方の輪を、ムツミの左手に掛ける。そのまま部下のシオリと一緒に、ムツミをこの大きな檻の廊下側、鉄格子の近くまで引き立てた。ムツミは全然抵抗しない。

かしゃあん。

手錠のもう片方の輪が、鉄格子の、とても低いところに固定される。

必然的に、その低さに引きずられ、ムツミはしゃがむことになる。

「おい自治班長。

さっきのモニタを、コイツの眼の前に設置しろ。それからノートと筆記具をもってこい」

「はい、教官殿」

ミツコがトマトを捨てるところを映し出したあの大きなディスプレイが、鉄格子のたもとに、裸で座らされたムツミを睨むように設置される。まるで、ひとりで映画鑑賞をさせられるように。そしてそのイメージは、これから起こることと大きくは違わなかった。

「六〇六号。ここはこの反省室の運動場であり、娯楽室でもある。だからここで、さっきのように映像を見せることもできるし、また――」

モモカはディスプレイのリモコンを操作した。まず電源が入る。そして入力が切り換わる。すると画面には、あたしたちがよく知ってる人が現れた。

国営放送の、女性アナウンサーだ。

「――このように、国営放送だけは受信することができる」

「うわあ、嬉しいね」

……ムツミの嫌味には理由があった。

国営放送は、政府のニュースと、政府の偉い人の演説、軍の偉い人の演説、それしか流さないからだ。五分刻み、一〇分刻みで、正直よくストックがあるなあと思うほど、延々といろんな演説を流し続ける。そして国営放送だけは、二十四時間、休まない。もっとも、きちんと受信できるテレビを用意する方が、今は大変だけど。

「六〇六号。右手だけは自由にしてやった。

これからお前がすることは、国営放送のすべての番組――すべてのニュースと演説を、聴きとったそのままに筆記することだ。いいか、すべてだ。一言一句だ。

もちろんその様子は監視カメラでチェックするし、筆記した結果もランダムで検査する。払暁であろうと、真夜中であろうとだ」

「なあるほど。二十四時間の奪眠拷問ってわけか。意外に陳腐だね」

「陳腐な拷問は、効果抜群だからこそ陳腐になるのでね。実は解っているだろうが、もしこのプログラムが予定どおり二週間続いたとすれば、おまえの脳は不可逆的なダメージを受ける。シンプル・イズ・ベストだ。

フェアプレイのため言い渡しておけば、再教育の効果が充分みられたと判断できれば、いつでもベッドで眠らせてやる。そのときは遠慮なく、不規則発言をして哀願しろ」

「うーん、教官殿、僕さっそくトイレに行きたいんだけどなあ」

「雌犬らしくすれば？

それに、トイレに行くのはお前じゃない。

それは最後に残った確信犯、六〇一号だ」

「えっ」

「あっは。待たせて悪かったなあ六〇一号。

室長殿のいったとおりだ。世界のルールを、学ぶときがきた。

禁じられたことをしてはいけない。

禁じられたものに手を出してはならない。

それが解りかけてきたアオヤマハツコさんの、新しい門出の儀式だ。

さあ自治班長、残りの囚人三匹を、めでたい行進で房に連れてゆけ」

「了解しました、教官殿。例の儀式でありますね？」

「そうだ。例の儀式だ」

……モモカがあたしを見る瞳。それは、まさに雌犬かイモムシを見る瞳。

シオリがあたしを見る瞳。それは、ヒトを支配するよろこびにあふれた瞳。

そのシオリが、打ち合わせどおりといった感じで、大きな、朗らかな声を上げた。

「さあ六〇一号、六〇二号、六〇五号。房まで行進だ、ラジオ体操のように元気よくっ」

あたしはモモカに首を摘まれ、無理矢理立たされた。

隣のフタバが、あたしを押すようにうながすように、じりじりと足踏みを始める。

顔を背けてしまったイツキが何を考えてるかは、もう解らない。

――あたしは朦朧としながら、だんだん頭のなかが奇妙な白色に染まってくのを感じながら、とぼとぼと行進を始めた。

するとたちまちシオリの罵声が飛ぶ。抵抗は無意味だ。

「歌はどうした歌は!! 行進をするときは歌。規則でしょっ!!」
「は、ハツコさんの仲間が、トマト……」
「違ぁう!! 誰がさっきの歌を歌えと言った!? 今度は特別の歌が用意してあるんだよ、ほら一緒に歌え、すぐ憶えろ!!」
ハツコさんはたのしい　トイレ係
ハツコさんはうれしい　トイレ係
ハツコさんはステキな　トイレ係
いつも　便器は　ぴっかぴか
……抵抗は、無意味だ。
あたしは辱めの歌を歌いながら、もう痛みを感じる心が麻痺してるのを感じた。命令されるまま、軍事教練の授業のときみたいに、大きな声をはりあげる。ハツコさんとトイレの歌を、自分で、大声で歌う——
(そして、もう解ってしまってる。
これから、あたしが何をさせられるか)
そうだ。
シオリがあたしを怨んで、あたしをトイレ係にしたこと。
それはシオリの、単純な怒りだったのかも知れない。そう、トイレの水をあたしに染びせるほどの、発作的なにくしみ、反射的な嫌悪感。

けれど……

（チヅルとモモカは、そのシンプルな感情を最大限、利用することを思いついた。きっとあたしが、ミステリを捨てない最後のひとりになるってこと、そこまで見越して——）

行進は、たっぷりとした序曲のように続いた。

つまり、大きな檻からすぐに房へは入らず、あいだのコンクリの廊下を、右へ左へと幾度もさまよった。たのしいトイレ係。うれしいトイレ係。ステキなトイレ係。それを延々と合唱しながら。誰が生贄なのかを、舞台じゅうに、ううん世界中に知らしめながら。

シオリが時折、モモカの顔を盗み見てる。きっと、シオリには行進を止めさせることができないんだ。シオリはそれにかぎらず、もう完全に、チヅルとモモカの命令だけを待つ自動機械になってしまってるけど。

「よし自治班長、たっぷり愉快な気分になったところで、儀式を始めようか。どうだ？」

「はい教官殿!!

ほら六〇一号、先頭のトイレ係さん!!　いつまでもバカみたくウロチョロ歩いてないで、とっとと仕事を始めるのよ。回れ右っ、房に入れ!!」

あたしもまた、自動機械みたいに廊下の端で回れ右をした。

かしゃあん。

房の鉄格子の錠が、外される。音響効果がよすぎるほど、たからかに響く。

回れ右をした行列のすぐ傍が、あたしの房。あたしとフタバの、むかって左端の房。

目的地は、きっと、そこのトイレだ。剝き出しの、わざと廊下に面したトイレ。

(この四日間、ふつうに使って、そしてたぶん……

ううん、絶対に洗ってないトイレ)

それはそうだ。

さんざん歌ってるとおり、トイレ係に任命されたのはこのあたしだから。そのあたしは自分の房でも、ううん三つあるどの房でも、トイレ掃除なんてしてないから。起きてるあいだ、誰かがしてるのも見たことないし、まさか寝てるとき、チヅルたちがわざわざトイレ掃除なんてしてくれるわけがない——

(いけない、ためらってたらまた怒られる)

あたしはまた難癖をつけられない様に、焦りながら、行進のリズムを守りながら、自分の房へ入ろうと……けれど。

「あ、あの、教官殿……房の鍵が、開いてません」

「おい六〇一号。おまえは栄えあるトイレ係の癖に、自分が掃除しなきゃいけないトイレがどれかも解らないのか？」

「で、でも。あたしは何も」

「禁じられたことが大好きなお前にふさわしいのはな」

モモカは大きく房の鉄格子を開けた。

それはあたしの房の隣、ミツコとシオリが使ってる、監獄舞台の中央の房の扉——

「禁じられたことをしでかした、六〇三号が使ったトイレだよ。思想犯のくせして大事な給食を捨てるなんて破廉恥をした、六〇三号が使ったトイレに決まってるだろ？　大事な食べ物を、よりによってトイレに流すなんて。前線では、補給に困って食べる物も食べられない兵隊さんがいるってのに。しかも、この反省室では命令違反をするなと、食べ残しは禁じられると、あれだけ教え諭しておいたのに——

なあ、そうだろ自治班長？」

「そのとおりです、教官殿!!」シオリは、台詞を思い出すように。「禁じられたことをした六〇一号にふさわしいのは、禁じられたことをした六〇三号の使っていたトイレに決まってます!!　清潔にたもつべきトイレは、規則違反によって、非道徳的なしうちによって、このうえなく汚されてしまいました……

そのケガレを清めるには。

そして、このふてぶてしい、諦めの悪い、未練たらたらの、物憶えの悪い思想犯の雌ブタに、規則の何たるかを思い知らせるには。『禁じられている』ということの意味を、『やってはならない』ということの意味を、躯に思い知らせなければなりません教官殿!!」

「いったい何故、それが禁じられるのか――?

くっだらないなあ。

世界には、そんな屁理屈を超えたタブーがあるんだよ六〇一号。

これは、お前がそういう世界との約束を知るための、大事な大事な儀式だ。ほら行進!! とっとと真ん中の房に入れ!! ほら歌はどうした歌は!?」

――あたし、フタバ、イツキ。

三人の囚人は、ミツコの房に、歩調と歌声を合わせながら入った。そのミツコは、大きな檻で痙攣し身震いし嗚咽するまま、放置されてる。囚人の残りのひとり、ムツミは、全裸のまま国営放送の書き取りをさせられてる。

だから、房に入った囚人は、三人。房に入ろうとする支配者も、三人。

シオリが満足そうにあたしの顔をのぞきこみ、見上げる。

モモカは演技的に、わざと、威嚇めいた怒鳴り声をはりあげる。

最後にチヅルが、開幕のベルを鳴らすように、鉄格子の扉を閉めた。

かしゃあん――

全体、止まれ。合唱、止め。

号令とともに、監獄舞台は、不気味な沈黙に支配された。

心なしか、ほの暗い蛍光灯でさえ、不気味に瞬いてる。光の色調を、いっそう、陰鬱で残酷なものにしてる。あたしの眼には、そう映る。

「よし六〇一号。もう一度だけ訊く。ミステリを読むことは、罪でも悪でもないんだな？」

「……そう思います」

バッカじゃない、いい加減にしてよ、もう信じらんない。フタバがあからさまな私語をする。それを聴くイツキも、強情はよせ、もうやめるんだと、あきれたような、絶望したような瞳であたしを見る。フタバの声も、イツキの仕草も、あたしたちを見る誰もが分かるほどハッキリしてたし、だから、意図的だった。

あたしは今、いよいよ自分が世界最後のひとりになったことを、確信した。だからいえた。

「本格ミステリを読むことは、正義を学ぶことです。

そうよチヅル、モモカ。

あなたたちが今してるみたいに、ヒトを奴隷や家畜にするのが正義に反すると、そう学ぶことよ」

ここで。

ずっと黙ってたチヅルが口を開いた。

「だからミステリを禁じるのは間違っていると？」

「ええ。ミステリが禁じられる理由なんてないわ」

「……ありがとう。よく解ったわ、六〇一号」

いつも怒鳴ってるモモカより、ずっと何かを考えて、ずっと脚本をおさらいして、ずっと監獄舞台を練り上げてるチヅルの方が、実は何倍も恐い。あたしは、そしてたぶんあたしたちは、この四日間で、そのことを嫌というほど学んでた。かつてイツキを籠絡したように、チヅルはもう、手段を選ばない女になってるから……

「あなたの決意、ほんとうによく解った。

そして、あなたの指摘は半分、正しいわ。そう、私はあなたをこれから、徹底的に、奴隷にしようと決意している。家畜にしようと決意している。それはパーフェクトな事実よ。

けれど。

物事の順序を誤ってはいけないわ、六〇一号。

ヒトを殺した者は、殺される。そう、ヒトを殺した『から』殺されるのよ。禁じられたことをした者は、罰される。そう、禁じられたことをした『から』罰される。

これが、世に言う因果関係——原因があって、結果がある。

六〇一号、あなたはいったわね。ヒトがヒトを殺すことは、最悪の奴隷主義だと。そして私も今、あなたを精神的に殺そうとしている。あなたを家畜に堕とそうとしている。あなたの言葉を借りるなら、最悪の奴隷主義を、実践しようとしている。

でも。

それは、あなたが禁じられたことをした『から』そうするの。

最初にこの世界に挑戦をしたのは、この世界との約束を破ったのは六〇一号、あなたよ。

あなたが、あたかも殺人者のように、世界との約束を破った『から』そうするの」

「ミステリを読むことが、殺人みたいに、世界との約束を破ることになんてならない!!」

「じゃあ訊くけど、どうして殺人は、世界との、社会との、他のヒトとの約束を破ることになるの？　どうして殺人は禁じられるの？　教えて頂戴六〇一号」

「それは!!　だって、ヒトの命を奪うなんて、それは絶対に悪……」

「あら意外と理解力に乏しいわね。私が訊いたのは、何故、それが絶対に悪かってことよ」

「そ、それは」

「それは？」

「やっちゃ、いけないこと……そう決まってる……だってヒトが殺されていい理由なんて!!」

「ありがとうハ、ツコ。

そうなの。禁じられているの。やっちゃ、いけないことなの。そう決まっているの。ミステリを読んでいい理由なんて、この国にありはしないの」

「それは……チヅルそれは違う!! 卑怯よ、あたしが言いたいのは……」

「言いたいのは？ 何故、人を殺してはいけないの？」

あたしは、黙った。黙らざるをえなかった。

あたしは、中途半端にしか解ってなかった。

——何故、人を殺してはいけないか？

悪いことだから。罪だから。決まってるから。そんなことをするのは、許されないから。

そう、禁じられてるから——

（ひょっとしたら、もっと、キチンとした説明が、できるのかも知れない）

例えば、お祖父ちゃんだったら。

けれどあたしにはできない。少なくとも今のあたしには。高校生のあたしには。

そして。

禁じられてるから、人を殺してはいけない——と言ってしまったとき。

もう、チヅルに反駁(はんばく)することができなくなる。

だって……

「やっと解ったみたいね。

国と社会が、あるいは多数派の人々が、やってはいけないと決めたこと。それが罪で、悪なの。ううん、圧倒的に多くの人々が『それはけがらわしい』『それは許されない』『それは罰するべきだ』『それは非難すべきだ』と、健全な常識で判断し終えたこと。それが罪で、悪なの。

だから、禁じられるの」

「違う……違う……」

「違わないわ……違わないわ……

だってそれは、あなたがさっき講釈(こうしゃく)を垂れたような、小賢(こざか)しい屁理屈を越えた、人々の健全な常識だもの。能書き以前の、本能的に判断できる、そもそもあってはならない事だもの。

　そう、殺人を禁ずることに、もったいぶった理論はいらない。殺人パズルを禁ずることに、もったいぶった理論はいらない。人々の健全な常識が、いかがわしいと、不愉快だと、道徳に反すると判断し終えた。それで充分なの」

「上手く言えない、けど、絶対に違う!!」

「じゃあ、トイレ係さん、トイレ掃除を始めて頂戴」

「……え」

「あら？　私、もったいぶった言い回しをしたかしら？　お願いはシンプルよ。眼の前の、トイレ掃除をして頂戴」

　チヅルは舞台めいた所作で、優雅に片手を展げ、すらりとした指を鳴らした。

　ぱちん、とこれもあざやかな音響効果すら感じさせる音が、残酷にひびく。

　すると、機をうかがってたようにモモカとシオリが、あたしの両腕をがっちりと拘束し、後ろにねじりあげた。そのまま、背中がぐいと下に押され、腕は上に引っぱられ、あたしは無理矢理に跪かされる――コンクリのゆかに。トイレの眼の前に。便器のすぐ先に。

「この反省室も、明教館高校と一緒で、それなりの歴史があるらしいわ。設備は頑丈だけれど、そんなに新しくはない。

それなのに、四日もトイレ掃除をしていないなんて、不衛生だわ。トイレ係さん、あなたの怠慢よ。だから、頑晴って綺麗にして頂戴、今すぐに」

「で、でも」あたしは腕をねじ上げられたまま。「ど、どうやって。その、掃除道具は」

「あなたよ」

「まさか」

「あなたには便器を磨く布もある。ちゃんと着ているじゃない。

あなたには便器を磨くブラシもある。二本の腕と、十本の指が。

あなたには便器を磨くスポンジもある。口のなかに、湿り気をおびたものがちゃんとある」

「チヅル……!!」

「屁理屈と能書きの時間は終わりよ。さあ、まずはその雑巾できちんと磨いて頂戴」

――いつしか。

あたしを跪かせてたモモカとシオリは、あたしの躯に触れるのをやめてた。

あたしが跪き続けてたのは、だから、あまりのショックで動けなかったから。

そこへ、腹筋の利いたモモカの罵声が飛ぶ。

「命令が聴こえないのか六〇一号!!

おまえの囚人服で、便器をキレイに磨くんだよ!!」

「ほら!!」シオリが便乗する。「どうしたの、とっとと脱げよ!!」

……あたしは頭を真っ白にしながら、亡霊みたいに立ち上がった。

抵抗は、無意味だ。

たった一枚だけ許された衣服を、おずおずとコンクリに落とす。

チンタラするな。なに隠してるんだ。

モモカとシオリの怒鳴り声が、遠雷(えんらい)みたいに頭に響く。

あたしは素肌をさらしながら、自分の体温が残る白いワンピースを拾うと、便器の前に改めてかがみ、それをおずおずと磨き始めた。着てたもので、トイレ掃除をする。それはまるで、あたしだったものがトイレ掃除に使われてるような、だからあたしがトイレの汚れに染まってゆくような、どうしようもない絶望感を引き起こしてく。

その絶望感は、絶対に、あたしの顔に現れてた。

それがまた、支配者たちのサディズムを刺激する。

「お前はどこまで怠慢なんだ」大きく嘆息(ためいき)を吐(つ)くモモカ。「雑巾だけじゃダメだろう。ほら、ここの罅(ひび)、ここの角に汚れがこびりついてる。これはブラシでないとなあ」

「どうしたの六〇一号」シオリがあたしの髪を引っぱった。「室長殿も、教官殿もいってるでしょ、ブラシよ、手と指で直接、落ちない汚れをこそぎとるの。とっとする!!」

目頭が熱くなる。

ほろり、と大粒の涙が頬をつたったとき。

それで、堰（せき）が切れてしまったように。

あたしは号泣してしまった。

涙と洟（はな）で溺（おぼ）れそうになりながら、けれど、顔を拭くこともできない。拭かなければいけないのは、トイレだ。それも、自分の服で。自分の手で。自分の指で。あたしは歳月のくすみが強い便器の細かい汚れを、懸命にこすった。もう、何が何だか解らない。ううん、あたしは何も解ってなかった。最初から何も解ってなかった。だからもう、どうでもいい。命令を聴いて、チヅルたちを満足させることが、今のあたしに考えられる全部で、今のあたしの心からの希望だった。心が折れた、んじゃなくって、もう、心がなくなった。粉々になった。そして、それを当然のことだと考えてるあたしがいた。

「ハツコ」

「――――――」

「ねえハツコ」

「――――――――」

「どうして泣いているの。教えてハツコ。

何がそんなに悲しいの。ひょっとして悔しいの？」

「……だ、だってチヅル。

す、素手で、トイレを掃除するなんて。

そんなこと、許されないもの……」

「そうね、そんなこと、やっちゃいけないことだものね。

ご、ごめんなさい、ハ、ハツコ。あなたをこんなに悲しませて。あなたをこんなに、辱めて。

でもね、ハツコ。

どうして、そんなことやっちゃいけないの？」

「それは」

「そうよね、不愉快で、けがらわしくて、健全な常識からは外れているものね。

この世界の圧倒的多数の人々が、健全な常識で判断して、やってはいけないとしてきたことだものね。

そしてあなたは、それを理解していた。こんなことさせられる以前から、何の屁理屈も講釈も能書きもなく、そう常識として理解していた。やってはいけないことだと。そうでしょう？」

「……はい」

「それが、禁じられているということよ」

「はい」

「トイレを素手で掃除する。ヒトを殺す。

そして、ミステリを読む。殺人パズルに耽る――

ぜんぶ、そう。ぜんぶ一緒。何も難しく考えることなんてないの。

禁じられているとはそういうことよ。してはならないことは、してはならないの。

ハツコ……私の可愛いハツコ……そんなにつらそうで、そんなに泣き崩れて。

でも、なんてキレイなの。

禁じられたことをして、禁じられたことをさせられて。

禁じられたことをした『から』、禁じられたことをさせられて。

その意味。

本格ミステリが禁じられていることのその意味。

私がこんなことまでしなければならなかった意味。

――やっと、やっと解ってくれたのねハツコ」

「はい」

「なら最後に訊くわ。ミステリを読むことは罪？　ミステリを読むことは悪？」

「はい」

「はい、とは？　ちゃんと答えて」

「ミステリを読むことは罪で、悪です」

「何故」

「人々の、健全な常識に、反するから……

いいえ。

それは禁じられているからです、反省室長殿、そして、それだけです……」

「だから、あなたは罰を受けている」

「はい」

「だから、あなたは禁じられたことまでさせられている」

「はい」

「それは奴隷主義？」

「いいえ」

「何故」

「当然のことが、解らなかったから。だから、当然のことを、教えていただけただけです」

「あらハツコ、そこの奥、どうしても取れない汚れがあるわね。あなたの口で、綺麗にしてくれるかしら？」

「はい、反省室長殿」

革命の日

更生プログラム、七日目。

反省室は、すっかり安定してきた。

あたしが――ミステリを捨てなかった最後のひとりが転向してから、チヅルたちの支配は確立し、囚人たちは、ほぼその家畜になった。

そしてあたしが、感じ始めること。感じ始めなければならないこと――

あたしは、あたしの心を、もう一度確認した。

（あのときアオヤマハツコは、変わったんだ。生まれ変わったんだ。すべての感じ方が、変わってる……あたしは心から、そう思わなければならない）

――あたしとフタバとイツキに課せられたのは、反省文を書くことと、グループ討議。

反省文は、何度も何度も繰り返して、おなじこと書いては書き直し、おなじこと書いては書き直しをさせられたけど、それは苦痛じゃなかった。『禁じられてることは、禁じられてる』。チヅルがあんなことまでして教えてくれたことを、頑晴って、自分の言葉で紡いでゆくだけだから。それに、日々続いてる行進の歌と一緒で、繰り返せば繰り返すほど、真っ白だった頭に、しっかり浸透してくのが解る。

グループ討議は、ちょっと苦痛だった。

それはそうだ。あたしは、禁じられたことをしたばかりか、それを友達にまで蔓延させた主犯だから。あたしが罪を認めたことで——素直に認められるようになったことで、フタバと班長殿の口撃はとても厳しいものになったけど、それは教官殿の罵声と一緒だ。つまり、あたしに『真人間にもどってほしい』っていう熱意の裏返し。それに、思想犯が思想犯だと、ブタがブタだと、雌犬が雌犬だと、そしてトイレ係がトイレ係といわれることは、それがどんなに厳しい口調だったとしても、事実だから仕方ない。むしろ、あたしを責めないようにしてるイツキのことが、あたしには不思議に思えるし、逆にイツキに怒りを憶えたりもする——ミステリの狂信者だったあたしを罵倒しないなんて、イツキ自身、しっかり更生してないんじゃないかしら、といった感じで。

しっかり更生してない、といえば……

ミツコとムツミだ。

ミツコは、どうしてもトマトを食べずに、あのままの姿勢で、あのイモムシの姿で、大きな檻に転がされてる。食事の機会は――もちろんトマト山盛りだけど――与えられてるから、悪いのはミツコだ。食べ残しは禁じられる。禁じられたことを、してはいけない。この、たったひとつの大事なことを、命令違反・規則違反の懲罰ってかたちで『教えてくれてる』のに、とことん抵抗するってことは、実は、全然反省してないってことだ。だから、そう、悪いのはミツコだ。

ムツミも、裸でディスプレイの前に座らされたまま――手錠で片手を戒められたまま、国営放送の筆記を続けてる。教官殿がきちんと、『再教育の効果が充分みられたなら』ベッドで眠らせてくれるって説明したのに、意地をはって、眠りもせずに抵抗を続けてる。あんな格好で。そして機会がある都度、ミツコを解放しろと、ミツコをお医者先生に診せろと不規則発言を繰り返してる。だから、やっぱり悪いのはムツミだ。

けれど――

そのミツコもムツミも、室長殿たちの努力で、やがて反省するときが来るだろう。あたしだって、もうじき、連日トイレ掃除をしてるこの服を換えてもらえる。禁じられたことをしなければ、そして命ぜられたことをちゃんと守れば、きちんと扱ってもらえるのだ。人間として扱ってもらいたければ、やってはならないと決められてることを、やらない。それが人との約束を守るってことだ。国、政府、社会との約束を、守るってことだ。

――そんなことを考えながら、トイレを磨いてるあたしに、教官殿が声を掛けた。

「おい、六〇一号、房を出ろ。六〇二号もだ。グループ討議を行う」

「はい、教官殿」

あたしは汚れた服を着て、自発的に、フタバと列を整えながら、そして自分のテーマソングを歌いながら、コンクリの廊下に出た。やっぱり自発的に、いちばん右端の房まで行進して、出てきたイツキと列を整え直し、さらに大きな声でハツコさんの歌を歌う。廊下での行進が一〇往復になったところで、教官殿が全体止まれを命じた。

そしていった。

「よし六〇一号、六〇二号、六〇五号。

今日のグループ討議は、最後の自白と、総括をしてもらう」

はい、教官殿。四人の声がそろう。

すると班長殿が、執務室の方から、ビデオカメラと三脚と、丸椅子を搬(はこ)んできた。

そして生徒手帳の写真を撮るような位置関係で、丸椅子に座った人をビデオ撮影できるよう、廊下に機材を整えてゆく。それに満足して教官殿がいう。

「運動場の檻は、イモムシと国営放送マニアが占拠してしまっているから、廊下を用いるぞ――

今日はこれから一人ずつ、自分がどんな行いをしてしまったか、それがどれだけ誤っていたか、それをどう反省しているかを、率直に、思うまま発言してもらうこととする。

その様子は、すべて動画として撮影する。

ようやく思想犯から真人間になりつつあるお前たち。そのお前たちの言葉は、この更生プログラムを検証する上でも、これから他の思想犯を再教育する上でも、極めて重要だからだ。何か質問はあるか」

もちろんない。教官殿は命令する役、あたしたちは遵う役だ。そう決まってる。

当然それを知り尽くしてる教官殿が、さわやかに微笑んだ。教官殿は、プログラムの終了が近いことを予期してか、ここのところ機嫌がいい。そもそもこの監獄舞台は、あたしたち囚人側にはもちろん、看守側にも、おそろしい精神的負担をかけるもの。でも、ミツコとムツミの問題は残ってるとしても、その終幕は遠くないのだ。教官殿のお気持ちは、よく解る。

「では六〇二号・六〇五号・六〇一号の順番で始める。六〇二号、イスに座って、合図とともに総括を始めろ」

「はい、教官殿!!」

もうミステリになんて何の未練もないフタバが、嬉々として丸椅子に座った。

そして班長殿の合図と、カメラの赤色灯とを確認してから、堰を切ったように語り始める――

どれだけ、アオヤマハツコが悪辣か。

どれだけ、ハツコに抵抗したか。

どれだけ、ミステリを嫌悪したか。

どれだけ、ミステリがくだらないか。

どれだけ、ミステリを禁止することに賛成してるか。

……眼の前で、あたしとミステリを罵倒するフタバ。政府を讃えるフタバ。

もちろん、あたしはそれに怒りも憤りも憶えない。

さんざん、グループ討議で確認しあったことだから。フタバのいってることは、正しいことだから。間違ってたのはあたしだから。だからあたしは、フタバを感謝の瞳で見た。フタバはそれに、侮蔑の瞳を返した。それも、当然のことだ。

「よし、次は六〇五号」

フタバの総括が終わり、機材が再セットされると、今度はイツキの番だ。

イツキは、性格的に、フタバみたいな率直な物言いはしない。淡々と、誇張なく、記憶違いもなく、あたしがやったこと、自分がやったことを認めてゆく。そして事実を自白する都度、それについて自分がどう考えるかを――つまり、『それを悪だと認め、罪だと認め、正義に反すると認め、処分を求める』ということを――やはり淡々と語った。そこには、フタバのようなほとばしる感情がない分、観る人をしみじみと納得させる淡麗（たんれい）さがあった。

「よろしい。では最後、六〇一号だ」

「はい、教官殿」

――あたしは囚人のための、硬い丸椅子に座った。

班長殿が操作する、カメラのレンズがあたしを睨（にら）む。思想犯のあたしを。

あたしは。

教官殿の、班長殿の、そしてフタバとイツキの……ひょっとしたらミツコとムツミの……視線が、自分に集束するのを感じる。

ただ、それ以上に。

ビデオカメラのレンズ越しに、無数の人々の視線を、期待を、そう女優の最後の台詞をまつ、その熱気を感じた。

あたしの言葉は、必ず残る。

そして、繰り返し、繰り返し再生されるだろう。禁じられたことを敢（あ）えてした、愚かな女子高生の物語として。あるいは、堕落した娘がそれでも救えることを証明する、奇跡と生まれ変わりの物語として――

そして、それ以上に。

あたしは他の人々の視線をも感じた。

この監獄舞台をずっと見詰めてた人々。

あたしを、あたしたちをずっと、直接見据えてた人々――

その強い視線をも頬(ほお)に感じつつ、あたしはようやく、口を開いた。

それは懺悔(ざんげ)だった。

「この動画を視てる、皆さん。

皆さんは、自分の指で、トイレ掃除をしますか？

あるいは、自分の口で、トイレ掃除をしますか？

……もちろん、しないでしょう。

ただ物を知らない、保護すべき幼子(おさなご)だけが、誤ってそれをしてしまうかも知れません。

それを目撃してしまったとき。

皆さんはどうしますか？

きっと、急いでその幼児を止めるでしょう。それはいけないと、ダメだと、禁じられたことだと怒るでしょう。もちろん幼児には、怒られる理由が解りません。そして何故、それが禁じられているかも解りません。

……説得しようと思えば、試みることはできます。

不衛生だからと。不健全だからと。病気になってしまうからと。どのようにでも。けれど。

幼児がそれを理解することは、できません。

そして仮に、不衛生でないとしても、徹底的に掃除してピカピカであるとしても、皆さんはそれを認めますか？

……健全な常識をもつ方なら、絶対に認めはしないでしょう。そして説得ができないのだから、怒る以上に、強制的な手段で、それを止めさせるでしょう。その幼児のために。

そうです。

第一に、禁じられてることは禁じられてる。ダメなものはダメ。そんなことは説得以前の問題なのです。

第二に、もしそれを判断できない存在がいたのなら、力ずくでも止めさせなければならない。

何故、口でトイレに触れることがダメなのか？

……これは、『何故、覚醒剤を使ってはいけないのか？』『何故、猥褻物を配ってはいけないのか？』という問いにも通じます。というか、一緒です。説得しようと思えばできる。躯をボロボロにするから。マフィアを儲けさせるから。人の心を堕落させるから。

けれど。

最終的には。

ダメなものはダメなんです。それが、人と人との、人と国との、人と社会との約束なんです。そこに説得も理屈もいりません。

とすれば。

何故、人を殺してはならないか？

何故、人殺しパズルを読んではならないか？

——そうです。

ミステリが禁じられるのは、まったく一緒の理由からなんです。

あたしには、それが解ってませんでした。判断能力が弱い、ただの子供だった。

だから、ミステリなんかに手を出してしまいました。

そして、それを正義の文学だとか、自由と手続きの文学だとか、解ったようなことを喋ってました。

でも、そんなことは、デタラメです。

だって、判断能力のない幼児が喋る戯言だから。この幼児は、自分がトイレを舐めたいばっかりに、それが芸術だとか、それが多数派への抵抗だとか、舐められるほどキレイにするのは良い事だとか、あとから考えた屁理屈を、でっちあげただけなんです。

そう。

人殺しパズルは、ただの遊びで、しかも不健全な遊びで、しかも変態的な遊びです。そして、それだけです。正義とも自由とも手続きとも、何の関係もありはしません。こんなものに、世界を変えたり、世界を追い詰めたり、世界を正義に導くちからはありません。

——あたしは、ただの幼児で、ただの変態でした。

変態であることを認めたくなくて、思想の自由とか、表現の自由とか、知ったようなことを捏ねくり回してただけなんです。それはあたしの人生で、まったく無益な、しかも有害な時間でした。あたしは、悔いてます。こころから悔いています。

……あたしは皆さんに、あたしと一緒の誤ちを、犯してほしくない。

さいわい、我が国には、新国語の立派な文学がたくさんあります。

もし皆さんがミステリを、退廃文学を発見したら、『ダメ、ゼッタイ』です。『ミステリ辞めますか、それとも人間辞めますか』というのは、誇張でも何でもありません。人殺しパズルを嬉々として読む変態だった、あたしが証言します。

これは、よくないものです。

そしてあたしは――!!」

――その刹那。

「クライマックスなところ、悪いんだけどさ」

「何よムツミ……六〇六号!!」いいところを邪魔されたモモカが怒り狂う。「あんたは黙って国営放送マニアやってりゃいいの!! 口を出すんじゃやない!!」

「だけどモモカ、その国営放送、いきなり終わっちゃってさ」

「バカいってんじゃないわよ!! 国営放送は二十四時間終わらないっての!!」

「それが、終わるんだなあ。僕もビックリしたよ、だって生まれて初めてだもの――

そして、それが終わったってことは、つまりだ」

ムツミは手錠で戒められたまま、裸のまま、さらりといった。

それはまるで、ひとつの絵だった。

「ひとつの世界が今、終わったってことさ」

「なんですって!?」

「待ってモモカ」チヅルが制する。そして人差し指を唇に当てる。「静かに。この音」

「音……？」

誰もが思わず黙ったとき、劇的にそれは来た。

ずうん

ずう――ん

ずん、ずう――ん……

どかあん――!!　どん、どどん、どか――ん!!　どかあん!!

（すごい音!!　ここまでこんなに響くなんて!!

この音は）

軍事教練の授業で、動画を観たことがある。その実習で、見学したことも。

（これは、爆発音だわ。手榴弾とか、戦車とか、大砲とかの音。あの恐い轟音……

い、い、いいえ、違う。

ううん、違う。

もっと大きく、もっと激しい。それがしつこく、何度も何度も。

こんなところにある監獄舞台を、これほど震動させる、ほんとうにすごい音）

実際、反省室のすべてが揺れた。まるで地震だ。けれど、地震じゃない。轟音がして、爆発音がして、そして震える。天井からぱらぱらと、何かの破片が落ちる。それは、決して自然現象のリズムじゃなかった。あきらかに、人為的な、ヒトの手による、音響効果であり舞台効果だ。音もすさまじいけど、震動もまた、えげつない。

(ひとつの世界を終わらせるみたいに)

あたしが、そして監獄舞台の誰もが唖然とした顔をし、宙を見上げて立ち尽くす。

あたしは監視カメラを見、そして発作的に、あらぬ方向を見た。

(タダノ教頭。トオノ先生……

幾ら何でも、これにはビックリしてるに違いないわ。だって、あからさまな異常事態だもの。こんなこと、プログラムには予定されてないもの)

実際、支配者側のシオリが、呆然としたまま訊いてる——

「し、室長殿、教官殿。この飛んでもない音は、いったい」

「私だって知らないわよ」モモカは耳を塞ぎながら。「チヅル、チヅルは何か聴いてる?」

「ううん」

訊かれたチヅルは、だからモモカとシオリに見詰められたチヅルは。

けれど、びっくりするほど冷静だった。演技にしても、大したものだ。

そのチヅルが、ゆっくりと大きな檻に、だからその鉄格子に歩み寄って、発したひと言——

「けれどムツミ。あなたはもう、理解しているんでしょ?」

「ああ。そしてチヅル、君も薄々は察知しているんだろ?」

「……ディスプレイの音量を上げて頂戴」

「僕がリモコンを使ってもいいのかい？」

チヅルはガン無視しつつ、大きな檻に入った。

そのただならぬ雰囲気に、モモカとシオリが急いで続く。

そして、監視者のいなくなったあたしたち囚人も——

あたしがムツミのいる大きな檻に脚を踏み入れたとき、ちょうどディスプレイの音が大きくなった。監獄舞台いっぱいに響き渡る。そしてそれは、国営放送の音じゃない。国営放送のアナウンサーの声でもない。

あたしはムツミの視線にうながされて、モニタを視た。

そこには、軍服を着た外国人と、スーツ姿の日本人が。

外国人の方は、これまで見たことがない。ただ日本人の方は、ある意味、国営放送のスターだ。日本国総理大臣を名乗る人。アメリカ帝国主義のかいらい政権、と批判されてる、この国のもうひとつの政府のトップ。この国の半分を、まだ占拠して、あたしたちの国を引っ繰り返そうとしてる、極右政権のあるじ。レジスタンスの煽動者。このひとを、この顔をにくむことが、あたしたち国民の義務とされてる。小学校でもやることだ。

独裁者、ヒトラー、軍国主義者、ファシスト。

あらゆる罵声を染びせなきゃいけないその人が、真剣な顔で、けれどどこか余裕のある雰囲気で、時折笑みすら浮かべながら、演説をしてた――


「――ただいま、こちらの連合軍総司令官からも説明がありました。

私からも申し上げます。我が日本国のすべての国民、なかんずく、軍事独裁政権の支配と圧政に苦しめられてきた、もう半分の同胞に申し上げます。

本日払暁、米英日を中心とする連合軍は、国際法に反して占拠されていた我が国の領土を奪還すべく、大規模な上陸作戦を開始いたしました。本作戦により、連合軍は、軍事独裁政権の長を拘束するとともに、自称首都・新東京の制圧に成功、主要な軍事拠点も確保いたしました。

よってここに、本作戦の終了と、領土の奪還が完了したことを、宣言します。

すなわち、分裂前の日本国のすべてが、いまふたたび統合されたことを、ここに宣言するものであります。

なお、独裁政権の残党の、散発的な抵抗が、いまだ一部、継続しております。すぐれて被占領地であった地域においては、生命身体の安全を第一に、できるだけ安全な場所に待機又は避難しながら、自衛隊による解放を待つようにしてください。連合軍は、日本国は、必ずや抑圧されてきた同胞を、すみやかに解放いたします。その自由と権利、平和と安全を取り返します。日本を、取り戻す。おなじく日本国民である皆さんに、法の支配と、人間の尊厳とを取り戻します。したがって、皆さんを抑圧してきた者、自由と安全を脅かしてきた者、法の支配と人間の尊厳とを奪ってきた者を、公正な裁判にかけ処罰することを、お約束いたします。

これまでの長い歳月にわたる、皆さんの苦難と忍耐に、日本国総理大臣として、こころからのお見舞いと、敬意を表するものであります――」

（せ、戦争の、終わり）

解放。

政府の崩壊、そして占領……

「チ、チヅルこれって」

「モモカ」

「……まさか、私たちの政府が。私たちの国が、あっちの国に負けたってこと？」

「これがムツミの悪戯とは考えられないから」チヅルは投げ遣りな苦笑をした。「そう考えざるをえないわね。すなわち、私たちの政府は負けた。もう半分の政府が勝った。『解放』されたこの国は、地上の楽園は、バカバカしいほどの歳月のはてに、また元の鞘にもどった――

そういうことらしいわ」

ずうん。ずうん。どおん、ぱらぱら――

チヅルの台詞のあいだにも、爆発の轟音と震動は続いてる。

(なら、これは戦闘?

戦車とか、空爆とか、ひょっとしたら、艦砲射撃とか……

あたしたちを解放するための。ううん、もう解放し終えて、まだ抵抗を続けてる残党を、徹底的に崩壊させてしまうための)

ふたつの日本は。

だから、たぶんミステリを読める日本と、ミステリを禁じる日本は、あたしが生まれる前から、ずっと戦争を続けてきた。けれどあたしが生まれてから……少なくともあたしが記憶するかぎり、こんなに大きな侵攻はなかった。

(そして、演説はいってた――領土の奪還は、完了したと。

それはつまり。

ミステリを禁じてきたあたしたちの政府が、負けたってことだ。

そして、それはつまり……

また、やってくるんだ。

あの八冊のミステリを。ううん、どんなミステリだって読める時代が。どんなミステリだって禁じられない、お祖父ちゃんが教えてくれた時代が。

自由な時代が、また、やってくるんだ)

さらに、それはつまり……

この刹那、あざやかに、正義と悪とがさかしまになってしまったことを意味する。

少数派の不健全な遊びと、多数派の健全な常識が。

禁じられるものと、禁じられないものが。

支配する者と、支配される者が。

……だから、権力者と囚人が。

白いワンピースと、純黒のセーラー服が、あざやかに、さかしまになってしまったのだ。

チヅルとモモカとシオリは、演説を流し続けるモニタを見詰めながら、そして時折、おたがいの瞳を盗み見ながら、呆然と立ち尽くしてる。事態は飲みこめたけど、ううん、事態が飲みこめたからこそ、もう、どうしていいか解らない――そんなかたちで。

そう、『あっけにとられた』。

――まさにそんな長い長い休符を、しかし突然破ったのは、フタバだった。

気が付くと支配者たちに急接近してたフタバは、渾身の残酷さで、けれど渾身の余裕をこめて、まずモニタを見続けてたモモカを思いっきり突き飛ばした。いきなりだ。

当然、予期してなかった攻撃に、モモカは文字どおり吹っ飛ぶ。受け身もとれず、躯(からだ)を守ることもできず、大きな檻のコンクリのゆかに、したたか叩きつけられる。ゆかに這(は)い蹲(つくば)ってしまうかたちになる——

「フタバ!!」

あたしは叫んでた。そしてフタバと、倒れこんだモモカに駆けよろうとした。

そんなあたしを、誰かの腕が制する。止めさせない、という強い意志で。

「み、ミツコ……!!」

それは、この大きな檻で、ガムテープによって拘束され、イモムシにさせられてたミツコだった。口のガムテープも外されてる。自分では無理だから、誰かがミツコを解放したんだ。

あたしはそのミツコを顧(ふりかえ)った。

そのとき、ミツコを解放したのが誰かも分かった。

というのも、ちょうどイツキが、チヅルから手錠の鍵を奪って、今度は裸で拘束されてたムツミを、解放したところだったから。

これで、囚人は自由になった——

あちら側になってしまってた、そうチヅルたちの自動機械になってしまってた、シオリ以外は。

もちろんシオリは拘束されてはいないけど、囚人たちの強烈な視線を染びて、ガムテープどころか手錠以上の、強烈な拘束を受けてる——心理的な、あるいは復讐を予期させるすさまじい拘束を。もともとシオリは気丈な方じゃない。しかも、フタバがモモカをド派手に突き飛ばしたそのさまも見てる……その強烈な、敵意を……

だから、もうシオリは囚人だった。

正確に言えば、囚人にすっかり逮らえられた囚人だった。

……シオリから瞳を転じる。

コンクリのゆかに転がったモモカが、啞然とした貯めのあと、そう信じられないといった風にフタバを見詰めたあと、ようやくのことで口を開いた。それは、まだ教官役のものではあったけれど、そこに以前の鋭さも、気合もありはしなかった。

そこにあったのは、震えと恐怖と、そして虚勢……

「ろ、六〇二号!!　我々に暴力をふるうのは規則第2条違反だぞ!!

お前には懲罰を」

「あっは、バッカじゃないの～？」

……フタバの台詞はおどろくほど凍てついてた。それは身震いするほど恐かった。

「もう規則も懲罰も関係ないでしょ、このファ、ファ、ファ、ファシストの雌ブタが。よくも今まで、あたしたちをこうも嬲ってくれたわねっ」

「な、嬲る……それは違うわ。私達は教官役、反省室長役として、更生プログラムを。それはあなたたちの為に」

「ふざけるなっ、このサディスト!!」

言うがはやいか、フタバはコンクリに転がったままのモモカの背へ馬乗りになった。その髪をにぎり、背筋の要領で無理矢理顔を上げさせる。ポニーテイルを引くいきおいで、片耳を持ち上げさせる。そして、髪と首と、馬乗りされた背の痛みで苦悶の声を上げたモモカに、しっとり語りかける……サッパリした性格のフタバにしては異常な、粘着的な、そして勝利の囁きを、モモカに聴かせてく……

「まず、口の利き方を改めたら？　あたしが誰か、言って御覧なさいよ」

「ろ、六〇二号……」

「冗談ごとじゃないわよっこのクズ野郎!!」

フタバがまた、モモカの髪ごと彼女を海老反りにさせる。

「フタバさまだろ!!　自分の今の立ち位置、解ってんの!?」

「な、なんで……フタバさま、だなんてそんな」

「だったらチヅルに訊くわ、あっは、あははは」

フタバは反省室長役のチヅルに、残酷な視線をむけた。

それにつられて、あたしもチヅルを見遣る。

するとチヅルはチヅルで、ミツコに、ガッチリ両腕を後ろにねじ上げられてて。そのミツコの瞳は、その色と燃え方は、フタバとまったく一緒だった。すなわち怒り、嫌悪、にくしみ。そして奇妙な優越感と、勝利感……ミツコの傍らに、ムツミもいた。風のように飄々としたムツミの表情は、読みにくい。だからムツミは、ミツコと一緒にチヅルを制圧してるようでもあり、また、どこか冷静にミツコの暴走を止めようとしてるようでもあった。けれどどのみち、チヅル側でないことは言うまでもない。

「ねえチヅル、反省室長さん」フタバの嗜虐的な声。「あんたなら、もう解ってるわよね？　だから確認まで訊くけど、あたしは誰？」

チヅルの瞳が数瞬、泳いだ。

けれどそれはたぶん躊躇じゃなかった。だって、チヅルの瞳はもう諦めてたから。だからチヅルが躊躇したのは、おそらく『どうやったらモモカを救え、どうやったらこれ以上フタバを刺激せずにすむか』、それを考える時間をつかったからに違いない。

だからそのチヅルは、ゆっくりと――

「……フタバさまです」

「じゃあ」フタバはモモカの顔をチヅルにむけさせた。「これは何？」

「そ、それは……モモカよ、ヒョウドウモモカ」

「違うだろ、この雌ブタ!! これ以上あたしたちを怒らせない方がいいわよ!!」

「モモカは、教官役でした。だからつまり……ファシストの仲間です」

「ちょっと足りなくない？ てか、かなり足りなくない？ 教官役とか何とかいって、罪もない女子高生に虐待のかぎりを尽くしたファシストの雌犬、サディストの変態、最悪の戦争犯罪人——そうでしょ？ 違うの？」

「……そのとおりよ」

「それ誰に言ってんのチヅル」

「そ、そのとおりです——フタバさま」

「解った、モモカ？」フタバは勝者の余裕で、モモカの背から立ち上がった。「たった今、あんたの反省室長さまがおっしゃったとおりよ。あんたはもう教官でもない。ヒョウドウモモカでもない。ファシストでサディストで、そして単なる戦争犯罪人よ」

「せ、戦争犯罪人」

「さっきの演説、聴いてたでしょ？ 連合軍は、抑圧されてきたもう半分の日本人を、だからあたしたちを解放しにきたの。その自由と権利を取り戻しにきたの。そう、法の支配と、人間の尊厳とをね。しかも、もっと大事なことがある。

だって連合軍は、あんたたちみたいな腐れファシストを裁判にかけて処罰するって、約束してたでしょ。

あんたたちは、裁判にかけられるのよ!!

あんたたちは、自由を弾圧してきた最悪のファシスト、最悪の戦争犯罪人だもんね!!」

「そんな」モモカは必死に。「だってこれは、更生プログラムで……

だって私達は、ただ教頭先生たちが命ずるままに」

「命令されるまま他人を痛めつけるブタこそ最悪の戦争犯罪人なんだっての!! それに何が『教頭先生たちが命ずるままに』よ。あんたたち、まさにサディストの本懐として、嬉々としてあれだけ非道いことを……

あれがまさか、ぜんぶ教頭やトオノ先生のアイデアだったとは言わせないわよ!!」

「うっ、それは」

「ほらみろ。

そして、よろこんでヒトを家畜にしてくれたからには、当然、その報いがあるのよ。それも遠からずね。ほら、あの爆撃、あの艦砲射撃。連合軍の残党狩りが、今やあれだけ激しく行われてる――

ここでハッキリ言っとくわ。

あんたたちのクソ監獄ごっこは、もう終わりよ。

ううん、それだけじゃない。

それだけじゃ、あたしたちがあまりに哀れってもんよ。

それだけじゃ、あたしたちの被害と屈辱があまりに報われないってもんよ」

あたしは事態の急変に激しく途惑いながら、けれどフタバの口調に恐ろしいものを感じながら、やっと口を開いた。というか開(ひら)けた。

「ふ、フタバ。それじゃあフタバはまさか。フタバが考えてることって」

「えっ」フタバは素(す)で驚いた。「ハツコはあんなことまでされて、悔しくないの？」

「そ、それは……それは悔しくて、悲しかったけど」

「でも今、あたしたちの立ち位置は、まるっと逆転したんだよ？

すなわち、この雌ブタどもこそ犯罪人で、囚人。

虐待されてきたあたしたちは、無実で、被害者で——

——そしてコイツらを反省させる立場なの。解ってるでしょ？」

「反省、させる」

「そうよハツコ、だってここは反省室で、コイツらは囚人なんだもの、あっははは」

「でもそれは」あたしは混乱した。「チヅルたちも演技でやったことだし。それは行き過ぎもあったけど、でももう何もかもが終わりなんだし。それに、戦争犯罪人っていうなら、たぶん教頭先生とかトオノ先生とかはそうかも知れないけど、女子高生のチヅルたちは」

するとここで——

「ねえ、ムツミ？」

「……何だい、ミツコ？」

チヅルを拘束してるミツコが、傍らのムツミに訊いた。その声は、やっぱり残酷だった。

「あっち側の政府は、ミステリを読むことを禁じてないのよね？」

「もちろん。あっちは旧国語でいう、民主主義国だからね」

「そして今や、この明教館高校も、あっちの政府の支配の下にある」

「そうなるね。我が国は負けて、占領されてしまったらしいから」

「なら明教館の生徒がミステリを読むことは、犯罪でもなんでもない」

「少なくとも、今はね」

「そうすると。

犯罪でも何でもなかったことを犯罪だといって、女子高生六人を監禁して……あ、ひとり裏切り者さんもいたけど……」

ミツコの鋭い視線に、どっちつかずの位置でおろおろしてたシオリがびくん、と肩を震わせる。ミツコはそれに満足したように、噛み締めるように続ける。

「女子高生を監禁して、それを辱め、望まないことを強制し、拷問をし、力ずくで洗脳しようとする――

これは重大な犯罪になる。そうよね？」

「少なくとも、今はね」

「そして連合軍は、人権を奪ってた戦争犯罪人を裁判すると言ってた」

「それは確実だ」

「なら。

あたしたちが連合軍に訴え出れば。この七日間の非道と犯罪とを訴え出れば。教頭先生とトオノ先生はもちろん、チヅルとモモカとシオリだって、逮捕されて裁判にかけられる。そうよね？」

「それは連合軍の匙加減ひとつだけど、僕らが強く訴え出れば――

もちろん少年にも刑事責任能力がある。チヅルたちが逮捕されることは、まあ間違いないだろうね。

だって、非力な女子高生を虐待して、その思想の自由を侵害して、洗脳までしようとした――こんなの、民主主義国にしてみれば、だから連合軍にとっては、最大級の犯罪だから。しかも、それを摘発して裁判にかけることは、あっちの政府にとって、とっても有利なプロパガンダになる。『我々は思想の自由を尊重します!!』『我々は公権力による思想の弾圧を許しません!!』って、ステキなプロパガンダにね。

だから、チヅルたちが見せしめの、生贄(いけにえ)の羊になる可能性は、断じて少なくはないだろう。それがたとえ女子高生だったとしても、だ」

「……もちろんあたし」ミツコは断言した。「絶対に許さないわ、チヅルたちを」

「だから、連合軍に訴え出ると？」

「当然よ」

「けれどミツコ……」

ミツコとムツミの、このやりとり。それをどこか予想してた感じで聴いてた、フタバがいった。

「仮初(かりそ)めにも、あたしたちは一緒の高校の同級生よ。そしてそれなりに、部活仲間だとか、クラスメイトだとか、そう人間的な関係にあった……その信頼は、脆(もろ)くも崩れ去っちゃったけどね。

でも、そういう人間的な関係にあったこと。それには、そこそこの重みがある」

「……えっ、何が言いたいのフタバ？」

「ミツコ、もういったでしょ、ここは反省室だって。

そして、あたしたちはこの変態どもと違う。人間的な人間のまま。

だから。

ひょっとして、もしかして。

チヅルたちが自分の罪を悔いて、あたしたちに許して下さいと、救けて下さいとそう哀願するなら。それが心からの反省で、だからあたしたち被害者の魂をも泣かせるものだったなら――

いきなり連合軍に売り飛ばして戦争犯罪人にしちゃうってのも、この三年近くの友情にもとる。

「ならフタバは――」

「そうよミツコ。そうじゃない？」

とりあえず、チヅルたちの言い分と反省を、確かめてみようじゃない」

「それは」黙ってたイツキが訊いた。「いわば私達が、チヅルたちを裁判しようということか？」

「まさしく。

だって今日は、めでたい革命の日なんだもの――

さあシオリ!!」

思いがけない指名に、またシオリの肩がびくん、と震える。というか痙攣する。

「フタバ……あたし……あたしはただ!!　ねえフタバ聴いて……」

「えっいま何て言った？」

「あっ、申し訳ありませんフタバ、さま」

「そうなるわよねえ。それで？　何か言い掛けてたみたいだけど？」

「あ、あたしは反省してます!!　あたしは室長殿と教官殿に、じゃなかったチヅルとモモカに唆（そそのか）されて、いろいろ脅（おど）されて、嫌だったけど……すごく嫌だったけど命令されて!!　だってそうしないとあたし!!

だから反省してるんです、すごく後悔して、申し訳なくて!!　フタバさま、だから!!」

「あっはは、シオリ、あたしあんたのそういう解りやすいとこ、大好きよ――

だから、確認するけど。

今、あなたに命令できるのは誰？」

「ふ、フタバさまです。

というか、罪も無いのに虐待されたハツコさまたち皆（みんな）です」

「今、あなたが厳しく監督すべき囚人は誰？」

「はいフタバさま、チヅルとモモカです!!」

「そのとおり。いよいよめでたい革命の日も、盛り上がってきたわね――

ねえ、シオリ。裏切り者とかいわれちゃってる、可哀想なシオリ。

あんたが自分の罪と裏切りを認めてるなら。あんたが自分のこと、あたしたちに許してほしいと思うなら――もうやることは解ってるわね？」

「フタバ、ねえちょっと」あたしは思わずフタバの腕をつかんで。「シオリは……シオリにそんなことさせたら。もうシオリ、かなりおかしくなってるのに。これ以上、シオリの心を混乱させるようなことは」

けれどフタバはあたしを無視した。フタバは酔い始めてる。チヅルとモモカが、かつて酔ってた何かに。何か、とても恐ろしいものに。

「じゃあシオリ。あんたたちファシストのタコ部屋から、ガムテープを持ってくるの。それから給食用のトマト。アルミプレートに山盛りでね。あとソフトバレーのボールと、そうね、コップがひとつ要るわ。もちろん例の水を汲んできたコップよ。準備できる？」

「すぐにできます、フタバさま!!」

「あと、あのクソ硬い丸椅子をふたつ、この檻に用意して。囚人おふたりさま用にね――解ったらとっとと行く!!　すぐに裁判よ、あっははは」

「はい、フタバさま!!」

「――おっといけない。ここの規則を忘れてた。

移動するときは、愉快な行進曲が必要。しかも、今日はめでたい革命記念日。

だからシオリ、この歌詞をすぐ憶えるの。そして大きな声で歌うの。ラジオ体操のように元気よくね。

そしてそこの雌ブタふたり!!

他人事(たにんごと)みたいに聴き流してんじゃない!!　お前たちもシオリと一緒に合唱するの。

ここの規則だからな、解った!?」

……モモカは。

抵抗は無意味だと悟ったか、コンクリに突っ伏したまま、力なく頷(うなず)いた。

チヅルはもともと、無力な瞳で虚脱(きょだつ)してる。

「――どう、解ったの、チヅル？」

チヅルを拘束してるミツコが、その躯をぐいぐい締め上げ、シェイクする。チヅルはされるがままに躯をぐらぐらさせながら、弱々しい声でいった。

「はい、解りました……ミツコさま、フタバさま」

やがて、監獄舞台に悲しく響き始める、革命の歌――

　　チヅルさんの仲間は　サディストだ
　チヅルさんの仲間は　ファシストだ
　チヅルさんの仲間は　戦犯だ
　だから　みんなで　裁判だ

――そしてたちまち、大きな檻に用意される丸椅子。つまり法廷。

不気味に蛍光灯も弱まり、やがてほとんど暗転してしまう。夜明け前の、いちばんの暗さのように。監獄を制圧したフタバが、あるいは他の誰かが、劇的効果を狙ったかのように。あたしは思わず駆け出そうとすらしてる、焦った自分に気付いた。

そう。

あたしたちの更生プログラムは、七日目にして、まったく違う脚本に入り始めたのだ。

観客席から――Ⅲ

「きょ、教頭先生これは!!

こんなもの、更生プログラムでは……そもそも、こんな事態は予想されていません、シナリオにありません!! すぐに、今すぐにプログラムの中止を!!」

「静かに!! お座りなさい。このプログラムは、まだ終わりません」

「ですがこんな勝手な……シナリオは破綻しているのに!!

これ以上やることにどのような意味が。いえ、こんなことをこれ以上続けたら、我々教師はもとより、あそこの生徒たちだって、とても無事では」

「それだけの覚悟がある。そういうことでしょう」

「……まさか。

まさか教頭先生は、このシナリオを知って。これを最初から知っていて、だから」

「私が謀んだと？」

「生徒の異様なエスカレーション。そして突然の、世界の終わり。またこれから起こるであろう、シナリオにない未知の言動……

教頭先生は、徹頭徹尾、冷静だった。今もまったく、動じてはいない。

これがどれだけ危険なことか、誰より熟知なさっているはずなのに。

だとしたら。

これは教頭先生が黙認したもの。あるいは奨励すらしたもの。そう考えざるをえません。そして私はもう、こんなシナリオに責任は負えません。

教頭先生が中止なさらないのなら、もはや私が止めるよりほか!!」

「――私の謀みごときで」

「え」

「生徒たちがああも動くと思いますか？」

「それは」

「確かに私は予想していた。生徒たちが、このようなことをするかも知れないと。

けれど。

私にはこれからのシナリオも、彼女たちの結末も分からない。それは、ほんとうよ。

そして。

彼女たちは、自分たちの道を歩み始めた——

それが、どのような悲劇につながるものであれ。あるいは、最終的に元の物語に回帰するものであれ。

そう、自分たちが選んだ道を。

だから、私は止めません。彼女たちが終わったというまで、立ち上がることすらもうしない。

私は、彼女たちが選んだ結末を観てみたいから。最後まで観とどけたいから。

——あなたは教師としてそう感じませんか？　それとも、ここでどうしても中断すべきと思うほど、彼女たちが信頼できませんか？　彼女たちがある意味、命懸けで臨むこの挑戦を、あなたは無かったものにしたいと思いますか？」

「で、ではこの逸脱（いつだつ）は、まだシナリオを破壊するものではないと」

「それは解りません。ただ」

「ただ？」

「彼女たちはもう、止まらないでしょう――それこそ殺されでもしないかぎりはね、オホホホ」

人民裁判

――監獄舞台、大きな檻。

真っ暗に近かった灯りが、パッと灯る。

蛍光灯が、かつての囚人によって支配され始めたからだ。

（さっき、灯りが暗転してから。

チヅルとイツキだけは、ほんとにたまたま、一緒の方向に来てた。だから、様子を見ようと思ったけど……舞台袖ていどの寂しい灯りじゃ、顔色も分からない。バタバタし始めたから、口を利くこともできなかった……

まして、チヅルとイツキ以外が、どんな感じだったかなんて、全然分からない。

さすがに、ひと息ついて、座るくらいはしたと思うけど。だってこの緊張感は、すごく体力を蝕むから……こんなことなら、もう一度集まろうって、とりあえずの休憩場所くらいは決めておこうって、言うんだった。

でも、そんなことに気付く余裕はなかったし、全然時間もなかったし……）

――あたしたちが『グループ討議』で座らされてたように、今はチヅルとモモカが、硬い丸椅子に列んで座らされてる。

明教館の、黒セーラー服姿のふたりは、もはや『囚人』『犯罪者』を意味するものでしかない真紅の腕輪――『反省室長』『教官』の腕輪を着けたまま、白ワンピースのあたしたちに見下ろされてる。物理的にも、そう心理的にも。

ううん、ただ見下ろされてるだけでも、座らされてるだけでもない。

後ろ手錠ならぬ後ろガムテープで、両手と両腕をぐるぐる巻きにされてる。スカートからの脚も、そして足首も。そうだ。かつてミツコがされたように、がっちりとガムテープで拘束されてた。これはもちろん、そのミツコがやったこと。正確に言えば、ミツコと、ミツコに命令されたシオリが嬉々としてやったことだ。

フタバの命令で、戦争犯罪人をキチンと監視する役を任されたシオリは。

さっきまであたしたちを虐待してた態度そのままに、かつての上官たちを罵倒し、侮辱し、小突きまわし、大声で威嚇してる……当然そのあいだも『チヅルさんの歌』を愉快に、たのしく、溌剌と歌うよう命じながら。シオリ自身も、それでたっぷりチヅルとモモカをいたぶりながら。

そして、残りのあたしたち五人――あたし、フタバ、ミツコ、イツキ、ムツミは。

二脚の丸椅子のまえに、フタバを中心として、扇形にならんだ。

そのフタバが、人民裁判の口火を切る。

「シオリ、もう歌はいいわ。戦犯一号も戦犯二号も、自分の身分と愚かさが、たっぷり身に染みただろうから」

「はい、フタバさま――オイ戦犯ども、その下手くそな歌をやめるんだよ!!」

たちまちチヅルたちは口を閉ざし、うつむいた。それはそうだ。命令ごっこ、規則ごっこは、さんざん自分たちがやってきたこと。しかも、寝返ったシオリはその実行部隊。いってみれば、熟練のプロだ。抵抗は、無意味。抵抗すればするだけ、腕立て伏せ、腹筋、ジャンプ、アヒル歩きといった懲罰を科せられる――

そのことを誰よりも知ってるのは、戦犯一号ことチヅルと、戦犯二号ことモモカである。

「それじゃあ、人民裁判を開廷するわね!!」

フタバが宣言した。ミツコが嬉しそうに、胸のまえで手を合わせる。

イツキは、無表情だった。それは疲れた感じでもあったし、すべてを流れに委ねる感じでもあった。イツキとチヅルの人間関係を考えれば、ミツコほどは、はしゃげないだろう。

ムツミは、飄々（ひょうひょう）としてた。それは、この監獄舞台に上がったときからほとんど変わらない。どこか超然とした感じのあるムツミは、イツキとは違った意味で、事の成り行きを見届けようとしてるみたい。

そして裁判官の最後のひとり、あたしは……

あたしは、ただ途惑ってた。

アオヤマハツコとして。ミステリの狂信者として。それに殉教する覚悟までしていながら……チヅルに屈服して踏み絵を踏んでしまった背教者として。そう、とうとうミステリを捨ててしまった、裏切り者として。

(あたしは、アオヤマハツコは、どんな顔をして、チヅルたちと対峙すればいいの？フタバやミツコと一緒になって、ふたりを責め立てればいいの？)

……もちろん、自分自身のことだ。自分自身がいちばん、よく解ってる。あたしがつくる感情。あたしがつくる表情。あたしが紡ぐべき台詞。あたしがとるべき行動。それは、解ってる。

(けれど、それでも。

あたしは、これから起こることが、起ころうとしてることが、とても恐い)

……そんなあたしをチラリと見遣ってから、フタバが朗々と、裁判長の台詞を続けた。

「では戦犯一号、戦犯二号……ねえちょっと、返事は!?」

はい。はい。チヅルとモモカが、蚊の鳴くような声を出す。脅えきった声。すると
フタバは、むしろそれをよろこぶ様に、怒鳴り声を出した。

「返事が小さい!!　被告人のくせに、まだ権力者ぶってるの!?」

あわてて大声で返事をし直すチヅルたち。そのやり直しは、五回も六回も続いた。

「いつまでも調子に乗ってんじゃないわよ。あんたたちがあたしたちにしたこと、こんななまやさしいもんじゃなかったわよ。でしょ、シオリ？」

「はい、フタバさま!!」

「それじゃあ、この雌ブタ被告人どもの悪辣な犯罪を、挙げてゆくこととするわね。

まずはあたしからいくけど――

　この薄汚いファシストどもは、そう初日からあたしたちをいたぶって、あたしたちから名前を奪ったり、着てるものを全部取り上げたり、嫌らしい身体検査をしたりして辱めて……軍隊みたいな行進を強制して、おまけに変な歌を、そうとりわけハッコを貶める歌を歌わせて……勝手な規則を押しつけ、勝手な命令を規則に仕立て上げ、ささいなことに難癖をつけては、懲罰といって腕立て伏せだの腹筋だのジャンプだのをさせ……そう、ハッキリいって拷問を平然と行ってあたしたちをイジメぬき……あたしたちが、せめて人間として扱ってほしいと抗議すると、なんと寝てるときに復讐を、そう寝込みを催涙ガスで襲う真似までして、躯じゅうを灼けつく激痛で苦しめ

た。

——まだまだ腐るほどあるけど、これだけでもう信じられないわ。とてもマトモな人間のすることじゃないし、とてもマトモな人間の考えつくことじゃない。どう、戦犯一号、戦犯二号。まさか無いとは思うけど、これについて弁解したいことはある?」

チヅルは、ほんとうに悲しげに瞳を伏せ、顔を背けた。

それを心配そうに見遣ったモモカが、腕も脚もぐるぐる巻きにされたまま、懸命に言葉を紡ぐ。

「ねえフタバ、私の話を聴いて。私達はただ」

「違うだろ、戦犯二号。あんた、誰にむかって口を利いてんの」

「す、すみませんでした裁判長殿。でも、私達は」

「もっと違うだろ、舐めてんのか!!」

……フタバの怒りは、どこか演技的だった。自分で言って、自分で盛り上げる。それを楽しんでる自分がいる感じ、というか。

そしてそれは、いま恐怖に震えてるモモカのかつての態度、そのものだった。

「被告人が不規則発言していいわけないでしょ!! いい、この裁判所の規則よ。あんたたち蛆虫に、勝手に口を利く権利はないの」

「だ、だって私に質問したの、フタバじゃない……」

「このクソ野郎!!　お前の記憶力は金魚なみか!!　不規則発言は許さないっての!!　質問されようがされまいが、発言するときは裁判長の許可を求める。常識だろうがこの雌ブタ!!」

　勝手に規則をつくって、勝手に強いる。それもまた、モモカたちがやってきたことだ。

「す、すみませんでしたフタ……いえ裁判長殿!!　は、発言をして、うう、よろしいでしょうか……」

「どうしたの、あんた泣いてるの？　ねえ泣いてるの――？　勝手に泣いてもいいと思ってんの!?　泣きたいのはこっちだっつーの!!　まあいいわ、あたしはあんたと違って慈悲深いから、ぐすんぐすん泣くことくらい、そうやってみっともなくベソかくことくらい、許可してあげるわよ。それで？　何を発言したいっての、戦犯二号？」

「わ、私の弁解、というか罪についてです、裁判長殿」

「すなわち？」

「す、すべて、裁判長殿のおっしゃるとおりです。私達は、囚人……裁判官の皆様に、人間として許されないことを、し続けてきました」

「人間として、だあ？　人間以下でしょーが」

「うう……はい」

「人間以下の、どうしようもないゴミクズね」

「はい、そうですっ」

「あら？」

ここで、脚本どおりといった感じで、口を挟(はさ)んだのはミツコだった。

「でもフタバ。

さっき戦犯二号は『でも、私達は』『私達はただ』とか、何か反論めいたこと、言ってたわよ？　ひょっとしたら、今のは口先だけで、ホントは全然反省なんてしてないんじゃないかしら？　よっぽど連合軍に売られたいみたいねえ、ファシストの犯罪者として」

「ミツコそれは違う――」

「ほらまた規則違反をする!!　フタバ、この女すっごく反抗的よね!?」

「うん、恐ろしく反抗的ね。催涙ガスをぶち撒(ま)けてやりたいくらいに。

そしてミツコ、それはとても大事な論点よ。

だから戦犯二号、発言を許可するわ。どうぞ言って御覧なさいよ――

『私達はただ』って？　あなたたちは『ただ』？　ただ何をしたの？」

「それは……ううっ……何でもありません」

「ダメよ。絶対に許さない。

裁判所で正直に話さないことも、懲罰の対象になるわよ」

「そんな……でも言ったらフタバ、裁判長殿、また怒る……」

「当たり前でしょ!! そしてそれも、あんたたちがこの七日間じっくり教育してくれたことそのものじゃん!!

人間以下のどうしようもないゴミクズはね、何やったって、何言ったって懲罰の対象になるの。そういうものなの。諦めてさっさとホンネ、喋りなさいよ、ったく」

モモカはもう号泣しながら、あえぎながら、それでも懸命に言葉を紡いだ。紡がざるをえなかった。喋らないことが次の命令違反になることは、誰にだって解ったから。

「私達は、ただ、教頭先生とトオノ先生の命令に……更生プログラムの指示に遵ったただけで……

それは、そう、行き過ぎがあった。やりすぎたわ。私自身、そしてきっとチヅル自身、どうしてか解らない。どうして、あんなに非道い気持ちになったのか。どうして、あんなに非道いこと平気でできたのか。

それはきっと、この反省室の雰囲気と、私達の服装と、そういろいろな舞台装置が、私達を暴走させて……だってここにいると、だんだん自分がおかしくなってくるんだもの。それを解っても、どうしようもなく、衝動的な何かに突き動かされちゃうんだもの。

でも信じて。今は正気にもどったの。

悪いことをしたって、恐ろしいことをしたって心底思うの。どうか信じて」

「……信じるわ、モモカ」

「えっ」モモカはびくんとして。「ああ、フタバ……」

「そうやって自分の罪を、雰囲気とか舞台とかの所為にして。

教頭とトオノ先生の命令だとか、プログラムだとかの所為にして。

あんたが実際のところ、なにひとつ反省なんかしちゃいない雌ブタの中の雌ブタ、ゴミクズの中のゴミクズだってことがよーく解った。今は心の底から、あんたがイカレたサディストだって、信じることができる――

あんた命令があったら何でもするの!?

命令があったら人だって殺すの!?

……そうよね、あんた昔からそういう奴だもんね。しかもこの七日間は、嬉々としてあたしたちを殺そうとしてくれたもんね。あたしたちの心を屈服させ、服従させ、家畜にまでして支配しようと」

「違うの!!　命令とかプログラムとか弁解したのは、そういう意味じゃないの!!　悪いのは絶対に私達自身なのそれは認めるのただそのきっかけが何だったかってことを」

「うるさいっ、黙れ蛆虫!!」

「ああっ!!」

フタバはモモカの丸椅子に急接近すると、足蹴りで、なんとイスの脚をさっと横薙ぎに払った。イスはすべって引っ繰り返る。それに座ってたモモカは崩れ墜ちる。両腕も両脚もガムテープでぐるぐる巻きにされてるから、当然、受け身も何もない。半身から、肩から、したたかコンクリのゆかに衝突するモモカ――

そのモモカを救けようと、思わず立ち上がるチヅル。

けれどそのチヅルもまた、モモカ同様、ガムテープで戒められてる。どうにか、そう跳ね飛ぶようにモモカに近づこうとするけど――

すぐさま後ろに回ったミツコに、ガッチリと肩と躯を押さえられ、丸椅子に尻餅をつかされてしまった。かなり、激烈に。フタバにもミツコにも、もう、容赦なんてものはない。

「いい気味ね」フタバの嗜虐的な声。「あの偉そうなナチが、今はみっともなく這いずり回る、蛆虫そのものの姿だもんね――

さあ戦犯二号、蛆虫さん、たくさんの規則違反で懲罰タイムよ。そのままイモムシケムシ尺取り虫にふさわしく、滑稽に背筋してみなさいよ、とりあえず五〇回、ほら始め!!」

規則違反は、懲罰。

遵わなければ、もっと懲罰。

それも、どんどんグレードアップしてゆく——

それを知り尽くしてるモモカは、セーラー服とスカートもはだけたまま、ずっと嗚咽しながら、必死に、懸命に背筋をし始める。びくん、びくん。びくん、びくん——

——すると、耐えかねたようにイッキがいった。

「フタバ、気持ちは解るがやりすぎだ。モモカももう、充分反省している」

「……モモカたちを許すの、イッキ?」

「許せない所はある。許せない行為も。けれど、モモカとチヅルそのものは、許す」

「イッキは優等生だもんね。罪をにくんで人をにくまず、って奴?」

「そんな御立派なもんじゃない。ただこのままじゃ、あたしたちもまた、あたしたちが許せなかったことを繰り返すことになる。それが、とても気持ち悪いだけだ。モモカたちがやったように、抵抗できない者を嬲るのは、裁きでも教育でもないからら」

「ねえイツキ、催涙ガス事件、憶えてる？」

「……ああ、それは忘れようもないが。何故だ？」

「あのきっかけ。

チヅルとモモカが、あんなことまでして、あたしたちを奴隷に仕立て上げようとしたきっかけ。それはいったい、何だったっけ？」

「おいフタバまさか」

「ねえ、何だったっけ？」

「……ソフトバレー事件だ」

「それはつまり？」

「あたしが、運動の時間に、誤ってチヅルへ、ボールを直撃させてしまった事件。

当のチヅルがそれをどう思ったかはともかく。モモカは、それをわざとだと、あたしが反抗なり抵抗なりを嗾（そそのか）すためにやったと、そう信じこんで……催涙ガスは、それへの懲罰として」

「そのとおり。だったら。

あたしたちがあんな非道いことされたのは。そう、イツキが許すなら許すでいいけど、ハツコとあたしとミツコとシオリとムツミが、それこそ害虫駆除みたいな仕打ちを受けたのは。

モモカの所為でもあるし、そのきっかけをつくった、イツキの所為でもあるわよね？」

「何が言いたい」

「皆が苦しんだの!! そしてそれはこのクソ女と、そうイツキの所為よ!!」

「それは」イツキは数瞬、絶句した。「そう、かも知れないが」

「だ、だったら。

このボール、あのときのソフトバレーのボール。この女にぶつけて、今すぐに」

「なんだって」

「イツキは許しても、あたしは許さない。ミツコだってきっと、許さない」

……フタバは今、きっと意図的にあたしとシオリとムツミの名を出さなかった。そのことであたしは、フタバが激昂してはいるけど、どこまでも計算尽くで話を進めてることが、痛いほど解った。

（しかも、フタバは学んでる）

チヅルがかつて、イツキをどう心理的に揺さぶったか――

そう、イツキは正義感の強い娘だ。さっき自分自身でも認めてる。弱い者は、嬲りたくないと。

（そのイツキに、踏み絵を踏ませるには）

　イツキ自身の利害じゃなく、誰かを人質にとればいい――チヅルがかつて、シオリを人質にとったように。その上で、もっともらしい正義を、それらしい道理をとおせばいい。そしてそれは、この場合、『仲間が許されない被害と屈辱を受けている』であり、『それはイツキが許す許さないを決められる事じゃない』――って道理だ。

……イツキがその道理のスキを判断する暇を与えず、フタバはいった。

「でも、イツキがそこまでいうんだったら、あたし、モモカを許してもいい。

　あたしはこれ以上、モモカに懲罰を与えないことにしてもいい。

　このボールを、思いっ切り、この女にぶつけてくれさえすれば。

　あたしはそれで、モモカに対する怒りも怨みも、チャラにする覚悟がある――

　どうイツキ、やってくれる？　あたしに、モモカを許させてくれる？」

「……どうしてもあたしに、やれっていうのか」

「そうでなきゃ、あたしの復讐心は収まらない。このままあたしに委ねるってんなら、もっとやる。とことんやる。おそらくもう七日間かけて、やっと許す気持ちになるまで――

　どう？」

「あたしがこのボールをモモカにぶつければ、フタバはモモカを許すんだな？」

「茶番はなしよ。思いっ切りよ。それで許す。女の約束よ」

——当のモモカをふくむ、監獄舞台みんなの視線が、ボールに集束する。

いまフタバから、イッキに手渡されたボールに。

イッキは一瞬、苦渋と屈辱の表情を浮かべたけれど——

決断したイッキは、はやかった。

ソフトバレーのボールは、約束どおり思いっ切り、蟲のように背筋を続けるモモカに激突した。ぶつかったのがお尻だったのは、イッキの、せめてもの狙いどおりだったろう。

「……これでいいだろう、フタバ。モモカを自由にしてやれ。もちろんチヅルも」

「あ、あたしはそうしたい」

「何？」

「ねえ、ミツコはどう？」

「おいちょっと待てフタバ。フタバは今、ボールを当てさえすれば許すと」

「い、い、いい、そんなこといってないわ。

ボールを当てさえすれば、あたしはモモカを許す。そういったじゃん。そしてイッキもそれ繰り返したじゃん。『フタバはモモカを許すんだな？』って。だからあたしは許すわ、女の約束だもん。

けれど、あたしはミツコの気持ちまで、勝手に決めることはできないし、ミツコがどうするかなんて、女の約束には入ってない」

「フタバおまえ!!」

「ねえミツコ。この蛆虫は、ミツコにどんな非道いことをした？」

「ぜっ、絶対に……絶対に許せないわ!!」

——ミツコとフタバの会話は、嚙み合ってない。

けれど、ミツコの言いたいことは、この監獄舞台の誰もが死ぬほど解った。

（そう、トマト事件）

ミツコは感情の赴くまま、といった感じで、イスに押さえ付けてたチヅルから離れると、嗚咽しながらまた背筋を続けるモモカを、思いっ切り足蹴にした。

「いい気味だわ……人をイモムシにしたナチは、自分もイモムシにされるのよ。そして、人の口にトマトをぶちこんだナチは」

「やめろミツコ!!」

ミツコを止めようとしたイツキ。

いつしか、トマトが大盛りになったアルミプレートを携えてたミツコ。

ふたりの瞳が、激しく交錯する。

手を伸ばしかけ、脚を踏み出しかけたイツキは——

ミツコのあまりの視線に、たじろいだように硬直した。あの、凜々しく強いイツキが。

そして、ミツコはそんなイツキに満足したように。

無垢ともいえる、ほんとうに素直な微笑みを浮かべると。

痙攣したような動きを続けるモモカの、その顔の傍に悠然としゃがんだ。

そのままモモカの、海老反りの背をさらに反らさせ。

いつかどこかで見たように、その頬を片手で思いっ切り摘まむと。

無理矢理、縦長に開かされたモモカの口に、有無を言わせぬいきおいで、大切りのトマトを流しこみ始めた。モモカの口がいっぱいになって、頬が悲しいほど膨らんで、喉までが苦しそうに痙攣する。そのさまを、無垢な微笑みで見詰めるミツコ。そう、モモカが苦しめば苦しむほど、解放されたような微笑みを強めるミツコ……

そしてそのまま、モモカの口を、ぞんざいに千切ったガムテープで塞いでしまうミツコ。

「んん――!!　んんん――!!」

「ねえモモカ、トマトって美味しいの？」

「んぐっ、ぐふっ!!」

「そんな雌ブタみたいな鳴き声じゃ、言ってること解らないわ。ああ、雌ブタだったわね、ごめんなさい、あっははは」

「ああミツコ。さっきからイツキが睨んでるから訊くわ」フタバはどこまでも楽しそうに。「あたしはコイツ、許したけど、ミツコはこのおんな許す？」

「うーん」ミツコは演技的に、指を顎に当てて悩んだ。「そうねえ。あと七日間。あと七日間、アルミプレート山盛りのトマトを、こうやってイモムシさんごっこで食べてくれたら。それなら許してもいいかな」

「じゃあ、とりあえずミツコの番は終わりね」

「今のところはね」

「そしたらムツミ」

「なんだい、フタバ？」

……あたしたちの、だから裁判のやりとりを、どこか他人事として見てたムツミが、やっぱり飄々といった。涼やかな視線で、フタバに続きをうながす。すぐにフタバはいった。

「今度はムツミの番よ。

　ムツミは素っ裸にされて、片手錠までされて、くっだらない国営放送の書き取りなんてさせられてたわね。どうせ戦犯一号のアイデアだとは思うけど、それを実行したのは戦犯二号よ。そう、このトマト大好きっ娘ちゃん。

　ムツミはこの女、どうしたい？　ムツミはこのイモムシ、許す？」

「うーん、そうだねえ」

ムツミの台詞に、意地悪なニュアンスはまったく無かった。あえていうなら、それはまったく意味を持たない相槌(あいづち)だった。そしてそれを裏付けるように、ムツミは淡々といった。

「僕には、許すも何も、発言する権利がないよ」

「……どうしてよ」

「あっは。だって僕は、いってみればこの監獄を生んだ側だからさ。誰だって知ってる。僕はこの国の、公安委員長の娘だ。いや、前公安委員長といってもいいかな。だってもう殺されたか、自殺をした可能性がたかいからね。旧時代の遺物として――この監獄を、明教館を、そして独裁国家を育んできた、旧時代の遺物として。

だから、僕もまた、新しい世界に居場所を持たない。

いや、それどころか、今や石もて追われる身だ。亡命でもしなければ、真っ当には人生を終えられないだろう。まあ、そのつもりもないけどね。

それがどの顔下げて、勝利者のハツコやフタバたちと一緒になって、チヅルたちを裁けるっていうんだい？　僕は、まあ支配者側の人間として、破廉恥(はれんち)な特権を与えられてきたけれど、事ここに至って、さらに破廉恥を重ねたくはないよ。

だから、むしろチヅルとモモカには——ああシオリにもだけど——謝る。そして、それだけだ。僕はもう幽霊。どうか、かまわないでほしい」

フタバは。

ムツミのこの告白を、半ば予想してたように見える。

あるいは、ここでは囚人仲間だったけど、外ではむしろ主人と奴隷だった——実質的には誰もがそうだった——という奇妙な関係、不思議な関係を処理するのが、面倒だったようにも見える。

だから、フタバは。

あらそう、という感じで軽く頷くと、お手上げ、のようなポーズをして、そのまま次のステージに移った——

「じゃあ次は、っと」フタバがシオリを見遣る。「ファシストの首魁、戦犯一号はメインディッシュにとっておくとして、じゃあ裏切り者の処分を、どうするかよね〜」

「えっ」シオリは心底、びっくりしたように。「そ、それはあたしのことですか、裁判長殿？」

「当ったり前でしょ」

「そ、そんな……」

「あんた、あたしたちの仲間だったのに、だから救け合わなきゃいけない囚人どうしだったのに、平然とあたしたちを裏切って、イジメのかぎりを尽くしてくれたじゃん」

「そ、それはっ」シオリはチヅルと、そしてモモカを睨みつけた。「このナチのサディストどもに命令されて、嫌々……」

「どうかしら。少なくともここ数日は、とてもそうは見えなかったけど？　命令がないのに、ううん、サディストどもが席を外してたのに、あんたが自発的に、それは楽しそうに科してくれた懲罰は数え切れないほどあるわ。行進も腕立てもアヒルさんもその他諸々（もろもろ）も、まさに一生分、経験させてもらった。あんた何を勘違いしてるか知らないけど、あたしたち、あんたを全然許してないわよ。つまり、少なくともあたしとミツコは、あんたをこの雌ブタ二匹と一緒に、ううん、雌ブタ三匹仲間として、連合軍に売りつけるつもりでいる。

そうしたら、どうなるかしらね……

まともに、戦争犯罪人として、極悪の政治犯として裁いてくれればまだいいけど。戦争してるとき、男は気が立ってるから……あんたの違う所、さばいてくれるんじゃない？　そう一生分、腰を振らせてもらえるんじゃない？」

「いやっ!!」

「そんな可愛い声で泣いても。しょせん戦争犯罪人だし」

「いやです、そんなっ!!」

「だったら。

ちゃんと反省して、真人間にもどったこと、あたしたちに納得させてくれないと」

「します!!　何でもします!!　だからどうか、連合軍には……

お願いです裁判長殿!!」

「じゃあ、そこのコップの水。

そう、あんたがハツコにぶっかけたトイレの水。それ頭から被ってくれる？

そうしたら、そんな悪辣（あくらつ）な屈辱を受けたハツコだって、あんたを弁護してくれるかもよ？」

いきなり名前を出された、あたしは。

思わず躯を乗り出した。そして何かを叫ぼうとした。それは違う、という衝動から来る何かを。そんなことじゃない、という嫌悪から来る何かを。

けれど――

素直に動けない何かも、どろりとした衝動も、確かにあった。

それが、あたしの叫びを止めた。

そして言い訳をするなら、シオリはあまりにいさぎよかった。ううん、フタバの自動機械だった。何故ならシオリは、命令されたその直後、嬉々として――

「そんなこと!! そんなことでよかったら幾らでも!!」

ばしゃり。

たちまちのうちに、頭からコップの水を被る。何のためらいも、嫌悪感もなく。

三つ編みを切り落とさせられて、無理矢理なショートになってるシオリの髪から、

あんな水が滴り落ちて、彼女の顔と、白いワンピースと、真紅の腕章を濡らす。

「これでよろしいですか、裁判長殿!?」

「えーと、そうねえ、あんた自身はどう思う？」

「……いえ、ぜ、全然足りないと思います!!

あたしは四人仲間を裏切って、ひとりだけいい思いをした最悪の裏切り者です!!

そんなあたしは……あたしが反省するには……

あたしがミツコさまにしたように、四つん這いで、裸で水を染びせられるとか、あたしがハツコさまにしたみたいに、バケツの水をぶち撒けられるとか、そうです、あたしが裁判官の皆さまに味わわせてしまった非道い仕打ちを、ことごとく、ぜんぶ体験するしかないと思います。いえ裁判長殿、そうさせてください!!」

「よい心掛けじゃない、あたしのシオリ……

あんたが雌ブタじゃないと解って、ほんとに嬉しいわ」

「ありがとうございます、裁判長殿!!」

──壮絶ともいえる微笑みを浮かべながら、頷いたフタバは。

　かつてのあたしがそうだった様に、あまりの成り行きに呆然としてる……ううん、もう虚脱してる最後のひとり、チヅルにゆっくりと歩みよった。そしていった。

「さあ、いよいよメインディッシュよ、戦犯一号。ファシストの首魁さん」

「……もう、どうとでもして」

「そんな開き直りが許されると思ってんの⁉」

　フタバはいきなり激怒した。それはこの七日間の怒り、七日間の怨みが、チヅルの投げ遣りな言葉をきっかけに、一気に噴火したようだった。

「もうどうとでもして、ですって⁉

　このクソ監獄であたしたちが何度そんな屈辱を味わったか解ってんの‼

　ぜんぶ‼　ぜんぶ‼　ぜんぶ‼　ぜんっぶあんたの所為でしょ‼　あんたが命令したことでしょ‼

　それがこの期に及んで申し開きも哀願もしないなんて、そんなスカした舐めた無責任なカッコつけた態度が今のあんたに許されるとでも思ってんの⁉　恥を知りなさいよっ」

「格好なんて、もう、つけようがないわ。

　だってフタバ、もう、あなたたちの勝ちなんだもの……

私はファシストで、サディストで、戦争犯罪人。

あなたたちの告訴で、私は連合軍に裁かれる。あるいは、その慰み者になる。

私が属していた世界が終わった以上——

そう、この世界のルールがさかしまになってしまった以上。

私も、この世界に居場所をもたない。

私は、禁じる側から、禁じられる側になってしまったから——

そう、禁じられたことは、してはいけない。そこに理由も理屈もないわ。理論も弁論もいらない。それが世界のルールで、世界との、人間との約束。私には、禁じられたことをするつもりなんてなかった。私のしたことは、ついさっきまで、正義とされていたことだった。けれど、世界のルールが変わった。人間との約束も、だから変わった。だから私は罰せられる。そう、フタバがさっきから何度も何度も繰り返しているように、人間でない何かとして。そして私は、そのことを当然だと思っている。まさか怨みも憤りもない。

だって、禁じられたことは、してはいけないのだから。

それこそ私が確信していたこと。

だから私がそれに殉ずるべき、絶対のルール。

フタバ、私は納得しているの。

というか、それが私の論理的帰結でなければおかしいの。

だから――

私はフタバたちに何をされようと、連合軍に何をされようと、もうどうしようもない。私はそれを、覚悟している。

どうとでもしてと言ったのはそういう意味よ。

私はすべてを受け容れる。私はどのような抵抗もしない。

それが無責任に聴こえたなら、謝るわ。

ただ、解ってほしい。私は自分の信じたルールに、だからハッコにあれだけ強いたルールに殉ずる。それが私の責任で、それが私の責任感だと」

淡々と言葉を紡いでた、チヅルは。

あまりに透きとおった瞳であたしたちを……とりわけフタバを見詰めた。

その瞳で解った。少なくとも、あたしは解ったと思った。

チヅルの言葉に、嘘はない。

チヅルは、だから、自分の言葉に、自分が自分に課した鎖（くさり）に、あえて殉ずるつもりなのだ。あたしを転向（てんこう）させた、あの鎖。『禁じられたことは、してはいけない』『禁じられたことをしたら、罰せられる』『罪とは、悪とは、圧倒的に多くの人々が、健全な常識で許されないと判断し終えたこと』――

　この状況で、言い換えれば。そう今は。

　ミステリを読むことを、弾圧してはいけない。

　ミステリを読むことを弾圧したら、罰せられる。

　それが罰せられる罪となるのは、ここにいる多数派が、そして激変した世界の多数派が、それを、健全な常識で、許されないと判断し終えたから――

（さっきまでの、世界で。鏡の反対側だった、あの世界で。

　さっきまでの『人間との約束』が生きてた、この監獄舞台で。

　あたし自身も、その鎖に、そのロジックに説得されてしまった。あたしは、チヅルに反論することができなくて、だから自分から、それに膝を屈した。あたしはミステリを捨てて、転向した。

　だから……）

　……だからこそ、おかしい。

　あたしがいま確実に感じてるこの違和感は、おかしい。

　だってあたしは、自分からミステリを裏切って、チヅルのルールが正義だと確信して、ビデオカメラのまえで、どれだけチヅルのルールが正義かを力説さえしたのに。

　だから今、チヅルがもう一度それを訴えるのに、何の不思議も感じないはずなのに。

（けれど……

あたしは、また変わってる。変わりつつある。ルール、気持ち、考え方。

チヅルの言ってることは、間違ってる）

だから。

あたしが転向してしまったことも、たぶん、間違いだった……のかも知れない。

けれど。ああ、だけど。

あたしは何を間違えたんだろう？　チヅルは何を間違えてるの？

（……とても難しい。ほんとうに、難しい。何度考えても、チヅルのロジックにはスキがないと思えるのに。でもどうしても違和感が消えない。ううん、絶対に違うと言いたい衝動があるのに、それを上手く言葉にできない。考えが、まとまらない）

とても、大事なことのような気がするのに。

もっと、話し合わなきゃいけない気がするのに……

……けれど、状況はあたしの物思いを許しはしなかった。

正確に言えば、フタバがそれを許しはしなかった。今は、この監獄舞台を支配してるフタバが。

「……ハツコ、何を考えてるの？」

「あ、あたしは、あたしは……

チ、チヅルがいってること、ほんとうに正しいのかなって」
「意味が解んない」

「え」

「ハツコはミステリが自由に読みたかったんでしょ？　ミステリが自由に読める世界が望みだったんでしょ？

　そして今、そういう時代が来たんだよ。

　ミステリを読んではならない、なんて意味不明なルールを強制してきた奴らは滅びるの。そのルールは間違ってたの。不正義だったの。だから」

　フタバはチヅルを睨みつけると、強引に躯をイスから引き上げ、戒(いまし)められたままのチヅルをあたしに正対させた。そしていった。

「不正義は、罪は、悪は、罰されなければならないの。あたしどこか間違ってる？」

「それは」

「じゃあこの女のルールは正義だったの？」

「それは」

「禁じられたことをしたら、罰せられる。それが人間との約束。

　これ、この女がいちばん執拗(こだわ)ってたことだし、ハツコだってあれだけ納得してたことだよね？」

……あたしは混乱した。考える時間と、考えられる頭を求めて。

だから、あたしは瞳（め）を伏せた。何も言うことが、できなかった。

そして、フタバは――

あたしの迷いと躊躇（ちゅうちょ）を、チヅルへの同情や気の弱さだと確信してるフタバは。

あたしが瞳を伏せたことを、同意だと受けとった。というかそのフリをした。

「ハツコ。この監獄でいちばん屈辱を受けたのは、ハツコだよ。

ハツコがこの女にさせられたこと。あれこそ、人間との約束を破る何かだよ。そのうちいちばん非道い何か。とうとうハツコの魂を、殺してしまった何か――

だからハツコ、逃げちゃダメだよ」

「逃げる……」

「人間との約束を破ったモノには、罰を与える。

ハツコは優しいから、それから逃げたがってる」

違う。

「でも、罰を与えることから逃げたら、ハツコの魂は救われないよ。きっと生涯、魂を殺されたこと、だからミステリを裏切ったことを後悔し続けるし、自分もチヅルも許せなくなる。

ミステリそのものだって、そうじゃん？

悪が罰されることで、正義とか、魂が癒やされるんだよ。それがミステリの、とりわけ本格ミステリの『カタルシス』だって、ぱあっと心が昇華されることだって、いつかハッコ教えてくれたよね？」

違う。

「それに、もし万が一。

ハッコがその優しさで、自分の魂を殺してでも、チヅルを許すとしたところで。

今度はそのことで、ハッコがチヅルになるんだよ。

だって、チヅルのやったことを罰さずに、勝手に許すってことは。

きっとこの国にいた、あるいは、まだこの国にいる無数のハッコを――ミステリを読むことで拷問や虐待を受けてきた無数のハッコたちを、ないがしろにするってことじゃん。

おなじことの被害者は、まさか、ハッコだけじゃないんだよ?

自由を奪われ、思想を奪われ、洗脳され、無理矢理に転向させられた無数のハッコたちが、この国にはいるはず。そのハッコたちの無念と悔しさ。つらさと悲しさ。それを晴らすことは、誰がどう考えたって、絶対の正義だよ。

さかしまに。

その正義を果たさないで、チヅルを勝手に許すってことは。

ハツコがチヅルと一緒の存在に堕ちるってことだし、ううん、それ以上に、せっかく生まれ変わったこの国で、また無数のハツコたちを生み出しちゃうことにもなるんだよ。だってキッチリ反省させてないんだもの。だから、チヅルはまたやるかも知れないし、あるいは無数のチヅルたちが、また生まれてくるかも知れないじゃん。

——チヅルに、こんなこと二度とさせない。

誰も、新しいチヅルにさせない。

人を罰するって、禁じられたことをした人を罰するって、そういう問題でしょ？」

解らない。解らない……

（ううん、フタバのいってることは、解る）

二度とおなじ誤ちを犯させないために、罰する。時に、被害者が許したとしても。あたしたち皆が、ヒトの社会が、おなじ誤ちをまた経験しないそのために。それは正義だ。

（それでも。それでも……ああ、解らない!!）

……ガチャリ。

その刹那。

あたしとフタバが対峙してる、その刹那。

あまりにも突然の、しかし決定的に残酷な、金属音が響いた。

あたしはその音がした方へ顧る。フタバの瞳も、そちらに流れる――

そこには。

チヅルが腰に帯びてた拳銃をサッと引きぬいて奪い、それをチヅルの後頭部に当ててるミツコがいた。あたしは思わず叫んだ。

「ミツコ!!」

「――ハツコ、もうやめて」

「な、何を」

「罪と罰についての、その終わらない議論を。……確かに、あたしたち囚人のなかでいちばん非道いこととされたのは、ハツコよ。それは認める。

けれど。

そのハツコが、自分の権利を――チヅルたちを罰するという当然の権利を使わないのは、絶対に認めない。こんなこと言いたくないけど、この囚人ゲームが始まった最初の原因は、だからあたしたちがこんな非道い虐待を受けた最初の原因は、あたしたちにミステリをひろめたハツコにある。

イツキは、そう、ソフトバレー事件の最初の原因をつくったイツキは、その責任を果たした。自分の権利を使って、キチンとモモカを罰した。

今度は、ハツコの番よ。

……あたしたちは、囚人は、誰もが心に傷を負った。癒えるかどうかすら解らない、そんなトラウマを。もちろん、あたしならあたしで、トマトとかイモムシとか、自分がされたことが、いちばんつらい。けれど、虐待というのは見てるだけで、信じられないほどのダメージがあるわ。

そして、あたしが見た虐待のなかで。

ハツコがあんなことさせられた、あのシーンほど衝撃的なものはなかった……

その衝撃は、トラウマは、きっと癒えないと思う、生涯。

けれど。

どうにか癒やすための努力は、できると思う」

「ミツコそれって」

「そうよハツコ」ミツコは拳銃を見詰めながら断言した。「チヅルとモモカに、おなじことをさせる。それで、正義がはたされる。正義がはたされるというのは、詰まる所、心の天秤が平衡にもどるってことだとあたしは思う。

だからハツコ。

あたしたちの正義を、はたしましょう」

「ミツコ、とりあえずその拳銃を——!!」

「ううん返事はいらないわ。

フタバ、チヅルとモモカを中央の房へ。ほらシオリ、戦犯一号と戦犯二号を、懐かしのトイレへ連れてゆくのよ」

終幕、そして

――監獄舞台、中央の囚人房。
かつて、ミツコとシオリが使ってた房だ。
そしてもちろん、あたしが、あの儀式をさせられた房でもある。
その儀式は、する役者とさせる役者を転倒させながら、再現されようとしてた。
囚人の自由を象徴するように、大きく開け放たれた鉄格子。
そのなかに、八人が集まってる。
鉄格子の入り口の方を、わざとむいたトイレ。
その直前に、だから監獄を観る者には背をむけて、跪かされたセーラー服のチヅル。
そのチヅルの後頭部に拳銃を押し当ててるミツコ。
トイレの傍ら、そうもうひとつの家具であるベッドの横に転がされてるモモカ。

それを冷たく眺めながら、じっとり監視してるシオリ——

だから。

この房の残りのギャラリーは、四人だ。

すなわちあたし、フタバ、イツキ、ムツミ。

そのあたしたちは、トイレの前に跪いたチヅルをむいて、扇形になるよう列んでいた。

房の奥から、廊下側を見るかたちで。

だから廊下を背にして、房の奥をむいたチヅルと、視線が幾度も交錯する。

——フタバはむしろ、ミツコの仲間だ。つまり、この儀式の積極派。

いわば穏健派のイツキ、幽霊になったムツミまでこの儀式に加わってるのは、きっと、ふたりともおなじことを恐れたからだろう——何故なら、あたしもまったく一緒のことを恐れてるから。

（すなわち、ミツコの拳銃）

……傍目にも分かる。激しい呼吸、テンションの上下、そして震える拳銃に銃口。

ミツコは、茶道の家元のお嬢様だ。フタバやイツキのような武闘派じゃないし、ムツミみたいな超然派でもない。あたしとシオリに近い、どっちかといえば大人しい、弱いタイプ。

(それが、七日間の異様な心理劇に巻きこまれて。価値観を引っ繰り返されて)

しかも、あまりに突然、世界が逆転し、あたし自身、頭がおかしくなってる。物事が、ハッキリ考えられなくなってる。

さっきからいってるように、あたし自身、頭がおかしくなってる。監獄と拷問で人間性をシェイクされ、敗戦と解放で理性をシェイクされ……

だから、あたし自身、自分の言動に自信がない。

それは、きっとミツコ本人だってそうだ。生まれ育ちがいぶん、あたしより屈辱感と混乱が大きい、かも知れない。

そのミツコが今、拳銃をもってる。

こんなガジェットが、この危険極まる監獄に、しれっと導入されるなんて。

もちろんあたしたちはそれを見てたし、知ってた。

けれど。

(すっかり意気消沈して、そう降伏して、ガムテープで腕も脚も拘束されたチヅルたち。その状態のチヅルから、装備品まで奪うなんて、ふつう、思わない。そもそもチヅルたちは、拳銃が使えるはずもない状態だったんだから。

――あたしたちが、甘かったってことになる。

チヅルとモモカの拳銃は、そう、チヅルとモモカだけが使うものとはかぎらないんだから……）

今、すべては終わった。

監獄舞台も、そしてこの国も。

（そんなとき。ミツコに殺人を犯させちゃいけない）

拳銃で撃ち殺すまでしてしまっては。私刑で殺してしまっては。

これまでミツコが受けてきたどんな拷問も、それを正当化するのは、難しい。

（絶対に、ミツコに拳銃を撃たせちゃいけない）

——それがきっと、穏健派のイッキとムツミが、この儀式に参加してる理由だ。

あたし自身についても、そう……だと言い切りたい。

この胸に今、まざまざと浮かんでくるどす黝(ぐろ)い思いを否定したい。

いざ、この房のこのトイレを前にして、むくむくと起き上がってきた黝い思いを

……ひょっとしたら、悔しさ、悲しさ、ううんもっと強い、復讐心といったものを。

（あたしは、中途半端だ）

フタバにも賛成できない。イッキほど強くない。

そして、さっきからずっと迷ってる。

だから結局、トマト事件に怒り狂うミツコによる、この最後の儀式を止められなかった。

（ううん、止めなかった……）

「さあ、シオリ」

「はい、ミツコさま」

「戦犯一号の、手のガムテープを剝がしてやって頂戴。これじゃあ、お掃除ができないものね」

はいミツコさま。自動機械のシオリが、チヅルを戒めてた腕と手首のガムテープをびりびり裂いて、解いてゆく。チヅルの両腕だけは、これで自由になった——

「ねえ、戦犯一号さん」

「……はい、ミツコさま」

「あなた、いつかあたしたちに、御立派な講釈、垂れてくれたわよね？禁じられてることは、禁じられてる。しちゃいけないことは、しちゃいけない。同級生を監獄に閉じこめて、拷問することは罪？　悪？」

「罪です」チヅルの瞳は、虚ろに黒かった。「悪です」

「あなたは罪を犯したわね？」

「私は罪を犯しました」

「禁じられたことをしたのね？」

「禁じられたことを、しました」

「禁じられたことをすると、どんな罰があったかしら？」

「禁じられたことを、させられなければなりません」

「よくできました。パチパチパチ。そうだったわよね。確かに、あなたの教えはそうだったわよね。禁じられたことをすれば、禁じられたことをさせられる。それが世界との約束で、つまり人間との約束――」

その結果、ヒトを奴隷に、家畜に堕とすのは悪いこと？　奴隷主義？」

「……違います」

「どうして？」

「最初に、この世界との約束を破ったのは……この世界に挑戦したのは、私だからです」

「さすが学年首席。ステキなほどの記憶力だわ。あたし感動した。

じゃあ盛り上がってきたところで、トイレ掃除を始めて頂戴、戦犯一号」

「はい、ミツコさま」

チヅルは抵抗しなかった。ううん、きっと何も考えてはいなかった。命令にしたがうこと。ルールを守ること。それが今のチヅルのすべてだった。あたしにはそれが解った。それは、あたしがとうとう洗脳され、行き着いた結論でもあったから……

チヅルは、制服のスカーフを解くと、それで、便器を磨き始める。

もしフタバかミツコがそう命じたなら、セーラー服そのものを脱いで、掃除に使ったろう。

――不気味な、粘着性の沈黙が。

そして罪を――あたしたちみんなの罪を感じさせる沈黙が、訪れる。

それが、チヅルの掃除の音だけを、キュッキュッ、キュッキュッという魂の悲鳴を、浮かび上がらせる。

「ねえ、戦犯一号」ミツコはその沈黙に挑戦した。それは支配だった。「あたし、ちょっとお作法にはうるさいし、あなたほどではないけれど、そこそこ記憶力もあるつもりよ――

ねえほら、ここの罅（ひび）。ここの角に、汚れがこびりついてるじゃない。

ハツコだって、ここ、懸命にお掃除してたじゃない。

それに、あなたたちいってたじゃない――

あなたには便器を磨くブラシもある。二本の腕と、十本の指が。

あなたには便器を磨くスポンジもある。口のなかに、湿り気をおびたものがちゃんとある。

そうでしょ？　あは、そうだったでしょ？　ダメよそんな汗染（あせじ）みた、薄汚い雑巾だけじゃあ。ここの罅と、ここの角は、この監獄の室長殿と教官殿によれば、ブラシでなきゃお掃除できないんでしょ？

あっははははは、あっはは。

そうよブラシよ、ブ・ラ・シ!!　手と指で直接、落ちない汚れをこそぎとるの。とっととする!!」

——思わず身を乗り出しかけたイッキ。

なんと、そのイッキに銃口をむけるミツコ。

「邪魔しないでイッキ!!

……信じられないかも知れないけど、あたしは冷静よ。

だから、あたしを激昂させること、しないで。

それに……すぐ終わるわ、こんなこと。そう、すぐ終わる」

ムツミがイッキの肩に手を置いた。軽く首をふる。

イッキが、顔をしかめながら引き退がる。

そのあいだに、チヅルは、自分の手と指とで、便器をこすり始めてた。

熱心に。一心不乱に。そう、取り憑かれたように。

そうだ。

い、い、い、い、い、い、い、い、い。

あたしたちはみんな、取り憑かれてた。

監獄に。囚人服に。腕章にブーツに。囚人番号に。職名に。

役割と、権力と、ルールに……

今のチヅルは、この七日間のあたしたちを象徴してる。

役割を与えられ、権力に命ぜられるまま、ルールに縛られて。自縄自縛になって。

自縄自縛のはてに、今のチヅルがある。もちろん、今のあたしたちも。

――そして、今のあたしたちの果てに、当然予期された、ミツコの台詞がある。

「あら戦犯一号さん、そこの奥、どうしても取れない汚れがあるわね、うっふふふ。

あなたの口で、綺麗にしてくれるかしら？」

「はい、ミツコさま」

チヅルが虚脱したまま、その唇を便器に近づけようとしたとき。

――あたしのなかで、何かが弾けた。それは、言葉だった。

「チヅル、だめ!!」

「ハツコ!?」

ミツコの銃口があたしを睨む。あたしは躯をビクッとさせながら、それでも大声で叫んだ。

「ミツコもダメ!!　もうダメ、もうやめて!!」

「あたしは!!」ミツコは激怒した。「ハツコのために……ハツコの代わりに……それをどうして!!　それがどうしていけないのっ」

「あたし……ねえミツコ、みんな聴いて……あたし、ちょっと解った気がするの!!

また間違いかも知れないけれど。でも解った気がするの!!

……あたしはいったわ。チヅルに、みんなに。

本格ミステリは、自由と手続きの文学だって。正義の中身が大事なことと、正義をはたす手続きが大事なこと、教えてくれる文学だって。それがホントに正義なのかっていう問いと、フェア・プレイを大事にしなきゃいけないっていう気持ちを教えてくれる、そんな文学だって。

そしてムツミはそれを、旧国語で、キチンと言い換えてくれた……」

「そうだね」ムツミがしっとりといった。「〈実質的正義〉と〈手続き的正義〉だ。結論が正義であることと、フェア・プレイを尊ぶ正義のことだよ」

「そうだったよね、ムツミ。でもみんな、どうか聴いて。もう一度聴いて。

あたし、もうひとつ、大事なことに気付いたの。たった今、気付いたの。

――そのふたつは、ふたつの正義は、文学の特徴だけど、ルールだよ。

本格ミステリは、そうじゃなきゃいけない――ってルール。

そしてそれは、誰に強制されたものでもない。そんなルールに基づくものを、読まなきゃいけない理由はないし、書かなきゃいけない理由もない。

あたしたちが、それを読むとしたら。それを望んで、読むとしたら。

それは、楽しいからとか、パズルを解きたいからとか、論理の美しさが好きだからとか、すごいトリックにびっくりしたいとか——いろんな動機があると思うけど。

それは、自由に選択するからだよ。

もっといえば、自由に、そんなルールに遵うことを、決めたからだよ。そんなルールのゲームに参加することを、自分で自由に、そんなルールのゲームをつくりたい。

作家のひとだって、そうだと思う。自分で自由に、決めたからだよ。

それを、読んでるひとと一緒に楽しみたい。それを自分で自由に決めたから、書くはずだよ」

「ハツコ」フタバがきょとんとした。「ハツコはいったい、何が言いたいの？」

「……この監獄の、意味」

「えっ」

「この監獄は、あたしたちを閉じこめた。そして権力で、自分のルールを強制した。あたしたちはいつしか、自分で選んだわけでもないのに、そのルールに支配されてた。ううん、自縄自縛になってた。もちろん縛られてたのは囚人だけど、規則を守り、囚人を縛るっていうそのことが、どんどん勝手にふくらんで、チヅルもモモカも支配していった……

どうして、ルールを守らなきゃいけないのか？

それは、ルールがあるから。

あたしも、さっきまでこのチヅル理論に説得されてた。だって、どうしても上手く反論できなかったから――

でも、今は言える。

もし、ルールを守らなきゃいけない理由が、あるとするなら。

それは、そのルールを自分達でつくったからだよ。

あるいは、つくられたルールに、遵うことを自分達で選んだからだよ。

誰にも強制されず、自分自身の決断で。

そう、誰にも強制されないこと――

これこそが、ルールを守らなきゃいけないときの、いちばんの理由だと今は思う。

そして。

自分達でルールを決めるってことは。ルールに遵うことを、自分達で選ぶってことは。

ルールをつくる側と、ルールに遵う側が、対等だってこと。

そのどちらもが、おたがいを信頼してるってこと。

――そう。

対等であり、信頼がある。強制とか権力とか、そういうんじゃなくて。

それがルールの基盤で、だからきっと、この世界の基盤なんだよ。

そして、そのことは。

この監獄舞台と、この監獄の規則の、対極にあること。

だからきっと、たぶん、さっきまでのあたしたちの政府の、対極にあること——

だって、そこではいつも、誰かが勝手にルールを決めて、あたしたちはその理由も知らずにただ遵うだけだから。そこにあるのは、強制と権力だけだから。

裏から言えば。

そこで絶対に、そう絶対に生まれはしないのが、対等であることと、信頼することだから。

だから、ヒトを信じられないヒトは、状況をつくり、監獄をつくり、独裁政府をつくって、自分のルールを押しつけようとする。ヒトが対等であることと、信頼しあえることを、邪魔して、破壊しようとする。何故ならそれに気付かれたとき、監獄は、支配は、疑われてしまうから。そしていったん疑われた支配は、それからずっと、壊されて殺される恐怖を、いだき続けなきゃいけないから……

その恐怖は。

ヒトを信じられないヒトにとっては、おそろしすぎるオバケだから……

対等と信頼を、破壊してしまうこと。

それが監獄の意味だよ。

だから、この国はミステリを、本格ミステリを禁じた」

「ハッコ、ひょっとしてだが、思いつきだが、それは」ずっと黙ってたイツキがいった。「監獄と本格ミステリは、まさに対極にあるから――ってことか？」

「うんイッキ。あたしは今、そう思う。

ルールの基盤は、対等であること。信頼しあえること。

そしてそれは、実は、本格ミステリにとって、いちばん大事なもうひとつのコア。

あたしたちは、それを、あの八冊のミステリから学べたはずだった……

もちろん、ムツミのいう〈実質的正義〉と〈手続き的正義〉を。つまり正義の中身とフェアプレイの精神を。

けれど、もうひとつのコアがあった。それも、学べたはずだった」

「それが、対等と信頼、というのか……？」

「そう。読者は、作者がそうした正義を尊重すること、それを信じる。

作者は、読者がそうした正義を解ってくれること、それを信じる。

そのうえで、読者も作者も、自分の意志で、ゲームを始める。

作者は、ルールのかぎりを尽くして、読者をあざやかに騙そうと。

読者は、ルールのかぎりを理解して、作者との頭脳戦に勝とうと。

もちろん作品世界では、犯人と名探偵が、力のかぎり、おたがいを打ち負かそうと。

おたがいが、対等のプレイヤーとして。

おたがいが、ルール違反をしないこと、信頼しながら——

だから、本格ミステリの第三のコアは、きっと、〈対等と信頼〉。

これが壊れたとき、パズルもゲームも、そしてルールも意味の無いものとなる。それは、とりわけルールの文学である本格ミステリにとって致命的なダメージになる。

裏から言えば。

文学のなかで、本格ミステリほど〈対等と信頼〉を大事にするものはない。

それは、権力と支配の、だから監獄の、対極にあるもの。

だから。

だからこの国は、ミステリを禁じた」

……ミツコの拳銃は、まだあたしを睨んでる。ぶるぶると震えながら。それは怒りなのか、それともミツコ自身への疑いなのか。まだあたしには解らない。

「だからお願いミツコ。その拳銃を捨てて。

もう終わりにしなきゃ。この監獄の、権力と支配のまやかしを終わりにしなきゃ。

だってミツコ。

あたしたち、もう本格ミステリを読んでるじゃない。

だからきっと、あたしが考えつくくらいのこと、ミツコだったら、きっと解ってるはずじゃない。

……世界は、変わる。変えられる。正義と、対等と、信頼で。

もう一度、あたしたちを信じよう。

もう一度、友達をやり直そう。

ほんとうにつらい、生涯忘れられないことだけど。これを経験した、あたしたちだからこそ。本格ミステリを読んだ、あたしたちだからこそ。これからの新しい世界で、できることがきっとある。ミツコにもあたしにも。チヅルにもモモカにも。

今度こそ、自分の役割を自分で決めながら。

だからお願いミツコ、その拳銃を」

「……教えて、ハツコ」ミツコは銃口をわずかに下げた。「ハツコは、トイレまで舐めさせられて、まだチヅルたちを信じるの。自分と対等のヒトとして、認められるというの」

「……そうしたい」

「どうして」

「あたしは洗脳された。あたしは転向した。あたしは弱かった。あたしは監獄の、だから権力の支配に負けた。ううん、自分でそれを受け容れた。そう、あたしは弱かった。

だから、自信がないの——

もし、**役割がさかしまだった**としたら？

もし、あたしが反省室長で、チヅルが囚人だったとしたら？

……あたしはたぶん、ううん絶対に、チヅルにトイレを舐めさせた。断言できるわ。だってあたしは弱いから。

ミツコ。

言い難（にく）いけど、でも、あなたが今してることだって……

ミツコ。

監獄に負けないで。権力の魔法にとらわれないで。あたしの言うこと、間違ってると思うならそれでいい。けど拳銃を置いて。もう一度、みんなで。そうここを出て、太陽の下で、同級生として。

きっとそうすれば、あたしたちは、**世界は**」

「ゴメンなさい、ハツコ」

ミツコは、またあの無垢（むく）な微笑を浮かべた。すべてを洗い流したような、赤ちゃんのような笑顔……

そして、拳銃をスッと下げる。右腕がストンと、落ちる。
「ミツコ、ありがとう」
「ううん、あたしこそ。
だって、ハツコはあたしに信じさせてくれたもの。
ハツコはここで、この監獄で、世界の真実のひとつをあたしに教えてくれたもの。
……だからこそ。
いい、いい、ハツコ、訊いていい？
ねえハツコ、訊いていいい？
あなた、あの八冊のミステリが焚かれたとき、どう思った？」
「え」
「そしてハツコ。あのとき。
あなたはチヅルに断言した。ハッキリと、確かに、断言した。
書を焚く者は、いつかヒトを焚くと。
ハツコ今でもこれを信じる？　断言できる？」
「それは」あたしはどうしようもない不安に襲われた。「で、できるわ、そう思う」
「ありがとうハツコ。これであたし、自分のやることを後悔しないですみそうよ。
書を焚く者は、いつか必ずヒトを焚く。
これをあたしの言葉にすれば――

トマトを口に押しこむ者は、いつか必ず毒を盛る。絶対に、絶対に、そう絶対によ!!」

「まってミツコ!!」なんてこと。「あたしがいいたいのは、そういうことじゃ」

「思い出すのよハツコ、あのときの、オレンジと黒の焚き火を。紅蓮の火蜥蜴を!!

あそこで焚かれたのは、あなたなのよ!!

悔しかったでしょ、悲しかったでしょ、怒り狂ったでしょ!!　そうじゃないとはいわせないわよ!!　だからあたしは!!」

——だからあたしは。

ミツコは劇的に声量を落とした。

あたしたちは、次の言葉を待った。反射的に、思わず、呼吸を繰られて。

それがミツコの狙いだったか。

あたしたちが、誰も身動ぎできないなか。

ミツコは悠然と拳銃をかまえた。そして、厳かに言った。

「ヒョウドウモモカとかいう、あの毒殺者を殺すの」

ぱん。

それは、ほんとに一瞬のことだった。ぜんぶ、ほとんど同時のことだった——

拳銃の銃口が、蟲みたいに縛られ転がってた、モモカに狙いを定める。

トイレに蹲ってたチヅルが、跳ねるように身を投げる。

自分自身も脚を戒められたまま、懸命にコンクリを蹴って立ち塞がる。

ミツコがそう、いつかのチヅルのように、遠目にも分かるほどハッキリと、断乎として引き金を引く。

やはりチヅルが威嚇で撃ったときと、一緒の轟音が響く。

ミツコが撃った、拳銃は。

モモカが絶対に望まないとおりに。

そしてチヅルが望んだとおりに。

身を盾にしたチヅルのセーラー服を、チヅルの心臓をあざやかに――

「チヅル!!」

――それは、誰の叫びだったか。

あわてて駆けよろうとするあたしたち。

撃ったミツコは、信じられないといった顔で茫然自失してる。立ち尽くしてる。

「そんな……あたし……チヅル……当てちゃう、なんて」

チヅルの両膝が、ストンと落ちる。

チヅルの両腕は、胸を押さえる。

そのとき、あたしたちは、純黒のセーラー服が血糊でべったりなことと。

チヅルの胸からの血糊が、いよいよ、白いセーラーカラーを真紅に染めてゆくのを見た。

そしてチヅルの上半身が、とうとうコンクリのゆかに突っ伏したとき。

あたしたちはようやくチヅルに駆けよった。

ミツコ以外が輪のようになり、チヅルをかこむ。

「横にして」ムツミの指示が飛んだ。「とにかく怪我の位置を。止血を」

仰（あおむ）けにされたチヅル。あたしは彼女の上から、彼女の躯を見た。

血糊がどくどくあふれてくるのは、ああ、やっぱり心臓の位置。

（あたしがとっくに結論を、描いてしまってたとおりに……）

「もう、いいの、よ、ムツミ」

チヅルは、まるで舞台映えを気にする女優のように、あたしたちの輪をわずかに開かせた。仰（あおむ）けで、天井をむいてた躯が、わずかに起こされる。そしてミツコの方へ、美しく傾く。

とうとうチヅルは、トイレの側にいたミツコに、だから廊下側からこの房の奥を見てたミツコに、ハッキリと躯をむけた。チヅルの上半身が、だから血糊まみれのセーラー服が、ミツコに、ミツコの側に、廊下側にあらわとなる。彼女の両腕が、さっき胸を押さえてた左右の腕が、彼女の上半身を、頑固なまでに支える——

「そして、ありが、とう、ミツコ」

「ああ、チヅル……チヅルあたし……そんなつもり!!」

「解っている。誰の、所為でもない。あたしの、所為なの。

あたし、が、自由に選んで、自由に、決断、したことなの。

……ねえ、ミツコ。それから、囚人役、なんか、させられたみんな。

ほんとう、に……御免なさい」

「チヅル」ムツミの声は、悲しい風のようだった。「もういいんだ。もう喋らないで」

「違うの、ムツミ。

私が謝ってるのは、ね……

私が、みんなに、あれだけひどいこと、したのはね……

だから、モモカは、悪くないの。シオリだって、そう。ふたりは、させられた、だけ。みんな、みんな私が」

チヅルの左瞳から、ほんとうにキレイな涙がひと粒、落ちた。もったいない、と思えたほど、ほんとうに悲しく、ほんとうに美しい涙が。この涙は、あたしたちにしか見えない。

「……みんな、私が、そそのかしたの。けしかけたの。

どうして、私が、そうハツコ、あんなことまでして、あなたを……あなたに、本格ミステリを、捨てさせたかったかって、いうと……」

「チヅルお願い」あたしも泣いてた。「もういいから。お願いだから」

「……いつか、ムツミが、言い当てた、とおりよ。

私と、モモカ。

私達も、実は、あの八冊のミステリ、読んでしまったの……

そして、ふたりとも……おもしろいって、もっと読みたいって、思っちゃったの。

でも、私は。

そんな、自分が、恐かった……思いっ切り、自分を、変えられた。そんな気がして。変わっちゃ、いけないのに。おもしろがっちゃ、いけないのに。だって、あれは、禁じられた、文学だもの。この国に、居場所を、もたない、文学だったもの……

それが、おもしろいだなんて。それを、もっと読みたい、だなんて。

私、自分が、禁制品に、麻薬に、蝕まれた。そんな気さえ、してしまって……

それに、もっというと。

ハツコ、教えてくれたね。

本格ミステリは、正義と、対等と、信頼の、文学だって。

実は、私も、そう、ムツミみたいに、上手く言えないけど、おなじようなこと、感じたの。あの八冊の、本格ミステリから……

これは、政府を、この国を、くつがえし、かねない、そんな、ちからがある、文学だって。

だから、禁じられたんだって。だから、ハツコたちは、許されないんだって。

ちょっと……ううん、かなり、解っちゃっ、たんだ……

でも。

私には、ハツコみたいな、勇気がなくて。

禁じられたものは、禁じられたもの。禁じられたものに、手を出しては、ならない。

この、十八年間、教えられてきたこと。とても、捨てられなくて。とても、疑えなくて……常識とか、多くの人が、認めてることとか、それに、抵抗したり、叛らったりするの、ほんとうに、恐くて……そう、私、自分で何が正しいか決められない、弱虫だった……

だから。

だから、ハツコが、まぶしくて。

だから、ハツコが、嫉ましくて!!

禁じられていても、世界から、非難されても、これが、おもしろいん、だって、これが、好きなんだって、そう言えちゃう、ハツコが……!!

もう絶対に許せなくなっちゃって!! もう何が何だか!! ああ私!!

絶対に絶対に……絶対にハツコを変えてやるって。絶対にハツコを私みたいな弱虫にしてやるって……

それはぜんぶ、私の嫉妬なの。

……でもハツコ、ほんと、頑固だよね、あはは。あんなに、最後まで、ミステリ、捨てなかった……神様みたいに、どんなことでもできた、私に、あんな立派な、啖呵まで切って……

私、あのとき、負けたって、思った。

勝ったか、負けたか。そんなこと、自分自身が、いちばんよく解る。

だから、私は負けた。それを、自分で認めた。それが、許せなかった。

それがぜんぶよ。バカみたい。

そんなバカの八つ当たりで、友達のみんなを、こんなに、苦しめて……

罰が、当たったの。

だから、ぜんぶこれでいい。ミツコも、絶対に絶対に気にしないで」

みんなの嗚咽が、舞台を満たす。

そしてチヅルは、あたしの手を強く握った。

「ハツコ」

「チヅル……!!」

「……私を忘れること、禁じるわ」

「え」

「新しい時代が来る。私達の……ううん、ハツコたちの。若者の。何が禁じられるか、何が禁じられないか、自分で考えてゆく、若者の時代が。

たくさん、本を読んで、たくさん、考えて……

そしていつか、私みたいなバカが、弱虫が、卑怯者（ひきょうもの）がいたってこと、本に書いて。ミステリにして。私を、私の誤（あやま）ちを、そこで生きさせて。永遠にして」

「あたしが、ミステリを、書く」

「あれだけの、啖呵、切ったんだもの……

書を焚く者は、いつかヒトを焚く。今は、私もそう思える。だからこそ、いえる。書をかく者は、ヒトを永遠にすることができるのよハツコ!!　あなたにはそのちからがある!!　もっとはやく解っていたら!!　私だってハツコと、皆（みんな）と一緒に、明教館の図書館で、教室で、校庭で部室で、いっぱいミステリ読んで……

でも、もう無理。

だから、私を使って。ここで学んだこと、永遠にして。命令ばかりしてた、私の最期のお願い。

……約束ならしてくれるよね、ハツコ？」

（約束は、ああ、そうだ、対等と信頼……!!）

ほんとうに、その刹那。

あたしがしゃくり上げてる、その刹那。

あたしの手を握ってたチヅルの手が、はらりと落ちた——

そして、もう動かない。

「そんな、チヅル!! あたし、まだ返事できてないのに!! あたし約束するから、だからチヅル!! ねえチヅル聴いて、お願いよ!!

ねえムツミ、どうにかして!! チヅルまだ死んでなんて」

……ムツミは。

そっと首をふると、あたしの肩に手を置いた。

イツキが、チヅルの躯を横たえ、血糊に染まったセーラー服を整える。

イツキが、チヅルの閉ざされた瞳をもう一度、スッと撫で整えたとき。

あたしはチヅルの魂が、もうこの舞台には無いことを理解した。

——けれど、拳銃がまだ手つかずだってことは、全然理解してなかった。

そのあたしの背に響く、号泣と叫び声——

「チヅルを殺しちゃった……あたし、チヅルを殺しちゃった……!!」

「ゴメンなさいゴメンなさいゴメンなさいゴメンなさいっ」

「ミツコ駄目っ、それだけは!!」

「ミツコ!?」

そこからも、ほとんど同時で、一瞬のことだった。強いて時系列にすれば——

シロムラミツコは。

やにわにあたしたちから躯を背けると。

あのトイレの前で、廊下側を背に身を丸く縮め。

カンナギチヅルを撃ったその拳銃を。その銃口を——

——自分の口のなかに挿れた。

フタバとシオリが、迷わずそちらへ駆け出すのが見える。

あたしは硬直して、完全に出遅れる。

けれどミツコは、衝動のまま、思いっ切り引き金を引く。あざやかに引く。

廊下側、だからミツコの背の延長線の方で、思わず誰かが立ち上がる。

そして丸まったミツコに飛びかかろうとした、だからもうミツコのいちばん近くにいた、イツキとムツミも後退る。というかうしろに——だから自分が撃たれたみたいに——思わず跳ね飛ぶ。

ぱん。

三度目の、あのいつもの轟音がして。

ミツコは大きく反り返ったあと、反動で前に倒れた。

口から頭をつらぬいたときの血飛沫（ちしぶき）が、あざやかな舞台効果のように、白いトイレにバッと咲く。

生き残りの誰もが駆けよって——

そして、あまりの酷（むご）さに、その脚をバタリと止めた。

やがて聴こえてくる、どこかで聴いた歌。でもちょっと、歌詞が違う歌……

　八人の同級生が　ミステリ読んだ

　八人の同級生が　ミステリ読んだ

　八人の同級生が　ミステリ読んだ

　そして　世界が

いきなり歌が止まる。

最後のスポットライトが、あたしを照らし出した。

あたしは最後の台詞をいった——

「チヅルとミツコを殺したのは、誰？」

ここで、ピアノが掛かる。
『文學ト云フ事』も。『ひからびた胎児』も。『ハンガリー舞曲』も。
舞台のすべてを顧（ふりかえ）るように、入れ代わり、立ち代わりながら。
そしてあたしが立ち尽くしたまま、緞帳（どんちょう）が下りる――
あたしは、文化祭用の舞台から、やっと青山初子にもどった。

第4部

グノシエンヌ　第4番

女優たちが、舞台を終えて

「初子(はつこ)、お疲れ様!!」

　この舞台のために、キレイな三つ編みにできる髪まで切り落としてショートにした黒田詩織(くろだしおり)が、まず駆けよってきた。もちろん、クロダシオリの、あの自動機械の狂気なんてどこにもない。

「ああ、初子あたし、もうすっごく疲れちゃった!!」

「詩織の役、けっこう大変だもんね。てかひょっとしたら、いちばん嫌だもんね」

「やり甲斐(がい)はすっごくあるけどねー、初子の脚本、えげつなさすぎるからねー。初子自身の分もふくめて、性格分析とか心理描写とか、超こまかい注文も多いし」

緞帳(どんちょう)がまだ開かないなか、次々と仲間が集まる。

明教館の大ホールの、白木の舞台。

あたしたちが散々『苦しめられて』きた監獄セットに、今やあの不気味な蛍光灯の陰鬱さはない。どこにもない。照明は全開で灯り、あのホールの、あざやかできらびやかな、率直な光が舞台を照らし出してる。

ぽん、とあたしの背を叩いたのは、今度は兵藤百花だ。

「よくもまあ、私をここまでサディストにしてくれたわね、初子？」

「ゴメン百花。でももうゲネプロだし、何度も何度も練習はしてきたじゃん」

「通し稽古はやっぱ、こう、精神にくるわよ。私、演技してるうちに、マジメに初子のこと、イジメぬきたくなっちゃったもん。実際、抜き打ちの身体検査とかバンバンふやしちゃったし――これで二時間？　もうちょっと？」

そう。もちろんこれは文化祭用のお芝居だから、二週間のプログラムとか、七日間の虐待とかは、作品時間だ。でなければ、例えばクロダシオリが三つ編みのままベッドで寝てたはずもない。実際の上演時間は、だから今のゲネプロ時間は二時間強。いろいろとアドリブも――そうあたし自身の『熱弁』もふくめて――入ってしまったから、タイムキープ上は問題がある結果が出た。すなわち、時計で確認すると二時間三五分。

そして、またあたしのうしろから声が掛かる。

「初子、お疲れ。さっそく、ちょっと相談があるんだが――」

「ああ、いつき。いつきのいいたいこと、だいたい解るよ」

もうあたしとゲネプロの総括をしようとしてるのは、木崎いつきだ。

そのいつきは、あたしに歩みよりながら、肩を震わせつつ死んだフリを続ける神薙千鶴を、いかにも親友っぽく蹴り飛ばした。そうだ。この監獄舞台では、女優たちの基本的な性格設定とか属性とかを、本人のもの、そのものにしてる。だから、千鶴といつきがどっちも優等生で、学年首席をあらそうほどの努力家で、勉強・運動ともによきライバル――そういったことは、ぜんぶリアルにほんとうだ。もっとも、それをあまり言ってしまうと、詩織から『じゃああたしは平然と友達を売る破廉恥な女ってこと⁉』って、怒られちゃうかも知れないけど（実際、かなり怒られた）。

「――いつきが相談したい事って、キザキイツキの行動の、そうリアリティだよね？」

「まさしく。そこはさすがだな、文芸部。

ほら千鶴‼　いつまでも悲劇のヒロインやってないで、とっとと立つ‼」

「んもう、いつきはいつも冷静なんだから。百万の虹、ってのがないのよね」

セーラー服を血糊でべとべとにした千鶴が、そう、誰か声を掛けてくれないかなあと、たぶん必死で死んだフリを続けてた千鶴が、わざとらしく頬を膨らませ、ようやく立ち上がる。もちろん、拳銃で撃たれてなんかいない。正確には、撃たれたシーンはあるけど、まさか実弾が入ってるはずもなし、まさか白村美津子が千鶴を殺すはずもなし。あれは閃光と音響効果と、そして、どこまでも演技だ。

だから千鶴は、諦めたようにどっこいせ、とあたしたちの方へやってきた。ぷう、と膨らませた頰は、けれど紅潮してる。千鶴としても、自分の演技と役に、感動するところがあったんだろう。そして、それは自己満足じゃない。このゲネプロで、千鶴は確かにすばらしい演技をした。あたしの想像以上に、千鶴の演技は、すごかった。千鶴自身が、まだどこか夢見心地でいるのも、だからそれをいつきに邪魔されたことを拗ねてるのも、決して傲慢じゃない。だってあたし、素で感動したから。

「それで？　いつきはキザキイツキの何が疑問だったの？」

「だって千鶴、これ、それぞれのキャラクタは基本、自分そのままだろ？」

「そうね。私たち演劇部でも何でもないし、だからまったく別の役どころなんて、まさかゼロから演じきれないしね……まあこんなこと、本職の演劇部に頼めやしないし、頼んだところで、命懸けで断るに決まっているけど」

そう。あたしたちの属性もホント。だから部活もホント。あたしたちは、本職の演劇者じゃない。事実、本格ミステリが大好きな、非公然の八人組だ。だから、こんなことを決意した。演劇部に頼んだら、命懸けで断るか、それ以上のことをするのは、火をみるより明らかだったから……千鶴の指摘に、いっさい誇張はない。

「だからさ、初子、千鶴」いつきが続けた。「なんていうか、キザキイツキって、あたしがいうのもアレだけどさ、堅物の正義漢――正義女って感じの、だからこそ規則に雁字搦めになるって感じの、まっすぐな、不器用なキャラクタだろう？　だとしたらだ。

少なくとも、『革命』が起こったあとの……そうあたしたちが脚本を派手にいじったあとのキザキイツキが、だから世界のルールがさかしまになったことを理解したキザキイツキが、人民裁判から始まる新たなイジメを止めないっていうのは――ああも傍観したり、舌先三寸で言いくるめられて黙ってしまうっていうのは、ちょっとリアリティがないような気もするな」

そこへ、ちょっとゲンナリした感じの赤木双葉が加わった。

――いつしか、あたしを真ん中にした輪ができてる。

くどいようだけど、監獄舞台のハツコと、青山初子の性格設定は一緒。だから、あたしはどっちかといえば気弱で、千鶴みたいなリーダーシップとかは全然ない。あたし自身はそう思う。

けれど、あたしが本格ミステリ原理主義者だってのは、ほんとだ。そして少なくとも、『革命』が起こったあとの脚本は、ひとりで担当してる。みんなもそれに賛成してくれた。だから自然、『この国が負けてしまった』あとの舞台については、なんか監督みたいな感じになってしまってる。こうして、自然に、輪をつくってくれるっていうか……

それは気恥ずかしかったし、あたしはそんなガラじゃないと思ったけど、だから千鶴とかいつきとかに指示を出すなんて飛んでもないと思ったけど、幾度もの秘密の稽古をつうじて、みんながあたしを信頼してくれてるのは解った。それは、あたしのちょっとした自信と、かなりの責任感につながった。

──そんな感じで気負ってるあたしを、双葉は気遣うように。

「初子。よかった。すっごくよかったよ。あたし、演技してて自分が自分じゃないような、そんな気までした。あの『七日間』がまったくのお芝居だなんて、今も信じられない」

「ありがとう、双葉。きっと千鶴も、ううんみんなもそうだと思う。もちろんあたしも。

ちょっと双葉には、とりわけ最終盤、台詞回しとか、苦労させちゃったけど……」

「あっ、あたしもそれ、ちょっと感じたんだよね～。

まあ最終盤は、拷問『される』よりもずっと、その、超気持ち悪いっていうか。思い出すと、もう自分で自分が嫌になっちゃうほど、メンタルきつかったけど……でもそれはきっと前半、千鶴・百花・詩織がずっと感じてたことだし、やってるときは無我夢中な感じもあったし……

だから、そうしたイジメのダメージをのぞくとね。

最終盤はさ、あたしが前半の千鶴＋百花の役割をやるじゃない？

でも、そうすると、かなり理屈っていうか、理論的なこと、喋らないといけない。

けどあたしって、そうアカギフタバって、そういうの苦手な感じのキャラクタだから、ああいう感じで、そう初子・千鶴を前にして、ああも理屈的なこと、滔々と喋れるのかなあって。それは疑問に思ったなあ。それもひょっとしたら、中身はともかく、いつきがさっきいってた、『リアリティ』の問題かも知れないね」

「実は、脚本でもそれ、迷ったんだ……でも状況が逆転したとき、誰が『復讐』をリードするかっていうと、キャラクタとしてイツキじゃないし、ムツミではありえないし、ちょっとズルいけどあたしのガラじゃないし」

すると最後に空枝陸美が、あたしたちの、ちょっとはしゃぎ気味の総括に加わってくる——

「お疲れ様。頑晴ったね、初子」

「全然。あたし、このゲネプロが成功したの、ほんと陸美のおかげだと思ってる」

「僕の？　それは嬉しいけど、どうしてだい？」

「……いま双葉もいってたけど、やっぱり、この監獄舞台・監獄装置の魔力はすごいよ。あたしホントに囚人だったし、あのときホントに泣けてきた。言い過ぎかも知れないけど、現実と舞台とがごちゃごちゃになって。言い難いんだけど、ひょっとしたら、千鶴も百花も詩織も、演技を超えてあたし嫌いなのかなとか、こんなことに巻きこんだから怒ってるのかなとか、だからこんなに鬼気迫ってるのかなとか、ほんと、現実と舞台の境目が、感じられなくなってた。おかしいよね。脚本知ってるし、少なくとも最後の方、ああ書いたのはあたし自身なのに……

だから。

だから陸美の瞳が、ほんとに心強かった。嬉しかった。有り難かった」

「僕の瞳？」

「陸美はやっぱり、特別だから。陸美だけは、自分をずっと維持してた——ううん、陸美のムツミの演技はすごかったよ。どこにもスキがない。それはみんな、そう思ってるはず。

けれど。

陸美だけが、やっぱり、監獄舞台に飲みこまれてはいなかった。

演技してる自分とあたしたちを、どこか離れて、ちゃんと冷静に見守ってた。

あたしは陸美のその瞳で、ほんとの囚人に、ほんとの奴隷になりそうだった自分を、何度も正気にすることができたの。最後まで、みんなと続けることができたの。

だから陸美、ありがとう」

「照れるなあ。それに、それは僕の性格設定、属性設定、キャラクタ設定がそうさせただけの事だからね。すなわち、僕だけが……」

そう。

この舞台の女優は、基本、自分自身そのままを演じればいい。

だから陸美の場合、自分自身そのままっていうのは、それはつまり……

……スッと興奮から現実に引きもどされた、そのとき。

終幕とともに閉ざされてた緞帳が、冷静に、容赦なく開いてく。

舞台のテンションに我を忘れてた……ううん、ひょっとしたら忘れるフリをしてたあたしは。だからたぶんあたしたちは。

そこからまた現実が、いま舞台を総括してるよりもっと厳しい現実が、スッと染みこんでくるのを感じた。だから、それがバッと吹きぬけて、たちまち大ホールの舞台を明教館高校の、だからこの世界の、ほんの一部分にもどしてしまうのも感じた。

女優が、現実に引きもどされる。

舞台がまた、世界のルールに染め上げられる。

それを象徴する厳しい足音が、響く――

壇上への階段を上がり、今や舞台を踏みしめ、熱冷めやらぬあたしたちへ厳かに近づいてきたそれは観客だった。ずっと、舞台正面の観客席で、だから舞台のあたしたちから見れば『反省室の廊下側』『房の前の廊下側』のそのずっと先で、芝居を観劇してた監視者。優美で荘厳な、黒いロングドレスの監視者。豪奢な黒髪とあいまって、まるで女王を思わせる監視者――

そう、それはあたしたちのほんとうの総監督、教頭先生だった。唯野教頭。

そして当然、もうひとつの足音が、続く。

こちらは焦燥と狼狽を隠してはいない。唯野教頭の不気味な荘厳さとは、対極にある取り乱しようだ。やっぱりずっと、舞台正面の観客席で、だから『反省室の廊下』越しに、三つの房や大きな檻や、反省室長室を観てた監督。もちろん、わざと観客席をむかせてたあのトイレを、ずっと観てた監督。清楚な紺のオフィススーツを着てても、まるであたしたちの同級生みたいに若々しい監督――

そう、それはこの監獄舞台の責任者、遠野先生だった。文芸部の顧問の先生。だからあたしがいじるまえの、文化祭用の脚本を一緒につくってきた、遠野先生。

――その遠野先生の顔は、真っ青を過ぎ越して真っ白だった。

あまりの衝撃に、怒るとか叱るとかそんなことも忘れて、躯をわなわなとさせてる。あまりの恐怖に震えながら、口を開いては閉じ、脚を踏み出しては硬直し。言いたいことがあり過ぎて、けれどそれがあまりに禁じられたことなので、どうにもリアクションがとれない——そんな感じで。それは、もう悲愴を突きぬけ、壮絶だった。

そして、それには理由がある。当然過ぎる理由が。

だって、あたしたちは……

「あ、あなたたち!!」遠野先生の口が、やっと言葉を出せた。すごい貯めだった。

「ど、どうして……どうしてこんなことを!!　こんなことをしてどうなるか、ああ、解らないあなたたちじゃないでしょう……なんてことを!!」

スッ、と一歩前へ出たのは、元生徒会長で風紀委員長の、だからあたしたちの取り纏め役でもある千鶴だった。

「すみませんでした、遠野先生、唯野先生。

どのようなお叱りも、甘んじて受けます」

「か、神薙さん、あなたさっき胸を、心臓を撃たれて……怪我は無かったの!?　ああ白村さんだって、なんてバカな真似を!!

あなたたち!!

いくらなんでも人に拳銃を咥えさせる人がありますか!!　そもそも許されることと許されないことが。いえそもそもぜんぶが!!」

いよいよ激情のまま言葉をあふれさせようとする遠野先生。

けれど。

スッとその躯のまえに脚を搬（はこ）んだ、唯野教頭が。

だから自然、遠野先生の激情を削（そ）いだ、唯野教頭が——

遠野先生の前に立ち、あたしたちに正対し、悠然（ゆうぜん）と言葉を紡（つむ）いだ。そしてその悠然さは、優雅さは、どんな激怒や罵倒より恐かった。唯野教頭は、そういうひとだ。

「皆さん、熱演でしたね」

……誰も答えられない。返事できない。ものすごいプレッシャー。

「ただ、脚本が予想外の変調をみせていたけれど？」

「教頭先生!!」あたしは唯野教頭の方へ踏み出した。「ぜんぶ、あたしがやったんです。あたしが決めたんです。みんなは、あたしの脚本をそのままに演じてくれただけです!!」

「だと思っていましたよ、青山初子。

あなたはこの教育劇の設定どおり、真実、本格ミステリ原理主義者だものねえ。

そんなあなたが。

遠野先生の、だから私の認めた脚本を、すっかりそのまま素直に演じるとは、最初から思ってはいませんでした……

ただ。

　この国で、これだけ勇気のあるお芝居を謀て、実際に演じてしまうとはねえ。オホホホ」

「きょ、教頭先生!!」遠野先生が我に返った。「そんな冷静に、他人事みたいなコメントを――この子たちがやったことは!!」

「そうですね」唯野教頭は微笑んでた。「あなたが指導して練り上げた脚本に、だから文科省も政府も推奨してくれるはずの舞台に、いつしか新たな脚本を書き加えた。だって、青山初子があなたに提出し、あなたが推敲した脚本は――

　アオヤマハツコの背教と転向。あの独白で終わるものだったから。

　本格ミステリ原理主義者のアオヤマハツコが、政府も認める更生プログラムによって真人間にもどり、『禁じられたものは禁じられたもの』『してはならないことはしてはならない』――と、我と自ら力説する。あの改悛の、生まれ変わりのシーンで終わるものだったから」

「そ、そうです。もちろんそれは」遠野先生は恐る恐る釘を刺した。「唯野先生の御決裁を、きちんと頂戴していたものです。唯野先生もそれでよいと、それがよいと御了解なさったものです」

「ところが名脚本家、青山初子は、それを逆手にとった――

　この監獄舞台。この更生プログラム。

来るべき明教館の文化祭で上演を予定していて、しかも、それを撮影した動画は文科省によって活用される教育劇。

ミステリは禁じられることを、演劇のかたちで教育するための、教育的お芝居——

——そうです、青山初子。

あなたはこの機会を、最大限、活用しようと考えた。濫用、といってもいいわね。

あなたはおなじく本格ミステリを愛する親友たちと、あなたのレジスタンスをすると決意した。本格ミステリを貶めるための、この舞台。それが脚本のちからで、だから文学のちからで、まるでさかしまの効果を生み出すものとなる。

そのことに気付いて。そのことを信じて——

そうですね、青山初子？」

「そのとおりです、教頭先生」

——唯野教頭のいうとおりだ。

あたしは、本格ミステリを捨てられない。そのあたしに、文芸部だということで、『教育的お芝居』の脚本を書く機会が与えられた。ミステリは何故くだらないか。ミステリを何故読んではならないか。それを、教育的インパクトのあるかたちで演劇にするからと。もちろんここで『教育的』っていうのは、あの更生プログラムのえげつなさで解るように、収容所や労働キャンプでみられるような、厳しい教育をいうのだけど。

　だから、監獄劇になった。

　だから、あたしはそれを逆手にとれた。

　あたしは、あたしを信頼して、この脚本を書く機会をくれた遠野先生に、こう提案することができた——

　この演劇は、すごく精神的に厳しいものになると。

　だから、キャストには親友を起用したいと。

　そうでないと、すごく危険だからと。

　——あるいは、こうも提案できた。

　リアリティのある脚本を書くためには、リアリティのある登場人物を描かなくてはならないと。だから、キャストには親友を起用したいと。

(あたしは、あたしを信じてくれた遠野先生を、騙した——

あたしが信じる、ミステリのちからの為に。だから、あたしが信じる正義のために)

　……もちろん遠野先生は、あたしが真意を隠してした提案をぜんぶ認めてくれた。

　それはそうだ。

　これがミステリのことでなかったら。あたしは、まさか学校と政府と国に、真正面からケンカを売るような、そんな勇気ある人間じゃないから……

だから、キャストは演劇部でなく、あたしも入れた、八人の親友仲間になった。そうでなかったら、真の脚本が配られた段階であたしは、例えば演劇部の娘によって唯野教頭に売られてたはず。何より、遠野先生が必死で中止させたはず。

けれど、八人のレジスタンスが結成されたことで——

信じあえる仲間だけで、脚本の変更を話し合えた。

こうして実際、演じきることもできた。ゲネプロを終えることができた。

(けれど、とりわけあの時点から)

そう、ソラエムツミが『この国の敗戦と解放』を明らかにしたときから
……唯野教頭にも、遠野先生にも、異常事態が起きたと解ったはずだ。当然だ。

そして八人の生徒が、それまでと一緒の役割を、それまでと一緒の熱意で演じ始めたとき、確信できたはずだ——脚本そのものが変わったと。ほんとうのエンディングのあとに、あたしが自分勝手な物語と結末を、書き加えてしまったと。

けれど、それならば。

(どうして唯野先生は、遠野先生は、ゲネプロを中止させなかったのか……)

それは、あたしたちにとっては、ほんとうに救かることだった。

あたしたちは、もう、どんな処分も覚悟してるから。だから、ただ続けることが、

あたしたちの最大の目的だったから。

　でも。

(唯野先生と遠野先生にとっては、こんなこと、最大級の不祥事になってしまう。ここは『人材再建重点校』、明教館女子高等学校。政府肝煎りの、エリート女子国民輩出学校。そこでレジスタンスが起こったなんて。そこで、ミステリを讃美する劇が上演されたなんて)

　それは、文科省も政府も激怒する、最大級のスキャンダル。

　それをしでかした、思想犯のあたしたちが言うことじゃないけど……

　もしバレたら、唯野先生も遠野先生もただではすまない。それこそ監獄だ。

　だから。

　あたしたちは、ソラエムツミの介入シーンで、ゲネプロが止まることも想定してた。

　そしてもちろん、さっきあれだけ懸命に話し合ったように、この演劇を文化祭で上演したいって熱意は、ほとばしるほどあるけど——

　この舞台が、脚本が、本番で日の目を見ないことも覚悟してた。

　だから。

　あたしたちの、たったひとつの願い。

あたしたちが土下座しても哀願しても、どうしても両先生に聴き容れてほしかった願い。そう、もしかしたら、両先生をガムテープと手錠で縛り上げてでも……

(それは、このゲネプロを最後まで続け、その動画を残してもらうこと)

——中断されても、それだけは、どうしても、お願いしようと決めてた。

あたしたちの劇。あたしたちの脚本。あたしたちの、ほんとうの気持ち。

今は、認められない。今は、禁じられてる。

(だからこそ、かたちにしたかった。あたしたち八人が信じるものの為に。

だからこそ、動画に残したかった。いつか誰かがそれと化学反応してくれる様に)

……まとめていえば、それがあたしたちの真意で、計画だ。

だからあたしは、ずっとあたしと、不思議な瞳で正対してる唯野教頭に訊いた。

「教頭先生。

ぜんぶを謀んだのは——だから遠野先生を騙し、友達を利用し、自分の訴えたかったことを劇にしたのは——このあたしです。そのことについては、どんな罰でも受けます。

どのみちあたしは、この学園にとどまれるなんて思ってません」

「それは残念ねえ」唯野教頭の瞳は、まったく読めない。「だから？」

「ふ、ふたつ、教えて下さい。

どうして、変更後の舞台を止めなかったのですか？」

「あら、止めてほしかった？」

「そ、それは」

「まさか、あそこまでやるとは想像だにしていなかった――それだけよ」

……あきらかな嘘だった。何故かあたしには、それが解った。

「それで？　質問はもうひとつあるんでしょう、青山初子？」

「は、はい、もうひとつ、最後の質問が。

教頭先生。遠野先生。

このゲネプロは、最終チェックとして、録画してたはずです。通しの動画を撮影する予定だったはずです。あたし、そう遠野先生に頼みましたし、観客席で、先生方の近くで、カメラの灯がともってるのも時々、見えました。少なくとも、ソラエムツミの介入シーンまでは。

その動画は……あたしたちの舞台は、最後まで撮影されたのでしょうか？」

「青山さんあなた――!!」

もう呆れはてた、といわんばかりに、泣きそうな嘆息を零す遠野先生。

……けれど、その遠野先生の躯にスッと手を当てた教頭は、ますます泰然自若として断言した。ううん、断言したというか、アタリマエのようにそっといった。

「残念ながら、答えはイエスよ」
「そ、それもどうして」
「あなたたちの演技があまりに衝撃的で、私も遠野先生も、録画機器すら動かせなかつたから」
「教頭先生‼」いよいよ遠野先生が絶叫した。「私は……私は反対……あんなもの
は‼ 教頭先生さえ許可してくださっていれば、私、録画をすぐにでも止めたのに‼
いえ、こんなものはこれからすぐ消去してしまわないと。これは私たち教師の問題と
いうだけでなく、この子たちの将来の……この子たちは自分が何をしたかも、それが
どれだけ政府を怒らせるかも解っていない子供なんです‼ 私達がちゃんと判断し
て、ちゃんと守ってあげないと……
教頭先生、あの動画はすぐに‼」
遠野先生は、感極まった感じで訴えた。ううん、哀願した。
もちろん教頭先生に対して。
けれどしっかり、キッとあたしたちを見据えながら……
あたしはその視線の強さと真剣さに、思わずたじろぐ。反発する磁力に、押された
ように。それはあたしの周りのみんながそうだった。詩織はもちろん、気丈な双葉と
百花でさえ。凛々しい千鶴といつきでさえ。それは、劇的なまでに当然だった。

だって、まさに磁力だから。

あいいれない、ふたつの極。

(先生とあたしたち。禁じられたもののベクトルが、まるで真逆のふたつの極)

まぶしすぎる照明に浮かび上がった舞台が、破裂寸前の何かのように硬直する。

ところが。

陸美だけは、お芝居のときそのままの口調で、飄々と——

「クライマックスなところ、悪いんですが遠野先生」

「……空枝さん、冗談を言っている場合じゃないわ!!　それに演劇は終わりよ!?」

あたしは遠野先生の視線に釣られ、そういえばいつしか、近くから消えていた陸美を見た。

教頭先生と、遠野先生。

あたし、双葉、詩織、いつき、千鶴、百花。

この八人が、もちろん磁力によって相対しながら、それでも舞台下手、いちばん左の房のあたりに固まってたとき。

陸美だけは、中央の房のなかにいた。

様々な悲劇の舞台とされた、あの真ん中の房に。

そして。

このときあたしは初めて気付いた。

やっぱり、興奮して、浮かれてたのかも知れない。

そこには、陸美だけがいるわけじゃなかった。

そこには、陸美と、そう、終劇のあと話をしてなかった美津子がいた。白村美津子。

——美津子の性格設定とかも、みんなと一緒。

ホントに茶道の家元のお嬢様で、しっとりとした大和撫子だ。

もちろん茶道で鍛えただけあって、ただの箱入り娘じゃない。本番度胸、舞台映え、ここぞというときのキメは抜群。だからこそ、大事な役を演じてもらった。あの監獄舞台における、唯一の殺人者を。もちろん演じたとおり、唯一の自殺者でもある。とても難しい役。

美津子はそれを、見事に演じきった。

だから、当然だけど、美津子のあらゆる錯乱・狂乱は、演技だ。ほんとに血迷ってたら、あんな熱演なんてできない。

……けれど、舞台は終わったのだ。

だから、美津子は起き上がって、あたしたちに合流してるべきなのだ。

いつものとおり、優しい声で、『もう初子、あたしこんなひどいこと、絶対に言わないよ?』『もう、初子の脚本こそイジメよ、あたしをこんな意地悪にして』とか言いながら。

……けれど、美津子は合流してこなかった。そもそも、起き上がってない。

演劇が終わって緞帳が下りたときそのままに。

シロムラミツコが殺人を悔いて、房のなかで拳銃自殺したそのままに。

(そう、まさにあのシーン――

ミツコがかくん、かくんと崩れ墜ちたあのシーンのままに)

そしてその美津子の傍らに膝を突き、いつしかずっと、彼女の手を握ってる空枝陸美。

遠野先生の絶叫舞台を止めた空枝陸美。

劇のなかで、激昂するモモカと対峙したときそのままの台詞を紡いだ陸美。

――クライマックスなところ、悪いんですが。

それは、あたしたちの世界を、劇中ではあるけど、あざやかに変えた台詞だ。

そしてあたしは、そのときとおなじ……ううん、そのとき以上の劇的な何かを、陸美と陸美の言葉からびしびし感じた。それは緊張と……恐怖のような不安だった。

残酷なほどの、緊張。

それをたっぷり感じてたとき、やっぱり陸美が、風のように言った。

「クライマックスなところ、悪いんだけどね。どうやら僕らは、違う舞台を続けなきゃいけないみたいだよ」

「違う、舞台……」あたしは陸美の方へ脚を踏み出した。「陸美、それはいったい」

「だって美津子、死んでるから」

「それはそうだよ、シロムラミツコは自殺したんだから」

「そうじゃないんだ」そうじゃない。陸美が繰り返す。「カタカナのシロムラミツコは、さっき自殺したけど——

漢字の、だから僕らの白村美津子も、死んでいる、ほんとうに」

「陸美いったい何をいってるの」

あたしは駆け出した。中央の房に入る。

膝を突いたままあたしを見上げる陸美を見る。

そして、陸美の頭と瞳がゆっくりと動くまま、あたしは自分の頭と瞳を、ゆかに崩れた美津子にむける。

白いワンピースの、舞台衣装。

白いトイレのまえで、蹲（うずくま）るようにして、動かない。突っ伏したようにして、動かない。

白いトイレには、さっきの舞台の、血糊の花が咲いてる。

それを咲かせたのは……

観客席に背をむけてた美津子のはず。あのタイミングで、口の中に弾丸を撃ちこんだシロムラミツコ。自分の頭を吹き飛ばしたシロムラミツコ。それを演じるため、美津子はあのとき、観客席に見えないよう血糊を爆ぜさせた……

……けれどそれは、半分正確で、半分間違いだったようだ。

血は、美津子が爆ぜさせたものだ。それは疑いない。

けれど。

口の中に弾丸を撃ちこんだのは。自分自身の頭を吹き飛ばしたのは。

ひょっとして、それは舞台の上のシロムラミツコじゃなくって……

そして、あたしたちの白村美津子は、魂のカケラも感じさせないほど動かない。

あたしは思わず叫んでた。

「陸美、この怪我……この頭のキズ!!　これって!!」

「そうだね」陸美はさすがにしっとり言った。「ホンモノだね」

「これが、美津子の、頭……」

そんな。だって、美津子はミツコじゃないのに。美津子はお芝居をしてただけなのに。美津子の拳銃には、一発だって弾丸なんて入ってなかったのに。拳銃の音だって、閃光だって、ぜんぶ舞台効果なのに。

だから美津子の頭が、こんなに……こんなに砕けるはず、絶対にないのに」

「陸美」

「千鶴」

――いつしか、神薙千鶴が房の入り口にいた。

他の皆は、悪趣味すぎるピエロに出くわしたみたいに、絶句したまま動いてない。というか、文字どおり『意味が解らない』という顔のまま、舞台下手で硬直している。

ひとり、金縛りを解いた感じで脚を進めた千鶴はいった。ある種の覚悟とともに。

「美津子のその頭って」

「いけない千鶴。もう見なくていい」陸美は悲しく、優しくいった。「ああ、ゴメン初子。初子にも酷いものを見せちゃったね。女子高生にはショックが大きすぎる。そして、なによりも」

陸美は膝を突いたまま、舞台装置のベッドから小道具のシーツを剝いだ。カンタンに調達できるこれはホンモノ。もちろん七日間なんて経ってないから、まだ清冽で清潔で、とても白いままだ。

陸美はそのシーツを、片手と膝とでスッと携えると。

その傍ら、弦楽器でも奏でるように優美なしぐさで美津子の躯を横たえ、整える。

そこへ、真摯な悼みが伝わる動作で、ぱさっ、とシーツを被せてく——

「そしてなによりも、美津子が可哀想だったね。

こんな姿をさらされるなんて、僕らのあの美津子にとって、耐え難くつらいだろうから」

「……そうすると」千鶴は気丈にいった。「美津子はほんとうに、死んでしまったのね」

「そうだね」

「なんて事故なの。そもそもあの拳銃には。あの拳銃を持っていたのは」

「千鶴、それはあとで。今はそれより、大事な訂正があるから」

「大事な訂正？」

「そう、とても大事な訂正。

すなわち——

美津子はほんとうに、死んでしまった。これは事実だ。

そして美津子は、殺されたんだよ千鶴。これは事故じゃない。殺人なんだ」

白村美津子殺人事件

——あたしたちは、唯野教頭の命令で、舞台下手（しもて）にひとまとめにされた。

遠野先生に、あたしたちを監視するよう申し渡す唯野教頭。

そして、監獄舞台の中央の房に、ひとりで入ってゆく唯野教頭。

(美津子が死んだ。美津子が死んだ。殺された)

陸美はそういった。

あたしも、美津子の姿を一緒に見た。

……そして今、黒のロングドレスを翻（ひるがえ）し、ふたたび七人の仲間と遠野先生の位置へ帰ってきた唯野教頭も、厳かに断言した。それはまるで判決だった。

「誤りありませんね。白村美津子は、弾丸で頭部をつらぬかれ、絶命しています」

「そんなことって!!」

思わず叫んだのは、双葉だ。

「これは舞台、お芝居です。あの拳銃に、ホンモノの弾なんて入ってるはずが!!」

「事実です」そしてあたしを見詰める唯野教頭。「誰かがまた脚本を書き換えたようね、青山初子」

「誰かが、脚本を、書き換えた……」

「ねえ、空枝陸美」

「はい、教頭先生」

「空枝陸美。あなたはさっき、白村美津子が殺されたといった。

なるほど、死亡しているのは認めるとして——

その死が殺人によるものだ、と断言するのは、いささか乱暴な気もするわねえ。

そうではありませんか、木崎いつき？」

——指名されたいつきは、途惑いながら、けれど授業のときみたいに生真面目（きまじめ）に答えた。

「理論的には、教頭先生のおっしゃるとおりです」

「理論的には、というと？」

「……美津子は最後の最後まで、演技をしていました。美津子があのシーンまで生きていたことに疑いの余地はない。美津子が死んだのは、まさに、あのシロムラミツコの拳銃自殺のとき」

「そうですね。それで？」

「そして教頭先生。陸美・初子が確認したところによれば、美津子の外傷は、それを裏付けるものだった。すなわち美津子の死因は、拳銃の弾丸で頭部を砕かれたこと」

「まさしく。すると？」

「その拳銃を撃ったのは……撃てるのは、美津子自身だけです。

だから、想定できる物語は、三つある。

第一、美津子は自分自身で拳銃に弾丸を入れ、それを発射した。すなわち自殺。

第二、誰かが美津子の拳銃に弾丸を入れ、それを美津子が発射した。すなわち殺人。

第三、何らかの原因で美津子の拳銃に弾丸が入り、それを美津子が発射した。すなわち事故」

「なるほどねえ。

けれど木崎いつき。あなたはさっき『理論的には』という言葉を用いた」

「はい、用いました」いつきは懸命に答案を書くように。「というのも実際的には、美津子の死は第二の物語であると断言せざるをえませんから」

「あらそれは何故？」

「……もっと仲間どうしで状況を確認して、あるいはさいわい残っている拳銃・動画を調べるなどして、客観的な証拠を詰めなければなりませんが、しかし。

飽くまであたしの印象論として、いうなら。

第一の自殺説は、論外です。

あたしたち八人は、この舞台の……とりわけ改竄したエンディングの上演に、大袈裟にいえば意地を懸けていました。この国の在り方を踏まえれば、命を懸けていた、といっても言い過ぎではないと思います。そしてだからこそ、美津子はあれだけ迫真の演技をした。あたしたちと一緒に、この抵抗劇の動画を残すそのために。

そんな美津子が、自殺なんかして動画も仲間も滅茶苦茶にしてしまうとは、到底考えられません」

「ヒトのこころを読むことは、政府にも神様にもできなくてよ？」

「解っています。だからあたしの言っていることは、動機論です。それが証明できないことも解っています。だからあたしは言いました。もっと状況を確認して、拳銃・動画を調べるなどして、客観的な証拠を詰めなければならないと。

しかし。

あたしは確信しています。それを詰めさえすれば、動機論とおなじ結論が、必ず立証されると——すなわち、これが自殺でないことは、これからあたしたちが真剣に検討をすれば、すぐに事実と確定します。だから印象論と言ったし、それでもなお、断言できると言いました」

「なるほど。しかしあなたの指摘した理論的な解、それはもうひとつ残っていますね？」

「それは、これが事故である——という第三の解ですね？」

「そのとおり。そして、それについてあなたはどう考えますか——黒田詩織？」

突然の指名に、詩織は飛び上がるほどビックリした。ドギマギした様子で、左右のあたしたちを見る——

けれど。

詩織は舞台のシオリじゃない。あのシオリを、あの自動機械を演じ切ることができるほど、ほんとうは芯の強い娘だ。だから、不思議な微笑みをたたえたままの——だから何を考えてるのかサッパリ分からない唯野教頭を、やがてキッと見詰めた。そして、やっぱり授業で当てられたときみたいに、唯野教頭の質問とむきあった。詩織はいった。

「第三の、解……教頭先生、それは『美津子は事故死した』という物語」

「まさしく。そしてあなたの意見は？」

「……違うと思います。否定します。美津子は事故で死んだんじゃありません」

「理由」

「これも、さっきいつきが言ったとおり、みんなで確認して、検討しなきゃいけない、あたしもそう思います。だから、それまでのあいだは、あたしの直感で、印象論です」

「歓迎するわ」

「……これが『事故』だってことは、弾丸が入ってたってこと。弾丸が自分で飛びこむわけないから、誰かが入れたってこと。けれど。

それが美津子を殺すつもりで入れた、そういうことなら、それはまさに第二の物語、殺人の物語になる。それを『事故』とは呼べなくなる。だから事故説を採れるのは、『殺すつもりじゃないのに、入れた』ときだけです。

そしてあたしはいつきに賛成で、自殺説は採りません。だから、美津子が入れたわけでもない。

すると。

その、弾丸を入れた誰かっていうのは、美津子を『殺すつもりじゃないのに』、何故か恐ろしく危険なイタズラをした――そういうことになってしまう。

けれど、これもいつき理論で否定できます」

「すなわち？」

「あたしたち八人の誰もが、この舞台を、少なくともこの舞台の動画を、ほんとうに大事に思ってたってこと。だからそれをぶち壊しにするようなこと、誰ひとり実行するはずないってこと」

「でもねえ、可能性だけなら、幾らでも考えられるわねえ。

例えば、ただ怪我だけをさせたかった——とかはどう？

それは、動画にリアリティを与えるためだったかも知れないし、実は白村美津子に、殺さないまでもそれなりの怨みをいだいていたから——とかはどう？」

「それもキチンと聴き取りをしなきゃいけないと思います。けれど、可能性としても、あまりに低いと思います」

「理由」

「殺さないで怪我をさせる。それが今の御指摘ですが——

そうすれば、美津子は当然痛がります。そこで当然、激痛を感じ、素のリアクションが出るはずです。美津子が結果として、そう……死んでしまったから舞台は終幕まで進んだ。もし怪我ですんでたなら、舞台はそこで止まってしまう。だから、怪我説もうさんくさいし、さらにいえば、一緒の理由でイタズラ説も苦しいと思います」

「なるほど。よく解りました黒田詩織。

まとめると、木崎いつき、黒田詩織。

あなたたちはこれが自殺でもなければ事故でもない、これはまさに殺人であると考えている。そう直感、印象論、動機論として——そうですね？」

「はい、教頭先生」いつきがいった。「そして再論しますが、あたしたちがキチンと行動をすれば――そう正しい行動をすれば、それは印象論でも動機論でもなくなるし、したがって、白村美津子殺人事件の真実が、あきらかになると確信します」

「と、いうことだけど赤木双葉。あなたの意見は？」

……双葉はビックリしなかった。そしてもう、あたしもビックリしなかった。

教頭先生の瞳は、依然として読めない。深くて、不思議で、恐ろしくて。

でも、これだけはひしひしと分かった。

唯野教頭は、いま授業をしてる。討議でもゼミでもいいけど。教育者として、あたしたちを何かに導こうとしてる。だからこそ、あたしたち一人一人に、順番に質問をしてるのだ。

そう。

唯野教頭は、あたしが遠野先生のシナリオを利用したように、今度はこの舞台で起こってしまった白村美津子殺人事件を、何かに利用しようとしてる……それは、質問の展開のしかたで誰にでも解る……

そんな物思いをしてるうちに、あたしの隣の双葉が、気丈な声で答えた。

「教頭先生、あたしも詩織といつきに賛成です。美津子は、殺されたと思います」

「でしょうね。あなたならそうでしょう。

けれど。

それが実際、何を意味しているのか解って発言していますか、赤木双葉？」

「もちろんです教頭先生。これは、白村美津子殺人事件。

美津子は殺された。

だとしたら。

美津子を殺した殺人者がいる。当然そうなります」

「ねえ赤木双葉。ここで今、私が指摘しているのはねえ――

その文を言い換えると、恐ろしい物語が浮かんできてしまう。そういうことだけれど？」

「もちろん解ってます。そう、解ってます。

美津子を殺した殺人者は、ここにいる誰かだ――ってこと」

「双葉!!」

「初子、だってそうでしょ？

この二時間三五分のゲネプロ。大ホールに出入りした人はいない。いればすぐ分かった。そもそも誰もが知ってるとおり、最初からハッキリしてるとおり、ここはガッチリ施錠してる。誰も入れたはずがない。

そして舞台に上がった役者は、八人。

それを監督してた観客は、二人。

だから拳銃に触れることができたのは、もっと詰める必要があるけど、あたしが知るかぎりこの一〇人だけ。だったら、美津子を殺した殺人者は、美津子自身をのぞいた九人のうちの誰かだよ。物理的に、そうとしか考えられない」

「でも双葉、それを認めてしまったら。ああ、教頭先生がおっしゃってるのは——」

「そうよ初子、殺人者がいるのよ、仲間のなかか、先生たちのなかに」

「そんな!!　あたしたちがどうして美津子を!!　仲間がどうして、そんなことを!!」

「しっかりしてよ初子、これホントは、初子が言わなきゃいけない事なんじゃないの？」

「ええっ」

「初子、初子は本格ミステリ原理主義者でしょ？　殺人パズルが教えてくれる、正義と対等と信頼を、信じるひとなんでしょ？

　今、殺人は行われた。殺されたのは仲間。そしてここに、殺人者がいる。

　それなのに、あれだけ正義を力説してたのに、イザほんとうに殺人パズルが起こったら、仲間がそんなことするはずないとか、仲間は疑えないとか日和るのはおかしいよ。それじゃあ仲間の美津子が浮かばれないし、何より初子、初子はずっと舞台で、信じてもない正義を訴えてたことになる。

　初子はそれでいいの？　初子の考える正義って、そんなもんだったの？　あの動画は嘘を撮ったもの？」

「そ、それは」

「オホホホ、そうすると赤木双葉」唯野教頭の瞳が、鋭く光った。「あなたは、その正義を実現したいと考えるのですか？」

「もちろんです」

「具体的には？」

「直感でも印象論でも動機論でもなく、そう、初子が教えてくれた論理と手続きのちからで、客観的な真実をあきらかにします」

「それはすなわち」

「当然、このなかの殺人者を摘発する、ってことです。

だってムカつくもの。あたし絶対に犯人じゃないし。だのに犯人を突き止めずに、これモヤモヤしたままモゴモゴ終わらせちゃったら、あたしが犯人だって疑いも残っちゃうじゃないですか。それ、あたしにとっては屈辱だし、あたし生涯それを引きずって生きてかなきゃいけないし。

そもそも、美津子だって、今は喋れはしないけど、絶対、滅茶苦茶に悔しいはずだし。

それに、詩織やいつきの口調からして、どっちもあたしと一緒で、直感や印象論や動機論を、ちゃんと真実にまで詰めてゆきたいって、そう考えてるし」

　双葉はそのふたりをキッと見据えた。

見据えられた詩織は緊張しながら——そしていっきは確乎(かっこ)として、それぞれ頷く。

「なるほど、よく解りました赤木双葉。

そうすると空枝陸美、青山初子。今度はあなたたちの意見を聴く必要があるけれど？」

「あ、あたしは……」

　いろんな言葉が頭で爆(はじ)けては消える。

あたしが躊躇(ちゅうちょ)してるうちに、陸美がさらりといった。

「僕自身は、仲間の多数決にしたがいますが——

先生方には、また違うお考えがあるはずだし、なければならないのでは？」

「唯野先生!!」

そのとき、ずっと震えながら耐えてた遠野先生が、感情と言葉を爆発させた。

「唯野先生はいったい何を……この状況を利用して、また何を謀(たくら)んでいらっしゃるんですか!!」

「——また、というのも謀む、というのも不本意な言葉遣いだけれど、いったい何が言いたいの？」

「こんなこと……そんなことすべて、許されるはずないじゃないですか!!

　そもそもあんな演劇を、本格ミステリを讃美する動画を残すこと自身、恐ろしい思想犯罪であり、その証拠だというのに。その挙げ句、現実に明教館の、あなたの生徒がひとり、死んでしまっているというのに!!

　こんな状況にありながら。

　いえ、こんな状況を奇貨（きか）として。

　生徒に現実の殺人パズルを解かせるだなんて!!　本格ミステリを、実地に、リアルに行わせようとするなんて!!

　それこそ収容所で、真実の監獄生活が待っているとしか……いえそれですめばまだいいわ。そこまでの確信犯ならば、直ちに死刑ということも!!

　……正直に言います。

　私はそれが恐い。あの動画があるだけで、私は死ぬほどの恐怖を味わっています。けれど。でも。

　私には教師としての責任があります。教頭先生がそれを憶えていらっしゃることを祈りますが……教師として、生徒を労働キャンプだの収容所だの、果ては天国だのに送りこまない絶対の責任が。だから教頭先生、もう許してください。あなたの真意の解らない実験を、もうやめてください。あなたにどんな目的があるとしても、それを実現するため、ひとりの生徒を殺し、七人の生徒を思想犯に、生ける屍にするような真似は……そう、生徒を皆殺しにするような非道い真似は……お願いです教頭先生!!」

「そうすると」唯野教頭は、まったく微笑みを崩さない。「これからどうしろと?」

「動画の破棄は当然ですが、現実に、白村美津子さんが死んでしまっている以上……もし、すべてを率直に届け出れば。

警察は、この舞台のことも解明してしまうでしょう。そう、拷問をしてでも、自白剤を使ってでも。

だから、すべてを率直に届け出たとき。

生徒が、そしてもちろん私たち教師が救われる道はありません。ありえません」

「だから?」

「だから、カバーストーリーを練らなければ……白村美津子さんの死は、隠せない。けれど、それがあの監獄舞台と結び付けられるのは、絶対に避けなければならない。だってあんなもの、存在しないことにしなければならないのだから……

ですから、例えば。

軍事教練の授業で、いえ補習なり何なりで、偶発的な事故が起き、拳銃を練習していた不慣れな白村さんが大怪我をした。救命を試みたけれど、即死だった……

飽くまでも例えばですが、そのように警察に届け出れば。

そしてそのためには、急がなければ。

だって警察なら、すぐさま死亡推定時刻を割り出してしまうから。

だからこんなことを議論している時間すら惜しいんです教頭先生。すぐに御決断を。そしてすぐにスキのない、少なくとも警察の取調べに耐えられるカバーストーリーを!!」

――気が付くと、あたしは遠野先生にむかって、脚を踏み出してた。

必死で訴える遠野先生と、いつしか正対するかたちになる。

ふたりの瞳が交錯したとき、だからお互いの心を直視しようとしたとき、あたしはいった。それは覚悟で、ひょっとしたら挑戦だった。

「遠野先生」

「青山さん」

「あたし、先生を信頼してます」

「……どういうこと?」

「先生が犯人であるはず、ありません。それだけあたしたちのこと、擁おうとしてくれる先生が、犯人のはずありません。付け加えれば、それだけ禁じられたことをしないようにする先生が、この演劇をさらに混乱させ、自分を恐ろしく危険な立場に追い遣ること、なさるはずもありません。だから、遠野先生は犯人じゃない」

「青山さんありがとう、でもね」

「聴いてください、遠野先生。

そうすると、犯人は唯野先生か、あたしたち七人のうちの誰かです。それが解明されても、遠野先生に不利になることは一切、ありません。

そして。

この大ホールは、先生御自身がよく御存知のとおり、完全に閉ざされてました。今も閉ざされてます。あたしたちがここでゲネプロをやってることも、そしてどんなお芝居をやってるかということも――もちろん、美津子が死んでしまったことも、まだ誰も知りません。今はぜんぶ、身内だけの秘密です。

……だから、提案します。

唯野先生、遠野先生。先生方ふたりは、最初からこのホールにはいなかった。そういうことにしてください」

「青山さんあなた!!」

「動画に残ってるのは、飽くまで、舞台の様子です。だから、動画に登場するのは、ほとんどが、あたしたち八人の役者だけ。先生方がここにいたことを証明するものは、たった数分のシーンさえ消去してしまえば、何もありません。だから、あたしたち七人が黙れば、それは永遠の秘密になります。先生方に迷惑をお掛けすることは、なくなる」

「私達のことなんて……!!　それに、白村さんが死んでしまったことは、隠せない」

「だからさっきいいました。あたしは、先生を信頼してると。

犯人は、それを前提とすれば、唯野先生か、生徒の誰かになる――

ここで、唯野先生にお訊きします」

「許可します」

「唯野先生は、犯人ですか？」

「いいえ」

「ありがとうございます。そして、あたしはその言葉も信頼します。

それを前提とすれば、犯人は生徒の誰か。必然的にそうなる。

い、い、い、

そうすれば。

唯野先生すら、この殺人パズルには全く関係なくなる。だから、さっきいったように、最初からいなかったことにしたって、何の問題もない。

そうです。

動画も、美津子殺しも、あたしたち生徒がやったこと。そこに、教師は誰もいなかった。なら、ぜんぶの罪も、ぜんぶの責任も、あたしたちだけで負うことができる」

「そんなこと……!!

ねえ青山さん。仮に私たち教師が逃げ隠れするとして、あなたたちだけに罪を負わせるなんてことが。あなたたちを警察に売り渡し、思想犯・殺人犯として生涯を収容所で送らせるなんて、そんなことが!!」


「遠野先生のお気持ち、ほんとうに、嬉しく思います。

けれど。でも。

あたし、さっき双葉に怒られて、思い出したんです。

あの舞台のあたし。あの監獄劇の、アオヤマハツコ。

あれは、演技だったけれど、あたしの本音でした。あたしが心から信じ、心から信じたいと思ってることそのままでした。だから、あたしは現実の青山初子だけど、あのライトの下のアオヤマハツコなんです。まだ、あたしのなかにアオヤマハツコが生きてる。そして、これからも生き続ける。たとえどんな拷問を受けようと。たとえどんな辱（はずかし）めを受けようと。だって、もうたっぷり受けたから。もう練習は、嫌というほどできたから。


　だから。

　あたし、一緒に演じた仲間たちみんなも、きっとそうだと思うんです。

　その気持ちがあるかぎり。あの舞台のあたしたちが、生き続けてるかぎり。

――美津子の死をこのままにすることはできません。

美津子を殺した犯人を解明しないわけにもゆきません。

それは、あたしたちみんなが、ハッキリと言葉にして、自分で自分に課した鎖（くさり）だから。

だからお願いです。

あたしたちに、白村美津子殺人事件を、解明させてください。

　あたしたちに、その時間と機会をください。

　それが終われば、あたしたちは警察に自首します。絡鋼（すじがね）入りの、思想犯として。

そのとき、絶対に先生方に迷惑はかけません。

だってここに、教師は誰もいなかったんですから。そうだよねみんな？」

双葉が、詩織が。いつきと陸美が。そして千鶴と百花が、いっせいに頷く。

気負いなく、反抗心もなく、けれど、確（しっか）として――

もう涙を流さんばかりの遠野先生が、縋（すが）るように教頭先生を見た。

その、唯野教頭は――

「あなたたちに、それができると？」

「……やってみせます」

「殺人者を摘発できたら、それと一緒に自首すると？」

「そうです」

「失敗したら？」

「……どのみち先生方に害はありません。存在しなかったのですから。とすれば、あたしたちが勝手なお芝居をして、そこで美津子が死んで、誰が犯人かは分からないけど、とにかく逮捕される。

そこから先のことは……この国では、考えても仕方がないことです」

「オホホホホ。

なるほど御立派——さすがはアオヤマハツコ。絡鋼入りの、本格ミステリ原理主義者だけのことはある啖呵ねえ。ちょっとした嘘はあるけれど」

「と、おっしゃいますと」

「あなたはそれができると確信しているからですよ。

さらに、あなた以外の生徒すべてでも、それができると確信している。

それは、あなたたちの瞳を見ればすぐ分かること——

そして、私はそういう傲慢が嫌いではない」

ぱん!!

ここで唯野教頭は、演技的に手を拍った。大きく拍った。それは総監督だった。

「よろしい。できるものならば、そう論理と手続きのちからでできるものならば。

見事やって御覧なさい。そして、自分達が吐いた傲慢な能書きを、どうぞ実証して御覧なさい。私はまた観客として、あるいは審判として、それを見届けましょう――

探偵が七人いるのならば。

誰かが裁判官の役を務めなければ、それこそ手続き上フェアでないものね。そうでしょう？」

「た、唯野先生」遠野先生はもう唖然として。「では、唯野先生はこれを認めると。ここにお残りになると」

「あなたがどうするかは、あなたの自由に委ねます。

ただし。

もしここで。ありえないとは思うけど、もしここで。

あなたが犯人だなんて結論が、出てしまったとしたら――

そしてそれを裁判官が、真実だと、正解だと判断してしまったら――

あなたはここを離れても、どのみちこの娘たちによって、警察への片道切符をもらう。そういうことになる。それが真実ならば、この娘たちは、あなたを許しはしないでしょうからね。だから警察に自首するのは、そのときは教師一人＋生徒七人ということになる」

「そんな!! 私は!!」

「だからここを出てゆくかどうかはあなたの自由だけれど、私としては、一緒に裁判官を務めた方がより安全だと、そうアドバイスはしておくわ」

遠野先生は、激しい身振りで、激しい言葉を紡ごうと口を開いたけど。そうあたかも、最後の説得を試みるように、全身で唯野教頭に何かを訴えようとしたけれど――

とても無理だと、無駄だといった無力感とともに、大きく肩を落とした。

そして万感の思いをこめるように、小さな、けれど憤った声でいった。

「……あなたは、最初からそのつもりだったんですね」

「そのつもり、とは」

「いえもう結構です」

「あらそう。なら始めましょう、名探偵さんたち――

ああ、道具係と音響係は、誰だったかしら。

スポットライトを準備して。あとピアノの音がほしいわね」

「唯野先生」陸美がさらっと訊いた。「また優雅だけど、それは何故です？」

「解っていることを訊くのは、あなたの悪い癖ですよ空枝陸美。

この大ホールの封鎖が、どれだけ完璧でも。

バカ正直に真実の犯罪談義をするのは、あまりにも剣呑でしょう？

誰に見られたとしても、これもまた、通し稽古の一環だと、虚構の舞台だと思ってもらわなきゃいけないでしょ？　スポットライトはそのための劇的効果。ピアノの音は、そのための音響効果にして音の煙幕よ。

もちろん、芝居っ気たっぷりに、それぞれ台詞をつらねて頂戴な、そう、名探偵として――

さあ開幕よ。口火を切るのは、誰？」

黒田詩織のふるい（軍事教練）

「初子、あたしからでいい？」

「もちろんだよ、詩織」

――暗転してた舞台に、敢然(かんぜん)と脚を踏み出したのは、キツい役を演じた黒田詩織だった。

舞台の中央まで進んだ詩織を、そして観客席の側へ語りかける詩織を、一点投射のスポットライトが、あざやかに浮かび上がらせる。詩織が一瞬、そのまぶしさに瞳を細めたほどに。

そして流れてくる、ピアノの曲――

どこかミステリアスで、でも不思議な調和があって。そう、謎と秩序が不思議に混在してて。それがどこか、本格ミステリ的に心地よくて。それはやっぱりサティだった。『グノシエンヌ　第4番』という曲。サティなら、監獄舞台ではもっと不気味な『ひからびた胎児』が採用されたから、結局使われなかった曲だ。

「――さっきあたしたちは、直感、印象論、動機論で、これは殺人だと指摘しました。

けれど、あたしは、もっと客観的に、これが殺人だと断定できると思います」

そこへ、ゆっくりと千鶴が歩みよった。スポットライトの輪には、入らない。

その光でギリギリ、セーラー服姿が確認できる位置で止まる。そして訊く。

「詩織、それはどうやって？」

「美津子には、拳銃に弾丸を入れられなかったことを、証明することで」

「え」

「ここ明教館では常識だけど、あたしたちの授業には、軍事教練がある。

そこで確かに、拳銃を取り扱う。とても実戦的で、壊れにくいリボルバーの拳銃を。

だから、あたしたちの誰もが拳銃に触れたことがある。弾丸をこめたことがある。発射したことすらある――

たったひとり、美津子をのぞいて」

「あっそうか」千鶴がしまった、といった声で同意した。「見落としていたわ。そんなカンタンなことを。私達にとって、そんなアタリマエのことを」

「そう。

美津子は、茶道の家元の娘。その跡継ぎ。茶道は、旧社会のスタイルとは変わってしまったらしいけど、今の政府も重視してる。だから、美津子は軍事教練を——正確には、拳銃実技その他の、指先にダメージがあるような軍事教練を、免除されてた。これは、あたしたちの誰もが知ってたこと。

そして、考えてみて。

あの監獄舞台で、千鶴、千鶴の小道具だった拳銃は、何度発射された?」

「もちろん三度よ」千鶴は断言した。それはそうだ。「何度も稽古しているし、脚本は頭に入っている。もちろん実際の舞台も、私達がさっき演じたように、脚本どおりだった。初子が変えた部分もあったけれど、いずれにせよ私達にとって、脚本どおりだった。

だから、あの拳銃が発射されたのは——

第一回目。催涙ガス事件のあと。

私チヅルがイッキを屈服させようとして、威嚇のために一発、撃ったわ。

第二回目。敗戦と解放のあと、そう立場が逆転したあと。

中央の房でミツコが私を撃った。それで私、っていうかチヅルは死ぬんだけど、それで一発、発射された。

第三回目。これはいうまでもないけど、ミツコの自殺シーン。

今となっては、美津子が殺されたシーンっていうべきかも知れない。ともかくも、美津子の口のなかで一発、発射された。

――そう、私の小道具だった拳銃が発射されたのは、ぜんぶで三回よ」

「当たり前のことの確認だけど、あの拳銃は、ホンモノの拳銃だよね？」

「そう。それについては道具係が、あとまさに唯野先生が証言できるし、これから拳銃を調べれば一発だけど――あれは真正の、だからガチで人が殺せる拳銃よ。なんたって、この明教館にはあんなのゴロゴロしているし、唯野先生が、そう舞台でもいってたとおりに許可してくれたから、ナチュラルに持ち出せるわ」

「実弾も持ち出されてるの？」

「道具係、道具担当は持ち出してないはずよ。だから、そうね……『分からない』が答えになる。

よって私が言えるのは、詩織。

私が今日あのゲネプロで、あの拳銃と初めて接したのは、まさに舞台のあのシーンどおり――先生方から、反省室長室で、手錠だのブーツだのと一緒に、サディストの装備品を受領したそのときよ」

「なら千鶴はそれを調べた？　リボルバーの弾倉を開けて、弾を挿(い)れるレンコンのなか、確認した？」

「もちろんよ。だってあぶないもの。

絶対にありえないとは思うけど、万が一、万が一何かのミスで、レンコンに実弾が入っていたらそりゃもう大変よ。極秘で、ヤバい思想の劇、やるつもりだったんだから……

だから軍事教練で習った作法どおり、レンコンは開けた。

もちろん、レンコンの、六穴の薬室(やくしつ)はぜんぶ空だった。絶対に間違いない。

でなかったら実弾、捨てるよ。意味ないし、舞台の性格からいってヤバすぎるから」

「千鶴が拳銃を受けとったとき、確実に、実弾は入ってなかった。これ、千鶴以外に誰か証明できる？」

「できると思うわ。ううんできる。まず、それを隣で一緒に見ていた百花が証言してくれる。それだけじゃ足りないと言うのなら、それを渡してくれた唯野先生に確認することもできる。そして、それよりも何よりも、第一回目に私が、第二回目に美津子が、何の躊躇(ちゅうちょ)もなく拳銃を発射したことが、それ自身証明だよ。

私は結果的には——脚本どおり——天井にむけて撃ったけど、あれ憶えているでしょう？

私はその寸前、ギリギリまでキザキイツキを照準していた。おまけに、キザキイツキに当たっても全然おかしくないタイミングで引き金を引いた。実弾が入っていたら、まさかそんなことできない。

美津子については、私以上にできないよ。だってシロムラミツコは、まさに人間を——ヒョウドウモモカを狙って撃ったんだし、それがまた、結果としてカンナギチヅルに当たるということも、当然知っていた。そう、確実にヒトに当たるということを。もし実弾が入っていたなら、私以上に、そんなことできない」

「千鶴、大事なこと確認させて。

あの舞台で、お芝居で。拳銃を撃つシーンのとき、引き金は引いたのね？」

「引いたわ。そしてそれは、拳銃を撃ったもうひとりの役者——美津子についても一緒よ。それは舞台を見ていた誰もが分かったことだし、また、そうする約束にもなっていた。そう、グッと引き金を引くのが、発射音と閃光を出す合図と決まっていたから。それが、音響係と道具係との打ち合わせ事項だったから。もっともこれ、たくさん稽古をしたから、役者の誰もが気付いていたと思うけれど——

そう、私はほんとうに引き金を引いた。美津子もほんとうに、引き金を引いた。

このことも、私と美津子が、『まさか実弾なんて入っていない』と信じていた証拠になると思うし、事実、実弾なんて入ってなかった証拠にもなる。私はそう思う」

「そうだね、あたしも同感。もっと詰める必要はあるけど、とりあえずそう思う。だから。

ここで、とても大事なことは——
一、拳銃が舞台に登場したとき、実弾は入ってなかった
二、拳銃を撃つシーンで引き金が引かれることは、役者の誰もが知ってたし、舞台を観てた誰もが分かった
三、第一回目の発射と、第二回目の発射のときは、もちろん実弾は出なかった
こうまとめられると思う。千鶴、これはどう？」

「……ええ、そうまとめられる。それは間違いない。

私も美津子も、合図として、かなりハッキリ引き金を引いたから。それは役者でなくても、舞台を観ていればすぐ分かったこと。そして、第一回目と第二回目で実弾が発射されなかったことは、常識的にあきらかよ。だって私、軍事教練を受けているから。実弾を撃ったときのあのすごい反動は、絶対に分かる。それを措くとしても、いくらなんでも実弾がほんとうに飛んだら、それはどこかに——悪くすれば人に——当たるわけだし、あの舞台セットのどこかに当たればすぐ分かるよ。もちろん人に当た

ったら大怪我、すぐ分かる。

そう、第三回目の発射以外は、いわば空砲っていうか、実弾は出なかった

「そうすると、当然導かれるポイントとして、」

　四、美津子を殺した実弾が入っていたのは、第三回目の発砲のときだけである

ってことになるね。だって美津子……死んじゃったし、それは拳銃のせいでしかあり

えないから」

「認めるわ」

「ここで最後の確認だけど、千鶴。

あの千鶴の拳銃。

千鶴と、そう美津子以外に触れた人はいる？　千鶴、あの小道具を誰かに触らせ

た？」

「このゲネプロで、ということなら、否よ。そしてたぶん、詩織も知っていて訊いて

いると思うんだけど、これはゲネプロ、通し稽古でしょう。だから私は——みんなと

だけど——幕間に舞台袖でちょっと休憩した以外、ずっと舞台に上がりっぱなしだっ

たし、そこでは『シロムラミツコに奪われる』まで、ずっと拳銃を帯びたままだった

わ」

「舞台袖では？」

「装備品のベルトごと、ちょっと席を外してお手洗いに行ったりしたけど……時間が押していたし、まさか五分は放置していないわ」

「ベルトごと？」

「うん、それは思わずっていうか無意識にだけど。だから拳銃とかを吊ったベルトは、舞台袖のすぐ外のお手洗いの、洗顔台のところで外した。そして、そこへ置いた」

「お手洗いの個室には、持って入らなかったんだね？」

「ええ」

「そのあいだ、拳銃はお手洗いの洗顔台で、いわば剝き出しだった」

「そうなるわ」

「その、五分未満だけ放置した幕間っていうか、休憩っていうのは、具体的には脚本のどのタイミング？　何度かあったの？」

「ううん、舞台から引っこむのは何度かあったけど、拳銃を離したのは一度だけよ。すなわち、最後の休憩。ほら敗戦のニュースが流れて、監獄で革命が起こったじゃない？　私が『フタバさま、ミツコさま』って言わされて、チヅルさんの歌を歌わされて、そこで幕間だったよね。それからアカギフタバ裁判長の人民裁判が始まるまでの、最後の、短い休憩のとき。

私が拳銃を受けとってから、それをミツコに奪われるまでの間。

一度でも拳銃を身から離したことがあるとすれば、それはそのときでしかありえないわ」

「あの舞台セットの」詩織は腕で指し示した。「反省室長室のなかでも？」

「ええ、あの私と百花のオフィスのなかでも。だって二時間強のお芝居よ？　まさかほんとうに着換えたり寝たり、くつろいだりするはずもないし」

「そこでも、誰も触れなかった――室長室に出入りする役どころの、百花でさえ」

「ええ、そしてあなた自身は言い難いだろうから私が言うと、私達に『寝返って』そのオフィスに出入りできたあなた――クロダシオリでさえね。そう、あなたに拳銃に触れられた記憶はいっさいないわ。むろん百花にも」

「そうすると、拳銃が千鶴から離れた唯一の機会――最後の休憩のとき、一緒の舞台袖にいたのは？」

「私の記憶が正しければ、そしてすぐに本人の証言がもらえると思うけれど、初子といつき。そしてこの大ホールは、世間一般の大ホール同様、左右の舞台袖――舞台下手・舞台上手の舞台袖を、自由に行き来することはできない。舞台を下りて、観客席を縫ってゆくか、舞台袖からホールを出て、露天を歩いてまたホールに入る以外、反対側の舞台袖には、ゆくことができない……そしてこの大ホールは、絶対に封鎖しておかなければならなかった。

まとめれば。

その最後の休憩のとき、一緒の舞台袖にいたのは、初子といつきで、それだけよ。

初子といつき以外は、反対側の舞台袖へと引っこんだ。

だから、初子といつき以外は。

外に出てヘンテコな囚人服を人に目撃されたり、ずっと観劇していた先生方に目撃されることなく、私がいた舞台袖、だから拳銃があった舞台袖に来るのは、絶対に不可能ね」

「そして千鶴はといえば、拳銃ごと、お手洗いに行ったんだよね？」

「そう、さっきいったとおりに」

「初子といつきも？ ていうか、そのときの三人の動き、憶えてる？」

「実は三人とも、急いでお手洗いに行ったわ。別に連れ立ったわけじゃなく、タイミング的にそこしかなかったから、どうしても行動が一緒になった。そして私が、そうベルトを外す手数があったから、いちばん最後に個室に入った。出たときは、ふたりともお手洗いにはいなかったわ。それはそうよ。すごく押していたし、急いで舞台を続けないと、先生方のストップが掛かってしまうから……」

「すると、千鶴が個室にいたとき、拳銃は触れられる状態にあった」

「……そうなる」

「反対側の舞台袖にいた面々も？」

「それは無理。さっきいったとおり、反対側の舞台袖から私がいた舞台袖には来られないから。無理矢理来ようとすれば、観客席か露天を突っ切ることになる。そもそも、あっちの舞台袖の方にも、もちろんあっちのお手洗いがあるわ。だから、奇妙な動きをすれば、一緒の舞台袖にいた仲間に、絶対に察知されてしまう」

「確か、観客席からは、どっちの舞台袖にも、だからどっちのお手洗いにもゆけるよね？」

「説明したことを頭に描いてみて。そのとおりよ。観客席からは、下手（しもて）にも上手（かみて）にもアクセスできるから」

「ありがとう千鶴、つきあってくれて。

　そうしたら最後のポイントとして、
　　五、この舞台が上演されてるうちに、千鶴の拳銃に実弾を入れることは、不可
　　　能ではなかった
　これは大丈夫？」
「ええ。ただこの時点では——初子といつきの名誉のために言っておくけど——私はそれが初子といつきとは指摘できないわ。

あの演劇には、乱闘っていうか、私たち役者が入り乱れる、混乱したシーンがあった。幾度かあった。私はガムテープで縛られたし、腕をねじ上げられたし、いろいろなかたちで小突き回されたし、まだもっと……あっ、も、もちろん怨んでなんてないわよ？　それは飽くまでお芝居よ。

ここで私が言いたいのは――

舞台が混沌としていたとき。

私達なら、軍事教練を受けている私達なら。そう役者と観客の視線にスキができたとき、実弾一発を拳銃に入れることが、絶対にできなかったとはいえない――そういうことよ。そしてそれは、動画でも確認してみないことには、何とも言えない。

言えることがあるとすれば。

チャンスの大小はともかく、軍事教練を受けている私達なら、第三回目のときに実弾が発射できるよう、弾丸をスッと挿れられた――かも知れないっていう、至極当然のことだけよ」

「そう、至極当然のことよね。

でもそこが、千鶴、実はあたしの指摘したい結論なんだ」

「え、どういうこと詩織？」

「一から五までの命題から、導かれる結論――

〈実弾は、今日このゲネプロの舞台で、千鶴が拳銃を受けとってから、美津子の自殺シーンまでのあいだに入れられた〉

〈実弾は、弾倉の、三発目に発射される薬室に入れられた〉

ってこと。

繰り返すと、薬室ってあのレンコンの穴ね、まああたしたちには常識だけど。

ところが。

薬室どころか、拳銃そのものに全然、常識をもたない役者がいる。あたしたちのなかに、たったひとりだけいる。このことから、大事なことが導ける」

あっ、と千鶴が声を上げた。そしてようやく、詩織のながい弁論の終着地が分かったと、そんな表情をした。あたしにはそれがよく解った。だってたぶん、あたしも一緒の表情をしてたから。そしてその終着地は、とても当たり前だけど、とても大事なふたつのことを、確実に押さえてくれる——

一番鎗を買って出た、詩織が締めに入った。

スポットライトのなかで、探偵として語り始める詩織。

「よって、あたしは次のことを指摘して、弁論を終えたいと思います。

千鶴の拳銃に実弾を入れたのは、軍事教練を受けてない美津子ではありえません。

美津子は拳銃に触れたこともないから、そもそも弾倉の開け方を知らないし、それは触れているうちに分かるとしても、絶対に、『どれが三発目に発射される弾丸の薬室か』を、識別することができないからです。レンコンの回り方も知らなければ、どの薬室の弾から発射されてゆくのかも、素人として、知りようがないからです。それは、あたしたちみたいに軍事教練を受けてないすべての女子高生が認めてくれる結論でしょう。

そして、このことは。

あたしが最初に呈示した問題を解決してくれます。

すなわち。

あたしたちは、動機論からこれが自殺ではないと判断してましたが——

そもそも美津子には、レンコンの三発目の薬室に、弾丸を入れることができません。

そこに実弾を入れることができない美津子が、その実弾で自殺をすることはできません。百歩譲って、誰かに頼んだとしても、先ほどの結論から——そう実弾が入れられたタイミングについての結論から、その誰かはここにいる役者か、観客です。そしてその仮定の下では、その誰かとは、美津子から『自殺したいから弾丸を入れてね』と頼まれたことを、何故か黙ってる誰かです。だとしたら、それはもう『犯人』といっても問題ないでしょう——

まとめます。

実弾を入れたのは、美津子以外の第三者である。

その第三者は、ここにいる生徒か、教師である。

よって自ら弾丸を入れていない美津子は、自殺したのではない。

だから――

あたしたちは今、これが殺人だと断定できます。

そして、その殺人の犯人は、ここにいる白村美津子以外の誰か。

しかも、教頭先生以外の誰かでもあります――そう、この学園では常識ですが、遠野先生の世代は政府の軍事教練を受けた新世代で、唯野先生の世代はそうではない。唯野先生は、旧政府の時代、解放前の時代に既に成人しておられますから。

だから。

あたしは白村美津子と唯野教頭を、殺人者から除外したいと思います。そしてそれは、ここにいる誰もが賛成してくれる結論だと思います。

したがって。

ここで便宜的に、犯人候補を①初子、②双葉、③美津子（自殺のとき）、④あたし（詩織）、⑤いつき、⑥陸美、⑦千鶴、⑧百花、⑨唯野、⑩遠野とナンバリングすれば。

美津子を殺した犯人は、あたしの篩(ふるい)によれば、①初子、②双葉、④詩織、⑤いつき、⑥陸美、⑦千鶴、⑧百花、⑩遠野のいずれかとなります。御清聴(ごせいちょう)ありがとうございました」

神薙千鶴のふるい(指紋消去)

「詩織」

「千鶴」

「ありがとう詩織、最初にキチンと状況を整理してくれて。そして、最初のふるいを用意してくれて。

そのおかげで、私、考えをまとめられた事がある。気付いたことがある。

そして、私のふるいも用意できた──ように思う。

だから初子。

二番手は、私に務めさせて」

「もちろんだよ。ていうかお願いする。このなかで、千鶴がいちばんしっかりしてるから」

「それは作品世界の設定だと思うけど──期待にこたえられるよう、頑晴(がんば)るわ」

いつしか、スポットライトの光につつまれてた詩織は消え。

そのなかに、詩織をアシストしてた千鶴が入った。

――すると、その千鶴を助けるように、そうさっき詩織がやってたように、スポットライトぎりぎりの所に、兵藤百花が脚を進めた。奇しくも、看守コンビがまた復活したことになる。

そして、いよいよ千鶴は、一点投射のなかで、観客席にむかいながら――

「黒田詩織は、今。

軍事教練のふるいを使うことで、幾つかの大事なことを、証明してくれました。それと同時に、基本的な状況が整理され、私達は、とりわけ拳銃と実弾について、大事なポイントを押さえることができました。

そのポイントは――例えば『実弾が第三番目の薬室に入っていた』ということは。

これから直ちに立証できます。何故ならば、問題の拳銃はほら、そこにあるのですから。私のうしろの、監獄舞台中央の房に、まだ存在しているのですから。

しかし――

私はあえて、今は、その拳銃に触れないでおこうと思います。

よりひろく、犯行現場とその証拠品を、汚染しないでおこうと思います」

「千鶴」百花が不思議そうに訊いた。「それは何故？」

「カッコつけていえば、論理と手続きによって、この謎を解明したいから」

「え」

「ここで手続きというのは、いつかアオヤマハッコが演説したとおり、フェア・プレイをするということ。この状況で、それを具体的にいえば、探偵が証拠を改竄したり、捏造したりしないこと。

——さいわい。

美津子が死んでしまってから、正確にはほんとうに死んでしまったのが確認されてから、中央の房に侵入した人間は、かぎられる。言い換えれば、今、犯行現場はかぎりなくホットなまま保存されている。そしてその状況は、実は、私がこれから弁論する『犯人のふるい』にとって都合がいい。

何故といって。

第一に、それを弁論する私自身が、これから拳銃を触るなどして、証拠を汚染したり、でっち上げたと思われずにすむから。そして第二に、そのような状態でこそ、私が気付いたたったひとつのこと——たったひとつの純粋論理が、活きてくるから」

「……千鶴、その気付きって？　千鶴が純粋論理っていう、たったひとつのことって？」

「百花、それは拳銃の指紋だよ」

「拳銃の、指紋……」

「百花、この犯人は、美津子を殺した犯人は、これから名乗り出ると思う？　自分が犯人だと、美津子を殺してしまったと、自白すると思う？」

「……ありえない」

「何故？」

「それだったらもう告白してるよ。とっくに自白して、懺悔してると思う。

でも、実際は真逆。

これだけ犯人候補が限定されてるのに、いさぎよく名乗り出ようとしないし、そもそもこの犯人、いやらしい術策を使ってるもの。あとでいうけど、例えばあの拳銃の発砲音からして、小細工をフル活用してるし。ううん、それよりも何よりも、わざわざ第三番目の薬室にだけ実弾を挿れとくっていう――もちろん、コッソリ挿れとくっていう――卑劣な罠を仕掛けてるから。初子の渾身の脚本を、冒瀆する真似までして。

その小細工とか卑劣さとか冒瀆から考えて、この犯人、逃げ延びるつもりだよ。

そして実際、それは唯野教頭……先生の匙加減ひとつだったし。

つまり、学園側が、この恐ろしいスキャンダルを隠蔽することも期待できた。

だからこの犯人が、素直に名乗り出て、罪を認めるなんてありえない」

「ありがとう百花。一〇〇％賛成する。

私も、この犯人はいさぎよくない犯人、足掻（あが）く犯人、逃げ延びようとする犯人だと思う。しかもそれは今のところ、客観的な事実としかいいようがないわ」

「けど千鶴、そのことで、千鶴は何を指摘したいの？」

「この犯人は絶対に、拳銃の指紋を拭いたってこと。

言い換えれば、あの拳銃には、もう誰の指紋も残っていないってこと」

「えっ」

「それは必ず、すべての弁論が終わってから、客観的に立証されるわ、必ず。

けれど、純粋論理によってもそうなる。それは、そうならなければならない。

何故ならば。

第一に、学園の隠蔽工作が失敗して、警察か憲兵隊が介入してきたとき。まず真っ先に捜査するのは、『拳銃に触れたのは誰か？』ということだから。すなわち、『拳銃には誰の指紋が残っているか？』ということだから。

そして第二に、仮に期待どおり、学園の隠蔽工作が成功したとしても――そう、唯野先生のことよ、まさか犯人を解明しようとしないはず、ない。すると今度は学園が、それらのことを、捜査なり調査なりすることになる。

ならば、どのみち。

凶器である拳銃には、絶対に、自分の指紋を残してはならない——

ここで『拳銃には』とは、もちろん拳銃の外側全部でもあれば、弾倉のレンコンでもあるし、あるいは必ず薬室内に残ってしまう薬莢でもある。それはそうでしょ？　例えば外側をパッと拭くだけでは、そう、弾を入れるとき絶対に触れる、レンコンの指紋を消し去れるとはかぎらない。あれ回転するし、本体に隠れてしまう部分もある。しかも、開けたときのお尻に、指で弾丸を押し入れるんですものね。これまた、明教館の生徒にとっては、アタリマエのことだけど。

さらに。

弾丸が発射されても、その弾丸のお尻、そう薬莢は必ず残る。レンコンのなかに残る。もっと正確にいえば、弾丸のお尻部分だった、それなりの大きさの弾丸ケースは必ず残る。それが拳銃の弾の仕組みよ。そして犯人が弾丸を挿し入れた以上、必ず、その薬莢＝弾丸ケースに触れていたのだから、犯人の指紋は、発射後のレンコンのなかの、薬莢に必ず残る。これは必然的にそうなる」

「……そうだね」

百花は思わず、といった感じで拳銃を操作する仕草を再現した。そしていった。

「犯人が拳銃に弾丸を入れたなら。まずグリップに指紋が残る。もしかしたら、銃身にも指紋が残る。レンコンの露出部分にも、やっぱり残る。これは、拳銃の外側。

でも、そうだよ、それだけじゃない。

レンコンの、銃本体に隠れてる部分にも残るし、何よりも、挿入した弾丸と薬莢に残る。弾は飛んでくから、最終的に残されるのは薬莢の指紋だけど。いずれにしろ、これは、拳銃の内側になる」

「ここで百花、私と一緒に確認して。さっき、詩織が整理してくれたことでもあるけれど。

まず、カンナギチヅルの拳銃に弾丸が入れられたのは、いつ？」

「それは、『カンナギチヅルがタダノ教頭に拳銃を渡されてから』、『シロムラミツコが拳銃自殺をしてしまうシーンまで』のあいだだよ」

「そうだったね。なら脚本上、そのあいだ、拳銃に触れることとなっていたのは？」

「それはもちろん、カンナギチヅルとシロムラミツコのふたり」

「実際に、触れることができたのは？」

「最後の休憩で、千鶴が拳銃を離したときの、初子といつき――

――だけどさっき、千鶴自身が認めてたよね。舞台には乱闘っていうか、役者の入り乱れたシーンがあったから、そのスキをついて弾丸を入れるチャンスは、役者の誰にでもあったって」

「そう。弾丸を入れること自体には、ね――

だから私は、そっちのルートは使わなかった。

だから私は『弾丸を入れる』ことじゃなくって『拳銃を拭く』ことに着目したの。

――百花、もう一度いうわ。

この犯人は、絶対に指紋を残すわけにはゆかなかった。

ならこの犯人が、私の小道具の拳銃を拭いたのは、いったいいつ？」

「それは……」

これは、難しい。あたしも舞台に浮かぶ千鶴と百花を見ながら、懸命に回想した。

そのあたしと一緒の結論を、ゆっくりと、百花が口にしてくれる。

「……たぶん、こうなるんじゃないかな。

ゴメン、ちょっと整理しながら喋るね、ええと……
①最後の休憩のとき拭いた
②役者が入り乱れてたとき拭いた
③美津子の死が確認されたとき拭いた
んじゃないかなあ。だって、そもそも拳銃に触れなきゃ、それを拭くことなんてできないから――

あっ!!」

「どうしたの百花？」

「……そもそも、最初から、拭く必要がない犯人だって、いる!!　でもそれは」

「ありがとう、キチンと指摘してくれて。でもそれはつまり?」

「A.手袋とかを使ってた犯人か、ああゴメン千鶴、B.ずっとそれを持ってた犯人」

「そうよね。

　Aのとき。そもそも弾丸を入れるとき手袋などを使っていれば、指紋は着かないから、それを拭く必要もない。

　またBのとき。私は脚本上、当然、拳銃に指紋が着いていてもよい役者なんだから、弾丸さえキレイに拭いておけば、拳銃を拭く必要なんてない。拳銃外側の指紋については、どうとでも言い訳ができるし、セーラー服姿だった私には、弾丸をどうとでも拭くことができる――

　この、『拳銃を拭く必要がない犯人』について、もっと考えてゆきましょう。

　まずカンタンな方、Bのとき。

　このとき犯人候補は、私だけに締られる。以上。

　次に、Aのとき。すなわち、犯人が手袋などを使ったとき。

――そもそもこの監獄舞台で、手袋が使えたのは誰か?

　ここで思い出すべきは、囚人に対する、徹底した身体検査よ。作品世界の『毎朝』、あるいは『抜き打ち』で、執拗に行われた身体検査。

　これは詩織も一緒に証言してくれると思うけど、もちろん囚人役の皆も証言してくれると思うけど、ほんとうに、真剣だった。とりわけ百花は、脚本にしたがって、徹底的にやった。辱めているということが、観ている人に伝わるように」

「うん、まさしく。私自身がかなりキツかったけど」

「手袋を持っている娘はいた？」

「まさか。だって舞台に必要ないし。そもそも、あんなストンとしたワンピースには隠せないし」

「例えば指紋をカバーできるような、接着剤などを帯びていた娘は？」

「それこそまさかだよ。隠す場所はないし、そんなもの使ったら舞台の上ですぐ匂うし。千鶴が死ぬほど知ってるとおり、そもそも囚人役に所持品は許されてなかったし」

「結論として、囚人役の生徒は――」

「――手袋も接着剤も、どんなツールも使えないよ。

　あっでも。

　着てる囚人服っていうか、あの白いワンピースそのものが、手袋代わりのクロスになる、ってことも……あれで手と指を隠しながら、拳銃を」

「あのとてもごわごわした、粗末な麻みたいなワンピースでは、演じた誰もが知ってるとおり、そんな器用な真似はできないわ。百歩譲ってできたとして、その仕草そのものがすごく不審だし、もうまとめたとおり、そもそも拳銃が拭けるチャンスは①②③の機会にかぎられる。②の機会では、とても細かい作業なんてできはしない。絶対に無理。そして①③の機会については、既に該当者がかぎられる。該当者は、そう、拳銃にアクセスしてそれを拭けた者は、とても少ない――

だから。

一般論としては、『囚人』には手袋その他のツールが使えないし、だから拳銃の指紋は消せないし、だから最後には指紋を拭く必要がある。こうまとめられる」

「なるほど。でも千鶴、その『一般論としては』っていうのは？」

「私が拳銃を手離したお手洗いにおいては。

粗末な麻みたいなワンピースで、その不審な仕草を、自由自在にすることができる。それなりにゆっくりできる。目撃者はいない。お手洗いにゆけた囚人は、そこで指紋を拭けるのよ。

ううん、この舞台が始まる前から、例えば舞台袖に手袋を隠匿しておくこともできるし、弾丸を準備しておくこともできるでしょう？　その囚人がそういう用意をしていたとすれば、指紋を拭く必要すらない。さらに時間が稼げる――

要するに。

あのお手洗いにゆけた囚人は、だから私と一緒の舞台袖に来ていた囚人は、そこで指紋を拭けるか、手袋などが使える。だから囚人なのに、さっきの『最後には指紋を拭く必要があるタイプ』ではない。最後まで指紋を拭く必要がない。そう、例外的囚人なのよ」

「な、なるほど。ちょっとこんがらがってきたけど、どうにか解る」

「大丈夫。すぐにカンタンに言い換えてまとめるから。そう、すぐにもう一度言うわ。

だから次の論点だけど、百花。

残念ながら、私たち看守は、身体検査も何も受けてはいない。

私たちには、手袋その他のツールを使えた可能性があるし、それは私と百花がどう弁解しようと、客観的に否定することは難しい。

そのことは、途中から『寝返った』詩織についてもいえる」

「そうか、身体検査を受けてなかった千鶴、私、詩織は、いってみたら自由に指紋対策がとれたんだね。

だから、この三人は理論的には、『拳銃を拭く必要がない犯人』となりうる」

「そのとおりよ百花。

よってこれまでの議論を、さっきいったとおり、もう一度まとめるわね——

一、最後の休憩のとき、神薙千鶴とは反対側の舞台袖に行った『囚人』(黒田詩織をのぞく)は、手袋その他による指紋対策がとれなかったから、最終的に、拳銃の指紋を拭く必要があった

二、それ以外の生徒と教師は、指紋対策ができたから、拳銃の指紋を拭く必要がなかった

三、神薙千鶴には、拳銃の指紋を拭く必要がなかった

そして思い出して。そもそも拳銃が拭けるチャンスというのは絶対、①②③の機会にかぎられる。しかも、②の機会において、『囚人』に拳銃は拭けなかった。衆人環視だから。舞台の上だから。怪しい仕草だから。動画に残るから――

すると、『囚人』が拳銃を拭くチャンスというのは、①③。

そして①というのは、そう、もう論じた、『お手洗いにおける拳銃へのアクセス』のことよね。念の為もう一度いえば、今いったばかりの項目二がそれ。

すなわち、①の機会というのは、『指紋対策ができた囚人と教師』が、拳銃に触れるチャンスのこと――そして、それだけよ。裏から言えば、他の『指紋対策がとれなかった囚人』たちは、①の機会は使えなかった、絶対に。

するとと残るチャンスは、③のみ。すなわち、美津子の死が確認されたとき。拳銃が美津子の手から離れ、『自殺現場』に放置されたとき拭いた――これしかない。『指紋

対策がとれなかった囚人』が拳銃を拭けたチャンスは、実は、この③しかないの。だから結局、

　四、最後の休憩のとき、神薙千鶴とは反対側の舞台袖に行った『囚人』（黒田詩織をのぞく）は、美津子の死が確認されたとき、拳銃の指紋を拭く必要があった

と、こういうことになるわ。そして最後に、

　五、白村美津子が自殺でないことは、黒田詩織によって論証されている

——これが、私の指摘したいポイントのすべてよ」

「ちょ、ちょっとまって千鶴。か、かなり混乱してきた」

「大丈夫、百花。ふたたび、もっとシンプルに言い換えるから。

すなわち、一から五までの命題から導かれる結論——

〈双葉・陸美は、拳銃の指紋を拭いておかなければならなかった〉

〈初子、詩織、いつき、私（千鶴）、百花、唯野、遠野は、拳銃の指紋を拭く必要がなかった〉

〈拳銃の指紋を拭く必要があった双葉・陸美がそれを実行できたのは、美津子の死が確認されたときである〉

〈美津子の死が確認されたとき、現場の房に接近したのは、初子、陸美、私

〈以上、まとめます」（千鶴）、唯野である〉

千鶴はふたたび観客席にむきなおり、声調を変えた。そう、探偵の声調に。

「――拳銃に犯人の指紋が、残ってはならない。

ゆえに、犯人は指紋対策をしたか、指紋を拭いたかのいずれか。

だから、指紋対策ができた者は、犯人候補となる。

同様に、拳銃が拭けた者は、犯人候補となる。

具体的には――

指紋対策ができたのは、初子・いつき［お手洗い組］、詩織［身体検査なし］、私［ずっと所持］、百花［教官役］、唯野教頭・遠野先生［観客］の七人。

拳銃が拭けたのは、初子・陸美・私・唯野教頭［現場接近組］の四人。

したがって。

先刻、詩織が行ったナンバリングにしたがえば。

美津子を殺した犯人は、私の篩（ふるい）により、

①初子、④詩織、⑤いつき、⑥陸美、⑦私（千鶴）、⑧百花、⑨唯野、⑩遠野のいずれかとなります。御清聴ありがとうございました」

兵藤百花のふるい（身体検査）

さっきの詩織じゃないけど、私も、千鶴の名探偵ぶりを見てるうちに……そう、必死に千鶴の論理を追いかけてるうちに。ホントに真剣に考えてる千鶴の、その論理をたどるうちに。

千鶴から大きなヒントをもらった。

それがきっかけで、私も自分の意見をまとめることができた」

――だから初子、と百花があたしに赴き直る。

「三番手は、私でいいかな？」

「大歓迎だよ、お願い百花」

気が付けば、スポットライトの輝きのなかの千鶴は消えてた。

今度は、千鶴のロジックを懸命にたどってた、百花がそのなかに立つ。

――そして今し方、その百花がやってたように。かつて千鶴もやってたように。

「……不思議だね。

「百花」

「千鶴」

スポットライトの光の端に、光と影が交錯するギリギリの境に、赤木双葉が歩みより、親友として立った。そう、舞台設定どおり――というか舞台が現実のままなんだけど――百花と双葉は、おなじテニス部の親友だ。ダブルスを組むなら、当然こうなる。

そっと見詰め合う、ダブルスのふたり。

それで決意が固まったか、緊張が解けたように、一点投射のなかで、百花が語り始めた。観客席にむかって、しっかりと語り始めた――

「神薙千鶴は。

『拳銃に指紋が残されてはいけない』という命題から、犯人候補を八人に締るふるいを、用意してくれました。

その、千鶴のロジックのなかで。

私は、ひとつのキーワードの重要性に気付きました――

すなわち、身体検査。

そう、作品世界において『毎朝』あるいは『抜き打ち』で行われた、あの身体検査です」

「あれはホント嫌だったわ!!」双葉が憤った。「まさか、あそこまで本気でやるなんて!!」

「私だってやりたくなかったよ双葉。あまりにえげつないし。あんた知ってるけど、私そういう趣味、全然ないし。

だけど、まさに今、双葉が激怒したとおりに——そして既に、神薙千鶴が指摘したとおりに。

あれは、徹底したものでした。脚本どおり、屈辱的なもの。ホントの囚人がされるような、ホントに隅から隅までの粘着的なものでした。それを嬉々として主導した——あっ双葉これ脚本の指示だからね——私が証言するんだから、間違いのない事実です」

「変な自慢」

「つ、続けます。

そして千鶴はこの事実から、徹底した身体検査の事実から、『手袋その他のツールが用意できたかできないか』を証明しました。それが、千鶴の選んだルートでした。

けれど私は。

この事実から、違うルートを選び、違うポイントを証明したいと思います。

——それは、『誰が弾丸を持ち続けることができたか？』というポイントです。

そう。

白村美津子は拳銃で殺された。その頭を、弾丸で砕かれて。

だから、これまで繰り返されてるとおり、千鶴の拳銃にはこっそり弾丸が入れられた。その三番目の薬室に、入れられた。

だから、当然ですが、犯人は弾丸を持ってた。

いいえ、それ以上に、犯人は『弾丸を携行し続けてた』といえる——そう私は思うんです」

「携行し続けてた……？」双葉が首を傾げる。「百花、ちょっとあんたのニュアンスが解んないわ。てかぶっちゃけ意味が解んないわ。

そりゃ弾丸を入れたんだから、入れる前、ある程度の時間はそれを持ち続けてた。それは、常識で考えてアタリマエだと思うけど……てか当然の事実でしかないんだけど」

「双葉、そうじゃないよ。私が言いたいのは、そういうことじゃない。

私が強調したいのは。

これまでの議論のとおり、犯人が『いつ』弾丸を入れたかは、動画でもじっくり調べないかぎり、厳密には分からない。それがとてもやりやすい瞬間は、もう詩織も千鶴も検討してくれたけど、どうしてもあの『乱闘シーン』『入り乱れシーン』の問題があるから、限定することはできない。今はできないけれど。

　これを、裏から言うと。

　私たちがそれを特定できないように、犯人にとっても、それを特定することはできない。そう思うんです」

「百花いってること頭おかしいよ。犯人は自分で入れたんだから、入れたタイミングを知ってる。当然、自分自身は、それを特定することができるじゃん」

「そうじゃないよ双葉、ちょっと聴いてってば。それに、頭おかしいって何よ……

　私が言いたいのはね。

　犯人が、事前に、弾丸を入れられるあるいは入れやすいタイミングを特定するのは無理だった——ってこと。

　確かに脚本はある。稽古だってしてきた。ある程度は、チャンスの有る無しが読める。

　けれど舞台はイキモノだし、『乱闘シーン』『入り乱れシーン』で立ち回りがどうなるかなんて、事前に、確実に予測できることじゃないよ。また逆に、思ってもないようなタイミングで、そうまったく脚本上はおとなしいシーンで、すっごいチャンスが出てくることだってある。ていうか、犯人がそう考えても不合理じゃない——ううん、その方がずっと合理的だよ。

　だって、『乱闘シーン』『入り乱れシーン』あるいは『とてもやりやすい瞬間』だけに賭けて、いわばバクチをして、それに失敗したら、目的が果たせないもの。

……ここで、この犯人は、とても合理的な犯人。何故と言って。

それはやがて音響係・道具係の証言でも裏付けられると思うけど、恐ろしく周到に準備をしてるから。確実に、舞台を壊さず。確実に、美津子が殺せるよう。確実に、わざわざ第三番目の薬室だけに、実弾をすべりこませる——そんな術策を用いる犯人だから。

そう、この犯人はとても合理的で、しかも、確実に美津子を殺そうとしてた。

そんな犯人が。

脚本上想定される、やりやすいようなチャンスだけに賭けることはない。

裏から言えば。

舞台が始まってから——正確には、舞台に拳銃が登場してから。

ううん、もっといえば、かなりの確率で、優等生の千鶴がその弾倉をチェックしてから。

それからずっと、千鶴の拳銃に、弾を入れるチャンスを狙ってたはず。どんなスキも見逃さないように。どんな偶然も利用できるように。

だから、私が言いたいことは——
一、この合理的な犯人ならば、少なくとも千鶴が拳銃をチェックしてからずっと、舞台の上で弾丸を持ってたってことなの。そう、千鶴の拳銃を狙って。それに弾を入れるチャンスを狙って。そしてそのチャンスって、これゲネプロなんだから、舞台の上にしかないよ」

「百花それ論理じゃなくって、犯人の心理と、可能性の問題に過ぎないんじゃない？

例えばさ。

さっき、最後の休憩、そう千鶴がトイレに行った休憩の話が出てたけど、幕間は演劇の切れ目で何度かあったじゃん。そりゃそうよ。シーン何度か切り換わってるんだもん。そのとき、役者の誰もが舞台袖に引っこむ。ひと息つく。あるいは次のシーンの準備を急ぐ。

はたまた。

囚人だけのシーンのとき、看守は出てこない。そして百花も今いったけど、これゲネプロだから、まさか家に帰って寝てるわけじゃない。やっぱ舞台袖に引っこむ。そうだよね？

――いずれにしても、あたしたち、舞台袖にはゆくんだよ。ゆける、っていってもいい。

だとしたら。

舞台の上で、弾丸をずっと持ってる必要なんてないよ。それこそ、舞台袖のどこかに隠しておいて、チャンスを狙って――」

「――双葉のいってること、半分は正しい」

「何よ半分って」

「双葉がそう考えるくらいだから、この合理的な犯人も、当然そう考える。それは正しい。

けど。じゃあ訊くけど。

私がいった『持ち続け理論』と、双葉がいった『舞台袖理論』は、矛盾する？」

「持ち続けることと、舞台袖に隠すこと。それが矛盾するかどうか――」双葉はうーん、と唸（うな）るように考える。「――あらっ、残念だけど、うん、矛盾はしないわ」

「何よ、残念だけどって。

まあ、けどそのとおりよ。『持ち続ける』と『舞台袖に隠す』は、全然矛盾しない。

この犯人は、合理的だからこそ、ここでもバクチはしないはず。

舞台の上で弾を入れるか、舞台袖で入れるかのどっちかに賭けたりしないはず。

すなわち、どっちもする。

双葉がいったように、私達は当然、舞台袖に引っこむときがある。役者だもの。そこでチャンスを狙う。でも、そこで必ず弾を入れられるとはかぎらない。まさかよ。

何故なら――」

「――何故なら、さっき千鶴がいってたみたいに。千鶴が経験したみたいに。誰がどっちの舞台袖に引っこむかは、確実じゃないから。実は初子がこれ、決めておかなかったんだけど」

そのとおりだ。あたしもそれを、あの『人民裁判』のシーンの前で悔やんだ……

「言い換えれば」双葉が続けた。「まさにターゲットの千鶴が、自分と一緒の舞台袖に来てくれるかは、不確定要素。バクチ。来てくれなければ、弾は入れられないバクチ。

けど、この犯人はバクチをしない。そうすると」

「そうすると、やっぱり」百花も続けた。「さっきの項目一のとおり、舞台の上でもチャンスを狙う。千鶴の拳銃と接触するチャンスを狙う――

これらをまとめると。

二、この合理的な犯人ならば、舞台の上で弾丸を持ち続けるとともに、事前に、両方の舞台袖に、弾丸を隠しておいた

ということになる。ここまではいい？」

「いいと思う。

あたしが犯人なら……ううん、初子でも陸美でも誰でもいいけど……きっとそうする。それがいちばん合理的な行動だ、って意味であたしは納得するし、賛成する」

「ありがとう。ところが、よ双葉。この項目一と項目二を認めてしまったら、かなりの犯人候補が篩い落とせる」

「えっどうして」

「だって考えてみてよ。第一に、囚人の身体検査は徹底的に、執拗にやった。第二に、身体検査には抜き打ちもありえたし、実際にあった。第三に、囚人は舞台に上がってからずっと、あの白いワンピース姿だった。

そうすると、次のことが言える――
三、『囚人』が舞台の上で、弾丸を持ち続けていることは、不可能である
だってそうでしょ？　双葉、自分自身でシミュレイションしてみなよ。囚人だった双葉が、どうやって舞台の上で、弾丸を持ち続けることができる？」

「そうか……まず、定例の身体検査に引っかかる。それを誤魔化せたとしても、ううん、あの執拗さじゃあ絶対に誤魔化せないけど、まあどうにかしたとしても、抜き打ちがある。とりわけ百花がノリノリだった。弾丸を入れよう入れようとしてるとき、『さあ身体検査だ!!』なんてことになったら、ますます誤魔化せない。ていうか、それよりも何よりも。

どこにも隠せないよ。あの囚人服じゃあ!!

あれほとんど筒だもん。ポケットどころか折り返しも重ね目もない。ホントに、ストンとしたワンピース。しかも裸足。あの服じゃあ無理、絶対無理。

でもそうすると、そうね……あたしが弾丸を、隠し持つとして……

口の中に入れる？　でもそれじゃあ台詞、喋れないよね。

ずっと握り拳で演技するわけにもゆかないし。

ああ、髪を編み込んでるのは詩織だけだったけど、それはバッサリ切った。ていうかウイッグを切ったんだけど。いずれにしてもたちまちベリーベリーショートになった。そしてその詩織以上に、他の囚人じゃあ、髪型的に、髪の中は無理。

あとは、その……まあ、女としての最終手段と、人間としての最終手段があるけど、でもそれも無理。だって、身体検査でそこまで辱めるんだもん。

――そうすると、百花。

百花の項目三は、うん、正しい。囚人が舞台の上で弾丸を持ち続けるのは、絶対に無理」

「裏から言うと、舞台の上で、弾丸を持ち続けられたのは誰？」

「囚人服じゃなかった役者。そう、セーラー服のままだった千鶴と百花だよ……

あっ違う、詩織もだ」

なる。
しかも、腕章を手に入れたまさにそのことで、詩織には身体検査の脅威が一切なく
おけば、囚人服のままでも唯一、弾丸を持ち続けることができる。
を。そしてずっとそれを着けてた。あれで弾丸を巻いて、それなりにしっかり締めて
詩織は髪を切り落とした代わりに、腕章を手に入れた。『自治班長』の真紅の腕章
「御明察(ごめいさつ)よ、双葉。

そこで、第四のポイント――
四、舞台の上で、弾丸を持ち続けることができたのは、看守と自治班長である
双葉疲れてきたみたいだから、それに自分も喋りたいこと出来てきたみたいだか
ら、そろそろ締めに入るわ。
締めの一。さっきの『舞台袖に隠す』理論から、囚人服を着て、最後まで囚人だっ
た役者でも、拳銃に弾を入れることができた娘(こ)がいる。それは誰？」
「最後まで囚人だった、役者のなかで――
ああ百花、それは初子といつきだよ。まさにさっき、千鶴が確認してたこと」
「そのとおり。さっき千鶴が確認したわ。すなわち。
千鶴から唯一、拳銃が離れたのは、最後の休憩のとき。このとき千鶴がお手洗いで
外した。

そちらの側の舞台袖には、そう、初子といつきが引っこんでた。『舞台袖に隠す』理論から、そっちの舞台袖にも、弾丸はある。

初子といつきは、それを採り出すことができる。

しかも、お手洗いで、拳銃そのものと接触することもできる。

「だからって、どっちかが犯人だってことにはならないけどね」

「それはそう。私が言ってるのは、『初子といつきには機会があり、物理的に可能だった』ってこと、それだけよ。

そして双葉、私の締めの二。

一緒の考え方で、『機会があり、物理的に可能だった』のは、あと誰？」

「それはカンタン。

あと残ってる犯人候補は唯野……教頭先生と遠野先生しかいないし、両先生は囚人でも囚人服でも何でもなかったし。まあそこは、おふたりの証言を訊いてみないと分からないけど、物理的に、観客席から問題の舞台袖に侵入することはできたわ。だから、問題のトイレに侵入することもできた」

「ありがとう双葉」百花は姿勢を正し、観客席をむいた。「以上、まとめます。

私の篩はシンプルです。

誰が、弾丸を持ち続けることができたか？　誰が、弾丸と拳銃を接触させせえたか？

検討したとおり、詩織以外の囚人には、弾丸を持ち続けることができない。

検討したとおり、初子といつき以外の囚人には、弾丸と拳銃を結び付けることができない。

したがって。

みたび、最初に詩織が行ったナンバリングを使えば。

弾丸を入れることができた犯人は、だから美津子を殺した犯人は、私の篩により、①初子、④詩織、⑤いつき、⑦千鶴、⑧百花、⑨唯野、⑩遠野のいずれかとなります。御清聴ありがとうございました」

赤木双葉のふるい（回避行動）

「百花、それじゃあいよいよ、あたしの番ね。

初子、四番手は赤木双葉が、まったく違うアプローチで務めるわ」

「お願い双葉」

あたしはこんなときなのに、思わず苦笑した。そのまま、自信満々の双葉に訊く。

「アシストは？」

「そうね——おなじ体育会系ってことで、いつきと陸美にお願いする」

「ふたりも？」

「そう、ふたり」

――双葉には、何か考えがあるようだ。

そして指名されたいつきと陸美が、スポットライトの中央に立った双葉の両翼を務めるように、やっぱり光の輪、ぎりぎりの位置に立つ。凜々しいいつきと、風のような陸美が、光と影のまにまに、ぼんやり見え隠れする。

満を持したように、双葉は口調を変えた。そう、探偵のそれに変えた。

「あたしの出発点と結論は、シンプルです。とても、シンプルです。

まず、あたしの議論の出発点。

犯人は、千鶴の拳銃に、その第三番目の薬室に、実弾を入れた。

だから犯人は、舞台で三度目に拳銃が発射されるとき――正確にはその引き金が引かれるとき、そのときだけは実弾が発射されることを、確実に知ってた。

それは、犯人だけが知ってる事実。

裏から言えば、犯人でない者は、もちろん三度目も、一度目・二度目とおなじく空砲だってことを確信してた。それはそうです。これは舞台。稽古だって、何度もしてる。今日のゲネプロでも、ちゃんと二度『発射』されて、もちろん二度とも空砲だった。何の異常もなかった。だから、犯人以外が、まさか三度目だけが実弾だなんて

──よってとっても危険だなんて、知ってるはずも、察知できるはずも、予想してるはずもない。

アタリマエのようですが、これ、意外に大事なんで、繰り返します。

犯人だけが、三度目は実弾だということを、知ってた。

犯人だけが、三度目は現実の危険があるってことを、知ってた。

「確かに、シンプルだね」陸美が涼やかにいった。「そしてそれは、確実だ」

「あたしも同意する」いつきが凜然といった。「もちろん犯人は、自分が秘かに弾丸を入れてから、千鶴の拳銃をずっと注視していただろうから。

舞台の上であれば、脚本にないかたちで、誰かが触れないかどうか。脚本にないかたちで、千鶴が採り出さないかどうか。あるいは脚本にないかたちで、発射されるおそれは生じないかどうか──」

「──そして、舞台袖であれば」陸美が続ける。「例えば千鶴が、もう一度弾倉を確認したりしないかどうか。

すなわちまとめれば、『せっかく自分が入れた弾丸が、発見されたり発射されたりすることがないかどうか』ずっと注視してたはずだよ。そしてもちろん、僕らが知ってるとおり、あるいは千鶴の証言があったとおり、脚本にないかたちで誰かが──犯人以外の誰かが──拳銃に触れることはなかったし、まして発射されることはなかったし、まして千鶴が弾倉を再確認することもなかった」

「裏から言えば」いつきが双葉を見る。「だからこそ、犯人の目論見(もくろみ)どおり、キチンと三発目は実弾となったわけだし、そしてだからこそ、美津子は本当に死んでしまったわけだが――」

「そこよ」

双葉の不思議な断言を聴いた陸美といつきが、どこだろう、といった感じで顔を見合わせる。それに満足したように双葉は続けた。

「空砲は美津子を殺せない。実弾は美津子を殺せる。

でも。

これは実は、美津子にかぎった話じゃないわ。

空砲は誰も殺さないし、実弾は誰でも殺せる。

もっと言い換える？

空砲は誰も恐れる必要がないけど、実弾は誰もが恐れなきゃいけないものよ。

だって、美津子の頭を砕いた弾丸が、どこへどう飛ぶのかなんて、パソコンでもシミュレイションできないもの。そのときの角度、美津子の頭蓋骨、その手の震え――無数のバタフライ効果が、実弾のゆくえを誰にも予測させない。弾丸は美津子の頭にとどまるかも知れないし、それをつらぬいて真後ろに飛ぶかも知れないし、頭蓋骨に当たって飛んでもないベクトルで素っ飛んでゆくかも知れない。軍事教練を受けてるあたしたちなら、その恐ろしさを嫌というほど熟知してる」

「同意する」いつきが頷いた。「美津子の頭のなかでの跳弾もあれば、美津子の頭の外での跳弾もありうる。いや、それだけじゃない。そもそも美津子が、脚本どおり『自殺に成功するかどうか』すら未知数だ。もっともあの脚本のスタイルであれば、そう口の中に銃口を入れるスタイルであれば、弾丸は九九・九九％、美津子の頭を砕くと思うが……といって、演技する手元が狂うことは否定できないからな。そもそも弾丸が美津子に当たらず、どこか見当違いなところへ逸れてゆく――そのリスクは当然ある」

「そして、再確認だけど」陸美も頷きながら。「詩織が最初に弁論したとおり、僕らのなかで被害者の美津子だけが、軍事教練を免除されてた。その美津子の手元が狂うってことがあっても、それは全然不思議じゃない。そもそも射軸が狂うってことも、全然不思議じゃない。ていうか僕らのなかで、それがいちばん起こりやすいのは美津子だよ」

「だから、あたしは恐い」

双葉が真剣な顔で、観客席にむきなおった。

「あのシーンを顧ると、とても恐いわ。

もちろん、美津子が死んでしまった。そのことがいちばん恐い。

けれど。

その美津子を殺した弾丸が、さらに、あたしたちの誰かを殺してたかも知れない。

あのときは知らなかった。まさか、実弾が発射されるなんて知らなかった。

だから、全然恐くなかった。

でも、今は違う。知ってしまった今は違う。

そう。

知っていさえすれば、あたしはあのシーンで、全然違うリアクションを見せたと思う。だって恐いもの。だってあたしに直撃するかも知れないんだもの。あたしがあのシーンで演技を続けることができたのは、それが実弾だなんて知らなかったからで、それだけよ。だから何の危険も恐怖も、まさか感じてはいなかったからよ」

「ははあ、なるほど」陸美が何故か、悪戯（いたずら）っぽくいった。「それが理由なんだね」

「……陸美、何の理由だ？」

「あれ？　いつき意外に勘が鈍いね……

もちろん、双葉が僕らふたりを、助手として舞台に上げたその理由さ」

「どういうことだ」

「双葉は僕らを取り調べたかったたってことさ。あるいは、告発かな」

「さすがは陸美ね、泰然自若としたものよ。けれど、あのシーンで陸美は、ソラエムツミらしからぬリアクションをしたわね。そしてそれは、キザキイツキらしからぬリアクションをした、いつきについてもいえる」

「……すまん双葉。あたしには双葉の言いたいことが、まだ解らない」

「なら一緒に、思い出してみようよ。

シロムラミツコの自殺シーン。美津子が口の中で拳銃を発射したそのシーン。

舞台の上にいたのは、もちろん八人総員よね。

けれど、千鶴は――カンナギチヅルはもう死んでる。まさにムツミによって安置された。躯は横たえられたし、もう動くことはできない。脚本上できない。

そして百花は、そうモモカは革命のあとガムテープでイモムシ状態にされてたんだから、これまた動くことができない。物理的に厳しい。

もちろん美津子はあのシーン、主演女優よ。死んでしまう方の主演女優。アクションをする側の主演女優。だから、そのリアクションを考えるのはナンセンス。

これらを要するに。

千鶴・百花・美津子の三人にあっては、拳銃に対する――ううん、実弾に対するリアクションを検討する必要がないってことよ。だってできないか、してはならないんだもの。

ところが。

残りの五人にあっては、違うわ。

脚本上も、そして素の人間としても、シロムラミツコの行動にリアクションをする。

そして実際、そうだった。

思い出してみて。あのとき、あのミツコの自殺シーンで、この五人はどうリアクションした？

まず初子。初子は硬直してたわね。そして身動きすることができなかった。

次に、あたしと詩織。このふたりは迷わず駆け出した。美津子の方へ駆け出した。

ところが、いつきと陸美はどう？

このふたりは、立ち位置として、いちばん美津子の近くにいたにもかかわらず、だからシロムラミツコを制止しなきゃいけなかったにもかかわらず——もちろんそれは『イツキ』と『ムツミ』の性格設定・運動能力設定からくる演技として、だけど——何故か突然、美津子に接近するのをやめて、むしろ反対方向に身を退いたのよ。後退る、という以上に、跳ね飛ぶっていう感じで。そう、美津子が約束どおりの、大きな仕草でハッキリ引き金を引いた直後、思いっ切り逃げた——といってもいい。

この役者たちの動きは、動画に残ってるから、あとで幾らでも検証できるわ」

「そうするとだよ」陸美の口調は変わらなかった。「そこから双葉は、何を導くんだい？」

「誰かが言ってたけど、解ってることを訊くのは陸美の悪い癖ね――

じゃあ、あたしの議論の出発点を思い出して。

犯人は、第三の薬室に実弾が入ってることを知ってる。

だから、犯人は三度目の発射シーンで、実弾が飛び出ることを知ってる。

だから、犯人はそれを恐れなくちゃいけない」

「なるほど、犯人だけが実弾を恐れるリアクションをする。犯人でなければ、そんなことをする必要がない。こういうことだね？」

「まさしくそのとおりよ陸美。

だから、美津子の直近にいたにもかかわらず、したがって性格設定上、もっと美津子に接近しなきゃいけないのにもかかわらず、むしろ真逆のリアクションをした陸美といつきは、立派な犯人候補といえる」

「……弁解をするわけじゃないが」いつきが冷静にいった。「あたしの場合、あれも演技だ。シロムラミツコが拳銃の引き金を引くこと、だから直後に発砲音がすること、これは脚本上、あきらかなこと。だからあたしは、ギリギリまで近づきながら、それでも発砲音に……だからミツコの死と血飛沫に衝撃を受けて、思わず後退った。
そういう演技をしたつもりだったんだが」

「それについては実は」陸美も淡々といった。「僕も一緒だよ。より近づくよりは、跳ね飛ぶ動きをした方が、より美津子が舞台映えするし、血飛沫もよく見えるかなあと。それがまさか、双葉から告発される理由になっちゃうとはね……そうかあ、でも僕らの心のなかは、証明することができないからなあ」

「そのとおりよ陸美、そしていつき。
しかも、これも動画を確認すれば分かるはずだけど、ふたりがそのリアクションをしたのは、発砲音の前だったわ」

「えっそうだったか?」

「間違いないわ、いつき」

「うーん……それは役者の演技ミス、というか純然たるポカだ。双葉の記憶が正しいとしたら、それはあたしが、そして陸美が、タイミングを誤った大根役者だったってことだ」

「けれどさ、いつき」陸美が肩を竦めた。「それもまた、客観的に証明できないことだよ」

「それはそうだが、しかし」

「というわけで、いつき・陸美はあたしの篩の上に残る。犯人候補として。けれどそれは、初子についても一緒よ」

……あたしはそれを予期してた。けど、断言されると複雑な気持ちになる。

「アオヤマハツコがあの状況で、硬直して動けない。それは性格設定として、演技としてとても自然だけど、陸美が認めてるとおり、それが演技だったか回避行動だったかどうかは、客観的に証明することができない。客観的にあきらかなのは、いつきと陸美が美津子から、だから実弾から遠ざかろうとしたように、初子もまた、実弾から遠ざかったままでいようとした、その行為よ。

だから、あたし・詩織と一緒に実弾に接近してゆかなかった初子も、あたしの篩の上に残る」

双葉は――

舞台の上の、暗闇のなかにいるあたしを見詰めた。

あたしはその瞳を受けて、そっと頷いた。そう、否定することはできない。

そもそも双葉は、あたしが犯人だと断定してるわけでもないから。

これまで詩織・千鶴・百花のリレーがやってきたことと同様、『誰が犯人候補として残るのか？』を、篩にかけてるだけだ。そして仮に、あたしが双葉だったとしても、双葉と一緒のことを指摘する。だから、否定できないしするつもりもない。

するとふたばが、自分の弁論を締めるように――

「そして実は、もうひとり、実弾に対するリアクションをとった人がいる――そうですよね、遠野先生？」

双葉はわずかに視線のベクトルを、観客席からズラしながら、そうここで遠野先生を見据えたことをあきらかにしながら、彼女のリアクションをまった。

遠野先生が、そんな、という感じでバッと動く――

それを確認して、双葉はますます自信を強めたようだ。大きく頷き、断言する。

「そう、まさにそういう感じで、観客席のイスから立ち上がられた。まさにそういう感じで。思わず、という感じで。

これは、あたしの目撃に基づく指摘です。

けれど、舞台の上にいた他の役者だってそれを目撃してるかも知れないし――

何より、遠野先生と一緒に観客席に座ってた教頭先生が、証言してくれるはず」

……そうだ。少なくともあたしは目撃した。観客席で誰かが立ち上がるのを。

でも、それが遠野先生だったかどうかとなるとは……それが唯野教頭じゃなかったなんて、あたしには言い切れない。

けれど、双葉は朗々と続けた。

「あのシロムラミツコの自殺シーンのとき。美津子が拳銃を、発射したとき。

その軸線は、射線は、観客席の方をむいてた。

だってそうですよね？　ミツコは、反省室の房のなかで、廊下側に背をむけて、身を丸く縮めたんですから。この舞台では、これアタリマエですけど、廊下があって、その奥に三つの房がある。もっといえば、このホールでは今、観客席があって、舞台があって、そこに監獄の廊下がつくられて、その奥に三つの房がセットされてる。それはそうです。でないと観客席から、あの監獄舞台は観れませんから。

だから。

シロムラミツコが廊下側に背をむけた――ってことは、すなわち観客席側に背をむけた、ってことです。だから美津子の拳銃の射軸は、当然、観客席をむくことになる。

すると、さっきの『回避行動』理論で、それに危険と恐怖を感じ、逃げるリアクションをした人は、拳銃に実弾が入ってることを知ってた者、すなわち犯人」

「双葉、ひとつ質問、いいかな？」陸美が自然に訊いた。「観客席の誰かが立ち上がった。それを双葉が――あるいは舞台上の他の誰かも――目撃してた。それはいい。けどさ。

あのとき、舞台の照明は強くなってた。そう『人民裁判』前よりずっと。それが脚本の指定だったから。そしてこれ、芝居のゲネプロだから、観客席の灯りは消すよね？　事実そうしてたけど。

　そうすると。

　それが遠野先生だったたってこと――言い換えれば、それが唯野先生でなかったたってこと、確実に言えるのかな？　強い照明がある側から、ほぼ真っ暗な観客席を見て、遠野先生を識別できるんだろうか？」

「解り切ってることを訊くのは、引き続きあんたの悪い癖よ、陸美。

　あの『人民裁判』のあと。

　そう、あたしたちが勝手にお芝居の脚本を変えてしまったあと。

　教頭先生はただの一度も立ち上がってはいない。だってあたし、いつ舞台を止められるかハラハラして、けっこう観客席、チラチラ見てたもの。そしてそれは、おそらく脚本を変えた初子も、ううんほとんどの娘が一緒だったと思う。

　そして観客席の、唯野先生は。

　傍目にも分かるほど、いっさい、私達を止めようとはしなかった。それがどうしてかは解らないけど、まるで、あたしたちが終わったと、最後まで演じきったというその時まで、立ち上がることすらしないって、最後まで観とどけたいって、そう強烈に決意をしてる、そんな感じで――

　それが事実だったかどうかは。

あるいは、ほんとうに立ち上がってないかどうかは。

それこそこれから唯野先生と遠野先生に訊いてみれば分かる。それだけのこと」

双葉は、もう一度両先生に視線をむけると、きちんと観客席に正対した。そしていった。

「以上を、まとめます。

私の出発点も、私の結論も、だから私の篩も、とてもカンタンなもの。

犯人は、実弾から逃げようとする。

犯人でない者は、そもそも実弾であることを知らず、よって逃げはしない。

したがって。

あたしも、最初に詩織が行ったナンバリングを使えば。

実弾から逃げた犯人は、だから美津子を殺した犯人は、あたしの篩により、
①初子、⑤いつき、⑥陸美、⑩遠野
のいずれかとなります。御清聴ありがとうございました」

木崎いつきと空枝陸美のふるい（舞台効果）

「さて、と」双葉は探偵口調を止めた。「いつき、陸美」

なんだ、といつきが答える。

「あたしがふたりを助手にしたもうひとつの理由。解ってるでしょ？」

「えっ、いったいそれは何なんだい!?」

「……陸美、それはもういいわ、その悪い癖」

「あっは、そうだね双葉――」

僕らは、いってみれば最重要の証人だからね。

なんたって僕らは、この監獄舞台の音響係と、道具係だったんだから」

――そうなのだ。

正確にいえば、百花と陸美が音響係。そして、いつきと千鶴が道具係だ。

そのことは、この舞台にいる誰もが……うん、この舞台を観てきた誰もが知ってることで、最初からあきらかにされてたことでもある。

「それじゃあ、ふたりに探偵役を譲って、あたしはフェイドアウトするわね」

スポットライトの中心にいた、双葉が自然にそこから消える。スッと消える。

そして陸美が、ちょっとはにかんだように、双葉がいた光のなかへ脚を進めた。

やがて、凛然（りんぜん）としたいつきがそれに続く。

ふたりは、アシストを求めなかった。というか、ダブル主演のように、ふたりで列（なら）んで、一点投射のまばゆい光のなかに立つ。バスケ部と吹奏楽部のこのふたりは、確かに絵になった――

「じゃあいつき、いつきはシャイだから、僕から探偵役、務めさせてもらうよ」

「ああ、頼む陸美。こういう能書き合戦は、正直いって苦手だ」

「まあ、そう言わずにさ――

さて、と。

誰でも知ってたとおり、僕と兵藤百花は、この舞台の音響係だ。

どうしてそうなったかっていうと。

それは実は、初子が、だから僕ら八人が、レジスタンスを決意したからだよ。

すなわち、脚本を勝手に変えて、ミステリを貶める演劇を、ミステリを讃える演劇にしたからさ。

ならどうして脚本を変えると、僕と百花が音響担当になるのかっていえば――

脚本が変わってからは、僕ら八人だけで、音響を出さなきゃいけなかったから。

脚本が変わるまでは、唯野先生と遠野先生が、ほら、最初から誰でも見られるけど、あの観客席の装置で、音響も照明も担当してくれてた。それはそうだ。僕らは役者だから、しかも大根役者だから、とてもこの長丁場、舞台効果まで手が回らないもの――

ところが。

脚本が変わってからは、自分達だけで、舞台効果を出さなきゃいけない。だってそうだろう？　僕らは唯野先生と遠野先生に黙って、いやふたりを騙して、自分達が望むシナリオを演じ始めたんだから。まさかそのことを、両先生は知らなかったんだから。もちろん、絶対に知られてはならなかったんだけどね。重ねてこれはレジスタンスで、立派な思想犯罪だから――

そこで。

例えば、新しい脚本における『敗戦と解放』の演説。あるいは例えば『空爆・艦砲射撃』の効果。はたまた例えば『人民裁判』のまえの舞台の暗転と、それが始まるときの強い照明。こうしたものは、舞台の上の役者が段取りしておかないといけない。けれど。

さっきいったとおり、僕ら大根役者が、自分達で舞台効果までやるのは――しかも舞台の上でやるのは、大変だ。それぞれの演技があるし、それぞれが観客に注目されるからね。でも、誰かがやらなきゃいけない。なら誰が？

――そうすると。

実は僕と百花が、いちばん適任になる。

何故といって、まず僕だけど、僕は厳しいお仕置きを受け、片手錠で、しかもしゃがむことを強いられた。舞台の話だよもちろん。そして、何かを筆記する動きをすることも許された。

この低い姿勢と、モゴモゴ動いていてもおかしくないって設定。

そして何より、そう、僕はリモコンを使えただろ？

そう、あのディスプレイのリモコン。あれ実は、音響と照明のスイッチだったんだよ。もちろん、脚本が最初のままのとき、まだ勝手な逸脱（いつだつ）が始まってないときは、それを使う必要がない。両先生がやってくれるからね。だから僕がそれを使って、いよいよ音響係の本領を発揮したのは、あの『敗戦と解放』のところからだ。もちろん、実際に舞台でやったとおり、あのリモコンを使って仕事をした。舞台の照明も、あれを使って勝手に変えた。

ところが。

革命のあとは、そう人民裁判が始まってからは、僕では都合が悪い。僕は囚人側だから、いくら裸ではなくなったっていっても、あのワンピースからして何も持てない。しかも、いよいよ片手錠から自由になって、立って自由に動くから、変な動きをすれば舞台を壊してしまう。それは初子に悪い。だって初子は、舞台の動画の出来映えに、文字どおり命を懸けてたからね……

そこで。

僕が音響係を買って出たときと、一緒の発想をした。

——人民裁判が始まってから、モゴモゴ動いてもおかしくないのは誰か？　無理矢理、座る姿勢、低い姿勢をとらされ、基本あんまり動かないのは誰か？

そう、ヒョウドウモモカだよ。ガムテープでぐるぐる巻きにされるモモカ。シロムラミツコの復讐で、イモムシ扱いされるモモカ——これなら、さっきの僕と一緒で、目立たず不自然にならず、リモコンを使うことができる。だってイモムシがモゴモゴ動くのは、むしろ名演技になりうるからね。

と、いうわけで。

音響係は、僕と百花になった。ていうか、みんなでそう決めた。

みんなでそう決めたと申し出て、唯野先生と遠野先生と一緒に、音響の準備をした。

——音響の、準備。

とりわけここで大事なのは、拳銃の発砲音だ。

もちろん僕らは実弾を撃つつもりがない。だから拳銃の音だけを用意しなきゃいけない。そしてそれを、千鶴が撃つときに鳴らすわけだ。気付いてくれたと思うけど、予定されてたのは一発だけ。それはそうだろう？　本来の脚本では、二度目の発砲も、三度目の発砲もありはしないんだから。アオヤマハツコの転向と独白で、舞台は終幕なんだから。けれど僕らはシナリオを書き換えたから、二発目・三発目は僕らで鳴らさなきゃいけない。先生方には、頼れない。だから二発目・三発目の奴は、あれは百花が鳴らした。

　さらにここで。

より大事になってくるのは、実は三発目の奴だよ。

すなわち、シロムラミツコが自殺するときの発砲音。

これは、僕らにとって、死活的に大事だ――

　何故といって。

その音響は、その発砲音は、現実の発砲音を隠せるほどのものだったから。それはそうだ。一発目・二発目と大きく違って、もし三発目だけ無茶苦茶に大きな発砲音が響いたのなら――何の趣向もこらさなきゃ当然そうなっちゃうけどね、拳銃の発砲音ってのは轟音だから――誰だって異変に気付く。舞台が止まる。そうだろう？　だって僕らは、稽古でもゲネプロでも、繰り返し繰り返し、音響としての発砲音（千鶴が撃つときの奴）を聴いてるんだから。それとあからさまに違う轟音が響き渡れば、もう確実に舞台は止まるよね。

　でも、舞台は止まらなかった。

言い換えれば、役者の誰もが、三発目の発砲音を、奇異だと思わなかった。

と、いうことは。

三発目の発砲音は――正確には、三発目の発砲音として用意された音響は、現実の拳銃の音にかぎりなく似ていて、かつ、それを蔽い隠せるほど大きかった。これは必然的にそうなる。

ここから、もっと考えを進めると。

三発目だけがそうだった、と考えるには無理があるよ。

一発目も二発目も、三発目もおなじくらい大きな音だった、と考えなければ無理がある。何故と言って、気付かれるから。繰り返しになるけど、僕らは一発目の音には慣れてるから。違いにはすぐ気付けてしまうから。

そうすると――

そもそも一発目、千鶴の発砲音が事前に『用意された時点』で、美津子殺しは決まってたことになる。思考方法としては、①美津子を殺す↓②そのために実弾を入れる↓③だから実弾の音がする↓④それではすぐにバレる↓⑤それは都合が悪い↓⑥実弾の音を隠そう↓⑦音響に工夫をしよう↓⑧一発目から工夫をしよう。こういうことになるね。

ここで。

とりわけ⑤、何故それが犯人にとって都合が悪かったか？

それは内心の事情だから断言できない。想像するに、『絶対に舞台を止めたくなかった』か、『絶対に美津子の救命をされたくなかった』かのどちらかだろう、とは思いつくけど。

いずれにしても。

三発目の音響は——これすなわち一発目・二発目の音響だけど——都合よく工夫されたものとして用意されたんだ。事前にね。

だから美津子を殺した犯人は、その音響を用意できた誰かだ。

そして。

もういったとおり、舞台の音響係は僕と百花、音響担当というならそれに加えて唯野先生と遠野先生だ。現実にどう発砲音を用意したか、誰が実弾の音にすることを発案したか、それはもちろん、僕は自分自身が経験したこととして、ここで説明することができる。先に結論をいってしまえば、発案者については、僕はよく憶えてない。四人で話し合って、そのような合意ができて、実際の発砲音を収録し、編集したとしか記憶にない。そこは、音響係の四人が、たがいの記憶を確認するなどして、これから詰めることもできるだろう。けれど、まさか議事録だの動画だのが残ってるはずもなし、嘘の証言がなされるかも知れないし、はたまた、僕みたいに、誰もがしっかり憶えてないってこともある。しかも、まさに憶えてないって喋ってる僕自身、音響係で当事者だ。だから、これ以上の締りこみをするのは、立場からして僭越だし、傲慢だと思う――

　以上を、まとめようか。

　僕の篩も、かなりシンプルだね。

　発砲音を用意したのが、犯人だ。

　そして発砲音を用意したのは、音響担当。

　だから音響担当者は、犯人候補となることを免れない。

　したがって。

　これまた、最初に詩織が使ったナンバリングによれば。

　美津子の発砲音を誤魔化し、だから美津子を殺した犯人は、この篩により、
　⑥僕（陸美）、⑧百花、⑨唯野、⑩遠野
のいずれかとなるね。御清聴ありがとうございまし――じゃなかった、まだいつきがいる。

　僕と同様、誰もが『道具係』であることを知ってた、木崎いつきがね。

　じゃあいつき、苦手な能書きを頼んで悪いけど、今度は道具係の話、聴かせてくれないかな？」

　その陸美の隣で。スポットライトのなかで。

　いつきは肩を竦め、ちょっと嘆息を吐いた。それは自嘲のようだった。

「いや、むしろすまなかった、陸美」

「ていうと？」

「手本というか、雛形(ひながた)をしめしてくれて。それだけひとりで喋ってくれたのは、口下手なあたしに、フォーマットをくれるためだろう？」

「どうだろうね」

「あいかわらずだな、こんなときも……」

だが、まさに雛形で、フォーマットだ。

今の陸美の議論は、ほとんど、道具係にも適用できるからな。

すなわち。

この監獄舞台で、道具係はあたしと千鶴だった。これも誰もが知っている、そう、最初からあきらかだったこと。そして何故あたしと千鶴だったかと言えば、親友だったからということもあるが、道具のなかに拳銃があったからだ。もちろん、衣装から舞台セットから、それこそバレーボールからコップから、無数に用意すべき道具はあるが、とりわけ扱いに慎重を要するのが拳銃だし——

それを使うのは、そう、最初のシナリオにしたがえば千鶴だけ。

それに脅されるのは、主としてあたし。それが道具係の決まった理由だ。

ここで。

道具係を自分達で決めて、それを唯野先生と遠野先生に申し出たことは、音響係とまったく一緒だ。監督なり監修をしてもらったことも。だから、道具担当というならこの四人ということになる。音響係と違う点があるとすれば、ひとたび舞台が動き出せば、道具係は別段、舞台のなかで何かを操作する必要は無いこと。だから、初子によってシナリオが書き換えられようと書き換えられまいと、特段の配慮をする必要はないことだ。『人民裁判』以降は、基本的にそれ以前の復讐劇だから、新しい道具の登場というのは、ない。

これを、裏から言えば。

道具係は、音響係にまして、事前の準備がすべてだった――ということだ。

すると。

陸美の弁論にならっていえば、とりわけ『誰が拳銃を用意したか』が死活的に重要となる……いやこれは適切じゃないな。正確には、『誰が本物の拳銃を使うことと決めたか』が死活的に重要なんだ。それはそうだ。犯人は美津子を拳銃で殺した。なら犯人の計画では当然、拳銃は本物でなければならない。オモチャで美津子は死なないんだから。

だから、犯人の思考方法としては、①美津子を殺したい↓②当初の脚本に出てくる道具でそれが自然にできるのは拳銃だけだ↓③だから拳銃は本物である必要がある。

こうなるはずだ。

　すると。

　これは音響係の議論と一緒になるが、道具担当のうち『誰が本物の拳銃を使うことを発案したか？』が、あたしが用意すべき、犯人の篩となるだろう。しかしあたしも陸美同様、自信をもってそれを断言できない。最終的に同意してくれたのは遠野先生だし、最終的に許可をとってくれたのは唯野先生だが、もちろんそれ以前に、あたしと千鶴と、もちろん両先生とで何度も打ち合わせをしている。細かいことを言おうと思えば言える。千鶴はあまり乗り気ではなかったし、あたしは千鶴の気持ちに遵いたいと思った。ただ、あたしにかぎっていえば、初子の気持ちも尊重したかった。動画のリアリズムを追求するなら、絶対に本物の拳銃の方がよいし、実弾がなければただの鉄の塊だから、まさか事故の起きようもない。あたしたちは軍事教練で、その恐さも知っていれば、その取り扱いも知っている。リスクは少ない。逆に、あたしたちの演技を迫真のものとする意味で、メリットはかなりある。だからあたしは、どっちつかずだった気もする。遠野先生は慎重派で、唯野先生は積極派だった記憶もあるが、どのみち打ち合わせで決まったことだ、今更、誰がどう発言してどう決定されたかなど、証拠もなければ証明のしようもない——

　しかも、陸美がいっていたとおり、当事者があれこれ言い訳をするのは、見苦しい。

以上だ。まとめよう。

あたしの篩は、だから、こうなる。

本物の拳銃を用意することと決めたのが、犯人だ。

そして拳銃を用意したのは、道具担当。

だから道具担当者は、犯人候補とならざるをえない。

したがって。

やはり、詩織が最初に設定したナンバリングを用いると。

本物の拳銃を舞台に導入することとし、結果美津子を殺した犯人は、この篩により⑤あたし（いつき）、⑦千鶴、⑨唯野、⑩遠野のいずれかとなる。聴き苦しいところがあったら許してくれ。弁論を終わる」

青山初子のふるい（新しい脚本）

その刹那。

舞台中央のスポットライトが劇的に消える。いつきと陸美が、消える。

カシャン。

照明が、だから世界が切り換わる音がして。

舞台上手(かみて)に立ち続けてた、あたしが一点投射で浮かび上がった。

ううん。

あたしと同時に、やっぱり舞台下手(しもて)に立ち続けてた、唯野教頭も。

だから、舞台は二点投射だ。

そして、唯野教頭は。

ゆっくりと、厳かなロングドレス姿をあたしにむける。

鋭い光のなかで。

だから、あたしたち以外の世界が完全な闇に閉ざされるなかで——

豪奢(ごうしゃ)な純黒の髪とドレスは、恐ろしいほど舞台映えした。

あたしは、その瞳と挙措(きよそ)に、激しい緊張と、そして最後の恐怖を感じながら。

やはり、ゆっくりと唯野教頭にむきなおった。

今、ふたりだけの世界で、対峙するあたしと唯野教頭。

——たっぷりとした、あまりにたっぷりとした暇(ま)を置いて。

教頭先生は言葉を紡(つむ)ぎ始めた。

それは判決だった。

そう、彼女自身がいってたとおり、彼女は裁判官なのだから。

「青山初子」

「……はい、教頭先生」

「あなたの弁論がまだですが、私の記憶が確かならば、犯人は既に確定している。

いえ、正確には。

あなたたちによる犯人の指摘は、既に確定している。そうですね青山初子？」

「そういうことに、なります」

これまで探偵役を務めたのは、詩織、千鶴、百花、双葉、いつき、陸美の六人。

そして、それぞれがそれぞれの篩（ふるい）を用意した。

犯人候補から、犯人を漁る（すなど）ための篩を。

その結果は、実はあきらかだ。ビックリするほど、あきらかだ。

だからあたしはいった。

「ここにいる十人の犯人候補のうち、犯人は、たったのひとりに締（しぼ）られてしまいましたから……」

「ではあなたの弁論は必要ありませんか？　これであなたたちの論告は終わりですか？

換言すれば。

私はこれまでの論告を基に、判決を下すこととしてよいですか？」

「……いえ」あたしは緊張しながら、けれど断言した。「あたしもまた、探偵役を務めたいと思います。判決は、あたしの論告が終わってからにしてください。お願いします」

「何故？」

「このままでは、教頭先生は、そのひとを無罪とするからです」

「理由」

「……これまで懸命に探偵を務めた、千鶴たち六人。あたしは、その論理を認めます。それぞれのロジックは、正しいと思います。言い換えれば、式の展開に誤りはありません」

「では何を躊躇うのです？」

「あたしたちは、客観的証拠を、まだ吟味してないから――

いえ、それよりも。

あたしたちは神の視点をもたないからです、教頭先生」

「すなわち？」

「あたしたちは、まず、論理のちからで犯人を特定しようとしました。

そしてそれは、九九・九九％、成功してると思います。

けれど、残りの〇・〇一％は、どうしても埋まらない。

それは第一に、あたしたちが一切、物証を検討してないから。例えば拳銃。例えば動画。なるほど、あたしたちは論理で、理屈で勝ってるのかもしれません。けれど、それは飽くまで頭のなかで捏ね回したこと。一〇〇の論理より一の物証です。ヒトがヒトを裁こうというのなら、そこには客観的な証拠が――あらゆる論理を超えて裁判官を、だから全ての観客を、説得できる物証が必要です。

そしてあたしたちは、それを用いてない。

だからすべては、『なるほどそうであったに違いない』という物語ではありますが、それを支えるリアルの基盤を欠いてます」

「なら、これから拳銃なり動画なりを検証するということ？

それがあなたのいう残りの〇・〇一％ですか、青山初子？」

「違います」

「すなわち」

「それよりも、なによりも、あたしたちの論理にとって、致命的となる欠点がある」

「その欠点とは？」

「あたしたちが、神の視点をもたないがゆえの欠点――

途中の式の展開が、どれだけ正しくとも。

最初に与えられた式、あるいは最初に設定した式、あるいは最初に置いた、そう前提。

それが絶対に誤りのない真実だと証明することが、できないという欠点です」

「……例えば？」

「探偵役の六人が用意した、それぞれの篩（ふるい）。

それは、必ず最初の式を、最初の前提を置いてます。

例えば、『合理的な犯人ならば必ずそうする』という前提。

例えば、『これを知ってたのは誰々しかない』という前提。

例えば、『誰々はこの知識を持ってなかった』という前提。

確かに、それが誤りのない真実だと認められれば、途中の式は正しいのだから、最後の答えも絶対の真実です。

けれど。

あたしたちは、神の視点をもたない。

あたしたちは、この舞台、あるいはこの世界という監獄の外から、あたしたちを見詰める視点をもたない。

だから。

『合理的な犯人ならば必ずそうする』というのは、最大でも九九・九九％の真実。

『これを知ってたのは誰々しかない』というのも一緒です。

『誰々はこの知識を持ってなかった』というのも……

もし、あたしたちが神様ならば。

それが正しいことを、だから例外はひとつもないことを、すぐさま断言できる。

でも、神様じゃないあたしたちは。

どうしても、最後の一点を突破することができない――

そう、ヒトは必ずしも合理的な行動をとるわけではない、という一点。

また、ある秘密が秘密のままで在り続けたことを証明できない、という一点。

この一点を、だから最後の〇・〇一％を突破しないかぎり、千鶴たちが展開した論理を、絶対の真実だと認めてしまうことはできない。

そうです、教頭先生。

客観的証拠は、これから獲られるかも知れません。

けれど。

ロジックの最後の〇・〇一％は、神様でなければ、この監獄の外にいる誰かでなければ、埋めることはできません。

だから、このままでは、教頭先生はきっと無罪判決を言い渡す――

あたしはそう思いました」

「なるほど興味深い――

でも青山初子。あなたもまた神ではないわ」

「もちろんです」

「そのあなたが、なおも探偵役を続けるという。弁論をするという。それはもちろん、論理による証明となるでしょう――

だとしたら。

それもまた、最後の〇・〇一％を突破できないのでは？

あなたが論理のちからに執拗(こだわ)るかぎり、だからヒトの常識と理性とにこだわるかぎり、これまでの六人と何も変わらないのでは？　そしてそれは、あなたであろうと誰であろうと変わらないのでは？」

「それは認めます、教頭先生」

「ならあなたの弁論も無意味」

「とはなりません」

「何故」

「問題そのものを変えるから」

「なんですって」

「一〇〇％の真実を求める――という問題そのものを変えるから、です教頭先生」

「問題そのものを」唯野教頭は、やっと初めて絶句した。「変える」

「……殺人事件に、だからひょっとしたら本格ミステリに、殺人パズルに求められるものは。

これらに求められるものは、一〇〇%の、神様の真実じゃありません。

そこで求められるのは、被害者の魂を癒(い)やすこと。だから善を恢復(かいふく)すること。

また殺人者に報いを与え、真摯(しんし)に悔やませること。だから悪を罰すること。

そう。

そこで求められるのは、正義です」

「それが論理のちからの限界とどう関係するの」

「論理のちからは、正義を実現するためにあるんです先生。神様の真実を求めるためにあるんじゃない。

言い換えれば。

神様の、一〇〇%の真実を確定することなんて目的じゃない。

犯人すら認める、だから敗北を認める九九・九九%の真実によって正義を実現すること。それこそが殺人事件における、だから本格ミステリと殺人パズルの目的です。

それはひろい意味での、自白、ということになるでしょう。

けれど。

それを暴力で、権力で求めない。

対話と、平等と、勝負で求める。それが本格ミステリの手続きです。

その意味で、本格ミステリは、信頼の文学なんです。

神様じゃないヒトとヒトとが、神様のものでないロジックで、対等に、平等に戦う。

そこで、何の強制もなく犯人が負けを認めたとき――

それが、正義が実現されたときであり、すなわち本格ミ、ス、テ、リ、に、お、け、る、真、実、が確定されたときなんです。

そう、あたしたちは、勘違いしてはいけない。

神様の真実を求めることを、自己目的化してはいけないんです。

そのときこそほんとうに、殺人パズルは、不謹慎な遊びになってしまう。本格ミステリは、そうではないんです。論理のちからで、手続きによって、対等に勝負して最後には、い、い、い、い、い、い、犯人と一緒に正義を実現することが目的なんです。それが、ヒトとヒトとの約束――それが、本格ミステリのコア。

あたしがさっき『問題そのものを変える』といったのは、そういう意味です教頭先生」

「……あなたの御立派な口上を、まとめると、オホホホ」

唯野教頭は、ほんとうに、ほんとうに微かな笑みを浮かべた。どこか懐かしそうに。あたかも、人が自分の青春を顧るときみたいに。あるいは、ずっと忘れてた強い強い思い出が、ふと甦ったときみたいに。

けれどそれは、ほんの一瞬のこと――

ふたたび口を開いた唯野教頭の口調は、やっぱり、厳かな教育者のものだった。

「あなたが探偵としてしたい最後の弁論は、やはり九九・九九％の真実でしかないけれど、それは、それだけで、その論理のちからだけで犯人をも泣かしめるものだ――そういうことね。

そして犯人は、それが神様の真実でないと知りつつ、だから〇・〇一％の反論を試みることもできるのに――だから盤面を引っ繰り返し、カードを破り捨て、クリケット場に火を放つなどして、最後まで罪を認めないこともできるのに――勝負に負けたことを認め、罪を自白する。

あなたの弁論は、そういう論理だということね」

「あたしがそれに成功するかどうかは、やっぱり神様じゃないから、分かりません。ただ。

これまでの千鶴たち六人の論告とあわせて、そう、最後のひと藁になる、最後に王手をかける、そういう論理だと思ってます。いえ、殺されてしまった美津子のためにも、頑晴ってくれた仲間のためにも、そうでなければなりません。

あたしの、被害者の、仲間のそして犯人の、いいえこの物語を知るすべての人の正義のために」

「言って御覧なさい」唯野教頭は、世界を見渡すように観客席を見渡した。「あなたの王手とやらを」

――あたしもまた、舞台上手のスポットライトのなかで、観客席にむきなおった。そしていった。

「思うままのことを、延々と喋ってしまいました。なんていうか……激情のままに。ですから。

もう美津子も我慢できないだろうから。

六つのことを、そしてそれだけを指摘します。あたしにとってはそれで充分です。それが犯人のひとにとっても充分であることを祈ります――

第一。犯人は、あたしが書き換えたあとの脚本を、読んでる人です。

理由は、そうでなければ、美津子が拳銃自殺をすることを知りえないからです。

第二。その新たな脚本を読んでいる人とは、まずあたしたち役者八人です。

理由は、そうでなければ、変更後のシナリオで演技をすることができないからです。

第三。その新しい脚本には、『千鶴が心臓を撃たれる』こと、『美津子が拳銃を口の中に入れる』ことが書いてありました。

理由は、そのとおり千鶴と美津子が演技をしているからです。また、脚本担当はあたしです。

第四。それらの行為は、舞台の上にいるか、脚本を読んでる人でなければ分かりません。

理由は、カンナギチヅルが撃たれたあとの行動から分かるとおり、また、カンナギチヅルの黒セーラー服と血糊から分かるとおり、舞台の上で千鶴を見ていなければ、『心臓』を撃たれたことは、分からないからです。同様に、シロムラミツコが自殺したときの姿勢から分かるとおり、舞台の上で美津子を見ていなければ、『口の中に』拳銃を入れたことは、分からないからです。

第五。舞台の上にいなかったのに、かつ、脚本は読んでないはずなのに、『心臓』と『口の中』を明言した人がいました――

したがって、結論として第六。

『心臓』『口の中』と断定したその人は、実は脚本を読んでいた。

また確認ながら、美津子は自殺ではありません。それはもう指摘されてます。

よって、この探偵劇の最初に詩織が使ったナンバリングでいえば。

美津子を殺した犯人は、あたしの『脚本を読んでいた』篩（ふるい）により、

①あたし（初子）、②双葉、④詩織、⑤いつき、⑥陸美、⑦千鶴、⑧百花、⑩遠野

のいずれかとなります。

……これまでの、千鶴たち六人の篩。それによる特定。

さらにあたしの篩が加わり、九九・九九％の真実となる。

しかし、それだけではない。

ことさらに、どうしてもそのひとの言葉を求めなくてはならない疑問が加わる。

『何故、新たな脚本を知らなかったという演技をしたのか？』という疑問が。常識と御本人の態度からは、絶対に説明のつかない疑問が加わってくれる――

かくて、論理は対話へと開かれます。解り合うための、道へ。

――聴いてくださって、ありがとうございました。

今、白村美津子の魂と、七人の同級生が求める正義に懸けて。

あたしたちと対話してくれますね、遠野先生」

その瞬間。

スポットライトふたつだった舞台が、たちまち光にあふれ。

犯人と裁判官と探偵たちの姿を、劇的に浮かび上がらせた。

終劇　夜想曲第20番　遺作

初子と零子

……そして、どれくらいの時間が経ったろう。
生徒たちの誰もが、遠野先生を見詰めるなかで。
清楚なスーツ姿の彼女はしかし、身動ぎもしなかった。
そして、そのうちに。
あたしは、だからあたしたちは、あることに気付いた。
それは、照明の悪戯だったかも知れない。
あるいは、彼女の瞳のかがやきの、秘やかな変化だったかも知れない。
（……若やいでる。
遠野先生は今、まるであたしたちと一緒の歳くらいまで、若やいでる）

すごい貯めのなかの、あまりに微細な、緩慢な変貌。

そう、身動ぎもしなかった彼女が、次第に上げてゆく顔。そらせてゆく胸。鋭くしてゆく瞳。そして何よりも、強くしてゆく緊張感そして自信——

そこには、さっきまでの、ただ狼狽し、動揺するだけの女教師の姿なんて、もうどこにもありはしない。

そして、彼女がとうとうゆっくりと、舞台の中央へ脚を進めたとき。

彼女のあらゆる動きは、雰囲気は、女生徒のものとなってた。

千鶴のように美しく。いつきのように凛として。陸美のように、すずやかで。

そしてたぶん……

あたしのように、物語が大好きで。空想が大好きで。現実が……苦手で。

観る者に、どんな言葉もなしに、痛いほど伝わってくるそれは少女だった。

まるで、あたしたちと一緒の、明教館高校の女生徒……

あたしは戦慄した。

ほんのちょっとの仕草ひとつで。身振りひとつで。ここまでの変容を感じさせる、この舞台最後の女優の演技力。ずっと隠されてきたそれを、こころから恐れた。

それはまさに、主演女優だった。

——いま、その主演女優は。

舞台の中央から、あたしに語りかける。

まるで友達にするように。仲間にするように。ううん、あたかも一緒に濃密な時を過ごした、青春でいちばんの伴侶(はんりょ)――すなわち、ああ、自分自身にするように。

あたしにはそれがよく解る。

だって、あたしはいつもやってるから。あたしのいちばんの友達は、いつも独りで話しかけ、いつも独りで答えをもらってる、心のなかのアオヤマハツコだから……

だから、あたしは。

そこにいるのが、ただの少女、ただの明教館の女生徒でなく。

もうひとりのあたし、そうだったかも知れないあたし、そうなるかも知れないあたしだってことに、気付いた。

そして、あたしが気付いたことに彼女も気付いた。彼女の瞳が、そういってる。

遠野先生は、その瞳のまま――

ゆっくりと手をひろげ、優雅に歩みながら、いよいよ台詞(せりふ)を紡(つむ)いでいった。

いつしか流れくるピアノとともに。

とても優しく美しく、けれど大きく震える少女の心のような、繊細なノクターンに乗せて――

「ああ、やっぱり懐かしいわ、ここは。

あのときの匂い、あの会話、あの決意……そして屈辱。

まるで時がもどったようだわ。そう、第一回目の更生プログラムのあのときに」

「え」

「あら初子。あなたなら、もう解っていてもいいはずなのに。

私はこの監獄にいたの」

「せ、先生がですか。遠野先生、それはいったい。だって先生は、先生」

「私もこの監獄舞台の囚人だった……反省室に入れられていた。あなたたちとおなじ、高校三年生のときにね。だから私にはこのプログラムが書けた。だから私はこのプログラムの監督を委ねられた——

そうですよね、唯野先生？」

「あなたが舞台に立つと」唯野教頭はそっと頷いて。「よりあざやかに甦るわ、あのときの監獄が。あのときのトオノレイコが。いつかもそんなこと、いってしまったけれど」

「そう、教頭先生の御指導を受け、大成功した監獄が、ですよね……

ねえ初子。この更生プログラムは残酷なものだったでしょう？　あなたたちだって実際のところ、二日目の朝で家畜に仕立て上げられてしまったものね？」

「いいえ」あたしは断言した。「あれはお芝居でした」

「そうかしら」

「あたしたちには、あたしたちの脚本がありましたから。そう、あたしたちの夢が」

「……あなたたちの計画を、知ったとき。初子、あなたが書いた脚本を、どうにか盗み読むのに成功したとき。

私には止めることもできた。妨害することも。密告することも。

けれど。

胸にこみ上げてくる感動と激昂を、どうしても抑えることができなかった……

第一回目のときの私は。いえ私達は。

やっぱりあなたたちと一緒よ。ミステリが大好きだった。論理と証拠のちからで犯人を解き明かす、本格ミステリが大好きだった。だから当然、抵抗しようと決意した。絶対にミステリを諦めないと。監獄なんかに負けないと。絶対に……転向なんかしないと。

でも。

あのときの私には、私達には、これは、思いつけなかった。

まさか、脚本を変えてしまうなんて。支配する者とされる者を、引っ繰り返してしまうなんて——だから文学のちからで、本格ミステリの弾圧と讃美とを、引っ繰り返してしまうなんて。

もしあのときの私達が、そこまで飛べていたならば。

私達にも、あなたたちと一緒のことが、できたかも知れない。

ところが。

私達には、これは、思いつけなかった。

それどころか、抵抗する手段を、何も用意することができなかった。いいえ、しなかったのよ。自分自身を、仲間を、その決意を信頼していたから。本格ミステリの正義を信じていたから。だから絶対、監獄の二週間なんて耐えられると、そう無邪気に信じて……

ところが結果は。

そう、あなたたちと一緒で――それがお望みならあなたたちの演技と一緒で、でもいいけれど――まさに二日目の朝には仲間すべてが奴隷にされ、絆はズタズタにされ、誰もが本格ミステリを捨てた。誰もが転向して、我と自ら本格ミステリを焚いた。押収されたもののほとんどを……そう何冊も、何冊も、何冊も焚いた。

監獄舞台で、囚人の演技をしていたトオノレイコは、どこまでも素の遠野零子としてミステリを踏み、破り、唾を吐きそして火にくべた……

だから、私は。

あなたの書いた脚本を盗み読んだとき。

感動したわ。こんなにも素直に、ミステリが大好きと言えるなんて、とね。

そして、だからこそ悔しかった。後ろめたかった。嫉妬した。あのときの私達を、まざまざと思い出して……

……青春は、恐いもの知らずの時間よ。

ほんとうに冷酷で無残な世界を、知りもしないから。

でもね、初子。

私、思ったの。

ひょっとしたら、あのころの私達も、最初の気持ちは、これと一緒なほど純粋で素直だったんじゃないかなって。言葉にも残していない。もちろん動画なんてないわ。証明する術はいっさい無い。むしろ、さかしまのことだけが証明されてしまった……私達の気持ちなんて、たった二日未満で砕け散ってしまう、あまりにも幼稚で儚いものだったとね。それがこの世界に残された、たったひとつの結論よ。

でも。

もし神様の悪戯で、時がもどるなら。

あのころの遠野零子の気持ちを、証明することができる……

転向したのは飽くまでトオノレイコだけで、私は、遠野零子は純粋だったと証明できる……

この意味において。

あなたたちがあの八冊のミステリを発見してくれたのは、神の差配だった。

初子、あなたがこれほどの脚本を書き上げてくれたそのことも。

そう。

もう一度、やり直せる。

失われた青春を、とりもどせる。

……ううん、解ってはいたわ。私はもう、大人だと。この国の官僚で、だから裏切り者だと。それどころか、あさましくも国語の教師なんてやっている、破廉恥な女だと。だから真実の意味で、失われた青春なんて、絶対に帰ってはこないんだと。だって私には生活があるから。この残酷な国で、看守のブーツを舐めながら積み上げてきたものを、絶対に捨てられはしないから。そう、私は歳をとってしまった……

でも。だとしても。

今の私がどれだけ汚れていたとしても。

あのころの私は嘘吐きじゃなかった。それが証明されるだけで、どれだけ魂が救われるか。仲間とミステリを裏切った過去が、どれだけ癒やされるか。

……だから、私は。

青山初子、あなたの脚本を知りながら、更生プログラムを第一回目そのままに実施した。

そう、再現実験よ。

青山初子が見事、自分の脚本を演じきったら、私の魂は救われる。

青山初子が見事、監獄の家畜に堕ちたなら、私の嫉妬が救われる。

私はその結論が見たかった。青山初子が、だから遠野零子が、この無残な世界に勝てるのかどうか。それが知りたかった。

だからこそ。

舞台の上のアオヤマハツコたちが、だからトオノレイコたちが、監獄の権力に絶望してゆくシーンはつらかったし、監獄の辱めがエスカレートしてゆくのは、見るに堪えなかった。だって、カンナギチヅルとヒョウドウモモカによる責め苦は、私達のときのそれよりも、遥かに厳しく過酷だったもの……何度も何度も、唯野教頭に中止を懇願した自分に、自分自身がおどろいたわ。フラッシュバックとでもいうのかしら。恐いわね、魂に灼き入れられた烙印というのは……それも、十八歳という時季に、犯されるようにして刻みこまれたトラウマというのは……

けれど舞台は続行した。私の錯綜する思いにかかわらず。

そしてあなたたちは勝った。自分達を失うことなく自分達の愛するものを守った。

それは私にとって、かなり意外で。

それでもやっぱり、よろこぶべき結果だといえるわね。

だからありがとう、八人のジュリエットたち――あのころの、ありえた私達」

ジュリエットとジュリエットたち

あたしは怒った。

あたし以外の七人が示す、すべての怒りを背に、もうひとりのあたしと対峙する
――遠野零子という名の、もうひとりの青山初子に。

「あたしたちを、実験道具にしたということですか」

「それならそれでいい」

「あなたの復讐のための、奴隷に」

「どうとでも叫ぶがいいわ。けれど私に激昂するのはお門違い(かどちが)というものよ。

もし、あなたたちを、だからありえた私達を奴隷にした魔女がいるというのなら。

ほら、眼の前にいるじゃない、最悪の奴隷主義者が。

あのときも、そして今日この時も。

アオヤマハツコを、だからトオノレイコを実験動物にしたのはこの魔女、唯野教頭
なのだから。そうでしょう？

だからこの監獄劇において。それがお望みなら探偵劇において。

最終の犯人がいるとすれば、それはこの女を措いてありえないわ。あるわけがない。そうでしょう？」

激しい感情とともに、名指しされ睨みつけられた唯野先生は——

——その激情には答えず、淡々と言った。それは哀れみだった。

「遠野零子。

その最終の犯人とやらを糾弾する前に。

もしあなたが、自分自身を、もうひとりの青山初子だというのなら。

その自分自身の誇りに懸けて、言わなければならないことがあるはず——

そして、青山初子」

「は、はい」

「もしあなたが自分自身を、もうひとりの遠野零子だと感じてあげられるのなら。

その合わせ鏡のあなたに、訊くべきことが残っているはず。

そう、あなたの信じる正義と対等と信頼に懸けて——

あなたの為すべきことをしなさい。今すべてを、終わらせるときが来たのだから」

「……遠野先生」あたしの瞳は、彼女の瞳を強く射た。「いいえ、遠野零子さん」

「何」

「そうやって逃げずに、盤面に帰って、どうか答えてください。
あたしたちは、九九・九九％のロジックで、そうヒトとヒトとの約束にこそ訴える
ロジックで、白村美津子殺人事件の犯人を指摘し終えました。
そう、遠野零子、あなたが美津子を殺したと。
そして、あなたに言葉を求めた。
だから盤面に帰って、あたしたちに、どうか答えてください。
あなたはそれを認めますか。美津子を殺したのは、ほんとうにあなたですか？」
「そうよ」
遠野零子はあっさり認めた。そんなことはもうどうでもいい、といわんばかりに。
「……何故なんです」
「何故、とは」
「どうして美津子を殺す必要があったんです!!　だってさっきあなたがいったことが
ほんとうなら!!　あなたはまた仲間を裏切って……仲間を殺す必要がどこに!!」
「意外に頭が鈍い……失望したわ、青山初子。
さっき私が言ったことが、真実だからこそよ。
だってそうでしょう？
これは、私にとって再現実験。それ以上でも以下でもない。

私は、遠野零子の魂がどうなるか、その結果さえ分かればよかった。

そして、これももう言ったわ。

私は今の生活を捨てられないと。そう、どうしてもこの国で、どれだけ汚れても、生き延びてゆかねばならないと。

――監獄劇の結果さえ、分かれば。

そしてそれが、私の記憶の中にだけ残るのであれば。

あとは野となれ山となれよ。というか危険よ。とりわけ初子、あなたが命に代えても守りたがっている、そうこの世界に蔓延(まんえん)させたがっている動画はね。当然ながら、その脚本もよ。

そんなものが、ミステリを禁じる、この国に存在してはならない。

何故ならばそれは私の破滅に直結するから。

それを絶対に世に出さないようにする。

そのためには、舞台を最後まで演じさせせつつ、実質的に、それをぶち壊しにすればいい。卓袱台(ちゃぶだい)を、盤面を引っ繰り返してしまえばいい。

――真実の殺人が、起こってしまった以上。

警察が、憲兵隊が介入してくる。それはしてくるでしょうね、私が密告するから。

そして白村美津子の死を隠すことはできない。

なるほど、私は殺人者として、それなりの処分を受ける——かも知れない。

でも勘違いしてはいけないわ。

この国でより重い犯罪を犯したのは、思想犯のあなたたちなのよ?

私は教師として、やむをえず、最終手段をもってその重大犯罪を止めただけ。

とりわけ、危険思想を蔓延させ、レジスタンスに希望を持たせるあの動画を、絶対に世に出さないよう、出せないよう、全力を盡くしただけ。

それはそうでしょう?

まさかあなたたち、それだけ仲間と正義を信じるあなたたちが、結果、仲間を殺してしまった様子の映ったその動画を、嬉々として世界にひろげられるはず、ないじゃない。

あなたたちは悔やむでしょうね。悲しむでしょうね。そして、この動画のことを思い出すたび、可哀想な白村美津子のことを思いやって、涙を流すでしょうね——白村美津子を殺してしまったのは、少なくともその犯人のひとりは、あなたたち八人のそれぞれだと。こんなことさえ謀てなければ、白村美津子が死ぬことはなかったという意味において、あなたたちみんなが、殺人事件の犯人だと——

だからよ。

舞台は最後まで終わらせる。

でもその舞台を勝利でなく、絶対の敗北にしてしまう。現実の人殺しをもって。

それは私があなたたちに用意したトラウマ。十八歳のこころに灼きつける烙印。

――私は私自身と、この無残な世界の理を救うために。

そしてあなたたちを絶望の底に叩き墜とし、この動画を苦しみの象徴とするために。


白村美津子に、尊い犠牲となってもらったの。

どう？　これがすべてで、どこにも不思議はないでしょう？」

「そんな身勝手な理由のために!!」

「何が身勝手かは、この国が決めてくれるわ、あなたじゃない。

そして、忘れたの？

この国では、人の命などトマトより軽い――それがお望みなら、この学園でも。

そうでしょう唯野先生？」

「この学園でも、とは」

「何を今更なのよ!!」遠野零子は激怒した。「あんた最終の犯人じゃない!!　この学園で、あんな監獄舞台を用意して、そして私達を……あのころの私達を辱め、貶め、そして殺した犯人じゃないのよ!!　冗談じゃないわ!!

そうよ、唯野教頭。

あのころは解らなかった。

でも、大人になった私には解る。

まして、この舞台が終わった今なら確信できる――

青山初子の祖父の、あの大学教授の教え子のあなたが、実はレジスタンスのシンパであるということも。だからこそ青山初子に期待し、その仲間に期待し、あの動画をどうにか完成させようとしていたことも。だからこそ私がどれだけ騒ぎ立てようと、この通し稽古を絶対に中断しようとしなかったことも。

それも冗談じゃないわ。

私達のときは……私達のときはあれだけえげつない残虐な真似をしておいて。あたしたちを永遠の奴隷に仕立て上げたくせに。自分が愛したおとこの孫がいるときは、むしろ真逆の結論を導くために……どんな依怙贔屓なのよそれ。あんたのくっだらない青春物語のために、こいつらを猫可愛がりして。信頼だの、彼女たちの命懸けの挑戦だの、最後まで見届けたいだの……どの顔下げてそんな教育者めいたことが言えるのよこの奴隷主義者が!! 悪魔、魔女!! あのころの私達を、なんてこと、いい面の皮にして……

だからこそ最終の犯人はあんただって言ったのよこの人殺し!! あたしはあんたに殺されたのよ!! 今も殺されたまま、今も監獄につながれたままなのよ……ああっ、

「ううっ」

――激情のあまり、舞台の上で泣き崩れる遠野零子。

やっぱりそれは、ありえたかも知れないあたしだった。双葉であり、美津子であり、詩織でありいつきであり……

そして、名指しされた唯野教頭は。

いつしか彼女の傍らに美しく立った。そしてわずかに躯を折ると、嗚咽する遠野零子に語りかけた。それは悔恨だった。

「第一回目の、あの更生プログラムのとき。

私自身、まだ若かった。ヒトの心というものが、まだ解ってはいなかった。

そして、若さゆえの傲慢と、焦りがあった……

この国を変えたい。あの人が望んだように。そのために権力を手に獲れた。そのために、若いちからが欲しかった。すぐに老い、やがて死んでゆく私の意志を、つまりあの人の意志を継ぐ、そんな若いちからが欲しかった。

だから、遠野零子。

あなたたちがミステリを読み、だから更生プログラムを実施しなければならなくなったとき。

私は真実、期待していた。

あなたなら遠野零子。そしてあなたたちならやってくれるかも知れないと。監獄のちからに、どんなかたちであろうと、抗ってくれるかも知れないと。勝ってくれるかも知れないと。それは私の信じるものと、信じる人に誓って真実よ。そう、私がこのゲネプロで、青山初子たちに期待していた姿そのままに——

けれど。

私はヒトの心というものが、だからそれを蝕む監獄のちからというものが、まだ解ってはいなかった。遠野零子。あなたが何も準備せず、自分達を信頼して監獄入りしたように、私もまた、何の準備もしてはいなかった。こういう物言いが許されるなら、無邪気に、純粋に、あなたたちの勝利を信じて疑わなかった。甘かったわ。舐めていた。監獄を。だからこの無慈悲な世界を。

そしてその結果は——

そう、二日目の朝の、あっという暇の敗北で終わった。監獄が、世界が勝った。もっと主観的に言うのなら、私は負けた。それどころか、あなたたちを奴隷にし、家畜にし、生涯癒えることのない烙印を刻み、そうよ、永遠に監獄へと閉じこめてしまった。

私の罪。私の誤ち。そして私の、傲慢。

そのためにボロボロになってしまった、八人の生徒。

私は生涯、それを悔やんできた。

私は生涯、彼女たちを救おうとした。

たちまちバラバラに引き離され、収容所に送られ、あらゆる意味において残酷な人生を強いられた彼女たちを——

成功したのは、私の権力をもってしても、唯一生き残ってくれていたあなた、遠野零子だけだったけれど」

「……それが救済だったと考えるのなら、それこそあなたの傲慢よ。この恥知らず」

「そうね。監獄のちからというのは、だから世界のちからというのは、そんななまやさしいものではないものね。

けれど。

だからこそ。

私は機会を待ち続けた。あなたとおなじよ遠野零子。もう一度、もう一度やり直したい。私の信じるものが、私の信じる人が間違っていないことを確かめたい。

……そして、幾つかの季節が過ぎたとき。

ふたたび現れた。

ミステリを読む生徒が。そしてそれを愛する者が。しかも、八人」

「偶然って、恐いわね」

「それが偶然でないことは、あなたがいちばん知っていることじゃなくって、遠野零子？」

「……なんですって？」

「そう。第一回目は八人だった。そして今度も八人。こんな偶然は、まさか起こりえない。

……いずれにせよ。

私にとっても、時は来た。

あの第一回目の悲劇を、悲劇で終わらせないための機会が。

だから私は決意した。そしてあなたに、第一回目の更生プログラムを知り尽くしているあなたにその監督を命じた。また神薙千鶴を呼び、更生プログラムを渡し、舞台の幕を切って落とした。

青山初子たちが勝つのか。

それとも監獄が勝つのか。

第一回目のとき私がいだいた希望は、望みは、誤りだったのかどうか――

そしてそれは、この国の未来を占うことでもある。

絶望と苦しみに満ちたこの国で、だから監獄で、若者が、少女たちが戦ってゆけるのか。

やがて死にゆく私は、その結論が知りたかった。

――この意味において、遠野零子、あなたの告発は正しい。

私もまた、この娘たちを、懲りずに実験道具にした奴隷主義者。そしてその結果、白村美津子を殺してしまった殺人者。その開幕ベルを鳴らしたのは他の誰でもない、この私。

だから最終の犯人は、私といっても何ら誤りではない。まさか否定はしない」

「……もう、どうでもいいわ」

遠野零子は、舞台の上で、嗚咽を続けながらいった。

「これが本格ミステリなら、確かに私は犯人よ。

でもどっちみち、監獄は、そんな区別をしやしない。この国に、この世界にいるかぎり、私達は誰もが奴隷、誰もが囚人なのよ。そしてそれに抗う術を持てないかぎり、誰もが自分自身の看守で、だから誰もが犯人なのよ。

そう、監獄は、そんな区別をしやしない。だから、もうどうでもいい」

「そこまで世界に絶望しているあなたが……」

唯野教頭は、ここであたしたち七人を見遣った。あたしたち、ひとりひとりを。まるで何かを確認するように。

「何故あんなところに、八冊のミステリを隠しておいたの」

「なんですって？」

「第一回目の更生プログラムのとき。その『思想犯』の調査が行われたとき。

どうしても、生徒八人の供述が合わなかった。

ミステリはすべてで何冊だったのか。何冊を隠匿していて、何冊を回し読みしたのか。

私にとどいた最終的な調査報告書によれば、どうしても、生徒の数とおなじ、八冊が足りなかった。どうしても、残り八冊が押収できなかった。だから私は、その数字とその意味を、私なりに考え抜いた。

監獄に入れられた、八人の生徒――

もし転向を拒否すれば、確実に真の収容所へと送られるであろう生徒。

また、本人たちの当初の意志からすれば、まさかミステリを捨てなどしない生徒。

だから、やがて収容所で人生を終える決意すらしていたはずの生徒。

そしてどうしても見つからない、八冊のミステリ――

やがて私の結論は、私に、調査報告書を書き換えさせた。文科省に出した最終的な調査報告書では、だから、この問題が徹底して隠蔽されている。誰も、八冊が焚書を免れたことを知る者はいない。私と、ひょっとしたら――もう八人以外にはね。

だから、第一回目のプログラムで、すべてが終わった後。

私は死に物狂いでそれを捜した。もちろん、摘発し焚くためではない。

けれど、やっぱりどうしても、発見することができなかった……

遠野零子。あなたを救い出し、学園の教師として保護したその時までは。

そのあと、私はようやく見出した。図書館の書庫のその奥に、八冊のミステリを。

そう、まさにあなたたちが読んだ八冊のミステリですよ、青山初子」

「だ、だったら!!」あたしは思わず叫んだ。「それを最初に、隠しとおしたのは。自分が収容所送りになることを知っても、絶対に、そう唯野先生すら発見できないどこかに、隠しておくと決意したのは。

そして、そして……

どうにか自由になったとき、それをこの明教館高校の図書館に隠し直したのは」

「遠野先生です。そうですね遠野零子？」

遠野先生は、否定も肯定もしなかった。

けれどそれは必要なかった。ただ彼女の瞳を見るだけで、充分だった。

「どうして……どうして遠野先生はそんなことを。

最初に隠したのは、解ります。だってあたしだって、絶対そうすると思うから」

きっと、すべての焚書を覚悟した八人が、それでも未来に希望をつなぐため、ひとり一冊を選んで、どうにか隠すことに成功したんだ。すべてを隠すには、数が多すぎたから……そう、教頭先生が『八冊を誤魔化せた』ってことは、母数がもっともっと多かったってことだから……

けれどそれは、口にする必要のない物語だった。あたしたち八人にとってそれは、九九・九九%の真実だったから。だから、あたしはどうしても解らないことだけを訊いた。

「でも、遠野先生が収容所から解放されてからは。、またそれを明教館に隠し直す必要は……とてもそんな気持ちには……だって、それは先生の人生を狂わせた……先生に、生涯の烙印を押す原因になったもの」

「だからこそ」遠野先生は自嘲のように。「やったとしたら？　そう、罠を仕掛けておいたとしたら？

私のような無意味な人生を送るバカが、また出てくる。きっと出てくる。それを陰湿に期待してやったのよ。ねずみとりを、仕掛けたの。

実際、また出てきたじゃない？

そして私は、再現実験まですることができたじゃない？

そう、それだけのことよ」

「嘘です」

「どうでもいいわ」

「よくない!!」

だって、もう、どうでもいいじゃない、どうしようもないじゃない……

だって、あなたたち、あの八冊を、ほんとうに燃やしてしまったんだもの。

正直、あのシーンには愕然としたわ。だって、私は知っていたんだもの。あなたの真実の脚本を。あなたたちが本格ミステリを、捨ててはいないってことを。

だから。

絶対に擦り換えるなどして、ホンモノは、あの八冊そのものは、燃やさないと確信していたのに。

でも青山初子。あなた自身が誰より知っているとおり。そしてあの舞台を観ていた誰もが分かったとおり。あなたたちは現物を燃やした。ほんとうに燃やした。それは疑いのない事実。だからあの八冊は、おそらくこの国最後のミステリ八冊は、永遠に消えた――

――いくら舞台を続けたかったとはいえ。

いくら私と唯野教頭の監視があったとはいえ。

そこまでしたあなたたちが、何を今更ミステリに、あの八冊に執拗るの？

……もう、何もないのよ。もう、終わったの。もう、夢から醒める時間。

あの動画だって、絶対に残りはしないの。

だって私が消すもの。消して粉微塵に砕いてやるもの。破片は海にバラ撒くもの。

それを唯野教頭が妨害するとして、あんなものが、この国で存在を許されるはずもない。

私がやらなくとも誰かがやる。必ずやる。徹底的に、跡形もなく、映像のひとコマに至るまでやる。そして、誰の記憶にも残らない。誰も観ることすらない。だから、最初から存在しなかったも一緒になる。あなたたちだって、仲間が死んだ悲劇の動画を、そして最終的には無力な自分達が敗北した動画を、思い出したくもなくなるわ——夢から醒めて、大人になれば。収容所の無慈悲な労働と屈辱が、あなたたちを白紙にしてくれれば。

そう、目醒めるのよジュリエット。

あなたたちは、確かにすばらしい女優だった。それは認めるわ。

でも、瞳を開いて御覧なさい。

起きて、現実を見詰めるの。

ねえジュリエット、そこには誰がいる?

そう、ほんとうに死んでしまったロミオがいるわ。

あなたたちが愛した、あなたたちの神様、あなたたちのロミオは、もう死んでいるの。

この世界では、あなたたちの愛するものは、もうとっくに死んでいるの。そして二度と帰らないの。命懸けで愛した小鳥は、最初から死体なの。

禁じられた愛が、たどるべき道はひとつ――

そう、あなたたちに未来はない。

舞台を下りて、この監獄を出ても。

この世界そのものが監獄なのだから。

さあ、あなたたちの愛するものと、あなたたちとを無残に殺す、現実に帰る時間が来たわ」

「違います!!」

「何が!?」

「あたしたちは、確かに、目醒めなければいけない。

この監獄舞台を、探偵劇を下りて、このホールを出て。

あたしたちを無残に殺そうとする、現実に帰らなければいけない。

でも。

それでも。

あたしたちは、あたしたちのロミオを愛し続ける。

そうよ。
あたしたちは、諦めの悪いジュリエット。
だから、考え続ける。
どうしてロミオは死んでしまったのか。
誰がロミオを殺したか。
どうしてあたしたちは、死ななければならないのか。
どうしてロミオを愛することが、禁じられなくてはならないか――
そう。
あたしたちは、この現実と戦うわ。諦めの悪いジュリエットとして」
「どうやって!!
もう世界最後のミステリもありはしない。あの動画だって残りはしない!!」
「いいえ。だから私いったんです、今」
あたしは親友たちに瞳でうながした。そして、まず自分から戦い始めた。
「あたしたちは、諦めの悪いジュリエットだって――
ロミオは死んでも、あたしたちのなかで生き続ける。
そして愛することが禁じられても、あたしたちは忘れない、絶対に」
「そんなことが!!」

「できる」

私は暗唱を始めた。

〈みんなこんな休暇になるとは思ってもみんかったやろう。ここで起こった一連の滅茶苦茶は、殺人事件も含めて誰のせいでもないと思う。われわれの中にルナがいたのを幸いに――〉

「なっ」愕然（がくぜん）とする遠野零子。「それは」

そして双葉が続けた。

〈それは、ある。と父は噛みしめるようにいった。その場合でも、その事実から目をそらしてはいかんだろうな。償う気持ちを宝にして、その後のことにあたるべきだろうな。それでなくては、生きてはいけん。たぶん、な――〉

詩織も加わる。

〈牟礼田が帰国してすぐ、見舞に来てくれたとき、おれが口惜し泣きに泣いたのをおぼえているだろう。現実に堪えられなくて逃げこんだ非現実の世界は、現実以上の地獄で、おれはその針の山を這いずるようにして――〉

いつきは凛然（りんぜん）と。

〈しかし、かつて安孫子も鉄子も殺人の嫌疑をこうむり、そしてふたたび疑惑がはれたことを思ってみると、これはりら荘にいるだれしもが一度はかから

ねばならぬハシカだともいえよう。とするなら、今度は牧が――〉

陸美は飄々(ひょうひょう)と。

〈この唄の為に破滅した。この唄に象徴されるあの家の不思議な意思。それを知り、その存在を受け入れ、意図的にそれを乗り越えようとしつつも、結局彼は自ら破滅への道を辿ったのだと、そのように云ってみても誤りではないだろう。が、しかし――〉

千鶴は美しく。

〈産まれた時からそうだったんだ。俺達はいつも自分自身というこの密室のなかに育ってきた。そうだ。そしてそれはいつの間にか奇妙な愉悦となっていた。だからそれ故に、この世界は失楽園以外の何物でもなかったんだ――〉

やがて、百花が締(し)める。

〈あたしが馬鹿だって言ってるの。どうして、タックが言うことを全部、信じてしまうの？　ほんとのことじゃないかもしれないのに。ほんとのことだっていう可能性の方が、全然低いのに。どうして笑い飛ばせないの――〉

遠野零子は思わず、あっ、といった感じで立ち上がった。あまりにも唖然(あぜん)として。そんなことはありえない、といった顔で。そしてわなわなと震える唇で、悲鳴のような声を上げる。

「あなたたち――あなたたちまさか!?」

「そうです。

あの八冊のミステリ。

あたしたち八人が皆、一冊ずつ暗記してます、すべて。

一言一句。最初の一行から最後の一行まで」

「私達の八冊を、すべて諳んじたというの!?」

「はい。もちろん美津子も自分の一冊を、暗記してました」

「そんなことが」

「できる。

あたし、最初は無理だと思った。この方法を教えてもらったとき、そんなことはとても無理だと思った。

そうです。

これは、あたしのお祖父ちゃんが教えてくれた方法。

お祖父ちゃんは、まだ幼かったあたしにいったんです。『初子、本を読むことが禁じられ、本はぜんぶ燃やされてしまう世界で、本を未来に残すには、どうすればいいと思う?』って。もちろん、あたしには答えられなかった。そしたらお祖父ちゃんはいった。『人間って、文学ってすごいんだよ』って。『ちゃんと、そのときのことを考えた人がいるんだ。そして、それを本に書いてくれたんだ。お祖父ちゃんは、その本に、どうすればいいかを教えてもらったんだよ』って。

――だから、あたしは諦めなかった。

だって、できるって知ってたから。ううん、それがたとえフィクションでも、そんな人間のちからを、文学のちからを信じたひとがいたって知ってたから。

だから、できたんです」

……遠野先生は。

絶望のどん底での泣き笑い。そんな顔をした。

開き直ったような、バカには勝てないというような。

それでいて、そこには軽蔑も冷やかしもなかった。

そこにあるのは純粋なおどろきと、そして微かな……

そう、期待だった。

「負けたわ。

諦めの悪いジュリエット、か。殺しても死にそうにないわね」

「あたしたちは、戦うジュリエットですから。

監獄でだって、収容所でだって。この世界のどこでだって語り継ぎます。だから、

生き続ける。絶対に諦めない――本格ミステリが、生き続けるために。

そう、ロミオは永遠です」

「だったらきっと、あの動画も」

「脚本を、八人で分担して暗記してます――美津子の分を、みんなで埋めないといけませんが。

そうです、美津子は死んだ。

だから美津子の一冊も、永遠に失われてしまいました、遠野零子さん」

「そこにも負けたわ」遠野先生は腕を上げながら。「だって、それを聴いた瞬間――そう、たった今、反省しちゃったもの私。まさに私が、文学を殺してしまったと。あなたが言っていた、これぞ犯人をも泣かしめる王手詰めね。負けたわ。完敗よ」

――その瞬間。

どんどんどん。

どんどんどんどんどんどん。

どんどんどん。

舞台袖の奥から。だから外との扉の方から。

あるいは、観客席の遥(はる)か奥の方から。

実は誰もがどこかで予期してた、終幕をつげる音が響いた。

切ないノクターンとはあまりにも異質に、そして残酷に。

激しくドアを叩く音。そして、軍靴の音——

開けろ!!

憲兵隊だ、ここを開けろ!!

「遠野零子」唯野教頭が動いた。「時間がないわ」

「解っています」遠野先生が随う。「いえ、いま思い出しました」

「……ありがとう、零子」

「青山さん」遠野先生は、教師にもどっていた。「私達が注意を引きつけて時間を稼ぐ。あなたたちはどうにかして、この大ホールから逃げなさい」

「先生!!」

「これだけは信じて。密告したのは私ではないわ——まだだったの」

「そんなこと」

「青山初子」唯野教頭が鋭く言う。「教頭室の私の端末に、『式典用式辞』というファイルがある。ワープロソフトで開ける。ただし、パスワードが必要となる。その一三桁のパスワードは、あなたたち八人組の、それぞれの名が持っている数字、それを大きな方から列べたもの。それを入力すれば開くわ——未来への切符が」

「未来への、切符」

「だから空枝陸美、レジスタンスとの具体的な接触は、あなたが責任をもってしなさい」
「あちゃー、バレてたかあ」
「その力を借りて、国外へ脱出するか。それとも、この国に残って一緒に戦うか——
——あなたたちは、監獄で勝った。探偵劇でも勝った。
でもその外は、零子が言ったとおり、また監獄で、だから地獄よ。
その地獄で、ジュリエットとジュリエットたちが、どれだけ足掻いてみせるのか
——足掻いてくれるのか」
ここで唯野先生はあたしを見詰めた。
ううん。
あたしの瞳の奥にいるお祖父ちゃんと、あたしのなかにある本格ミステリを……
「ずっと、観ていますよ。
世に数ある物語のなかで、ひときわ感動を呼ぶもの。
それこそあなたたち七人の、生きた物語だと胸をはれるようにね、オホホホ」
「唯野先生——遠野先生!!」
舞台の上で、駆け出そうとした先生たちが止まる。
あたしはそのまま彼女たちに、そして観客席に叫んだ。
「あたしたち、諦めない。

世界最後の一冊になっても――」

――きっと、生きぬいてみせる。

誰もがそう断言した瞬間。

あたしたちは、それぞれに駆け出した。

未来へ。

終幕 bis

緞帳（どんちょう）が下りると、誰もが虚脱（きょだつ）した。

もう、その場にへたりこんでしまいそう……

すると、ずっと死体でいなくちゃいけなかった、美津子があたしを蹴飛ばす。

「ほら初子、カーテンコール!!」

「痛いっ、何すんのよ美津子!!」

「だってあたしだけけっ。あたしだけ最後の魅（み）せ場、ないんだもん。ぷんすか」

確かにそうだ。

殺人者で自殺者っていう、大きな役どころだった代わりに、どうしても最終幕には登場できない。それがシロムラミツコって役だったから……だから美津子オススメの一冊は、舞台で『プレゼン』できなかった。美津子の怒りは、もっともだ。

「ほら初子、初子!!」双葉が嬉しそうに。「すっごい拍手だよ!!　はやく、はやく!!」

そして、しっかり者の千鶴は気遣いを忘れない。

「両先生も、お疲れの所すみませんが……

二回、いえ三回でしょうか。この拍手だと」

「あらあら、ママア」唯野教頭がわざとらしく腰を押さえた。「年寄りには堪える
わ、この長丁場は――ねえ零子？」

「何を言っているんです教頭先生。先生がいちばんノリノリだったじゃないですか。

往年の大女優、みたいな感じで。それに、レイコはやめてくださいとあれほど」

「オホホホ。なんだか、まだ役どころが脱け切らなくて」

「……そこがノリノリだって言うんです」

「初子、おめでとう。頑晴ったな」

「そんないつき。いつきこそ。いつきがホント、要所要所を締めてくれたから」

あたしはみんなと列を整えながら、もう一度、緞帳の内側を見た。

いちばん奥に、反省室や室長室や、大きな檻。

その手前に、監獄の廊下。

そしてその手前に、『タダノ教頭』『トオノ教諭』が座る『観客席』の列。

その先が、あたしたちと観客席とを距てる、緞帳だ。

すると、百花が叫ぶ――

「はい、緞帳上げまーす。ほら笑顔、はい２＋２はー？」

「百花」双葉がバッサリとツッコんだ。「逆に縁起が悪いよ、それ」
――そして、とうとう幕が上がる。
やっぱり役の余韻が消えないあたしからすると、あまりにもスルスルと。
眼の前は、満席の、明教館高校の大ホール。
ほんとにすごい、大嵐みたいな拍手。なんだか、ボコボコに殴られてるみたい。
もちろん、嬉しい。
あたしなんかの脚本で、学校のみんなが、こんなにも。
あたしなんかにも、できること、あったんだ、こんなにも。
すると、あたしのウジウジした感動を読み切った、敏感な詩織が――
「ほら、ちゃんと手をつないで、大きく上げて――さあ前へ!!
これ、初子だからできたんだからね」
「そんなことないよ。ぜんぶみんなの、演技力のおかげだよ」
すると、カーテンコールにこたえてるなかで、風のような陸美がいった。
「いちばんすごいのはね、初子。
伝えたいことを、キチンと言葉にできることさ。
とてもカンタンだけど、でもとても難しい」
「……あたしの言葉は、まともだったかな？」

「この拍手を信じないのかい？」

「なんていうんだろう、夢から醒めたら、また夢のなか、みたいな」

「実は、僕らも誰かの脚本の登場人物だったりしてね、あっは」

「いいじゃない、それで」千鶴も歓声にこたえながら。「たとえ私達が、この世界の

インクの染みだって。

だって私達は、一冊の本なんだもの。

たとえ閉じられても、忘れられても、焚かれたとしても。

私達は言いたいことを言い、やりたいことをやった——

私達は、叫べた。これが好きだって。大好きだって。世界最後のひとりになって

も、大好きだって。そう叫べた。だから、今はそれでいい」

「文化祭が終われば」いつきが、めずらしく寂しげにいった。「期末試験だな。そし

て大学入試、そして卒業」

「監獄舞台を出た僕らは、学園という監獄で目醒め、そして、大学という監獄へ旅立

ってゆくのさ。やがては、社会という監獄へ。今度はボディスーツとか無しの、まさ

に裸一貫で。芝居の台詞じゃないけど、この世界そのものが無残で冷酷なんだから。

ああ、僕らはいったいどうなっちゃうのかなあ、いつき？」

「陸美、解っていることを訊くのは、何度もいうけどよくないぞ」

「っていうと？」

「答えはもう、出ているから。自分たち自身で、演じたろう。あたしたちは、諦めの悪いジュリエット。そこがどんな監獄だって、生きぬいてみせる」

「世に数ある物語のなかで」詩織がいった。「ひときわ感動を呼ぶもの――」

「――それこそあたしたち八人の」美津子が続ける。「生きた物語だと胸をはれるように」

そして、あたしは偉そうに言った。ちょっと、自信が出てきたのかも。

「そう、どんな地獄でだって、足掻(あが)きたい。

世界最後の一冊になったとしても。

たとえロミオを愛することが、世界に禁じられたとしても」

正義と対等と、信頼を信じて。人が紡(つむ)げる物語のちからを、信じて。

「戦ってやるわ、とことん」

――みんなだって、そうだよね？

あたしは観客席にむけ、そっと、そっと問いかけた。

あたしたちの物語につきあってくれた全てのひとに、そう問いかけた。

おまけ

参考文献に代えて――
八人が愛する、八冊の本格ミステリ

青山初子暗唱　『月光ゲーム』有栖川有栖（東京創元社）
赤木双葉暗唱　『学生街の殺人』東野圭吾（講談社）
黒田詩織暗唱　『虚無への供物』中井英夫（講談社）
木崎いつき暗唱　『りら荘事件』鮎川哲也（光風社）
空枝陸美暗唱　『霧越邸殺人事件』綾辻行人（新潮社）
神薙千鶴暗唱　『匣の中の失楽』竹本健治（幻影城）
兵藤百花暗唱　『彼女が死んだ夜』西澤保彦（角川書店）
白村美津子推薦　『密閉教室』法月綸太郎（講談社）

出版社にあっては、すべて初出

なお、フィリップ・ジンバルドー教授が一九七一年に行ったいわゆる『スタンフォード監獄実験』については（ちなみにこれはいわゆるアイヒマン実験――『ミルグラム実験』とは違います）、社会心理学の各種基本書のほか、二〇〇七年に教授自身が著した『ルシファー・エフェクト』（海と月社、邦訳二〇一五）によって知ることができます。

このスタンフォード監獄実験を題材にしたフィクションとしては、ドイツ映画の『es』（二〇〇一）、ポーランド映画の『繰り返し』（二〇〇五）、邦画の『私の中のアイヒマン』（二〇〇六）、そしてアメリカ映画の『エクスペリメント』（二〇一〇）等があります。また、これらとともによく語られるドイツ映画の『ウェイヴ』（二〇〇八）は、集団心理と同調行動をテーマにしています。

さらに、この本のテーマ、あるいは雰囲気を好んでいただけた方に、この本の源流である『ロミオとロミオは永遠に』（恩田陸、早川書房）と『闇の喇叭』（有栖川有栖、理論社）を御紹介します。

あとがき

本書は、二〇一七年三月に〈新本格ミステリ三〇周年記念作品〉として上梓した、単行本『禁じられたジュリエット』の文庫版である。

（なお、本書のあらまし、性格、特徴、位置付け等々をお知りになろうとしてこのページを開いたお客様は、どうぞこのあとがきでなく、是非「解説」の方をお読みくださいますよう。以降は既読の方への「ふろく」たる私的記録ですので、商品説明がほとんどありません……）

さて、私がミステリ作家としてデビューをしたのは、二〇〇七年の一月であった。よって、右の二〇一七年というのは私のデビュー一〇周年にも該当する。このことは誰の、何の作為も働いていない純然たる偶然であるが（物理的に働きようがない）、私にとっては吉祥たる偶然であった。吉祥寺に住んでいてよかった。故郷三河を遠く離れているのは寂しいことだが、僭越ながら家康公の江戸・関東転封の顰みに倣っているのだと強弁できなくもない。なんだこのあとがきは。

とまれ、二〇一七年は慶賀すべき年であった。

ただ私には基本、それを我が物顔で言祝ぐ資格も実績もない。己の器は己が熟知している。ゆえに本来、私がこの祭りに口出しすることはできない。そこで盆踊りを披露するなど論外である。ただ右の如く、吉祥たる偶然が存在した。じゅっさいのおたんじょうび。

　これとて客観的には「だから何だ？」と一蹴されるべき些事なのだが、主観的には「笑って許してください……」という弁解になる。いやこの際、そうすることと決めた。この祭りに乗じ、ささやかに境内の隅で一曲披露し、それを奉納することと決めた。祭りの主役たる諸先達に対しあまりの傲岸不遜であるが（招かれざる客だ）、どうしてもそうしたかった。また奉納する以上、祭りの本旨そのものを歌い、踊ることとした。

　これが本書を〈新本格ミステリ三〇周年記念作品〉とした意味及び経緯である。

　そのような恥知らずな真似をした以上、今更何を気取っていても始まらない。よって、それまで人様の前で〈古野まほろ〉として姿を現すことを控えていたところ、二〇一七年三月の大阪サイン会から、イベントにおいて——まあ誰もよろこばぬであろう——素顔をさらすこととした。そして奇特なお客様たちと、肉声で語り合うことを始めた。

私はお客様を恐れる。何故わざわざ私の書などをお選びになるのか、心底理解に苦しむから。

よって甘えた。

最初の顔出しイベントにおいては、我が師・有栖川有栖（以下、先達について適宜敬称を略す）の同席を懇願した。二人会だ。

じゅっさいのおたんじょうび。忘れ難い。二〇〇七年には想像もしていなかった贈り物だ。

そこでは本書『禁じられたジュリエット』について語っていただいたのだが、それを措いても、私は持病の許すかぎり年に一度〈関西詣で〉をするようにしている。大阪で有栖川師匠と、京都で同志綾辻と――かの綾辻行人先生に対しなんとも不遜な表現であるが、経緯あることゆえ容赦願いたい――とにかく紫煙を燻らせることにしている。数多の灰に比例して、近況報告といったものから本格談義といったものまで、様々な言葉が積み重なってゆく。時には、やはり思わぬ贈り物まで。

例えば、私の不徳と偏屈とでずっと御迷惑をお掛けしてきた法月綸太郎先生を、サプライズゲストにお呼びくださったのは同志綾辻である（「ああ今呼んだから」「もう呼んじゃった」とサラリと言われ……小心者の私は顔面蒼白になり焼き土下座の用意をした。真面目に泣きそうになった）。じゅっさいのおたんじょうび。忘れ難い。

有栖川師匠との煙草合戦でも、たちまち三時間、四時間が過ぎる。その間ずっと話している（ずっとってデートか）。アガサ・クリスティ論。防犯カメラ論。アリバイ論。クローズド・サークルの拡散と集束。マッチ。捜索すべき場所。ジュヴナイルの効用。小説家と評論家について。死体の取扱いについて。編集者さん各位について。家康公の悪辣さについて。単行本と文庫について。シリーズの在り方について。作家の生い立ちとキャラクタについて。人の孤独と寂しさについて。ビックリと非ビックリについて。本格と新本格について。有栖川本格と古野本格の決定的な違い（ちなみに主たる議論となったものが二点ある）。あるいは、最近における古野のケシカラン振る舞い、襟を正すべきこと、初心に帰るべきこと……

きちんと言葉にしてくださる方がいる。じゅっさいに限らないが、これも天の贈り物だ。

かつて、その有栖川有栖は私のことを『本格ミステリの魔に憑かれている』といい、綾辻行人は私に『業とも云える「本格ミステリ作家性」』があるといった。

本書『禁じられたジュリエット』は、主観的にはその極北にある。そうありたいと願って書いた。具体的には、本格ミステリという型を用い、本格ミステリというテーマそのものを描いた。これを極めて安易に言い換えれば、犯人当てパズルを書くことで、「犯人当てパズルとは何か？」（定義は？）「犯人当てパズルにはどんな意味がある？」（価値は？）という問いに答えようとした。

ここでそもそも、どのような領域においても、その中核となる概念は、自身の意味・定義を拡散あるいは空洞化させざるを得ない（果ては定義不能ともなり得る）。〈本格ミステリ〉などその典型である。古巣に絡めて言えば、〈警察〉や〈行政〉を内容から定義しようとするのは困難だ――世に言う『記述できるが定義はできない』。よって、本格ミステリ作家が一〇〇人いれば一〇〇の定義が存在し得る。それについての議論も、既に幾億回となくなされていよう。そしてそれら定義がどのようなものであろうと、実作者にとっては特段意識する必要がないものである。小説は、まさか定義から生まれるものではないから。

だがしかし――

小説は定義から生まれるものではないが、定義が小説の指針なり背骨なりになるのであれば、すなわち実際的効用があるのであれば、それを突き詰めて考えてみるのも悪くない。無論、他の誰に強要するわけでなく、自分自身の指針なり背骨なりとして。ただ実作者は手を動かしてナンボである。そのような思索の時間と機会は、かぎられる。

そこで二〇一七年、そう〈新本格ミステリ三〇周年〉、思い立ってその思索をしてみた。

その結果、本書は、私による本格ミステリの定義を訴えるものとなった。

ただ本書は学術書ではない。ミステリである。物語である。そしてイデオロギーから入った物語など食えたものではない。よって本書では、私の答案をどのように物語とするか、イズムをどのように物語として語るかに、強く意を砕いたつもりである。純粋に、殺人事件等の物語としても楽しんでいただく。それを通じて自然に、私の答案を採点していただく。その自然さが確保されていることを願うばかりだ。頭でっかちは見苦しいから。

なお、定義定義といえど、まだ追い詰め方が足りないと自分でも考えている。というか、その内容から〈本格ミステリ〉を定義するのは——法学畑出身の私には——極めて困難あるいは不可能に思える（『記述できるが定義はできない』）。また既述のとおり、そもそも実作者が意識する必要のないものでもある。

ただ。

その形式から〈本格ミステリ〉を定義することは極めて容易と考える。

その定義を有栖川有栖に語ったとき、静かに笑っておられたのは、さて……

その話と、あと私の諸作品の本質をわずか一文で突いた講談社の唐木厚氏の話、そして本書の姉妹編ともいえる二〇一九年の〈『月光ゲーム』三〇周年記念作品〉、『終末少女』の話を書きたかったのだが……紙幅に鑑み、フェルマー的な慚愧に堪えない。また、近時読み返した沼正三のあとがきに触発され、私としては初となる常体のあとがきとし、しかも、触発されたような硬派美文を目指してみたのだが……結果に鑑み、今後は控えるべきだと感じている。いやはや、慣れないことに手を出したら火傷しますね。

最後に、私の作家人生を通じた初代担当編集者にして、本文庫の担当編集者をも務めてくださった講談社の栗城浩美氏に——実態論としては作家古野の生みの母そのひとだ——衷心から感謝申し上げ、私のあとがきとする。

（了）

生粋にして特殊な本格ミステリ

有栖川有栖

『禁じられたジュリエット』は、フェアプレイ精神に則って書かれた生粋の本格ミステリである。

随分と舞台設定が特異らしいから本格ミステリから故意に逸脱したタイプの小説ではないか、と疑った人がいたとしても、それは考えすぎで、演繹推理に淫した本格ものである。

書き下ろし作品として単行本で本作が上梓されたのは二〇一七年。帯の裏面では〈新本格ミステリ30周年記念作品〉と謳われていた。担当編集者が書いた宣伝文句ではない。単に本格ものであるというだけでなく、いつにも増してハードな本格ミステリであることを作者が強くアピールしていたのだ。

新本格ミステリとは、名探偵による鮮やかな推理や奇抜なトリックなどを興味の主眼とした謎解き小説を現代的に（時にはあえて懐古趣味も交えながら）復活させたもので、綾辻行人の『十角館の殺人』（一九八七年）を嚆矢とする。本格ものが退潮していた時期が長かったため、当初は「あんな古いスタイルを今さら……」と見る向きもあったが、新しい才能が波状的に登場したため定着し、近年は近隣の国々はもちろんのこと欧米のミステリファンにもSHIN-HONKAKU（NEW ORTHODOX）は知られるに至った。

一九八九年にデビューした筆者・有栖川は新本格派の第一期生の一人とされているのだが、何年デビューの誰までを新本格作家と呼ぶのかについては人によって見解が分かれる。第三十五回メフィスト賞を『天帝のはしたなき果実』で受賞して二〇〇七年に世に出た古野まほろは、新本格という言葉が「いつまでも新ではないだろう」と失効して久しかったため、新本格派として売り出されず、表紙の帯には〈空前の本格ミステリ〉と記されていた。その帯文を書いたのは、新本格ミステリを生み育てた伝説的編集者・宇山日出臣だった（その後に急逝されたため、同書は宇山氏が最後に賛辞を送った作品となる）。

新本格派と呼ばれずにデビューした作者が、その三十周年記念を謳う本を出すのは奇異であり、自らを創作の道に誘った新本格への祝辞と解釈するにしても妙だ。前の拙文をお読みいただければお判りのとおり、『十角館の殺人』の二十年後に発表された本作は、〈古野まほろデビュー10周年記念作品〉なのである。それなのに新本格への祝辞を優先させたわけで、作者が本格ミステリ全体に注ぐ愛着が並々ならぬものであることが伝わってくる。〈私のデビュー10周年〉のアピールを控え、〈私が愛するジャンル30周年〉を寿ぎながら発表した作品だけあって、本作には異様なまでの迫力があり、本格ミステリとしての構築も見事だ。ロジカルです、とくと味わってください、と筆者は記すのみ。『禁じられたジュリエット』は、ディストピアSF的な世界を舞台にしたファンタジーである。

物語の舞台は、現実の日本とは異なる〈別の日本〉。それはひどく抑圧的な全体主義国家で――人名はすべて片仮名表記で記号化され、あるべき意味が剝奪されている――、すべてのミステリは退廃文学として禁書になっていた。全寮制高校内で禁を破った少女たちは、非人間的な更生プログラムに懸けられ、トラブルの果てに不可解な殺人事件が発生する。

デビュー以来、作者が書き続けている天帝シリーズの作中世界も〈日本帝国〉なる別の日本だったから、古野流の舞台設定ではあるのだが、本格ミステリらしい雰囲気を醸成するために貴族や軍人を出せるようにした（作者の言）天帝シリーズとは違い、ダークな世界観が作品全体をとことん支配している。本格ミステリとは何か、いかなる存在であり得るのか、がテーマになっているためだ。

古野まほろは本格ミステリに情熱を傾けながら、大胆に、やすやすとファンタジー世界に作品を投げ込む。子供の頃からとんでもない空想家だったのだろうな、と思うほどに。

〈現実ではない世界・現実には存在しないもの〉の採用をためらわない作者は、それとは正反対の作品世界を書かせても尋常ではない。元警察キャリアで法律のスペシャリストという異色の経歴ゆえに、警察組織の内情から具体的な犯罪捜査まで熟知していることは、ミステリ作家としてとんでもないアドバンテージだ。武器としてフルに活用しない手はない。

覆面をかぶった兼業作家だった時期は、素性が露見するのを回避するために書けなかったのであろうタイプの作品が、専業作家となってから解禁された。『新任巡査』『新任刑事』『新任警視』と続くシリーズなど、どれだけ綿密な取材をしたって経験者でなければ書けないであろうディテールを書き込み、稀有（けう）の〈お仕事小説〉にもなっている（しかも、それが濃厚な本格ミステリにもなっていることに驚く）。

およそ警察官ほど潔く世俗の沼に身を投じる人たちもいないだろう。日々、ぶつかるのはやり切れないほど徹底した現実、現実、現実。ふわふわしたお伽噺（とぎばなし）が入り込む余地など、どこにもない。

とんでもない空想家でありながら、とことん現実と格闘した経験を持つ作家は、フアンタジー世界と現実世界を二種類の翼で自在に飛び回る。本作はファンタジーの翼によって書かれているが、現実から逃避するためではなく、その冷酷な一面を照射するためのアクロバティック極まりない飛翔である。

『禁じられたジュリエット』は、痛々しいばかりの青春小説である。

古野作品にはよく高校生たちが登場し、本作や『セーラー服と黙示録』に始まるシリーズ、ノンシリーズものの『終末少女 AXIA girls』など、女子高生たちしか登場しない作品も多い。「どうして女子高生なのか？（単なる趣味？）」と作者に尋ねたことがある。「みんな制服を着ているから一人一人の服装を考えなくて済む」と答えてくれたが、だったら男子の高校生たちでもいいではないか。

という突っ込みはさて措き、本作で謎解きに挑むのが高校生たちに設定されているのは必然だろう。ミステリは自由に向けて開かれていると信じるがゆえ、自由もミステリも否定するディストピア的な世界に全身全霊を懸けてレジストする者に、若い彼女らはふさわしい。

女子ばかりなのは、柳田国男(やなぎたくにお)が唱えた〈妹の力〉をファンタジックに描こうとしたのか、性別も年齢も自分と異なるキャラクターに希望を託そうとしたのか、しばしば過剰なまでに社会への順応に長(た)けた男性へのアイロニーなのかは判らない。

余談めくが――性別も年齢も自分と異なるキャラクターに希望を託す、というのを筆者はしたことがある。本書の末尾に、〈この本の源流〉として『ロミオとロミオは永遠に』（恩田陸）と並べられた拙著『闇の喇叭（らっぱ）』の主人公は、十七歳の少女だ。現在、続編を二つ書いたところで中断しているのは不甲斐ない限りだが、実はこのシリーズは私が〈別の日本〉を舞台にした古野作品に触発されて書いたものである。こんなキャッチボールもあるのですね。

「SFマガジン」で長期連載された大作『ロミオとロミオは永遠に』のタイトルの意味は、作者にもよく判らないとのこと。そのロミオがジュリエットを呼び込み、本作のタイトルに張りついたのも面白い。

『禁じられたジュリエット』は、特殊な〈特殊設定ミステリ〉である。

〈特殊設定ミステリ〉とは、現実世界にないモノやコト（SF、ホラー、ファンタジーの要素）を作中に取り込んだ上、それをトリックや謎解きに利用したミステリのことを指す。

その濫觴（らんしょう）を正確に指摘するのは筆者の手に余るのだが、科学の代わりに魔術が発達した世界を舞台にしたランドル・ギャレットのダーシー卿シリーズ（第一作は一九六六年に発表された『魔術師が多すぎる』）が元祖的作品だ。それより古く、紫式部が書き残したという設定で嗅覚についてのデフォルメが利いた岡田鯱彦（おかだしゃちひこ）の王朝ミステリ『薫大将（かおるたいしょう）と匂宮（におうのみや）』（一九五五年）という作例が日本にはある。

従来、それらは異色作と見られていたが、新本格ブームの最中、死者がゾンビとなって甦る世界で起きる連続殺人を描いた山口雅也の『生ける屍の死』（一九八九年）という傑作が生まれ、九五年にデビューした西澤保彦は、主人公が特異体質によって同じ日を九回もリピートしてしまう『七回死んだ男』（一九九五年）や、六人の男女の人格がある法則に従って入れ替わってしまう『人格転移の殺人』（一九九六年）など破天荒な本格ミステリを次々に発表して人気を博す。

このスタイルは二〇〇〇年代に入ってもフォロワーを生んで本格ミステリの中で小さなジャンルを形成し、今では一定数の固定読者を確立している。

『禁じられたジュリエット』には、タイムマシンや吸血鬼などは登場しない。〈もし、社会がこのようであったら〉という物語なのだが、常識が転倒した作中世界の読み心地は〈特殊設定もの〉とよく似ている。もとよりこの作者は、本格ミステリを書く際に中に本物のモンスターを出すことも厭わないから、〈特殊設定もの〉として書いたのかもしれない。

あり得ないモノやコトが当たり前に存在する世界を舞台にすれば、本格ミステリにSF・ホラー・ファンタジーの面白さを重ねられるし、読者を不慣れな場所（念入りに用意した土俵）に招けるので作者は優位に立つ。そして、その世界でしか成立しないトリックで新奇性を出せる。作者は〈うまく使えそうな特殊設定〉を考え、浮かんだアイディアに合わせて設定の特異さを自由に調整する——という手順で書かれるのだろう。小説としてのテーマは、プロットを練る過程で生まれて、作品に溶け込む。

だが本作の場合、作者は〈うまく使えそうな特殊設定〉から発想したのではなく、何にも増してミステリが禁じられる理不尽さ、この〈特殊設定〉そのものが書きたかったのに違いない。そして、かくもおぞましい世界でどう抗うか、何を訴えるか、いかに闘って、どのような勝ち方を収めるべきかを考え抜いた末、異様な迫力で満ちたこの小説を産み落としたのである。

かつては権力の下で職務に邁進しながら、作家としては本格ミステリそのものをテーマにしてこんなナイーブなまでの作品を書いてしまう。古野まほろという作家の内面の複雑さは、私には想像しかねるのだが、強大な権力の側に立ち、現実を直視し続けたからこそ、本格ミステリを通して書かずにいられないものがあったのだろう。

作中には忘れがたい台詞、文章が鏤められているが、一つたりとて引用するのは控えた。読者ご自身が見つけ、すくい上げていただくために。

年表（抄）

本作品の単行本に付したものをそのまま再掲した
巻末以降にあっては、著者公式サイト（https://furunomahoro.com/）に掲出

刊行年月		作品名（発行元・媒体名など）	ジャンル・シリーズ分類
二〇〇七年	一月	天帝のはしたなき果実（講談社ノベルス）	長　天帝
	五月	敲翼同惜少年春（雑誌『メフィスト』）	短　天帝
	六月	天帝のつかわせる御矢（講談社ノベルス）	長　天帝
	一〇月	天帝の愛でたまう孤島（講談社ノベルス）	長　天帝
二〇〇八年	一月	憶昔帝国全盛日（雑誌『メフィスト』）	短　天帝
	四月	探偵小説のためのエチュード「水剋火」（講談社ノベルス）	長　探偵小説
	五月	請君為人用心聴（雑誌『メフィスト』）	短　天帝
	七月	探偵小説のためのヴァリエイション「土剋水」（講談社ノベルス）	長　探偵小説
二〇〇九年	一月	夜猫應覺月光寒（雑誌『メフィスト』）	短　天帝
	二月	天帝のみぎわなる鳳翔（講談社ノベルス）	長　天帝
	六月	探偵小説のためのノスタルジア「木剋土」（講談社ノベルス）	長　探偵小説
	九月	探偵小説のためのインヴェンション「金剋木」（講談社ノベルス）	長　探偵小説
二〇一〇年	一月	探偵小説のためのゴシック「火剋金」（講談社ノベルス）	長　探偵小説
	一二月	群衆リドル　Yの悲劇'93（光文社）	長　イエユカ
		「長い廊下がある家」――詩人・有栖川有栖（雑誌『小説宝石』）	エ
二〇一一年	五月	命に三つの鐘が鳴る　Wの悲劇'75（光文社）	長　二条
	一〇月	天帝のはしたなき果実・新訳（幻冬舎文庫）	文　天帝
		天帝のあまかける墓姫（幻冬舎）	長　天帝
二〇一二年	一月	絶海ジェイル　Kの悲劇'94（光文社）	長　イエユカ

二〇一三年
三月　外田警部、カシオペアに乗る（雑誌『ジャーロ』）　短　外田
六月　天帝のつかわせる御矢・新訳（幻冬舎文庫）　文　天帝
八月　復活　ポロネーズ第五十六番（新潮社）　長
一一月　外田警部、のぞみ号に乗る（雑誌『ジャーロ』）　短　外田
一二月　セーラー服と黙示録（角川書店）　長　セラ黙
　AMX-004　キュベレイ（雑誌『ユリイカ』）　エ

二〇一三年
三月　消えたロザリオ（雑誌『小説屋sari-sari』）　短　セラ黙
　天帝のやどりなれ華館（幻冬舎）　長　天帝
四月　外田警部、あずさ2号に乗る（雑誌『ジャーロ』）　短　外田
六月　パダム・パダム　Eの悲劇'80（光文社）　長　二条
七月　外田警部、市内線に乗る（雑誌『ジャーロ』）　短　外田
八月　群衆リドル　Yの悲劇'93（光文社文庫）　文　イエユカ
一〇月　背徳のぐるりよざ（角川書店）　長　セラ黙
　あらわれた悪魔（雑誌『小説屋sari-sari』）　短　セラ黙
　穴井戸栄子、本屋にゆく（非売品）　シ　天帝
一二月　外田警部、カシオペアに乗る（光文社）　集　外田

二〇一四年
一月　セーラー服とシャーロキエンヌ　穴井戸栄子の華麗なる事件簿（角川書店）　集　セラ黙
　絶海ジェイル　Kの悲劇'94（光文社文庫）　文　イエユカ
二月　天帝の愛でたまう孤島・新訳（幻冬舎文庫）　文　天帝
三月　とらわれた吸血鬼（雑誌『小説屋sari-sari』）　短　セラ黙
八月　六億九、五八七万円を取り返せ同盟!!（新潮社）　長
一〇月　その孤島の名は、虚（KADOKAWA）　長　吉南女子
一二月　外田警部、TGVに乗る（光文社）　長　外田
　天帝のみぎわなる鳳翔・新訳（幻冬舎文庫）　文　天帝

二〇一五年
一月　ねらわれた女学校（雑誌『小説屋sari-sari』）　短　セラ黙

五月　身元不明　特殊殺人対策官 箱崎ひかり（講談社）　長　二条
六月　命に三つの鐘が鳴る　新任警部補・二条実房（光文社文庫）　文　二条
七月　パダム・パダム　新任署長・二条実房（光文社文庫）　文　二条
八月　ストリート・クリスマス　Xの悲劇'85（光文社）　長
九月　監殺　警務部警務課SG班（KADOKAWA）　長
　　　セーラー服と黙示録（角川文庫）　文　セラ黙
一一月　ヒクイドリ（幻冬舎）　長

二〇一六年

一月　ぐるりよざ殺人事件（角川文庫）　文　セラ黙
二月　新任巡査（新潮社）　長　新任
三月　残念な警察官（光文社新書）　新
　　　女子高生たちが、校舎から出るに及んで（雑誌『小説屋sari-sari』）　短　吉南女子
四月　臨床真実士ユイカの論理　文渡家の一族（講談社タイガ）　文　ユイカ
　　　おんみょう紅茶屋らぷさん1（メディアワークス文庫）　文　らぷさん
八月　池袋カジノ特区　UNOで七億取り返せ同盟Ⅰ・Ⅱ（新潮文庫）　文
九月　ねらわれた女学校（角川文庫）　集　セラ黙
　　　ホルン吹きの休日（雑誌『小説屋sari-sari』）　短　吉南女子

二〇一七年

一月　臨床真実士ユイカの論理　ABX殺人事件（講談社タイガ）　文　ユイカ
　　　おんみょう紅茶屋らぷさん2（メディアワークス文庫）　文　らぷさん
二月　島津今日子の図書館（雑誌『小説屋sari-sari』）　短　セラ黙
三月　警察手帳（新潮新書）　新
　　　禁じられたジュリエット（講談社）　長

◉インタビュー、エッセイ等の一部を省略した
◉作品名にあっては、必ずしも商品名と一致しない

本書は二〇一七年三月に、小社より刊行されました。

|著者| 古野まほろ　東京大学法学部卒業。リヨン第三大学法学部第三段階「Droit et Politique de la Sécurité」専攻修士課程修了。なお学位授与機構より学士（文学）。警察庁Ｉ種警察官として、交番、警察署、警察本部、海外、警察庁等で勤務の後、警察大学校主任教授にて退官。2007年、『天帝のはしたなき果実』で第35回メフィスト賞を受賞しデビュー。有栖川有栖・綾辻行人両氏に師事。「天帝」シリーズ、「新任」シリーズをはじめ、『時を壊した彼女』『終末少女』『その孤島の名は、虚』など著書多数。

禁じられたジュリエット
古野まほろ

講談社文庫
定価はカバーに
表示してあります

2020年９月15日第１刷発行

発行者――渡瀬昌彦
発行所――株式会社　講談社
東京都文京区音羽2-12-21　〒112-8001
電話　出版（03）5395-3510
　　　販売（03）5395-5817
　　　業務（03）5395-3615

デザイン―菊地信義
本文データ制作―講談社デジタル製作
印刷――豊国印刷株式会社
製本――加藤製本株式会社

Printed in Japan

ISBN978-4-06-520169-5

講談社文庫刊行の辞

二十一世紀の到来を目睫に望みながら、われわれはいま、人類史上かつて例を見ない巨大な転換期をむかえようとしている。

世界も、日本も、激動の予兆に対する期待とおののきを内に蔵して、未知の時代に歩み入ろうとしている。このときにあたり、創業の人野間清治の「ナショナル・エデュケイター」への志を現代に甦らせようと意図して、われわれはここに古今の文芸作品はいうまでもなく、ひろく人文・社会・自然の諸科学から東西の名著を網羅する、新しい綜合文庫の発刊を決意した。

激動の転換期はまた断絶の時代である。われわれは戦後二十五年間の出版文化のありかたへの深い反省をこめて、この断絶の時代にあえて人間的な持続を求めようとする。いたずらに浮薄な商業主義のあだ花を追い求めることなく、長期にわたって良書に生命をあたえようとつとめるところにしか、今後の出版文化の真の繁栄はあり得ないと信じるからである。

同時にわれわれはこの綜合文庫の刊行を通じて、人文・社会・自然の諸科学が、結局人間の学にほかならないことを立証しようと願っている。かつて知識とは、「汝自身を知る」ことにつきていた。現代社会の瑣末な情報の氾濫のなかから、力強い知識の源泉を掘り起し、技術文明のただなかに、生きた人間の姿を復活させること。それこそわれわれの切なる希求である。

われわれは権威に盲従せず、俗流に媚びることなく、渾然一体となって日本の「草の根」をかたちづくる若く新しい世代の人々に、心をこめてこの新しい綜合文庫をおくり届けたい。それは知識の泉であるとともに感受性のふるさとであり、もっとも有機的に組織され、社会に開かれた万人のための大学をめざしている。大方の支援と協力を衷心より切望してやまない。

一九七一年七月

野間省一

深水黎一郎 世界で一つだけの殺し方
深水黎一郎 ミステリー・アリーナ
深水黎一郎 倒叙の四季〈破られた完全犯罪〉
藤谷 治 花や今宵の
深町秋生 ダウン・バイ・ロー
古市憲寿 働き方は「自分」で決める
船瀬俊介 かんたん「1日1食」!!〈万病が治る! 20歳若返る!〉
二上 剛 黒薔薇 刑事課強行犯係 神木恭子
二上 剛 ダーク・リバー〈暴力犯係長 葛城みずき〉
藤野可織 おはなしして子ちゃん
古野まほろ 身元不明(ジェーン・ドゥ)〈特殊殺人対策官 箱崎ひかり〉
古野まほろ 陰陽少女
藤崎 翔 時間を止めてみたんだが
藤井邦夫 大江戸閻魔帳(えんまちょう)
藤井邦夫 三つの顔〈大江戸閻魔帳(二)〉
藤井邦夫 渡世人〈大江戸閻魔帳(三)〉
藤井邦夫 笑う女〈大江戸閻魔帳(四)〉
福澤徹三 糸柳寿昭 忌み地〈怪談社奇聞録〉
辺見 庸 抵抗論

星 新一 エヌ氏の遊園地
星 新一編 ショートショートの広場①〜⑨
本田靖春 不当逮捕
保阪正康 昭和史 七つの謎
保阪正康 昭和史 七つの謎 Part2
保坂和志 未明の闘争(上)(下)
堀江敏幸 熊の敷石
堀江敏幸 燃焼のための習作
本格ミステリ作家クラブ編 探偵の殺される夜〈本格短編ベスト・セレクション〉
本格ミステリ作家クラブ編 墓守刑事の昔語り〈本格短編ベスト・セレクション〉
本格ミステリ作家クラブ編 子ども狼ゼミナール〈本格短編ベスト・セレクション〉
本格ミステリ作家クラブ編 ベスト本格ミステリ TOP5〈短編傑作選001〉
本格ミステリ作家クラブ編 ベスト本格ミステリ TOP5〈短編傑作選002〉
本格ミステリ作家クラブ編 ベスト本格ミステリ TOP5〈短編傑作選003〉
本格ミステリ作家クラブ編 ベスト本格ミステリ TOP5〈短編傑作選004〉
本格ミステリ作家クラブ選・編 本格王2019
星野智幸 夜は終わらない(上)(下)
本多孝好 君の隣に
穂村 弘 整形前夜

穂村 弘 ぼくの短歌ノート
堀川アサコ 幻想郵便局
堀川アサコ 幻想映画館
堀川アサコ 幻想日記店
堀川アサコ 幻想探偵社
堀川アサコ 幻想温泉郷
堀川アサコ 幻想短編集
堀川アサコ 幻想寝台車
堀川アサコ 幻想蒸気船
堀川アサコ 大奥の座敷童子
堀川アサコ おちゃっぴい〈大江戸八百八〉
堀川アサコ 月下におくる(上)(下)〈沖田総司青春録〉
堀川アサコ 芳一(ほういち)
堀川アサコ 月夜彦
堀川アサコ 魔法使ひ
本城雅人 境界〈横浜中華街・潜伏捜査〉
本城雅人 スカウト・デイズ
本城雅人 スカウト・バトル
本城雅人 嗤うエース

講談社文庫　目録

本城雅人　贅沢のススメ
本城雅人　誉れ高き勇敢なブルーよ
本城雅人　シューメーカーの足音
本城雅人　ミッドナイト・ジャーナル
本城雅人　紙の城
本城雅人　監督の問題
本城雅人　去り際のアーチ〈もう一打席！〉
堀川惠子　裁かれた命〈死刑囚から届いた手紙〉
堀川惠子　死刑の基準〈「永山裁判」が遺したもの〉
堀川惠子　永山則夫〈封印された鑑定記録〉
堀川惠子　教誨師
堀川惠子　戦禍に生きた演劇人たち〈演出家・八田元夫と「桜隊」の悲劇〉
堀川惠子／小笠原信之　チンチン電車と女学生〈1945年8月6日・ヒロシマ〉
ほしおさなえ　空き家課まぼろし譚
誉田哲也　Qros（キュロス）の女
松本清張　草の陰刻
松本清張　黄色い風土
松本清張　黒い樹海
松本清張　連環
松本清張　花氷
松本清張　ガラスの城
松本清張　殺人行おくのほそ道(上)(下)
松本清張　塗られた本
松本清張　熱い絹(上)(下)
松本清張　邪馬台国　清張通史①
松本清張　空白の世紀　清張通史②
松本清張　カミと青銅の迷路　清張通史③
松本清張　天皇と豪族　清張通史④
松本清張　壬申の乱　清張通史⑤
松本清張　古代の終焉　清張通史⑥
松本清張　新装版　増上寺刃傷
松本清張　新装版　紅刷り江戸噂
松本清張　大奥婦女記〈レジェンド歴史時代小説〉
松本清張他　日本史七つの謎
松谷みよ子　ちいさいモモちゃん
松谷みよ子　モモちゃんとアカネちゃん
松谷みよ子　アカネちゃんの涙の海
眉村　卓　ねらわれた学園
眉村　卓　なぞの転校生
麻耶雄嵩　翼ある闇〈メルカトル鮎最後の事件〉
麻耶雄嵩　痾（あ）
麻耶雄嵩　メルカトルかく語りき
麻耶雄嵩　神様ゲーム
町田　康　耳そぎ饅頭
町田　康　権現の踊り子
町田　康　浄土
町田　康　猫にかまけて
町田　康　猫のあしあと
町田　康　猫とあほんだら
町田　康　猫のよびごえ
町田　康　真実真正日記
町田　康　宿屋めぐり
町田　康　人間小唄
町田　康　スピンク日記
町田　康　スピンク合財帖
町田　康　スピンクの壺
舞城王太郎　煙か土か食い物〈Smoke, Soil or Sacrifices〉

舞城王太郎 世界は密室でできている。〈THE WORLD IS MADE OUT OF CLOSED ROOMS〉
舞城王太郎 好き好き大好き超愛してる。
舞城王太郎 イキルキス
舞城王太郎 短篇五芒星
真山 仁 虚像の砦
真山 仁 新装版 ハゲタカ(上)(下)
真山 仁 新装版 ハゲタカII(上)(下)
真山 仁 レッドゾーン(上)(下)
真山 仁 グリード〈ハゲタカIV〉(上)(下)
真山 仁 ハーディ〈ハゲタカ2・5〉(上)(下)
真山 仁 スパイラル〈ハゲタカ4・5〉
真山 仁 そして、星の輝く夜がくる
真梨幸子 孤虫症
真梨幸子 深く深く、砂に埋めて
真梨幸子 女ともだち
真梨幸子 えんじ色心中
真梨幸子 カンタベリー・テイルズ
真梨幸子 イヤミス短篇集
真梨幸子 人生相談。
真梨幸子 私が失敗した理由は
牧野 修 巴 亮介 漫画原作 ミュージアム〈公式ノベライズ〉
松本裕士 兄 弟〈追憶のhide〉
円居 挽 丸太町ルヴォワール
円居 挽 烏丸ルヴォワール
円居 挽 今出川ルヴォワール
円居 挽 河原町ルヴォワール
円居 挽 原作 福本伸行 カイジ ファイナルゲーム 小説版
松宮 宏 さくらんぼ同盟
松岡圭祐 探偵の探偵
松岡圭祐 探偵の探偵II
松岡圭祐 探偵の探偵III
松岡圭祐 探偵の探偵IV
松岡圭祐 水鏡推理
松岡圭祐 水鏡推理II〈インパクトファクター〉
松岡圭祐 水鏡推理III〈パレイドリア・フェイス〉
松岡圭祐 水鏡推理IV〈アノマリー〉
松岡圭祐 水鏡推理V〈ニュークリアフュージョン〉
松岡圭祐 水鏡推理VI〈クロノスタシス〉
松岡圭祐 探偵の鑑定I
松岡圭祐 探偵の鑑定II
松岡圭祐 万能鑑定士Qの最終巻〈ムンクの〈叫び〉〉
松岡圭祐 黄砂の籠城(上)(下)
松岡圭祐 シャーロック・ホームズ対伊藤博文
松岡圭祐 八月十五日に吹く風
松岡圭祐 生きている理由
松岡圭祐 黄砂の進撃
松岡圭祐 瑕疵借り
松原 始 カラスの教科書
益田ミリ 五年前の忘れ物
益田ミリ お茶の時間
マキタスポーツ 一億総ツッコミ時代〈決定版〉
丸山ゴンザレス ダークツーリスト〈世界の混沌を歩く〉
三島由紀夫 TBSヴィンテージクラシックス 編 告白 三島由紀夫未公開インタビュー
三浦綾子 ひつじが丘
三浦綾子 岩に立つ
三浦綾子 青い棘
三浦綾子 イエス・キリストの生涯

三浦綾子 愛することと信ずること
三浦明博 滅びのモノクローム
三浦明博 五郎丸の生涯
宮尾登美子 新装版 天璋院篤姫(上)(下)
宮尾登美子 新装版 一絃の琴
宮尾登美子 東福門院和子の涙(上)(下)〈レジェンド歴史時代小説〉
皆川博子 クロコダイル路地
宮本 輝 ひとたびはポプラに臥す 1〜6
宮本 輝 骸骨ビルの庭(上)(下)
宮本 輝 新装版 二十歳の火影
宮本 輝 新装版 命の器
宮本 輝 新装版 避暑地の猫
宮本 輝 新装版 ここに地終わり 海始まる(上)(下)
宮本 輝 新装版 花の降る午後(上)(下)
宮本 輝 新装版 オレンジの壺(上)(下)
宮本 輝 にぎやかな天地(上)(下)
宮本 輝 新装版 朝の歓び(上)(下)
宮城谷昌光 侠骨記
宮城谷昌光 夏姫春秋(上)(下)
宮城谷昌光 花の歳月
宮城谷昌光 重耳(全三冊)
宮城谷昌光 介子推
宮城谷昌光 孟嘗君 全五冊
宮城谷昌光 春秋の名君
宮城谷昌光 子産(上)(下)
宮城谷昌光 湖底の城〈呉越春秋〉一
宮城谷昌光 湖底の城〈呉越春秋〉二
宮城谷昌光 湖底の城〈呉越春秋〉三
宮城谷昌光 湖底の城〈呉越春秋〉四
宮城谷昌光 湖底の城〈呉越春秋〉五
宮城谷昌光 湖底の城〈呉越春秋〉六
宮城谷昌光 湖底の城〈呉越春秋〉七
宮城谷昌光 湖底の城〈呉越春秋〉八
水木しげる コミック昭和史1〈関東大震災〜満州事変〉
水木しげる コミック昭和史2〈満州事変〜日中全面戦争〉
水木しげる コミック昭和史3〈日中全面戦争〜太平洋戦争開始〉
水木しげる コミック昭和史4〈太平洋戦争前半〉
水木しげる コミック昭和史5〈太平洋戦争後半〉
水木しげる コミック昭和史6〈終戦から朝鮮戦争〉
水木しげる コミック昭和史7〈講和から復興〉
水木しげる コミック昭和史8〈高度成長以降〉
水木しげる 総員玉砕せよ！
水木しげる 敗走記
水木しげる 白い旗
水木しげる 姑娘
水木しげる 決定版 日本妖怪大全〈妖怪・あの世・神様〉
水木しげる・ほんまにオレはアホやろか
宮部みゆき ステップファザー・ステップ
宮部みゆき 新装版 震える岩〈霊験お初捕物控〉
宮部みゆき 新装版 天狗風〈霊験お初捕物控〉
宮部みゆき ICO—霧の城—(上)(下)
宮部みゆき ぼんくら(上)(下)
宮部みゆき 新装版 日暮らし(上)(下)
宮部みゆき おまえさん(上)(下)
宮部みゆき 小暮写眞館(上)(下)
宮子あずさ 看護婦が見つめた人間が死ぬということ
宮子あずさ 看護婦が見つめた人間が病むということ

宮子あずさ　ナースコール
宮本昌孝　家康、死す（上）（下）
三津田信三　忌館〈ホラー作家の棲む家〉
三津田信三　作者不詳〈ミステリ作家の読む本〉（上）（下）
三津田信三　蛇棺葬
三津田信三　百蛇堂〈怪談作家の語る話〉
三津田信三　厭魅の如き憑くもの
三津田信三　凶鳥の如き忌むもの
三津田信三　首無の如き祟るもの
三津田信三　山魔の如き嗤うもの
三津田信三　水魑の如き沈むもの
三津田信三　密室の如き籠るもの
三津田信三　生霊の如き重るもの
三津田信三　幽女の如き怨むもの
三津田信三　シェルター　終末の殺人
三津田信三　ついてくるもの
三津田信三　誰かの家
宮田珠己　ふしぎ盆栽ホンノンボ
道尾秀介　カラスの親指〈by rule of CROW's thumb〉
道尾秀介　水の柩
深木章子　鬼畜の家
深木章子　螺旋の底
湊かなえ　リバース
宮内悠介　彼女がエスパーだったころ
宮乃崎桜子　綺羅の皇女(1)
宮乃崎桜子　綺羅の皇女(2)
村上　龍　海の向こうで戦争が始まる
村上　龍　走れ！タカハシ
村上　龍　愛と幻想のファシズム（上）（下）
村上　龍　音楽の海岸
村上　龍　村上龍料理小説集
村上　龍　村上龍映画小説集
村上　龍　新装版　限りなく透明に近いブルー
村上　龍　新装版　コインロッカー・ベイビーズ
村上　龍　歌うクジラ（上）（下）
向田邦子　新装版　眠る盃
向田邦子　新装版　夜中の薔薇
村上春樹　風の歌を聴け
村上春樹　1973年のピンボール
村上春樹　羊をめぐる冒険（上）（下）
村上春樹　カンガルー日和
村上春樹　回転木馬のデッド・ヒート
村上春樹　ノルウェイの森（上）（下）
村上春樹　ダンス・ダンス・ダンス（上）（下）
村上春樹　遠い太鼓
村上春樹　国境の南、太陽の西
村上春樹　やがて哀しき外国語
村上春樹　アンダーグラウンド
村上春樹　スプートニクの恋人
村上春樹　アフターダーク
村上春樹　佐々木マキ絵　羊男のクリスマス
村上春樹　佐々木マキ絵　ふしぎな図書館
村上春樹　糸井重里　夢で会いましょう
村上春樹・文　安西水丸・絵　ふわふわ
U・K・ル＝グウィン　村上春樹訳　空飛び猫
U・K・ル＝グウィン　村上春樹訳　帰ってきた空飛び猫
U・K・ル＝グウィン　村上春樹訳　素晴らしいアレキサンダーと、空飛び猫たち

講談社文庫　目録

U・K・ル＝グウィン 村上春樹訳　空を駆けるジェーン
T・ファリッシュ著 B・ルート絵 村上春樹訳　ポテト・スープが大好きな猫
群ようこ　いいわけ劇場
村山由佳　永遠。
村山由佳　天翔る
睦月影郎　新・平成好色一代男 隣人と。女子アナと。
睦月影郎　密通妻
睦月影郎　卒業一九七四年
睦月影郎　初夏一九七四年
睦月影郎　快楽のグルメ
睦月影郎　快楽のリベンジ
睦月影郎　快楽ハラスメント
睦月影郎　快楽アクアリウム
向井万起男　渡る世間は「数字」だらけ
村田沙耶香　授乳
村田沙耶香　マウス
村田沙耶香　星が吸う水
村田沙耶香　殺人出産
村瀬秀信　気がつけばチェーン店ばかりでメシを食べている
室積光　ツボ押しの達人
室積光　ツボ押しの達人 下山編
森村誠一　悪道
森村誠一　悪道 西国謀反
森村誠一　悪道 御三家の刺客
森村誠一　悪道 五右衛門の復讐
森村誠一　悪道 最後の密命
森村誠一　棟居刑事の復讐
森村誠一　日蝕の断層
森村誠一　ねこの証明
毛利恒之　月光の夏
森博嗣　すべてがFになる〈THE PERFECT INSIDER〉
森博嗣　冷たい密室と博士たち〈DOCTORS IN ISOLATED ROOM〉
森博嗣　笑わない数学者〈MATHEMATICAL GOODBYE〉
森博嗣　詩的私的ジャック〈JACK THE POETICAL PRIVATE〉
森博嗣　封印再度〈WHO INSIDE〉
森博嗣　幻惑の死と使途〈ILLUSION ACTS LIKE MAGIC〉
森博嗣　夏のレプリカ〈REPLACEABLE SUMMER〉
森博嗣　今はもうない〈SWITCH BACK〉
森博嗣　数奇にして模型〈NUMERICAL MODELS〉
森博嗣　有限と微小のパン〈THE PERFECT OUTSIDER〉
森博嗣　黒猫の三角〈Delta in the Darkness〉
森博嗣　人形式モナリザ〈Shape of Things Human〉
森博嗣　月は幽咽のデバイス〈The Sound Walks When the Moon Talks〉
森博嗣　夢・出逢い・魔性〈You May Die in My Show〉
森博嗣　魔剣天翔〈Cockpit on knife Edge〉
森博嗣　恋恋蓮歩の演習〈A Sea of Deceits〉
森博嗣　六人の超音波科学者〈Six Supersonic Scientists〉
森博嗣　捩れ屋敷の利鈍〈The Riddle in Torsional Nest〉
森博嗣　朽ちる散る落ちる〈Rot off and Drop away〉
森博嗣　赤緑 黒白〈Red Green Black and White〉
森博嗣　四季 春～冬
森博嗣　φ（ファイ）は壊れたね〈PATH CONNECTED φ BROKE〉
森博嗣　θ（シータ）は遊んでくれたよ〈ANOTHER PLAYMATE θ〉
森博嗣　τ（タウ）になるまで待って〈PLEASE STAY UNTIL τ〉
森博嗣　ε（イプシロン）に誓って〈SWEARING ON SOLEMN ε〉
森博嗣　λ（ラムダ）に歯がない〈λ HAS NO TEETH〉
森博嗣　η（イータ）なのに夢のよう〈DREAMILY IN SPITE OF η〉

講談社文庫 目録

講談社文庫　目録

2020年6月15日現在